Denis Diderot

La Religieuse

Édition présentée, établie et annotée
par Robert Mauzi

Gallimard

Préface

Préface

La Religieuse est née d'une conjonction paradoxale entre la mystification, l'attendrissement et la colère. Rien de plus étrange que la genèse de ce roman, dont la fiction est sans cesse altérée par les indignations et les vertiges d'un auteur en état de transe, et qui ne fut pourtant, à son origine, que le prolongement d'une plaisanterie. Comment reconnaître, en cet amalgame insolite du pathétique et de la farce, l'attitude idéale du romancier composant gravement l'œuvre qui doit lui être étrangère ? Diderot est, à cet égard, l'inverse du romancier modèle : il n'a pas besoin de croire à la solennité de sa mission, mais dès qu'il se met à écrire, fût-ce pour rire, il lui est impossible de ne pas se livrer tout entier.

Parmi les habitués du salon de Mme d'Épinay, que fréquentaient Diderot, Grimm et les encyclopédistes, se trouvait un charmant homme, nommé le marquis de Croismare, tout à la fois mondain, chrétien et philosophe (mélange qui n'était pas rare en ce temps-là), en qui les grâces, les vertus et les lumières composaient

une très juste et très délicate harmonie. Diderot et ses
amis adoraient ce Croismare. Ils aimaient en particulier qu'à son esprit et à son élégance se joignît une piété
discrète, qui garantissait la candeur de son âme sans
jamais assombrir le charme de son allure. Or, en 1758,
on avait beaucoup parlé dans le monde d'une jeune
religieuse de Longchamp, qui demandait à la justice
de la délivrer du cloître où ses parents l'avaient
enfermée. Le marquis s'émut pour cette malheureuse,
et sans du tout connaître le fond des choses (ni même,
paraît-il, le nom de la victime), il alla à tout hasard
crier pitié chez les conseillers du Parlement. La
religieuse n'en perdit pas moins son procès, le 17 mars
1758. Quelques mois plus tard, sans doute à l'automne, le marquis quitta Paris pour rejoindre son
château de Lasson, près de Caen. Bientôt (pas tout de
suite cependant, puisque quinze mois s'écoulèrent)
Diderot et ses amis s'avisèrent de le regretter : « Ama-
teur de musique et de peinture, fin gastronome,
spécialiste des omelettes et expert en chocolat, curieux
de nature, exquis convive et grand cœur, il était
irremplaçable [1]. » Il fallait à tout prix ramener le
marquis à Paris. Mais comment s'y prendre ? On se
souvint alors de cette religieuse malgré elle, désormais
condamnée au couvent perpétuel. Une conjuration se
noue entre « suppôts de Satan », et l'on imagine une
histoire : à bout de résistance, la religieuse s'était
évadée et appelait à l'aide son donquichottesque
protecteur : elle était réfugiée chez une Versaillaise.

---

1. Georges May, *Diderot et la Religieuse*, Yale University Press,
1954, pp. 38-39.

Mme Moreau-Madin, à l'adresse de qui l'on pouvait écrire. Cette dame existait bel et bien et, sans connaître le mot de l'énigme, avait accepté de remettre aux comploteurs les lettres venues de Caen. Le marquis tomba tout entier dans le piège. En réponse à la première lettre de la religieuse (rédigée par Diderot), il promit son secours. Toute une correspondance fut échangée, et le marquis proposa une place de femme de chambre dans son château, auprès de sa propre fille. Ce n'était pas du tout sur quoi comptaient Diderot et ses complices. Et comment expédier en Normandie une religieuse fantôme ? Pour gagner du temps, on la fit tomber malade. Diderot, alias Mme Moreau-Madin, tint minutieusement la chronique de la maladie, nota les hauts et les bas de la fièvre, tous les caprices du pouls, et la place exacte de chaque douleur. Bien entendu, il n'oubliait aucun des mots touchants de cette pauvre fille, dont l'âme rayonnait. Mais tout cela ne résolvait rien. Puisqu'il était clair qu'on ne pourrait jamais installer dans la voiture de Caen une créature qui n'existait pas, puisque d'autre part le marquis ne faisait pas mine de revenir à Paris, il fallut forger un dénouement terrible : on tua la religieuse. La pauvre Mme Madin n'eut qu'à se charger du récit de ses derniers instants — elle était morte comme un ange ! — et le marquis répondit par une admirable lettre de consolation et de douleur [1].

Les lettres de M. de Croismare et celles de la

---

1. Beaucoup plus tard, en 1768, le marquis de Croismare rencontra par hasard la véritable Mme Madin. Alors il comprit tout et se mit à rire de bon cœur.

prétendue Mme Madin s'échelonnent entre les premiers
jours de févriers 1760 et le 18 mai de la même année.
Leur recueil a servi à constituer la « Préface-annexe ».
qui fut publiée, pour la première fois, dans la *Correspondance littéraire* de Grimm en 1770 [1]. Certaines des
lettres de Mme Madin sont des chefs-d'œuvre d'espiè-
glerie et d'humour : celle du 13 avril, par exemple, où
l'on passe en revue tout le trousseau de la jeune fille,
avec les robes, les jupons, les chemises, les corsets, les
mouchoirs, les paires de bas, les « cornettes de nuit »
et les « liseuses de jour ». Mais l'imaginaire créature
allait bientôt se venger de son principal inventeur. Si le
marquis avait trop bien cru à son existence, Diderot se
mit à y croire aussi. Le fantôme prenait corps, se
parait des irrésistibles prestiges de l'innocence persécutée, clamait justice, et cette destinée déplorable
trouvait tant de résonance dans une âme exaltée,
qu'elle se changeait peu à peu en une machine de
guerre contre la barbarie des cloîtres. Sans doute
la vraie religieuse avait-elle existé et existait-elle
encore, muette à jamais et prisonnière : elle se nom-
mait Marguerite Delamarre, et M. Georges May
raconte en détail son histoire, à la fois dramatique
et équivoque [2]. Mais ses authentiques malheurs
parlaient moins que les souffrances fictives de sa
sœur idéale. C'est bien celles-ci, non les autres, qui
ont inspiré le roman de *la Religieuse*, composé par
Diderot après la mort imaginaire de Suzanne Simonin, comme s'il ne pouvait se résigner à la dispari-

---

1. Le marquis de Croismare ne mourut qu'en 1772.
2. Cf. *op. cit.*, chap. III.

tion d'un être devenu pour lui terriblement vivant.

Dans sa dernière lettre du 10 mai 1760, Mme Madin parle au marquis de certains papiers que la jeune fille lui aurait remis quelques jours avant sa mort : « Ils contiennent, à ce qu'elle m'a dit, l'histoire de sa vie chez ses parents et dans les trois maisons religieuses où elle a demeuré, et ce qui s'est passé après sa sortie. » Cette phrase est l'exact abrégé du roman, qui se compose bien de ces quatre épisodes et d'un épilogue d'ailleurs inachevé. Mais ce n'est là qu'un plan très schématique, où rien n'apparaît encore des proportions de l'œuvre définitive, dominée par l'immense effet de contraste entre les deux derniers épisodes. On ne peut donc pas conclure, de la lettre de Mme Madin, qu'une version complète de *la Religieuse* existait déjà en mai 1760. D'ailleurs tant que Suzanne Simonin était censée vivre, Diderot n'éprouvait pas le besoin de lui prêter une autre existence : il est remarquable, du point de vue de la création littéraire, que l'œuvre d'art ne fait que prendre le relais de la mystification devenue impossible, et qu'elle remplit, auprès de la sensibilité et de l'imagination de Diderot, à peu près la même fonction. En tout cas, le témoignage de Diderot lui-même est assez explicite. C'est seulement au cours de l'été 1760 qu'il parle de la composition du roman. Il écrit à Damilaville et à Mme d'Épinay : « Je suis après ma *Religieuse*. Mais cela s'étend sous la plume, et je ne sais plus quand je toucherai à la fin. » « Je me suis mis à faire *la Religieuse*, et j'y étais encore à trois heures du matin. Je vais à tire-d'aile. Ce n'est plus une lettre, c'est un livre. » Sans doute était-ce de cette « lettre » que Mme Madin entendait parler le 10 mai, et c'est elle qui s'étendit, proliféra, et, dans la fièvre de l'inspiration, se changea insensiblement en roman.

Le 10 septembre 1760, Diderot écrit de la Chevrette à Sophie Volland : « J'ai emporté ici *la Religieuse*, que j'avancerai si j'en ai le temps. » A quel moment cette première rédaction de l'œuvre fut-elle achevée ? On ne sait. Mais il semble bien que, pendant près de vingt ans, Diderot n'y toucha plus. Ce n'est qu'en 1780 qu'il reprit son manuscrit, le modifia, et le mit au point, avant de le confier à Meister, qui le publia dans les feuilles périodiques de la *Correspondance littéraire*. En même temps que le texte du roman, Diderot retoucha celui de la « Préface-annexe ». Dans une magistrale étude, M. Herbert Dieckmann a montré l'importance de cette révision et le sens esthétique très profond qu'elle implique[1]. Au lieu de rester un simple document destiné à élucider la genèse de l'œuvre, la « Préface-annexe » fait désormais partie de l'œuvre même (certains passages sont d'ailleurs transférés de l'une à l'autre). Avec l'incorporation des lettres au roman, un équilibre, ou plutôt une déconcertante ambivalence, s'établit entre la vérité et la fiction : tandis que l'imagination romanesque altère et transfigure les données objectives de l'anecdote (Diderot n'hésite pas à retoucher les lettres du marquis), le récit de la mystification introduit dans l'œuvre entière un élément subjectif, et projette sur le roman tout un éclairage d'humour qui détruit délibérément l'illusion.

---

1. « The *Preface-annexe* of *la Religieuse* », by Herbert Dieckmann, *Diderot Studies II*, edited by Otis E. Fellows and Norman L. Torrey (Columbia University, Syracuse University Press, 1952).

La « Préface-annexe » jointe à *la Religieuse*, c'est déjà. comme M. Dieckmann le suggère, *Jacques le fataliste*. Mais là, fiction et ironie seront indissolubles. A l'heure de *la Religieuse*, Diderot n'avait pas encore trouvé le secret de leur synthèse, et il dut par la suite se borner à juxtaposer les deux.

La genèse de *la Religieuse* inspire maintes réflexions sur ces jeux complexes, chers à Diderot, entre la vérité et la fiction, entre l'illusion et l'ironie. Par quels avatars a dû passer notre religieuse ! Elle fut d'abord l'authentique Marguerite Delamarre, victime parmi d'autres de la voracité conjointe des couvents et des familles : que de patrimoines furent alors sauvés par une vocation opportune, et que d'enfants naturels refoulés dans le néant des cloîtres ! Mais cette Marguerite Delamarre, s'il est vrai qu'elle a beaucoup ému le marquis de Croismare, on ne voit pas qu'elle ait vraiment touché le sensible Diderot. En revanche, au moment où l'imposture prend forme, voilà Diderot envoûté par cet être de pure invention, dont il s'amuse d'abord à tâter le pouls et à compter les paires de bas. avant d'en subir si fort la hantise qu'il ne peut se résoudre à le laisser mourir et lui prête une nouvelle existence imaginaire, sensiblement plus « vraie » que la précédente, infiniment plus, en tout cas, que l'existence historique de la pauvre Marguerite Delamarre. Puis, beaucoup plus tard, par une sorte de reflux, il s'acharne à détruire le pouvoir d'illusion attaché à cette destinée déplorable, et sous la fiction fait réapparaître la farce. Dans l'intervalle, il écrit *Jacques le fataliste*, où son plaisir favori consiste justement à inverser le vrai et le faux. Il y répète sans cesse qu'il se moque des oripeaux de l'illusion, qu'il ne retient que le vrai à l'état pur. Mais ce vrai, il ne le recueille pas au hasard, et c'est toujours en vertu d'un mensonge secret qu'il le modèle : on le sent à cette rage qu'il a de toujours comparer ses prétendus héros vrais à des personnages de Molière ou de Goldoni, dont ils empruntent le ton et la voix. La « vérité », pour Diderot, est toujours pénétrée d'invention, de recherche, et de l'amour du bizarre : son gibier, ce n'est pas l'homme ordinaire, mais ces « originaux », que le réel atteste, et que pourtant l'artiste seul sait voir. La dernière des supérieures de Suzanne Simonin, celle de Saint-Eutrope, est de la famille des originaux dont *Jacques le fataliste* fait défiler les silhouettes à vive allure, et aussi du Neveu de Rameau, à laquelle elle ressemble beaucoup par le rythme contrasté d'une vie en désordre, et la structure instable d'une conscience toujours désaccordée.

Cette dialectique du vrai et du faux, c'est encore M. Dieckmann qui le rappelle, Diderot la pressent déjà en 1761, dans son *Éloge de Richardson*, où il montre comment les personnages romanesques, d'abord faux, deviennent vrais, d'une vérité idéale. A partir de là, et jusqu'à *Jacques le fataliste*, la dialectique se poursuit en se renversant : la vérité idéale de l'œuvre d'art, qui était d'abord mensonge, redevient idéal de l'œuvre d'art, qui était d'abord mensonge, redevient mensonge en renonçant à l'illusion du vrai ; mais l'illusion du vrai étant l'indice du faux, il se découvre ainsi une vérité beaucoup plus pure. Ce sera le rôle du dialogue ironique que Diderot engage désormais avec son lecteur, de décanter le mélange trouble du réel et de la fiction, et de créer une fiction (ou vérité) supérieure qui se passe des pouvoirs frelatés de l'illusion.

La Religieuse et l'étrange histoire de sa composition suggèrent une dernière pensée. N'est-il pas surprenant que la mystification qui est à l'origine du roman, s'applique justement à ce dont on ne plaisantait guère en ces années 1760, où l'on pleurait en lisant Richardson et *la Nouvelle Héloïse*, c'est-à-dire aux épreuves d'une victime innocente, persécutée à la fois par l'ordre inhumain de la société et la méchanceté naturelle à certaines âmes ? Le thème de la farce assez cruelle inventée par Diderot et ses complices est en même temps l'un des thèmes majeurs de la sensibilité littéraire du XVIIIe siècle en son milieu et sa seconde moitié. N'oublions pas non plus qu'aussitôt après avoir joué un bon tour, Diderot se met à vibrer de fureur, à propos de la même histoire. Admirable et complexe XVIIIe siècle, où l'on pouvait ainsi mêler l'humour et la colère, le cynisme et l'attendrissement ! On a souvent dit que *la Religieuse* était le plus « richardsonien » des romans de Diderot, et cela est vrai. Mais ne pourrait-on pas dire aussi bien qu'elle en est le plus « sadique » ? Le martyre, la Passion de Suzanne Simonin (on a remarqué cette identification sournoise de la religieuse et du Christ), n'est-ce pas déjà, par le sujet même, et aussi par certaine délectation sous-jacente, *les Infortunes de la vertu* ? Entre Richardson et Sade, qu'il ne faut pas croire incompatibles, *la Religieuse* est comme une idéale transition.

Bien que Diderot ait hésité à nommer son œuvre, l'appelant tour à tour « ébauche informe »,

« ouvrage », « mémoires » et « roman », il est entendu que *la Religieuse* est un roman. De toutes les œuvres dites romanesques de Diderot, ce serait même la seule à se présenter comme un vrai roman, c'est-à-dire comme le récit d'une destinée, et la création d'un univers cohérent, dont ni les irruptions d'un auteur bavard, ni les bâtons rompus de l'anecdote, ni les vertiges du règlement de compte ne compromettent l'autonomie. Il semble donc que *la Religieuse* soit une œuvre plus pure dans sa forme que *le Neveu de Rameau* et *Jacques le fataliste*, qui l'ont suivie. Cependant quel embarras pour définir la nature de ce « roman » et saisir les secrets de l'esthétique dont il relève ! Le récit de *la Religieuse* nous est donné comme les mémoires de Suzanne Simonin, destinés à attendrir le marquis de Croismare, et à dégager d'un chaos d'aventures et de scandales l'image aux traits nets d'une victime exemplaire. Un tel dessein suppose la connaissance définitive d'un passé pleinement assumé et compris, ainsi que la stylisation d'une figure semi-idéale émergeant toute pure de sordides ou de morbides remous. Déjà perce une ambiguïté entre l'objectivité d'une chronique et la disposition intéressée d'un plaidoyer. Pourtant, si la contradiction peut apparaître ici dans l'intention, elle ne saurait se réfléchir dans la forme, le dessein de l'autopanégyrique pouvant fort bien informer la matière de la chronique, et lui assurer cette unité idéale qui est la première condition de toute œuvre d'art. Un prédécesseur de Diderot avait su réussir le mélange : *La Vie de Marianne* était aussi des mémoires fictifs, ce qui n'empêchait pas leur auteur imaginaire de donner à sa propre personne la consistance forcément trompeuse d'un caractère, ni leur auteur véritable d'attribuer à son personnage une valeur d'archétype, puisque Marianne n'est pas seulement elle-même, mais la femme avec toutes ses ruses, ses intuitions et son génie. La formule même du roman-mémoires n'en était pas altérée, car Marivaux avait compris que l'essence du genre tient à la superposition de deux temps différents, et il avait pris soin de laisser une large distance entre le présent de l'héroïne et celui de la narratrice (pourtant seule et même personne), tout en mêlant sans cesse les regards de l'une et de l'autre, de manière à offrir comme une vision double de chaque événement. Dans *la Religieuse*, c'est tout le contraire : la lourdeur et l'opacité du présent occultent toute lueur qu'on attendrait d'un avenir déjà vécu. M. Georges May juge bien en ne voyant dans ce roman, qui s'annonce comme mémoires, qu'un simple journal. Diderot n'est pas un auteur assez détaché pour raconter une histoire déjà faite. Il s'identifie à chaque instant du devenir de son personnage, et il prend chaque fois à son compte ses ignorances et ses illusions provisoires, sans songer qu'elles sont incompatibles avec les découvertes futures, déjà faites pourtant au moment où le récit est censé être écrit. De là cette légère irritation que laisse dans l'esprit la lecture de ce récit passionné. Le plus inadmissible est peut-être la persistante ingénuité de Suzanne sous les caresses de la supérieure, sa quasi-hébétude sur ce que peuvent faire entre elles certaines femmes, et ses contresens savoureux lorsqu'elle attribue à l'extase de la musique des défaillances dont elle nous livre pourtant, avec une minutie clinique, les

symptômes physiologiques les plus aigus. L'invraisemblance n'est pas seulement ici d'ordre psychologique.
Elle éclate dans la fiction même et devient contradiction. Suzanne avoue en effet qu'elle a surpris la
confession de la supérieure et par conséquent tout
compris : « Le voile qui jusqu'alors m'avait dérobé le
péril que j'avais couru se déchirait... je n'en avais que
trop entendu. Quelle femme, monsieur le marquis,
quelle abominable femme ! » L'homosexualité fémi-
nine, au moment où elle écrit, ne lui est donc plus un
mystère. Elle n'en fait pas moins l'ignorante d'un bout
à l'autre. Est-ce duplicité de sa part, et veut-elle se
forger une innocence idéale pour toucher plus sûrement le marquis ? Peut-être est-elle capable de cette
ruse, mais il existe une autre explication : c'est que
Diderot oublie que son héroïne est en train d'écrire ses
mémoires et lui fait vivre toute son histoire au présent,
comme il la vit lui-même. Il en résulte une assez grave
ambiguïté entre la forme assignée au roman, et la
perspective dans laquelle, irrésistiblement, se coule le
récit. On trouvera dans le livre de M. May la liste des
curieuses inconséquences issues de cette ambiguïté.
Retenons-en seulement quelques-unes. Lorsque
Suzanne évoque l'épisode où elle confie à sœur Ursule
les notes clandestines qu'elle a rédigées en vue de son
procès, elle se dit tout alarmé pour la sécurité de son
amie : « Cette jeune personne, monsieur, est encore
dans la maison ; son bonheur est entre vos mains ; si
l'on venait à découvrir ce qu'elle a fait pour moi, il n'y
a sorte de tourments auxquels elle ne fût exposée. » Or,
au moment où ceci est écrit, sœur Ursule n'a plus rien
à craindre des vengeances de ce monde, puisque l'on

assiste plus loin à sa fin pathétique. En relisant son texte, vingt ans plus tard, Diderot dut éprouver quelque embarras. Il n'est plus désormais victime de cette possession par l'instant, et il peut penser son œuvre comme un tout. Pour tenter de masquer la contradiction, il ajoute une phrase sur la copie manuscrite conservée dans le Fonds Vandeul : « Voilà ce que je vous disais alors ; mais hélas ! elle n'est plus et je reste seule. » Inspiration doublement malheureuse ! Le mémoire rédigé par sœur Suzanne n'était pas adressé au marquis de Croismare, mais à l'avocat Manouri. En outre, elle ne peut plus dire : « Je reste seule », puisqu'elle s'est évadée du couvent de Saint-Europe.

L'exemple est éclairant. Même lorsque Diderot se reprend et se corrige, même lorsqu'il n'est plus en proie au vertige de l'invention, il est incapable d'ajuster tous les éléments de son œuvre selon la cohérence d'une fiction unique. Il y a même plus grave : la hantise du présent pèse si gravement sur lui qu'elle bouleverse les successions chronologiques les plus rudimentaires. De son lit de mort, Mme Simonin écrit à Suzanne et lui raconte la visite de ses deux autres filles : « Elles ont soupçonné, je ne sais comment, que je pouvais avoir quelque argent caché dans mon matelas ; il n'y a rien qu'elles aient mis en œuvre pour me faire lever, et elles y ont réussi ; mais heureusement mon dépositaire était venu *la veille* et je lui avais remis ce petit paquet *avec cette lettre* qu'il a écrite sous ma dictée. » Lettre étonnante et prophétique, puisqu'elle est capable de raconter des événements survenus le lendemain de son envoi ! La bévue est énorme. et pourtant Diderot ne l'a pas aperçue en se corrigeant[1].

De tels illogismes ne gâtent pas un chef-d'œuvre. Ils ne font que trahir quelques secrets de l'écrivain, ou qu'illustrer certaines de ses confidences. Diderot a lui-même évoqué son état d'enthousiasme et de vie seconde au moment de la création romanesque. Son exaltation est telle qu'il ne peut imposer une forme stable à l'œuvre qu'il est en train d'écrire. On sait avec quelle volupté et quelle ironie il concevra *Jacques le fataliste* comme un antiroman, triomphant d'esquiver chaque motif ou chaque poncif qu'un romancier de métier eût irrésistiblement saisi. En écrivant *la Religieuse*, ce ne sont pas les lieux communs qu'il élimine, mais les éléments d'une cohérence logique destinée à soutenir la vraisemblance du roman-mémoires. Ce n'est pas désinvolture, mais plutôt impuissance, ou du moins impatience. Chaque moment du récit le mobilise tout entier, et lorsqu'il compose un épisode pathétique, il est incapable de se fixer en imagination à ce point de l'avenir où le drame sera amorti, l'émotion rétrospective, les incertitudes tranchées, les illusions et les mystères dissous. Il se priverait de la joie d'écrire, s'il devait laisser embaumer par la mémoire ce qu'il a tant de plaisir à reproduire tout vif. Les naïvetés et les terreurs de sœur Suzanne, il les vit exactement comme elles ont été vécues, sans penser que, pour son héroïne elle-même, le temps de l'innocence, comme celui de l'épouvante, ne sont plus que des souvenirs.

---

1. L'illogisme a été relevé pour la première fois par Paul Chaponnière, « Une bévue de Diderot dans *la Religieuse* », *Revue d'histoire littéraire de la France*, 1915.

Le récit de *la Religieuse* se compose de trois parties
inégales. La première a pour thème un drame de
famille, et pour cadre tantôt la demeure des Simonin,
tantôt le couvent de Sainte-Marie, installé rue du Bac
et tenu par les Dames de la Visitation, où Marguerite
Delamarre avait vécu plus de sept ans. Au cours de ce
premier épisode, qui contient le nœud de tout le
drame, on voit évoluer Suzanne de l'inconscience
légère à la résistance opiniâtre, et de celle-ci à l'esprit
de sacrifice. C'est qu'une énigme s'est éclaircie par
étapes. Suzanne pouvait être en révolte contre des
parents bourreaux. Mais en apprenant que sa mère est
une misérable, accablée par son péché, et son père un
étranger qui la hait, elle consent à devenir la victime
expiatoire de l'ordre familial. Il est vrai que ce sacrifice
ne sera jamais une acceptation, et que le corps même
de Suzanne protestera, par des manifestations
étranges, contre une violence faite à la nature.

Diderot sait jouer du contraste entre la maison
paternelle glacée, le visage fermé de Mme Simonin, la
première séquestration, et d'autre part les cajoleries et
les tendresses dont le couvent enveloppe Suzanne :
tout n'est que miel, exhortations gentilles, émoi pour
un éternuement ! Pourtant, entre les parents sinistres
et le cloître souriant, des fils secrets se tissent, les
suaves religieuses remplissent froidement leur mission,
non pas au service de Dieu, mais au service du monde
et de ses injustices. Bientôt les deux séjours s'identi-
fient : dans chacun d'eux, Suzanne trouve une prison.
L'un des leitmotive de l'œuvre est déjà en place.

Un autre leitmotiv est posé dès la première partie :
c'est le thème physiologique des évanouissements,

syncopes et états seconds. Dans le trouble qu'éprouve
Suzanne au moment de la prise de voile, il faut faire
deux parts : l'une où l'angoisse est compensée par le
projet vaniteux du scandale ; l'autre d'où tout élément
psychologique se retire, et qui laisse le corps se libérer,
en des symptômes morbides, dans la nuit de la
conscience. Le thème de la folie est voisin et donne
aussi au livre l'une de ses dominantes. Dès le premier
séjour de Suzanne au couvent, surgit la folle aux
chaînes brisées, hurlant sa démence et s'acharnant
contre elle-même. Séquestration, violences, crises nerveuses, colère, suicide : les principaux fils de l'œuvre
préexistent à la trame. Mais un jeu d'équilibre retient
le récit de chavirer tout entier dans l'horreur. L'heure
n'est pas venue, pour Suzanne, de la persécution : on
l'a seulement prise au piège. Le premier épisode du
roman est l'histoire d'une capture.

Le séjour à Longchamp constitue le second épisode.
Dans ce monastère de Longchamp, Marguerite Delamarre devait passer cinquante-cinq années de sa vie.
C'était, depuis longtemps, l'une des maisons religieuses les plus illustres de France, le refuge des
princesses en mal d'absolution. Au XVIIIᵉ siècle,
l'endroit était encore fort mondain : on y venait en
carrosse assister aux Ténèbres, et l'on y écoutait les
plus belles voix de Paris. Le choix d'un tel couvent
permet à Diderot de construire sans invraisemblance
tout le scénario dramatique de la seconde partie,
consistant en une lutte de Suzanne, alliée au monde,
contre le cloître. L'idée est plausible, puisqu'il n'existait pas de clôture entre Longchamp et le monde. Au
cours du précédent épisode, Suzanne faisait appel aux

droits de la nature contre les rigueurs du monde. Elle invoque maintenant la justice du monde contre les rigueurs du cloître.

Dans les débuts du séjour à Longchamp, sœur Suzanne demeure sous la protection spirituelle de la mère de Moni, cette admirable prophétesse dont le regard semblait tantôt plonger en elle-même, tantôt traverser les choses pour atteindre quelque invisible au-delà. La religieuse partage les inspirations de sa supérieure : l'esprit les visite ensemble et une harmonie mystique les maintient à l'unisson. Mais la mère de Moni ne peut pas empêcher l'ultime engagement pris par Suzanne en état d'automatisme et suivi d'une amnésie prolongée : « Depuis cet instant, j'ai été ce qu'on appelle physiquement aliénée. » Aussitôt après, la fatalité romanesque pose un accord de mauvais augure, en enlevant à la fois à sa future victime sa mère spirituelle et sa mère selon la chair. Le tableau de la mort de la supérieure inaugure ce clair-obscur, qui va baigner tout le reste de l'épisode de son inquiétante lumière : « C'était la nuit ; la lueur des flambeaux éclairait cette scène lugubre. » Sous un éclairage assez proche, Suzanne avait aperçu sa mère pour la dernière fois : « C'était dans l'hiver. Elle était dans un fauteuil devant le feu. » En mourant, Mme Simonin écrit une lettre à sa fille : « Priez pour moi ; votre naissance est la seule faute importante que j'ai commise ; aidez-moi à l'expier ; et que Dieu me pardonne de vous avoir mise au monde, en considération des bonnes œuvres que vous ferez. » Le sens surnaturel d'une destinée n'échappe pas ici à Diderot : le martyre de sœur Suzanne est la contrepartie nécessaire du salut maternel.

L'enfer de la religieuse peut alors s'ouvrir : on la tient à l'écart, comme une suspecte ; on l'emprisonne, comme une rebelle ; on la persécute, comme une réprouvée ; on l'exorcise, comme une possédée ; on feint de l'exécuter, comme une criminelle. Ainsi que l'écrit M. Georges May, la scène tout entière est prise « sous un éclairage sinistre de torches, de cierges et de flambeaux ». On entre dans un monde d'hallucinations, avec les longs couloirs semés de verre brisé et de fers rougis, les ténèbres du cachot où tout est pourriture, l'attirail des épingles et des cordes, la « momerie » baroque de la chapelle, où Suzanne est traitée comme une proie de Satan, puis comme une morte, placée dans une bière, entourée de cierges, aspergée d'eau glacée, piétinée par la mère Sainte-Christine et par toutes les autres. Les thèmes de la démence, du suicide et de la mort soutiennent et harmonisent cette suite d'horreurs.

En même temps que ces visions, se déroule une action aux péripéties serrées. Car les persécutions ne sont pas gratuites, et chacune d'elles sanctionne une initiative ou une conquête de sœur Suzanne dans la lutte juridique qu'elle a entreprise pour faire briser ses vœux. Sans doute a-t-elle accepté, dans un esprit d'expiation, le renoncement imposé par sa mère, mais son instinct de conservation se révolte contre la méchanceté de ces femmes que le cloître a rendues folles, et dans le combat qu'elle engage se mêlent quelque complaisance et quelque contentement de soi. Diderot a voulu cette contradiction entre l'élévation spirituelle et le sacrifice chrétien de sa religieuse, et son acharnement à s'évader. entre son obsession de la mort et sa volonté de vivre, afin de rendre son personnage dramatique, et de le doter de cette « originalité » toujours irrationnelle qui le passionne en l'homme.

Arrachée à Longchamp, sœur Suzanne est transférée au couvent de Sainte-Eutrope, ou plutôt Saint-Eutrope, comme le fait remarquer M. Georges May, Diderot s'étant trompé sur le sexe de ce saint. C'est là que se déroule le troisième épisode. Le couvent de Saint-Eutrope existait réellement et se trouvait bien à Arpajon, où Diderot le situe, mais Marguerite Delamarre n'y avait fait aucun séjour. Il est l'exacte antithèse de Longchamp : là-bas, tout était sinistre et glacé ; ici tout est aimable, sensuel, douillet. Ce ne sont que jeux et rires, musique et broderie, papotages de volière, friandises et liqueurs, caresses furtives. Les sombres couloirs de Longchamp faisaient frémir. A Saint-Eutrope on se dilate de bien-être, dans un confort tiède et propret, qui rappelle la salle à manger des demoiselles Habert, dans *le Paysan parvenu*, ou les tableaux de Chardin. D'ailleurs certaine scène de broderie collective, d'une fraîcheur étonnante, est présentée comme un tableau : « Vous qui vous connaissez en peinture, monsieur le marquis... » Mais le symbole le plus juste de l'euphorie qui règne ici, c'est le babil de ces demoiselles, constellé de mille bruits : le glissement des portes, le trottinement des pas, le craquement des bonbons, et le ronron du rouet, font une harmonie à toute la gamme des chuchotements, des soupirs et des palpitations, et l'air est plein, sans cesse, de complicités diffuses. L'économie générale de l'œuvre s'efface au profit du diptyque très simple qui

oppose Saint-Eutrope à Longchamp, comme un petit
monde aérien à l'enfer rouge et sombre.

Cependant les épreuves de sœur Suzanne se pour-
suivent. On sait qu'elle est la nature de la nouvelle
agression subie. La supérieure de Saint-Eutrope est la
dernière illustration des névroses de la femme cloî-
trée : après la supérieure illuminée, après la sadique
mère Sainte-Christine, voici la maniaque sexuelle avec
son gentil harem de cornettes. Assez bien protégée, au
cours du premier acte de son martyre, par sa partici-
pation mystique aux souffrances du Christ, sœur
Suzanne n'a plus pour la défendre que son innocence.
Comme elle la fait miroiter, cette innocence, comme
elle est prolixe à la commenter ! A longchamp, le
combat de la religieuse contre ses ennemies était, en
partie, l'affrontement de deux mises en scène. Ici, il n'y
a plus que Suzanne pour jouer la comédie, lorsqu'elle
prétend ne pas savoir le nom de ces caresses que son
corps pourtant reconnaît. Si la supérieure de Saint-
Eutrope est le plus magnifique de tous les personnages
du roman, c'est sans doute parce qu'elle est la seule à
s'exprimer sans surenchère. Par la rigueur même de
ses gestes, elle échappe au théâtre ainsi qu'au monde
des visions.

L'épisode cependant s'achève dans le vertige. Les
effrois de la supérieure font s'épanouir le thème
toujours latent de la folie. Le climat apaisé des goûters
et des leçons de chant est détruit par le retour du délire
et de ses phantasmes : Satan réapparaît. Mais, par un
beau renversement, ce n'est plus sœur Suzanne qui est
le diable et qui fait s'évanouir les âmes simples.
Chapitrée par son directeur et trompée par un reflet

rouge, elle croit le reconnaître elle-même dans le corps de la femme damnée.

La mort de la supérieure est un violent contraste avec celle de la mère de Moni. Le thème de la mort est aussi l'une des dominantes de l'œuvre. Mme Simonin, la mère de Moni, sœur Ursule, la supérieure de Saint-Eutrope : quel admirable contrepoint funèbre que ces agonies rassemblées ! Mais nous ne sommes pas encore ici dans le monde de la grâce du *Dialogue des carmélites*, et les agonies ne s'échangent pas. Chacune a celle qu'elle mérite, la sainte comme la réprouvée.

Du dénouement de *la Religieuse*, Diderot n'a laissé que des notes disjointes. Elles n'en sont pas moins déchirantes. Suzanne frôle l'hôpital général, où Manon avait été recluse. Elle est presque violée par un moine, comme dans les romans noirs de la fin du siècle. Et, comme Marianne, il faut qu'elle soit lingère (ou blanchisseuse) et qu'elle assiste à la colère d'un cocher de fiacre.

Le récit de Suzanne se clôt par un dernier appel à la pitié, un discret mais limpide chantage au suicide, et un curieux retour sur elle-même. C'est Marianne qu'on croit entendre dans cette ultime rouerie : « Je suis une femme, peut-être un peu coquette, que sais-je ? Mais c'est naturellement et sans artifice. »

La Religieuse a longtemps passé pour un livre deux fois abominable : obscène et anticlérical. D'obscénité, on n'en voit guère, beaucoup moins en tout cas que dans *Jacques le fataliste*. Quant à l'anticléricalisme, il faut montrer qu'il est à la fois limité et secondaire.

Selon M. Georges May, *la Religieuse* ne prêche ni

l'antireligion, ni l'antichristianisme, ni même, ce qui serait pourtant fort banal en 1760, l'anticléricalisme. Cela n'est pas un paradoxe : la cible de Diderot est beaucoup plus réduite puisqu'elle se limite aux couvents. Mais une œuvre qui, par une fiction pathétique et une argumentation passionnée, porte une double condamnation de l'une des institutions essentielles du christianisme, n'est-elle pas une œuvre antichrétienne ? Peut-être M. May se rassure-t-il un peu vite, en constatant que *la Religieuse* n'est pas inscrite à l'Index.

A suivre de près, cependant, la démarche de Diderot, on constate que le domaine de la foi est toujours préservé. Ce roman était d'abord une lettre adressée à un homme pieux. Et la foi de sœur Suzanne ne peut inspirer de doute : bien loin d'accuser la religion elle-même pour les persécutions qu'elle endure, c'est à cette religion qu'elle demande de l'en consoler. Elle traverse même d'authentiques moments mystiques en revivant dans ses souffrances toute la Passion du Christ. Il est significatif, d'autre part, que la satire pourtant atroce des couvents n'emprunte que des voies obliques. L'idéologie critique de *la Religieuse* se réduit en somme à deux thèmes, celui de la « vocation » et celui de la « retraite » dans un monde clos. En traitant le premier, c'est à un problème avant tout social, et même politique, que s'attaque Diderot. Quant au second, c'est un thème presque physiologique qui n'intéresse que la nature, et où le surnaturel ne se trouve en rien mêlé.

Dans la première partie du récit, c'est-à-dire tant que le cas de sœur Suzanne n'a pas été définitivement

— et déplorablement — jugé, l'idée de la contrainte familiale se substituant à la vocation comme pourvoyeuse des couvents constitue le thème dominant. Sœur Suzanne en appelle sans cesse au monde, aux tribunaux, au pouvoir et, de façon plus diffuse, à l'opinion. Le crime dénoncé, que la justice ne saura pas ou ne pourra pas reconnaître, consiste à exploiter les couvents à des fins qui ne sont pas divines. « Pour quelques religieuses bien appelées, que de mal appelées ! » Et celles-ci sont presque toutes des victimes. Sans doute faut-il compter celles qui se sont trompées elles-mêmes. Peut-être est-ce le cas de la supérieure de Saint-Eutrope, qui a pu prendre pour une inspiration du ciel le désir inconscient de s'enfermer dans un univers féminin. Mais le plus souvent ces malheureuses ont été emmurées toutes vives, parce que des affaires d'argent et des querelles de famille exigeaient qu'on se débarrassât d'elles. Voilà le point précis où frappe la colère de Diderot : la collusion entre l'Église et le monde, entre une institution prétendue sacrée et les soucis les plus profanes, les haines les plus sordides. Les couvents tendaient en effet à devenir une manière d'abus social comparable aux lettres de cachet. C'était le double recours concédé par le pouvoir royal aux familles de la noblesse et de la haute bourgeoisie pour faire disparaître leurs enfants indignes, ceux dont la conduite faisait scandale ou qu'une naissance honteuse frustrait d'une pleine existence sociale.

Le drame de famille qui est à l'origine de *la Religieuse* a dû faire bien d'autres victimes que Marguerite Delamarre. D'ailleurs celle-ci n'était sans doute pas une enfant naturelle et on ne l'avait pas

envoyée au couvent pour expier le crime de sa mère,
mais simplement pour n'avoir pas à partager un
héritage. En revanche, il existe une curieuse analogie
entre la destinée de Suzanne Simonin et celle de
Mme d'Egmont, dont Mme du Hausset, femme de chambre de Mme de Pompadour, évoque dans ses mémoires
la déplorable histoire. Mme d'Egmont avait vingt-cinq
ans lorsque le directeur de conscience de sa mère vint
lui annoncer qu'elle était fille adultérine. Il s'agissait
d'obtenir, par ce grand coup, qu'elle ne se mariât pas,
car elle eût transmis à ses enfants des biens qui ne lui
appartenaient pas, qui n'étaient que le « produit du
crime ». « Mme d'Egmont écouta ce détail avec terreur.
Sa mère entra au même instant, fondant en larmes, et
demanda à genoux à sa fille de s'opposer à sa
damnation éternelle. Mme d'Egmont tâchait de rassurer sa mère et elle-même et lui dit : " Que faire ? " Le
directeur lui répondit : " Vous consacrer entièrement à
Dieu et effacer ainsi le péché de votre mère. " Malgré
l'opposition du roi et de Mme de Pompadour,
Mme d'Egmont se retira chez les carmélites [1]. » Tout
révolte dans cette histoire : que l'absolution de la mère
soit au prix du sacrifice de la fille ; que la réparation
d'un crime coïncide si opportunément avec la défense
d'un patrimoine. Comme dans *la Religieuse*, le préjugé
moral et la superstition se mêlent à l'argent, et c'est la
même hypocrisie qui enveloppe tout : feindre d'accorder à Dieu ce qu'on donne en réalité au monde ;
s'emparer de l'ombre des cloîtres pour y installer les

---

1. *Mémoires de Mme du Hausset, femme de chambre de Mme de
Pompadour*, Paris, Baudouin frère, 1824, pp. 199-200.

limbes de l'ordre social. Du moins dans l'aventure de Mme d'Egmont, telle que Mme du Hausset la rapporte, le pouvoir demeure-t-il innocent, puisque le roi et la marquise voulurent en vain s'interposer. La victime était assez envoûtée pour consommer elle-même son malheur. Suzanne Simonin, elle, se débat, et l'échec de son procès, conforme à l'histoire véridique de Marguerite Delamarre, frappe de culpabilité la société tout entière, qui achève de mûrir les fruits ténébreux d'un complot familial et rend légitime une séquestration. Le roman de *la Religieuse* semble réaliser la synthèse entre la tragédie sacrée de Mme d'Egmont, victime aveuglée et consentante, et le drame profane de Marguerite Delamarre, adversaire lucide, agissante et retorse.

La première protestation contenue dans *la Religieuse* vise donc un certain conformisme social, plus précisément le pacte conclu entre le pouvoir, l'Église et les familles, pour maintenir, contre les bâtards exécrables, l'ordre de l'honneur et de l'argent. Cette protestation, on peut la considérer comme objective : l'affaire Delamarre, le sacrifice de Mme d'Egmont le prouvent. Mais, à partir de là, commence le roman visionnaire. Diderot avoue s'être complu à cette conjuration idéale de tous les tourments rassemblés sur une victime exemplaire. Il s'est volontiers offert au vertige de l'horreur. Sans doute a-t-il un modèle qui l'inspire : sœur Suzanne est de la même famille que Clarisse et Paméla. Mais plus que l'influence littéraire, c'est le « système » qui rend compte de l'intensité de la « vision ». Diderot conduit une expérience imaginaire et il entend la pousser jusqu'à l'extrême : que devient

l'être humain, que devient la femme lorsqu'on la
contraint ou qu'elle se contraint à vivre contre la
nature, dans cet espace irréel, et comme infernal, où ne
pénètre jamais aucun air humain ? C'est de cette
question — ou plutôt de la réponse qu'elle présuppose
— que vont surgir les images bouffonnes ou terribles.

Le thème qui commande la deuxième signification
du livre est celui de la retraite dans une petite société
morbide séparée de l'univers des hommes. L'idée d'un
monde clos, protégé, qui suscite en Rousseau des
rêveries heureuses, apparaît à Diderot comme un
thème de cauchemar. C'est que, pour l'un, l'homme
n'est pas, par nature, un être sociable, alors que, pour
l'autre, il est avant tout cela. Diderot ne définit pas
l'humanité en compréhension, par rapport à une
essence, mais en extension. par le rassemblement et la
confrontation du plus grand nombre d'individus.
L'idée que Rousseau se fait de l'homme est encore
métaphysique. Diderot ne croit guère à la « nature »
humaine ; il ne voit que les mystères et les contradictions de ces « originaux » qu'il collectionne avec
passion. La connaissance de l'homme exige pour lui un
champ illimité et un brassage immense, à travers
frontières et clôtures. D'autant que s'il se dérobe à
toute idée préconçue sur l'homme, il est au moins une
évidence que lui impose le sentiment autant que la
raison : l'homme ne prend son sens, ne réalise son
bonheur et n'est vraiment lui-même que dans la
relation avec ses semblables. La sociabilité est la plus
forte pente de la nature humaine, la société le seul
milieu physique où l'on trouve sans effort sa juste
respiration. Dans l'humanisme de Diderot, si com-

plexe, si fluctuant, toujours à la recherche de lui-même, voilà la seule vérité qui ne se conteste pas, le seul dogme. Diderot a bien quelques autres certitudes, celle-ci par exemple, que l'homme est d'abord ce que le fait son corps : mais on entre là dans le mystère et les temps ne sont pas encore mûrs, la science n'ayant dit que son premier mot, pour édifier un nouvel humanisme, non plus idéaliste, mais biologique. Sur le chapitre de la sociabilité, il ne reste plus rien à élucider et le sens intime, comme l'expérience, est formel : un individu qui se sépare des autres choisit de se dépraver et consent à se détruire. C'est le grief majeur de Diderot contre Rousseau, et la rupture des deux philosophes précède un peu la rédaction de *la Religieuse.*

C'est à partir de cette certitude, à la fois sentimentale et dogmatique, que s'explique la grande colère de Diderot contre les couvents. Là encore le thème proprement anticlérical ne compte pas beaucoup. L'individu (quel que soit son sexe) qu'on emprisonne dans un cloître se trouve exilé dans un monde contre nature, où tout son être se brouille et se décompose, où ses qualités et ses aptitudes humaines se changent en leur contraire. Des démons étranges et violents l'investissent : la mélancolie, l'obsession du suicide, l'intrigue, la calomnie, la cruauté, la haine, et le cortège tapageur des frénésies sexuelles. Quelquefois la nature de ces altérations se fait plus légère et comme euphorique : les religieuses de Saint-Eutrope, qui ont perdu toute conscience et tout esprit de sérieux, opposent l'aspect poétique et aérien de la folie des cloîtres à son aspect tragique. Elles ne sont pas des monstres, comme leurs sœurs de Longchamp, mais des créatures étourdies, des poupées ou des perruches, sans substance ni poids humain. Des crimes et des absurdités que le couvent engendre, la religion n'est pas directement responsable. Sa seule faute, mais capitale, est d'avoir méconnu la nature sociable de l'homme, d'avoir forgé le mythe du salut individuel. Tout le reste découle de cette première illusion. C'est ce contresens sur la nature de l'homme que Diderot reproche au christianisme, beaucoup plus que les dogmes eux-mêmes qui le gênent bien moins qu'ils ne gênent un Voltaire, qui même, à l'occasion, le séduisent et le font rêver, car il demeure au fond de lui comme une nostalgie des choses éternelles.

L'on arrive ainsi à ce qui n'est pas le moindre paradoxe de cette œuvre bizarre : satire pathétique et déclamatoire des couvents, *la Religieuse* contient d'admirables morceaux de spiritualité. Mais si l'on réserve le cas de la mère de Moni (qui est elle aussi un monstre à sa manière par ses états seconds, son don de voyance et de prophétie), les dons spirituels ne sont pas dévolus à celles qui ont accepté le cloître, et qui ont reçu de lui une seconde nature, mais à la seule qui le refuse, à Suzanne Simonin, dont les prières et les élévations d'âme prennent volontiers pour appui l'horreur pour une condition qui n'est pas à la mesure de l'homme. Sœur Suzanne ne nous touche vraiment que lorsqu'elle demande à Dieu sa délivrance. Lorsqu'elle simule la Passion du Christ, on peut la croire contaminée malgré elle par l'esprit du cloître, ou penser qu'elle a su trouver, pour sa coquetterie naturelle, un joli travestissement mystique.

La seconde signification de *la Religieuse* apparaît alors clairement. Elle complète la première et pourrait se formuler ainsi : les seules victimes du cloître ne sont pas celles que l'on y a conduites par contrainte. Le problème de la vocation se trouve largement dépassé. La mère Sainte-Christine, la supérieure de Saint-Eutrope, toutes les furies de Longchamp et les écervelées de Saint-Eutrope étaient sans doute « bien appelées » : rien n'autorise à croire qu'elles ne sont pas venues au cloître librement. Et pourtant elles en sont les victimes, au même titre que Suzanne que l'on y tient séquestrée. La supérieure lesbienne a pu se faire, dans le monde de ses rêves, une existence douillette, avec de grasses matinées, du beau linge blanc, et des friandises de toutes sortes. Mais que l'expiation sera sévère ! Et quelle terrible agonie que ce corps-à-corps avec Satan !

On voit qu'il serait simpliste de présenter *la Religieuse* comme une œuvre anticléricale. La vérité est plus complexe : en tant qu'œuvre objective, le roman est une protestation contre un certain ordre social ; en tant qu'œuvre visionnaire, une protestation contre une certaine conception de l'homme. Mais, dans cette mesure au moins, n'a-t-on pas le droit d'affirmer que l'on s'attaque à l'essence même du christianisme ? On pourra alléguer, pour le contester, que les couvents seuls servent de cible, qu'aucun dogme n'est tourné en ridicule (quelle différence à cet égard avec les *Contes* de Voltaire !), qu'une part royale est faite à la prière et à la méditation. Tout cela est vrai, mais l'on risque de se payer de mots. Un jugement tout opposé serait aussi raisonnable : une œuvre qui reconnaît l'authenticité de la vie spirituelle, mais qui refuse comme contraire à l'homme le style de spiritualité le plus pur que le christianisme ait élaboré, n'est-ce pas là justement une œuvre antichrétienne ?

Il reste vrai pourtant que le dessein profond de Diderot n'a pas été d'écrire contre l'Église. Il a voulu seulement composer un roman pathétique, dans le goût de Richardson, évoquant les injustes souffrances d'un être faible, pur et noble. Et, plus encore, construire une expérience imaginaire sur l'homme, répondant à la question : Que devient la nature humaine, lorsqu'on condamne certains individus à se séparer de la société pour vivre dans la retraite ? Toutes ses curiosités, lorsqu'il compose *la Religieuse*, s'organisent visiblement autour de ces deux points : une étude de milieu, une étude de l'influence du corps sur la vie de l'âme. La première est paradoxale puisque Diderot invente ses couvents à mesure qu'il les explore. Ce n'est pas une expérience réelle qui est ici tentée, et les souterrains de Longchamp sont déjà aussi terribles que ceux du marquis de Sade. Mais l'on sait que, pour Diderot, l'imagination et l'expérience ne s'excluent pas, et *la Religieuse* n'est pas la seule de ses œuvres où des visions supportent une doctrine, la nourrissent, l'éprouvent et la fassent progresser.

La thèse de Diderot est que la vie de couvent détruit les sentiments naturels et suspend les « fonctions animales ». Or un être humain en qui sont à la fois perverties les affections propres à l'homme et inhibées ces fonctions générales qui attachent l'homme à l'ensemble des êtres vivants. devient nécessairement

une créature monstrueuse. La perversion des sentiments naturels se réduit à des antithèses assez simples,
et somme toute conventionnelles : l'amour se change
en haine, l'autorité en despotisme, la sympathie des
âmes en jalousie... Diderot semble beaucoup plus
captivé par le mécanisme des fonctions animales, dont
le dérangement, et à plus forte raison l'arrêt, provoque
à coup sûr l'aliénation mentale. C'est un des traits
essentiels de son humanisme que l'attention extrême
qu'il apporte au « corps ». Morale et médecine sont
deux sciences jumelles, peut-être même interchangea-
bles. « J'ai remarqué une chose assez singulière, dira le
maître de Jacques ; c'est qu'il n'y a guère de maximes
de morale dont on ne fît un aphorisme de médecine et
réciproquement peu d'aphorismes de médecine dont
on ne fît une maxime de morale. » Cette phrase éclaire
rétrospectivement l'unité d'inspiration de *la Religieuse*. Est-ce les frustrations et les troubles physiques
qui dénaturent dans les couvents tout sentiment
humain, ou l'incompatibilité idéale entre la nature de
l'homme et la vie du cloître qui détruit l'équilibre du
corps ? Pour Diderot, qui a pris parti en faveur de
l'unité de l'homme, il n'y a là que deux langages pour
une même réalité. D'ailleurs, à supposer que l'homme
fût double, ce que l'on sait de lui est encore trop
imparfait pour que l'on puisse arrêter le sens de ces
échanges mystérieux entre le corps et l'âme.

La Religieuse est une étape importante dans l'explo-
ration, à la fois médicale et morale, que Diderot, tout
au long de sa carrière d'écrivain et de philosophe, tente
de l'homme. La hantise du corps, la netteté de vision
avec laquelle s'imposent les expressions et les gestes,

telle est peut-être la véritable originalité du roman et
sa plus grande saveur. Aucune œuvre ne pourrait
fournir une mimique aussi précise et aussi complète de
tous les sentiments profonds et élémentaires : une
mimique du désir, une mimique de la haine, une
mimique du désespoir. Tout de suite après *la Religieuse*, Diderot se met à écrire *le Neveu de Rameau*, où
l'art du geste s'épanouira encore. De ce point de vue,
les deux romans, qui se ressemblent et s'opposent,
paraissent complémentaires. La mimique de Rameau
est portée au second degré ; elle est celle de l'imitation
esthétique, et se complique de toute une part de
dérision et d'auto-ironie. Les personnages de *la Religieuse* ne disposent que d'une mimique plus élémen-
taire, mais plus spontanée : celle de l'expression
naturelle des sentiments les plus intenses et les plus
simples. Dans *Jacques le fataliste*, le visage et le corps
humains n'auront plus la même importance. Peut-être
Diderot considérait-il que *la Religieuse* et *le Neveu*
avaient, chacun dans son registre propre, épuisé la
reconstitution de la mimique humaine.

Mais dans l'évocation du corps, Diderot va plus loin
que la seule apparence. Il ne lui suffit pas de reproduire des cris, des sanglots et des soupirs, de montrer
des regards chavirés par la peur ou par la haine, de
dessiner des chevelures dénouées, des corps tendus,
des bouches crispées, des bras implorants, et jusqu'aux
symptômes de l'orgasme. Il suggère une explication en
profondeur pour rendre compte de manifestations
aussi diverses que le don de voyance, le goût de la
persécution et l'obsession homosexuelle. Cette explication, c'est « l'hystérie », notion courante parmi les

« psychiatres » du XVIIIe siècle, mais notion vague qui rassemblait au hasard, sous un même terme, la plupart des maladies nerveuses ou mentales de la femme. Peu importe d'ailleurs l'imprécision de la science médicale. On retiendra seulement que Diderot a attribué aux vapeurs mystiques, sadiques ou érotiques la même cause, celle du milieu, et qu'il a au fond rendu illusoire toute hiérarchie morale entre l'élévation d'âme de la mère de Moni, les détestables fureurs de la mère Sainte-Christine et les agitations burlesques de la supérieure de Saint-Eutrope. Les trois personnages appartiennent à trois domaines de la typologie littéraire, et sont destinés à produire trois sortes de pathétique : l'admiration, l'horreur et la pitié. Nous frôlons les catégories et les ressorts dramatiques les plus traditionnels. Mais il faut comprendre que les trois supérieures sont au fond « semblables », et nous toucherons là au noyau le plus secret de l'œuvre.

La Religieuse peut être considérée comme une sorte de répertoire des « névroses » sécrétées par le milieu morbide des cloîtres. Tant de pitoyables créatures sont livrées malgré elles à leur corps, à leurs nerfs, à leurs instincts, à leur révolte. Leur personnalité morale se dissout, des impulsions et des hantises les possèdent. On peut se demander si les trois grands romans de Diderot n'ont pas pour objet de nous présenter chacun une image de l'aliénation humaine : *la Religieuse* nous parlerait de l'aliénation physique, *le Neveu de Rameau* de l'aliénation sociale, et *Jacques le fataliste* de l'aliénation métaphysique. Dans chacune de ces trois œuvres, nous découvririons ainsi l'homme privé de sa liberté.

Mais alors que dans *le Neveu de Rameau*, et plus encore dans *Jacques le fataliste*, le thème de l'aliénation humaine est sans cesse contesté et contredit par cette liberté suprême de l'art que symbolise le contrepoint subjectif de la fantaisie, de l'ironie et de l'humour, *la Religieuse*, premier essai romanesque sérieux d'un Diderot sur lequel pèse encore la double influence de Richardson et du drame, conserve comme style propre l'insistance rhétorique et oratoire, qui en est l'aspect le plus discutable, mais aussi la pureté et la violence tragiques qui en font un chef-d'œuvre de l'art visionnaire.

Robert Mauzi.

La religieuse

La réponse de M. le marquis de Croismare, s'il m'en fait une, me fournira les premières lignes de ce récit. Avant que de lui écrire, j'ai voulu le connaître. C'est un homme du monde, il s'est illustré au service ; il est âgé. il a été marié, il a une fille et deux fils qu'il aime et dont il est chéri. Il a de la naissance, des lumières. de l'esprit, de la gaieté, du goût pour les beaux-arts, et surtout de l'originalité. On m'a fait l'éloge de sa sensibilité, de son honneur et de sa probité : et j'ai jugé par le vif intérêt qu'il a pris à mon affaire. et par tout ce qu'on m'en a dit. que je ne m'étais point compromise en m'adressant à lui. Mais il n'est pas à présumer qu'il se détermine à changer mon sort * sans savoir qui je suis. et c'est ce motif qui me résout à vaincre mon amour-propre et ma répugnance. en entreprenant ces mémoires. où je peins une partie de mes malheurs. sans talent et sans art, avec la naïveté d'un enfant de mon âge et la franchise de mon caractère. Comme mon

* Les astérisques renvoient aux variantes figurant en fin de volume.

protecteur pourrait exiger, ou que peut-être la fantaisie me prendrait de les achever dans un temps où des
faits éloignés auraient cessé d'être présents à ma
mémoire, j'ai pensé que l'abrégé qui les termine, et la
profonde impression qui m'en restera tant que je
vivrai, suffiraient pour me les rappeler avec exactitude.

Mon père était avocat. Il avait épousé ma mère dans
un âge assez avancé ; il en eut trois filles. Il avait plus
de fortune qu'il n'en fallait pour les établir solide-
ment * ; mais pour cela il fallait au moins que sa
tendresse fût également partagée ; et il s'en manque
bien que j'en puisse faire cet éloge *. Certainement je
valais mieux que mes sœurs par les agréments de
l'esprit et de la figure, le caractère et les talents ; et il
semblait que mes parents en fussent affligés *. Ce que
la nature et l'application m'avaient accordé d'avan-
tages sur elles devenant pour moi une source de
chagrins : afin d'être aimée, chérie, fêtée, excusée
toujours comme elles l'étaient, dès mes plus jeunes ans
j'ai désiré de leur ressembler *. S'il arrivait qu'on dît à
ma mère * : « Vous avez des enfants charmants... »
jamais cela ne s'entendait de moi. J'étais quelquefois
bien vengée de cette injustice ; mais les louanges que
j'avais reçues * me coûtaient si cher quand nous étions
seuls *, que j'aurais autant aimé de l'indifférence ou
même des injures ; plus les étrangers m'avaient mar-
qué de prédilection *, plus on avait d'humeur lorsqu'ils étaient sortis. Ô combien j'ai pleuré de fois de
n'être pas née laide, bête, sotte, orgueilleuse, en un
mot, avec tous les travers qui leur réussissaient auprès
de nos parents ! Je me suis demandé d'où venait cette

bizarrerie*, dans un père, une mère d'ailleurs honnêtes, justes et pieux. Vous l'avouerai-je, monsieur ?
Quelques discours échappés à mon père dans sa colère,
car il était violent, quelques circonstances rassemblées
à différents intervalles, des mots de voisins, des propos
de valets, m'en ont fait soupçonner une raison qui les
excuserait un peu*. Peut-être mon père avait-il quelque incertitude sur ma naissance ; peut-être rappelais-
je à ma mère une faute qu'elle avait commise, et
l'ingratitude d'un homme qu'elle avait trop écouté* ;
que sais-je ? Mais quand ces soupçons seraient mal
fondés*, que risquerais-je à vous les confier ? Vous
brûlerez cet écrit, et je vous promets de brûler vos
réponses.

Comme nous étions venues au monde à peu de
distance les unes des autres, nous devînmes grandes
toutes les trois ensemble. Il se présenta des partis. Ma
sœur aînée fut recherchée par un jeune homme
charmant* ; je m'aperçus qu'il me distinguait et
qu'elle ne serait incessamment que le prétexte de ses
assiduités*. Je pressentis tout ce que ses attentions*
pouvaient m'attirer de chagrins, et j'en avertis ma
mère. C'est peut-être la seule chose que j'aie faite en
ma vie qui lui ait été agréable, et voici comment j'en
fus récompensée. Quatre jours après, ou du moins à
peu de jours, on me dit qu'on avait arrêté ma place
dans un couvent ; et dès le lendemain j'y fus conduite.
J'étais si mal à la maison, que cet événement ne
m'affligea point ; et j'allai à Sainte-Marie, c'est mon
premier couvent, avec beaucoup de gaieté. Cependant
l'amant de ma sœur, ne me voyant plus, m'oublia et
devint son époux. Il s'appelle M. K*** ; il est notaire,

et demeure à Corbeil, où il fait un assez mauvais ménage. Ma seconde sœur fut accordée* à un M. Bauchon, marchand de soieries à Paris, rue Quincampoix, et vit bien avec lui*.

Mes deux sœurs établies, je crus qu'on penserait à moi, et que je ne tarderais pas à sortir du couvent*. J'avais alors seize ans et demi*. On avait fait des dots considérables à mes sœurs ; je me promettais un sort égal au leur, et ma tête s'était remplie de projets séduisants*, lorsqu'on me fit demander au parloir. C'était le père Séraphin, directeur de ma mère ; il avait été aussi le mien ; ainsi il n'eut pas d'embarras à m'expliquer le motif de sa visite : il s'agissait de m'engager à prendre l'habit. Je me récriai sur cette étrange proposition* ; et je lui déclarai nettement* que je ne me sentais aucun goût pour l'état religieux. « Tant pis, me dit-il, car vos parents se sont dépouillés pour vos sœurs, et je ne vois plus ce qu'ils pourraient pour vous dans la situation étroite où ils se sont réduits*. Réfléchissez-y, mademoiselle* ; il faut ou entrer pour toujours dans cette maison, ou s'en aller dans quelque couvent de province où l'on vous recevra pour une modique pension, et d'où vous ne sortirez qu'à la mort de vos parents*, qui peut se faire attendre longtemps. » Je me plaignis avec amertume, et je versai un torrent de larmes*. La supérieure était prévenue ; elle m'attendait au retour du parloir. J'étais dans un désordre qui ne se peut expliquer. Elle me dit : « Et qu'avez-vous, ma chère enfant ? (Elle savait mieux que moi ce que j'avais.) Comme vous voilà ! Mais on n'a jamais vu un désespoir pareil au vôtre, vous me faites trembler. Est-ce que vous avez perdu

monsieur votre père ou madame votre mère ? » Je
pensai lui répondre, en me jetant entre ses bras : « Eh !
plût à Dieu !... » Je me contentai de m'écrier : « Hélas !
je n'ai ni père ni mère ; je suis une malheureuse qu'on
déteste et qu'on veut enterrer ici toute vive*. » Elle
laissa passer le torrent ; elle attendit le moment de la
tranquillité. Je lui expliquai plus clairement ce qu'on
venait de m'annoncer. Elle parut avoir pitié de moi ;
elle me plaignit* ; elle m'encouragea à ne point
embrasser un état pour lequel je n'avais aucun goût* ;
elle me promit de prier, de remontrer, de solliciter.
Oh ! monsieur, combien ces supérieures de couvent
sont artificieuses ! Vous n'en avez point d'idée. Elle
écrivit en effet. Elle n'ignorait pas les réponses qu'on
lui ferait ; elle me les communiqua* ; et ce n'est
qu'après bien du temps que j'ai appris à douter de sa
bonne foi. Cependant le terme qu'on avait mis à ma
résolution arriva ; elle vint m'en instruire* avec la
tristesse la mieux étudiée*. D'abord elle demeura sans
parler, ensuite elle me jeta quelques mots de commisération*, d'après lesquels je compris le reste. Ce fut
encore une scène de désespoir ; je n'en aurai guère
d'autres à vous peindre. Savoir se contenir* est leur
grand art. Ensuite elle me dit, en vérité je crois que ce
fut en pleurant : « Eh bien ! mon enfant, vous allez
donc nous quitter ! Chère enfant, nous ne nous rever-
rons plus !... » Et d'autres propos que je n'entendis
pas. J'étais renversée sur une chaise ; ou je gardais le
silence, ou je sanglotais*, ou j'étais immobile, ou je me
levais, ou j'allais tantôt m'appuyer contre les murs,
tantôt exhaler ma douleur sur son sein. Voilà ce qui
s'était passé lorsqu'elle ajouta : « Mais que ne faites-

vous une chose ? Écoutez, et n'allez pas dire au moins
que je vous en ai donné le conseil ; je compte sur une
discrétion inviolable de votre part*, car, pour toute
chose au monde, je ne voudrais pas qu'on eût un
reproche à me faire*. Qu'est-ce qu'on demande de
vous ? Que vous preniez le voile ? Eh bien ! que ne le
prenez-vous ? A quoi cela vous engage-t-il ? A rien, à
demeurer encore deux ans avec nous. On ne sait ni qui
meurt ni qui vit ; deux ans, c'est du temps, il peut
arriver bien des choses en deux ans... » Elle joignit à
ces propos insidieux tant de caresses, tant de protestations d'amitié, tant de faussetés douces ; je savais où
j'étais, je ne savais où l'on me mènerait, et je me laissai
persuader. Elle écrivit donc à mon père ; sa lettre était
très bien, oh ! pour cela on ne peut mieux : ma peine,
ma douleur, mes réclamations* n'y étaient point
dissimulées, je vous assure qu'une fille plus fine que
moi y aurait été trompée ; cependant on finissait par
donner mon consentement. Avec quelle célérité tout
fut préparé ! Le jour fut pris, mes habits faits, le
moment de la cérémonie arrivé, sans que j'aperçoive
aujourd'hui le moindre intervalle entre ces choses.

J'oubliais de vous dire que je vis mon père et ma
mère*, que je n'épargnai rien pour les toucher, et que
je les trouvai inflexibles. Ce fut un M. l'abbé Blin,
docteur de Sorbonne, qui m'exhorta, et M. l'évêque
d'Alep qui me donna l'habit. Cette cérémonie n'est pas
gaie par elle-même ; ce jour-là elle fut des plus tristes.
Quoique les religieuses s'empressassent autour de moi
pour me soutenir, vingt fois je sentis mes genoux se
dérober*, et je me vis prête à tomber sur les marches
de l'autel. Je n'entendais rien, je ne voyais rien, j'étais

stupide ; on me menait, et j'allais ; on m'interrogeait,
et l'on répondait pour moi. Cependant cette cruelle
cérémonie prit fin ; tout le monde se retira, et je restai
au milieu du troupeau auquel on venait de m'associer *. Mes compagnes m'ont entourée ; elles
m'embrassent *, et se disent : « Mais voyez donc, ma
sœur, comme elle est belle ! Comme ce voile relève la
blancheur de son teint * ! Comme ce bandeau lui
sied * ! Comme il lui arrondit le visage ! Comme il
étend ses joues ! Comme cet habit fait valoir sa taille et
ses bras * !... » Je les écoutais à peine, j'étais désolée ;
cependant, il faut que j'en convienne, quand je fus
seule dans ma cellule, je me ressouvins de leurs
flatteries ; je ne pus m'empêcher de les vérifier à mon
petit miroir *, et il me sembla qu'elles n'étaient pas
tout à fait déplacées *. Il y a des honneurs attachés à ce
jour ; on les exagéra pour moi, mais j'y fus peu
sensible ; et l'on affecta de croire le contraire et de me
le dire, quoiqu'il fût clair qu'il n'en était rien. Le soir,
au sortir de la prière, la supérieure se rendit dans ma
cellule. « En vérité, me dit-elle après m'avoir un peu
considérée, je ne sais pourquoi vous avez tant de
répugnance pour cet habit ; il vous fait à merveille, et
vous êtes charmante ; sœur Suzanne est une très belle
religieuse ; on vous en aimera davantage. Ça, voyons
un peu, marchez... Vous ne vous tenez pas assez
droite ; il ne faut pas être courbée comme cela *... »
Elle me composa la tête, les pieds, les mains, la taille,
les bras ; ce fut presque une leçon de Marcel sur les
grâces monastiques, car chaque état a les siennes.
Ensuite elle s'assit, et me dit : « C'est bien ; mais à
présent parlons un peu sérieusement. Voilà donc deux

ans de gagnés ; vos parents peuvent changer de
résolution ; vous-même, vous voudrez peut-être rester
ici quand ils voudront vous en tirer ; cela ne serait
point du tout impossible *. — Madame, ne le croyez
pas. — Vous avez été longtemps parmi nous, mais
vous ne connaissez pas encore notre vie ; elle a ses
peines sans doute, mais elle a aussi ses douceurs... »
Vous vous doutez bien de tout ce qu'elle put ajouter du
monde et du cloître, cela est écrit partout, et partout de
la même manière ; car, grâces à Dieu, on m'a fait lire le
nombreux fatras de ce que les religieux ont débité de
leur état *, qu'ils connaissent bien et qu'ils détestent,
contre le monde qu'ils aiment, qu'ils déchirent * et
qu'ils ne connaissent pas.

Je ne vous ferai pas le détail de mon noviciat ; si l'on
observait toute son austérité, on n'y résisterait pas ;
mais c'est le temps le plus doux de la vie monastique.
Une mère des novices est la sœur la plus indulgente
qu'on a pu trouver. Son étude est de vous dérober
toutes les épines de l'état ; c'est un cours de séduction
la plus subtile et la mieux apprêtée. C'est elle qui
épaissit les ténèbres qui vous environnent, qui vous
berce, qui vous endort, qui vous en impose, qui vous
fascine * ; la nôtre s'attacha à moi particulièrement. Je
ne pense pas qu'il y ait aucune âme, jeune et sans
expérience, à l'épreuve de cet art funeste. Le monde a
ses précipices ; mais je n'imagine pas qu'on y arrive
par une pente aussi facile. Si j'avais éternué deux fois
de suite *, j'étais dispensée de l'office, du travail, de la
prière ; je me couchais de meilleure heure. je me levais
plus tard ; la règle cessait pour moi. Imaginez. monsieur, qu'il y avait des jours où je soupirais après

l'instant de me sacrifier. Il ne se passe pas une histoire
fâcheuse dans le monde qu'on ne vous en parle ; on
arrange les vraies, on en fait de fausses, et puis ce sont
des louanges sans fin et des actions de grâces à Dieu
qui nous met à couvert de ces humiliantes aventures *.
Cependant il approchait ce temps que j'avais quelquefois hâté par mes désirs *. Alors je devins rêveuse, je
sentis mes répugnances se réveiller et s'accroître *. Je
les allais confier * à la supérieure, ou à notre mère des
novices. Ces femmes se vengent bien de l'ennui que
vous leur portez * ; car il ne faut pas croire qu'elles
s'amusent * du rôle hypocrite qu'elles jouent *, et des
sottises qu'elles sont forcées de vous répéter : cela
devient à la fin si usé et si maussade pour elles ! Mais
elles s'y déterminent, et cela pour un millier d'écus
qu'il en revient à leur maison. Voilà l'objet important
pour lequel elles mentent toute leur vie, et préparent à
de jeunes innocentes un désespoir de quarante, de
cinquante années, et peut-être un malheur éternel ; car
il est sûr, monsieur, que, sur cent religieuses qui
meurent avant cinquante ans, il y en a cent tout juste
de damnées, sans compter celles qui deviennent folles,
stupides ou furieuses en attendant.

Il arriva un jour qu'il s'en échappa une de ces
dernières de la cellule où on la tenait renfermée. Je la
vis. Voilà l'époque de mon bonheur ou de mon
malheur, selon, monsieur, la manière dont vous en
userez avec moi. Je n'ai jamais rien vu de si hideux.
Elle était échevelée et presque sans vêtement ; elle
traînait des chaînes de fer ; ses yeux étaient égarés ;
elle s'arrachait les cheveux ; elle se frappait la poitrine
avec les poings *, elle courait, elle hurlait ; elle se

chargeait elle-même, et les autres, des plus terribles imprécations ; elle cherchait une fenêtre pour se précipiter. La frayeur me saisit, je tremblai de tous mes membres, je vis mon sort dans celui de cette infortunée, et sur-le-champ il fut décidé, dans mon cœur, que je mourrais mille fois plutôt que de m'y exposer. On pressentit l'effet que cet événement pourrait faire sur mon esprit ; on crut devoir le prévenir. On me dit de cette religieuse je ne sais combien de mensonges ridicules qui se contredisaient : quelle avait déjà l'esprit dérangé quand on l'avait reçue ; qu'elle avait eu un grand effroi dans un temps critique ; qu'elle était devenue sujette* à des visions ; qu'elle se croyait en commerce avec les anges ; qu'elle avait fait des lectures pernicieuses qui lui avaient gâté l'esprit : qu'elle avait entendu des novateurs d'une morale outrée*, qui l'avaient si fort épouvantée des jugements de Dieu, que sa tête ébranlée en avait été renversée : qu'elle ne voyait plus que des démons, l'enfer et des gouffres de feu ; qu'elles étaient bien malheureuses ; qu'il était inouï qu'il y eût jamais eu un pareil sujet dans la maison ; que sais-je quoi encore ? Cela ne prit point auprès de moi. A tout moment ma religieuse folle me revenait à l'esprit, et je me renouvelais le serment de ne faire aucun vœu.

Le voici pourtant arrivé ce moment où il s'agissait de montrer si je savais me tenir parole. Un matin après l'office, je vis entrer la supérieure chez moi. Elle tenait une lettre*. Son visage était celui de la tristesse et de l'abattement ; les bras lui tombaient* ; il semblait que sa main n'eût pas la force de soulever* cette lettre : elle me regardait : des larmes semblaient rouler dans

ses yeux* ; elle se taisait et moi aussi : elle attendait
que je parlasse la première ; j'en fus tentée*, mais je
me retins. Elle me demanda comment je me portais ;
que l'office avait été bien long aujourd'hui ; que j'avais
un peu toussé ; que je lui paraissais indisposée. A tout
cela je répondis : « Non, ma chère mère*. » Elle tenait
toujours sa lettre d'une main pendante ; au milieu de
ces questions, elle la posa sur ses genoux, et sa main la
cachait en partie* ; enfin, après avoir tourné autour de
quelques questions sur mon père, sur ma mère, voyant
que je ne lui demandais point ce que c'était que ce
papier*, elle me dit : « Voilà une lettre... »

A ce mot je sentis mon cœur se troubler, et
j'ajoutai* d'une voix entrecoupée et avec des lèvres
tremblantes : « Elle est de ma mère ?

— Vous l'avez dit ; tenez, lisez... »

Je me remis un peu, je pris la lettre, je la lus d'abord
avec assez de fermeté ; mais à mesure que j'avançais,
la frayeur, l'indignation, la colère, le dépit, différentes
passions se succédant en moi, j'avais différentes voix,
je prenais différents visages* et je faisais différents
mouvements. Quelquefois je tenais à peine ce papier,
ou je le tenais comme si j'eusse voulu le déchirer, ou je
le serrais violemment comme si j'avais été tentée de le
froisser et de le jeter loin de moi.

« Eh bien ! mon enfant, que répondrons-nous à
cela ?

— Madame, vous le savez*.

— Mais non, je ne le sais pas. Les temps sont
malheureux, votre famille a souffert des pertes ; les
affaires de vos sœurs sont dérangées ; elles ont l'une et
l'autre beaucoup d'enfants ; on s'est épuisé pour elles

en les mariant ; on se ruine pour les soutenir. Il est impossible qu'on vous fasse un certain sort ; vous avez pris l'habit ; on s'est constitué en dépenses * ; par cette démarche vous avez donné des espérances * ; le bruit de votre profession prochaine s'est répandu dans le monde *. Au reste, comptez toujours sur tous mes secours. Je n'ai jamais attiré personne en religion, c'est un état où Dieu nous appelle *, et il est très dangereux de mêler sa voix à la sienne. Je n'entreprendrai point de parler à votre cœur, si la grâce ne lui dit rien ; jusqu'à présent je n'ai point à me reprocher le malheur d'une autre * ; voudrais-je commencer par vous, mon enfant, qui m'êtes si chère ? Je n'ai point oublié que c'est à ma persuasion que vous avez fait les premières démarches ; et je ne souffrirai point qu'on en abuse pour vous engager au-delà de votre volonté. Voyons donc ensemble, concertons-nous. Voulez-vous faire profession ?

— Non, madame.

— Vous ne vous sentez aucun goût pour l'état religieux ?

— Non, madame.

— Vous n'obéirez point à vos parents ?

— Non, madame.

— Que voulez-vous donc devenir ?

— Tout, excepté religieuse. Je ne le veux pas être, je ne le serai pas.

— Eh bien ! vous ne le serez pas ; mais arrangeons * une réponse à votre mère. »

Nous convînmes de quelques idées. Elle écrivit, et me montra sa lettre * qui me parut encore très bien. Cependant on me dépêcha le directeur de la maison ;

on m'envoya le docteur qui m'avait prêchée à ma prise d'habit ; on me recommanda à la mère des novices ; je vis M. l'évêque d'Alep ; j'eus des lances à rompre avec des femmes pieuses qui se mêlèrent de mon affaire sans que je les connusse ; c'étaient des conférences continuelles* avec des moines et des prêtres ; mon père vint, mes sœurs m'écrivirent, ma mère parut la dernière : je résistai à tout. Cependant le jour fut pris pour ma profession ; on ne négligea rien pour obtenir mon consentement ; mais quand on vit qu'il était inutile de le solliciter, on prit le parti de s'en passer.

De ce moment, je fus renfermée* dans ma cellule ; on m'imposa le silence ; je fus séparée de tout le monde, abandonnée à moi-même ; et je vis clairement qu'on était résolu à disposer de moi sans moi. Je ne voulais point m'engager, c'était un point résolu ; et toutes les terreurs vraies ou fausses qu'on me jetait sans cesse ne m'ébranlaient pas. Cependant j'étais dans un état déplorable ; je ne savais point ce qu'il pouvait durer ; et s'il venait à cesser, je savais encore moins ce qui pouvait m'arriver. Au milieu de ces incertitudes, je pris un parti dont vous jugerez, monsieur, comme il vous plaira. Je ne voyais plus personne, ni la supérieure, ni la mère des novices, ni mes compagnes. Je fis avertir la première, et je feignis de me rapprocher de la volonté de mes parents ; mais mon dessein était de finir cette persécution avec éclat, et de protester publiquement contre la violence qu'on méditait*. Je dis donc qu'on était maître de mon sort, qu'on en pouvait disposer comme on voudrait, qu'on exigeait que je fisse profession, et que je le ferais. Voilà la joie répandue dans toute la maison. les caresses

revenues avec toutes les flatteries et toute la séduction.
« Dieu avait parlé à mon cœur ; personne n'était plus
faite pour l'état de perfection que moi. Il était impossible que cela ne fût pas, on s'y était toujours attendu.
On ne remplit pas ses devoirs avec tant d'édification et
de constance, quand on n'y est pas vraiment destinée *. La mère des novices n'avait jamais vu dans
aucune de ses élèves de vocation mieux caractérisée * ;
elle était toute surprise du travers que j'avais pris,
mais elle avait toujours bien dit à notre mère supérieure qu'il fallait tenir bon, et que cela passerait ; que
les meilleures religieuses avaient eu de ces moments-
là ; que c'étaient des suggestions * du mauvais esprit
qui redoublait ses efforts lorsqu'il était sur le point de
perdre sa proie ; que j'allais lui échapper ; qu'il n'y
avait plus que des roses pour moi ; que les obligations
de la vie religieuse me paraîtraient d'autant plus
supportables que je me les étais plus fortement exagé-
rées ; que cet appesantissement subit du joug était une
grâce du ciel, qui se servait de ce moyen pour
l'alléger... » Il me paraissait assez singulier * que la
même chose vînt de Dieu ou du diable, selon qu'il leur
plaisait de l'envisager. Il y a beaucoup de circonstances pareilles dans la religion * ; et ceux qui m'ont
consolée, m'ont souvent dit de mes pensées, les uns
que c'étaient autant d'instigations de Satan *, et les
autres, autant d'inspirations de Dieu. Le même mal
vient, ou de Dieu qui nous éprouve, ou du diable qui
nous tente *.

Je me conduisis avec discrétion * ; je crus pouvoir
me répondre de moi. Je vis mon père, il me parla
froidement ; je vis ma mère, elle m'embrassa ; je reçus

des lettres de congratulation de mes sœurs et de beaucoup d'autres. Je sus que ce serait un M. Sornin, vicaire de Saint-Roch, qui ferait le sermon, et M. Thierry, chancelier de l'Université *, qui recevrait mes vœux. Tout alla bien jusqu'à la veille du grand jour, excepté qu'ayant appris que la cérémonie serait clandestine *, qu'il y aurait très peu de monde *, et que la porte de l'église ne serait ouverte qu'aux parents *, j'appelai par la tourière toutes les personnes de notre voisinage *, mes amis, mes amies ; j'eus la permission d'écrire à quelques-unes de mes connaissances *. Tout ce concours auquel on ne s'attendait guère se présenta ; il fallut le laisser entrer ; et l'assemblée fut telle à peu près qu'il le fallait pour mon projet.

Oh ! monsieur, quelle nuit que celle qui précéda * ! Je ne me couchai point ; j'étais assise sur mon lit. J'appelais Dieu à mon secours ; j'élevais mes mains au ciel, je le prenais à témoin de la violence qu'on me faisait. Je me représentais mon rôle au pied des autels, une jeune fille protestant à haute voix contre une action à laquelle elle paraît avoir consenti, le scandale des assistants, le désespoir des religieuses, la fureur de mes parents. « Ô Dieu ! que vais-je devenir ?... » En prononçant ces mots il me prit une défaillance générale, je tombai évanouie sur mon traversin ; un frisson général *, dans lequel mes genoux se battaient * et mes dents se frappaient * avec bruit, succéda à cette défaillance ; à ce frisson une chaleur terrible. Mon esprit se troubla. Je ne me souviens ni de m'être déshabillée, ni d'être sortie de ma cellule ; cependant on me trouva nue en chemise, étendue par terre à la porte de la supérieure, sans mouvement et presque sans vie. J'ai appris ces choses depuis. On m'avait rapportée dans ma cellule ; et le matin mon lit fut environné de la supérieure*, de la mère des novices, et de celles qu'on appelle les assistantes. J'étais fort abattue ; on me fit quelques questions ; on vit par mes réponses que je n'avais aucune connaissance de ce qui s'était passé* ; et l'on ne m'en parla pas. On me demanda comment je me portais, si je persistais dans ma sainte résolution, et si je me sentais en état de supporter la fatigue du jour. Je répondis que oui ; et contre leur attente rien ne fut dérangé.

On avait tout disposé dès la veille. On sonna les cloches pour apprendre à tout le monde qu'on allait faire une malheureuse. Le cœur me battit encore. On vint me parer ; ce jour est un jour de toilette ; à présent que je me rappelle toutes ces cérémonies, il me semble qu'elles avaient quelque chose de solennel et de bien touchant pour une jeune innocente que son penchant n'entraînerait point ailleurs. On me conduisit à l'église ; on célébra la sainte messe. Le bon vicaire*, qui me soupçonnait une résignation que je n'avais point, me fit un long sermon où il n'y avait pas un mot qui ne fût contresens ; c'était quelque chose de bien ridicule que tout ce qu'il me disait de mon bonheur, de la grâce, de mon courage, de mon zèle, de ma ferveur et de tous les beaux sentiments qu'il me supposait. Ce contraste et de son éloge et de la démarche que j'allais faire me troubla ; j'eus des moments d'incertitude, mais qui durèrent peu. Je n'en sentis que mieux que je manquais de tout ce qu'il fallait avoir pour être une bonne religieuse. Cependant* le moment terrible arriva. Lorsqu'il fallut entrer dans le lieu* où je devais prononcer le vœu de mon engagement, je ne me trouvai plus de jambes ; deux de mes compagnes me prirent sous le bras ; j'avais la tête renversée sur une d'elles, et je me traînais. Je ne sais ce qui se passait dans l'âme des assistants, mais ils voyaient une jeune victime* mourante qu'on portait à l'autel, et il s'échappait de toutes parts des soupirs et des sanglots, au milieu desquels je suis sûre que ceux de mon père et de ma mère ne se firent point entendre. Tout le monde était debout ; il y avait de jeunes personnes montées sur des chaises, et attachées aux barreaux de la grille ; et il se faisait un profond silence, lorsque celui* qui présidait à ma profession me dit : « Marie-Suzanne Simonin*, promettez-vous de dire la vérité ?

— Je le promets.

— Est-ce de votre plein gré et de votre libre volonté que vous êtes ici ? »

Je répondis : « Non » ; mais celles qui m'accompagnaient répondirent pour moi : « Oui ».

« Marie-Suzanne Simonin*, promettez-vous à Dieu chasteté, pauvreté et obéissance ? »

J'hésitai un moment ; le prêtre attendit ; et je répondis :

« Non, monsieur*. »

Il recommença :

« Marie-Suzanne Simonin*, promettez-vous à Dieu chasteté, pauvreté et obéissance ? »

Je lui répondis d'une voix plus ferme :

« Non, monsieur*, non. »

Il s'arrêta et me dit : « Mon enfant, remettez-vous, et écoutez-moi.

— Monsieur*, lui dis-je, vous me demandez si je

promets à Dieu chasteté, pauvreté et obéissance : je
vous ai bien entendu, et je vous réponds que non. »

Et me tournant ensuite vers les assistants, entre
lesquels il s'était élevé un assez grand murmure, je fis
signe que je voulais parler ; le murmure cessa et je dis :

« Messieurs, et vous surtout mon père et ma mère, je
vous prends tous à témoin... »

A ces mots une des sœurs laissa tomber le voile de la
grille, et je vis qu'il était inutile de continuer. Les
religieuses m'entourèrent, m'accablèrent de
reproches ; je les écoutai sans mot dire. On me
conduisit dans ma cellule, où l'on m'enferma sous la
clef.

Là, seule, livrée à mes réflexions, je commençai à
rassurer mon âme ; je revins sur ma démarche, et je ne
m'en repentis point. Je vis qu'après l'éclat que j'avais
fait, il était impossible que je restasse ici longtemps, et
que peut-être on n'oserait pas me remettre en couvent.
Je ne savais ce qu'on ferait de moi ; mais je ne voyais
rien de pis que d'être religieuse malgré soi. Je demeurai assez longtemps * sans entendre parler de qui que
ce fût. Celles qui m'apportaient à manger entraient,
mettaient mon dîner à terre et s'en allaient en silence *.
Au bout d'un mois on me donna * des habits de
séculière ; je quittai ceux de la maison ; la supérieure
vint et me dit de la suivre. Je la suivis jusqu'à la porte
conventuelle ; là je montai dans une voiture où je
trouvai ma mère seule qui m'attendait ; je m'assis sur
le devant, et le carrosse partit. Nous restâmes l'une vis-
à-vis de l'autre quelque temps sans mot dire ; j'avais
les yeux baissés, je n'osais la regarder. Je ne sais ce qui
se passait dans mon âme ; mais tout à coup je me jetai

à ses pieds, et je penchai ma tête sur ses genoux ; je ne
lui parlais pas *, mais je sanglotais et j'étouffais. Elle
me repoussa durement *. Je ne me relevai pas ; le sang
me vint au nez ; je saisis l'une de ses mains malgré
qu'elle en eût ; et l'arrosant de mes larmes et de mon
sang qui coulait, appuyant ma bouche sur cette main,
je la baisais et je lui disais : « Vous êtes toujours ma
mère, je suis toujours votre enfant... » Elle me répondit
(en me poussant encore plus rudement *, et en arra-
chant sa main d'entre les miennes) : « Relevez-vous,
malheureuse, relevez-vous. » Je lui obéis, je me rassis,
et je tirai ma coiffe sur mon visage. Elle avait mis tant
d'autorité et de fermeté dans le son de sa voix, que je
crus devoir me dérober à ses yeux *. Mes larmes et le
sang qui coulait de mon nez se mêlaient ensemble,
descendaient le long de mes bras, et j'en étais toute
couverte sans que je m'en aperçusse. A quelques mots
qu'elle dit, je conçus que sa robe et son linge * en
avaient été tachés, et que cela lui déplaisait. Nous
arrivâmes à la maison, où l'on me conduisit tout de
suite à une petite chambre qu'on m'avait préparée. Je
me jetai encore à ses genoux sur l'escalier, je la retins
par son vêtement * ; mais tout ce que j'en obtins, ce fut
de se retourner * de mon côté et de me regarder avec
un mouvement d'indignation de la tête, de la bouche et
des yeux *, que vous concevez mieux que je ne puis
vous le rendre.

 J'entrai dans ma nouvelle prison, où je passai six
mois, sollicitant tous les jours inutilement la grâce de
lui parler, de voir mon père ou de leur écrire. On
m'apportait à manger, on me servait ; un domestique
m'accompagnait à la messe les jours de fête, et me

renfermait. Je lisais, je travaillais, je pleurais, je chantais quelquefois ; et c'est ainsi que mes journées se passaient. Un sentiment secret me soutenait, c'est que mon sort, quelque dur qu'il fût, pouvait changer. Mais il était décidé que je serais religieuse, et je le fus.

Tant d'inhumanité, tant d'opiniâtreté de la part de mes parents, ont achevé de me confirmer ce que je soupçonnais de ma naissance* ; je n'ai jamais pu trouver d'autres moyens de les excuser. Ma mère craignait apparemment que je ne revinsse un jour sur le partage des biens, que je ne redemandasse ma légitime, et que je n'associasse un enfant naturel à des enfants légitimes*. Mais ce qui n'était qu'une conjoncture va se tourner en certitude*.

Tandis que j'étais enfermée à la maison, je faisais peu d'exercices extérieurs de religion ; cependant on m'envoyait à confesse la veille des grandes fêtes. Je vous ai dit que j'avais le même directeur que ma mère. Je lui parlai, je lui exposai toute la dureté de la conduite qu'on avait tenue avec moi depuis environ trois ans*. Il la savait. Je me plaignis de ma mère surtout avec amertume et ressentiment. Ce prêtre était entré tard dans l'état religieux ; il avait de l'humanité. Il m'écouta tranquillement, et me dit :

« Mon enfant, plaignez votre mère, plaignez-la* plus encore que vous ne la blâmez. Elle a l'âme bonne ; soyez sûre que c'est malgré elle qu'elle en use ainsi.

— Malgré elle, monsieur ! Et qu'est-ce qui peut l'y contraindre ? Ne m'a-t-elle pas mise au monde ? Et quelle différence y a-t-il entre mes sœurs et moi ?

— Beaucoup.

— Beaucoup ! Je n'entends rien à votre réponse... »

J'allais entrer dans la comparaison de mes sœurs et de moi, lorsqu'il m'arrêta et me dit :

« Allez, allez, l'inhumanité n'est pas le vice de vos parents *. Tâchez de prendre votre sort en patience, et de vous en faire du moins un mérite devant Dieu. Je verrai votre mère, et soyez sûre que j'emploierai pour vous servir tout ce que je puis avoir d'ascendant sur son esprit *. »

Ce *beaucoup*, qu'il m'avait répondu, fut un trait de lumière pour moi ; je ne doutai plus de la vérité de ce que j'avais pensé sur ma naissance.

Le samedi suivant *, vers les cinq heures et demie du soir, à la chute du jour, la servante qui m'était attachée monta, et me dit : « Madame votre mère ordonne * que vous vous habilliez. » Une heure après : « Madame veut * que vous descendiez avec moi. » Je trouvai à la porte un carrosse où nous montâmes, la domestique et moi ; et j'appris que nous allions aux Feuillants, chez le père Séraphin. Il nous attendait ; il était seul. La domestique s'éloigna ; et moi, j'entrai dans le parloir *. Je m'assis inquiète et curieuse de ce qu'il avait à me dire *. Voici comme il me parla :

« Mademoiselle, l'apologie de la conduite sévère de vos parents * va s'expliquer pour vous ; j'en ai obtenu la permission de madame votre mère. Vous êtes sage ; vous avez de l'esprit, de la fermeté ; vous êtes dans un âge où l'on pourrait vous confier un secret, même qui ne vous concernerait point. Il y a longtemps que j'ai exhorté pour la première fois madame votre mère à vous révéler * celui que vous allez apprendre ; elle n'a jamais pu s'y résoudre : il est dur pour une mère d'avouer une faute grave à son enfant. Vous connaissez son caractère ; il ne va guère avec la sorte d'humiliation d'un certain aveu. Elle a cru pouvoir sans cette ressource vous amener à ses desseins ; elle s'est trompée ; elle en est fâchée ; elle revient aujourd'hui à mon conseil ; et c'est elle qui m'a chargé de vous annoncer* que vous n'étiez pas la fille de M. Simonin. »

Je lui répondis sur-le-champ : « Je m'en étais doutée.

— Voyez à présent, mademoiselle, considérez, pesez, jugez si madame votre mère peut sans le consentement, même avec le consentement de monsieur votre père, vous unir* à des enfants dont vous n'êtes point la sœur ; si elle peut avouer à monsieur votre père un fait sur lequel* il n'a déjà que trop de soupçons.

— Mais, monsieur, qui est mon père ?

— Mademoiselle, c'est ce qu'on ne m'a pas confié. Il n'est que trop certain, mademoiselle, ajouta-t-il, qu'on a prodigieusement avantagé vos sœurs, et qu'on a pris toutes les précautions imaginables, par les contrats de mariage, par le dénaturer des biens, par les stipulations, par les fidéi-commis et autres moyens, de réduire à rien votre légitime, dans le cas que vous puissiez un jour vous adresser aux lois pour la redemander. Si vous perdez vos parents, vous trouverez peu de chose ; vous refusez un couvent, peut-être regretterez-vous de n'y pas être.

— Cela ne se peut, monsieur ; je ne demande rien.

— Vous ne savez pas ce que c'est que la peine, le travail, l'indigence.

— Je connais du moins le prix de la liberté, et

le poids d'un état auquel on n'est point appelée.

— Je vous ai dit ce que j'avais à vous dire ; c'est à vous, mademoiselle, à faire vos réflexions. »

Ensuite il se leva*.

« Mais, monsieur, encore une question.

— Tant qu'il vous plaira.

— Mes sœurs savent-elles ce que vous m'avez appris ?

— Non, mademoiselle.

— Comment ont-elles donc pu se résoudre à dépouiller leur sœur ? Car c'est ce qu'elles me croient.

— Ah ! mademoiselle, l'intérêt, l'intérêt ! Elles n'auraient point obtenu les partis considérables qu'elles ont trouvés. Chacun songe à soi dans ce monde ; et je ne vous conseille pas de compter sur elles si vous venez à perdre vos parents ; soyez sûre* qu'on vous disputera, jusqu'à une obole*, la petite portion que vous aurez à partager avec elles. Elles ont beaucoup d'enfants ; ce prétexte sera trop honnête* pour vous réduire à la mendicité. Et puis elles ne peuvent plus rien ; ce sont les maris qui font tout. Si elles avaient quelques sentiments de commisération, les secours qu'elles vous donneraient à l'insu de leurs maris deviendraient une source de divisions domestiques. Je ne vois que de ces choses-là, ou des enfants abandonnés, ou des enfants, même légitimes, secourus aux dépens de la paix domestique*. Et puis, mademoiselle, le pain qu'on reçoit est bien dur. Si vous m'en croyez, vous vous réconcilierez* avec vos parents ; vous ferez ce que votre mère doit attendre de vous ; vous entrerez en religion ; on vous fera une petite pension avec laquelle vous passerez des jours, sinon

heureux, du moins supportables. Au reste, je ne vous
cèlerai pas que l'abandon apparent* de votre mère,
son opiniâtreté à vous renfermer, et quelques autres
circonstances qui ne me reviennent plus, mais que j'ai
sues dans le temps, ont produit exactement sur votre
père le même effet que sur vous : votre naissance lui
était suspecte*, elle ne le lui est plus ; et sans être dans
la confidence, il ne doute point que vous ne lui
apparteniez comme enfant que par la loi qui les
attribue à celui qui porte le titre d'époux. Allez,
mademoiselle, vous êtes bonne et sage ; pensez à ce
que vous venez d'apprendre. »

Je me levai, je me mis à pleurer. Je vis qu'il était lui-
même attendri ; il leva doucement les yeux au ciel, et
me reconduisit. Je repris la domestique qui m'avait
accompagnée ; nous remontâmes en voiture, et nous
rentrâmes à la maison.

Il était tard. Je rêvai une partie de la nuit à ce qu'on
venait de me révéler* ; j'y rêvai encore le lendemain.
Je n'avais point de père ; le scrupule m'avait ôté ma
mère ; des précautions prises pour que je ne pusse
prétendre aux droits de ma naissance légale ; une
captivité domestique fort dure ; nulle espérance, nulle
ressource. Peut-être que si l'on se fût expliqué plus tôt
avec moi, après l'établissement de mes sœurs, on
m'eût gardée à la maison qui ne laissait pas que d'être
fréquentée, il se serait trouvé quelqu'un à qui mon
caractère, mon esprit, ma figure et mes talents
auraient paru une dot suffisante. La chose n'était pas
encore impossible, mais l'éclat que j'avais fait en
couvent la rendait plus difficile. On ne conçoit guère
comment une fille de dix-sept à dix-huit ans* a pu se

porter à cette extrémité sans une fermeté peu commune. Les hommes louent beaucoup cette qualité, mais il me semble qu'ils s'en passent volontiers dans celles dont ils se proposent de faire leurs épouses. C'était pourtant une ressource à tenter avant que de songer à un autre parti. Je pris celui* de m'en ouvrir à ma mère ; et je lui fis demander un entretien qui me fut accordé.

C'était dans l'hiver. Elle était assise dans un fauteuil devant le feu ; elle avait le visage sévère, le regard fixe et les traits immobiles. Je m'approchai d'elle, je me jetai à ses pieds et je lui demandai pardon de tous les torts que j'avais.

« C'est, me répondit-elle, par ce que vous m'allez dire que vous le mériterez. Levez-vous ; votre père est absent, vous avez tout le temps de vous expliquer. Vous avez vu le père Séraphin, vous savez enfin qui vous êtes, et ce que vous pouvez attendre de moi, si votre projet n'est pas de* me punir toute ma vie d'une faute que je n'ai déjà que trop expiée. Eh bien ! mademoiselle, que me voulez-vous ? Qu'avez-vous résolu ?

— Maman*, lui répondis-je, je sais que je n'ai rien, et que je ne dois prétendre à rien. Je suis bien éloignée d'ajouter à vos peines, de quelque nature qu'elles soient ; peut-être m'auriez-vous trouvée plus soumise à vos volontés, si vous m'eussiez instruite* plus tôt de quelques circonstances qu'il était difficile que je soupçonnasse ; mais enfin je sais*, je me connais, et il ne me reste qu'à me conduire en conséquence de mon état. Je ne suis plus surprise des distinctions qu'on a mises entre mes sœurs et moi ; j'en reconnais la justice, j'y souscris ; mais je suis toujours votre enfant, vous m'avez portée dans votre sein, et j'espère que vous ne l'oublierez pas.

— Malheur à moi, ajouta-t-elle vivement, si je ne vous avouais pas autant qu'il est en mon pouvoir !

— Eh bien ! maman*, lui dis-je, rendez-moi vos bontés ; rendez-moi votre présence ; rendez-moi la tendresse de celui qui se croit mon père.

— Peu s'en faut, ajouta-t-elle, qu'il ne soit aussi certain de votre naissance que vous et moi. Je ne vous vois jamais à côté de lui sans entendre ses reproches ; il me les adresse par la dureté dont il en use avec vous ; n'espérez point de lui les sentiments d'un père tendre. Et puis, vous l'avouerai-je, vous me rappelez une trahison, une ingratitude si odieuse de la part d'un autre, que je n'en puis supporter l'idée ; cet homme se montre sans cesse entre vous et moi, il me repousse, et la haine que je lui dois se répand sur vous.

— Quoi ! lui dis-je, ne puis-je espérer que vous me traitiez, vous et M. Simonin*, comme une étrangère, une inconnue que vous auriez recueillie par humanité ?

— Nous ne le pouvons ni l'un ni l'autre. Ma fille, n'empoisonnez pas ma vie plus longtemps. Si vous n'aviez point de sœurs, je sais ce que j'aurais à faire ; mais vous en avez deux, et elles ont l'une et l'autre une famille nombreuse. Il y a longtemps que la passion qui me soutenait s'est éteinte ; la conscience a repris ses droits.

— Mais celui à qui je dois la vie... ?

— Il n'est plus ; il est mort sans se ressouvenir de vous : et c'est le moindre de ses forfaits... »

En cet endroit sa figure s'altéra, ses yeux s'allumè-rent, l'indignation s'empara de son visage ; elle voulait parler, mais elle n'articulait plus ; le tremblement de ses lèvres l'en empêchait. Elle était assise ; elle pencha sa tête sur ses mains pour me dérober les mouvements violents qui se passaient en elle. Elle demeura quelque temps dans cet état, puis elle se leva, fit quelques tours dans la chambre sans mot dire ; elle contraignait ses larmes qui coulaient avec peine, et elle disait :

« Le monstre ! Il n'a pas dépendu de lui qu'il ne vous ait étouffée dans mon sein par toutes les peines qu'il m'a causées ; mais Dieu nous a conservées l'une et l'autre, pour que la mère expiât sa faute par l'enfant*... Ma fille, vous n'avez rien, vous n'aurez jamais rien. Le peu que je puis faire pour vous, je le dérobe à vos sœurs ; voilà les suites d'une faiblesse*. Cependant j'espère n'avoir rien à me reprocher en mourant ; j'aurai gagné votre dot par mon économie. Je n'abuse point de la facilité de mon époux* ; mais je mets tous les jours à part ce que j'obtiens de temps en temps de sa libéralité. J'ai vendu ce que j'avais de bijoux, et j'ai obtenu de lui de disposer à mon gré du prix qui m'en est revenu. J'aimais le jeu, je ne joue plus ; j'aimais les spectacles, je m'en suis privée ; j'aimais la compagnie, je vis retirée ; j'aimais le faste, j'y ai renoncé. Si vous entrez en religion, comme c'est ma volonté et celle de M. Simonin*, votre dot sera le fruit de ce que je prends sur moi tous les jours.

— Mais, maman*, lui dis-je, il vient encore ici quelques gens de bien ; peut-être s'en trouvera-t-il un qui, satisfait de ma personne, n'exigera pas même les épargnes que vous avez destinées à mon établissement.

— Il n'y faut plus penser, votre éclat vous a perdue.

— Le mal est-il sans ressource ?

— Sans ressource.

— Mais, si je ne trouve point un époux, est-il nécessaire que je m'enferme dans un couvent ?

— A moins que vous ne veuilliez perpétuer ma douleur et mes remords *, jusqu'à ce que j'aie les yeux fermés. Il faut que j'y vienne ; vos sœurs, dans ce moment terrible, seront autour de mon lit : voyez si je pourrai vous voir au milieu d'elles ; quel serait l'effet de votre présence dans ces derniers moments ! Ma fille, car vous l'êtes malgré moi, vos sœurs ont obtenu des lois un nom que vous tenez du crime ; n'affligez pas une mère qui expire *, laissez-la descendre paisiblement au tombeau ; qu'elle puisse se dire à elle-même, lorsqu'elle sera sur le point de paraître devant le grand juge, qu'elle a réparé sa faute autant qu'il était en elle ; qu'elle puisse se flatter qu'après sa mort vous ne porterez point le trouble dans la maison, et que vous ne revendiquerez pas des droits que vous n'avez point.

— Maman, lui dis-je, soyez tranquille là-dessus ; faites venir un homme de loi ; qu'il dresse un acte de renonciation ; et je souscrirai à tout ce qu'il vous plaira.

— Cela ne se peut : un enfant ne se déshérite pas lui-même ; c'est le châtiment d'un père et d'une mère justement irrités *. S'il plaisait à Dieu de m'appeler demain, demain il faudrait que j'en vinsse à cette extrémité *, et que je m'ouvrisse à mon mari *, afin de prendre de concert les mêmes mesures *. Ne m'exposez point à une indiscrétion qui me rendrait odieuse à ses yeux, et qui entraînerait des suites qui vous déshonoreraient. Si vous me survivez, vous resterez sans nom *, sans fortune et sans état ; malheureuse, dites-moi ce que vous deviendrez ; quelles idées voulez-vous que j'emporte en mourant ? Il faudra donc que je dise à votre père... Que lui dirai-je ? Que vous n'êtes pas son enfant !... Ma fille, s'il ne fallait que se jeter à vos pieds pour obtenir de vous... Mais vous ne sentez rien ; vous avez l'âme inflexible de votre père... »

En ce moment, M. Simonin entra ; il vit le désordre de sa femme ; il l'aimait ; il était violent ; il s'arrêta tout court, et tournant des regards terribles sur moi, il me dit :

« Sortez ! »

S'il eût été mon père, je ne lui aurais pas obéi, mais il ne l'était pas. Il ajouta, en parlant au domestique qui m'éclairait :

« Dites-lui qu'elle ne reparaisse plus. »

Je me renfermai dans ma petite prison. Je rêvai à ce que ma mère m'avait dit. Je me jetai à genoux, je priai Dieu qu'il m'inspirât ; je priai longtemps ; je demeurai le visage collé contre terre. On n'invoque presque jamais la voix du ciel que quand on ne sait à quoi se résoudre * ; et il est rare qu'alors elle ne nous conseille pas d'obéir. Ce fut le parti que je pris. « On veut que je sois religieuse ; peut-être est-ce aussi la volonté de Dieu. Eh bien ! je le serai ; puisqu'il faut que je sois malheureuse, qu'importe où je le sois ! » Je recommandai à * celle qui me servait de m'avertir quand mon père serait sorti. Dès le lendemain je sollicitai un entretien avec ma mère * ; elle me fit répondre qu'elle avait promis le contraire à M. Simonin *, mais que je pouvais lui écrire avec un crayon qu'on me donna.

J'écrivis donc sur un bout de papier (ce fatal papier s'est retrouvé, et l'on ne s'en est que trop bien servi contre moi) :

« Maman, je suis fâchée de toutes les peines que je vous ai causées ; je vous en demande pardon ; mon dessein est de les finir. Ordonnez de moi tout ce qu'il vous plaira ; si c'est votre volonté que j'entre en religion, je souhaite que ce soit aussi celle de Dieu. * »

La servante prit cet écrit, et le porta à ma mère. Elle remonta un moment après, et elle me dit avec transport :

« Mademoiselle, puisqu'il ne fallait qu'un mot pour faire le bonheur de votre père, de votre mère et le vôtre, pourquoi l'avoir différé * si longtemps ? Monsieur et madame ont un visage * que je ne leur ai jamais vu depuis que je suis ici : ils se querellaient sans cesse à votre sujet ; Dieu merci, je ne verrai plus cela... »

Tandis qu'elle me parlait, je pensais que je venais de signer mon arrêt de mort, et ce pressentiment, monsieur, se vérifiera, si vous m'abandonnez.

Quelques jours se passèrent, sans que j'entendisse parler de rien ; mais un matin, sur les neuf heures, ma porte s'ouvrit brusquement ; c'était M. Simonin qui entrait en robe de chambre et en bonnet de nuit *. Depuis que je savais qu'il n'était pas mon père, sa présence ne me causait que de l'effroi *. Je me levai, je lui fis révérence. Il me sembla que j'avais deux cœurs * : je ne pouvais penser à ma mère sans m'attendrir, sans envie de pleurer ; il n'en était pas ainsi de M. Simonin *. Il est sûr qu'un père inspire une sorte de sentiments qu'on n'a pour personne au monde

que lui ; on ne sait pas cela sans s'être trouvé *, comme
moi, vis-à-vis d'un homme qui a porté longtemps et
qui vient de perdre cet auguste caractère * ; les autres
l'ignoreront toujours. Si je passais de sa présence à
celle de ma mère, il me semblait que j'étais une autre.
Il me dit :

« Suzanne, reconnaissez-vous ce billet ?

— Oui, monsieur.

— L'avez-vous écrit librement ?

— Je ne saurais dire que oui.

— Êtes-vous du moins résolue à exécuter ce qu'il
promet ?

— Je le suis.

— N'avez-vous de prédilection pour aucun couvent ?

— Non, ils me sont indifférents.

— Il suffit. »

Voilà ce que je répondis ; mais malheureusement
cela ne fut point écrit. Pendant une quinzaine d'une
entière ignorance de ce qui se passait *, il me parut
qu'on s'était adressé à différentes maisons religieuses,
et que le scandale de ma première démarche * avait
empêché qu'on me reçût postulante. On fut moins
difficile à Longchamp ; et cela, sans doute, parce
qu'on insinua que j'étais musicienne, et que j'avais de
la voix. On m'exagéra bien les difficultés * qu'on avait
eues, et la grâce qu'on me faisait de m'accepter dans
cette maison ; on m'engagea même à écrire à la
supérieure. Je ne sentais pas les suites de ce témoignage écrit * qu'on exigeait : on craignait apparemment qu'un jour je ne revinsse contre mes vœux ; on
voulait avoir une attestation de ma propre main qu'ils

avaient été libres. Sans ce motif, comment cette lettre, qui devait rester* entre les mains de la supérieure, aurait-elle passé dans la suite entre les mains de mes beaux-frères ? Mais fermons vite les yeux là-dessus ; ils me montrent M. Simonin* comme je ne veux pas le voir : il n'est plus.

Je fus conduite à Longchamp ; ce fut ma mère qui m'accompagna. Je ne demandai point à dire adieu à M. Simonin ; j'avoue que la pensée ne m'en vint qu'en chemin. On m'attendait ; j'étais annoncée, et par mon histoire* et par mes talents ; on ne me dit rien de l'une ; mais on fut très pressé de voir si l'acquisition qu'on faisait en valait la peine. Lorsqu'on se fut entretenu de beaucoup de choses indifférentes, car après ce qui m'était arrivé, vous pensez bien qu'on ne parla ni de Dieu, ni de vocation, ni des dangers du monde, ni de la douceur de la vie religieuse, et qu'on ne hasarda pas un mot de pieuses fadaises* dont on remplit ces premiers moments, la supérieure dit : « Mademoiselle, vous savez la musique, vous chantez ; nous avons un clavecin ; si vous vouliez, nous irions dans notre parloir... » J'avais l'âme serrée, mais ce n'était pas le moment de marquer de la répugnance. Ma mère passa, je la suivis ; la supérieure ferma la marche avec quelques religieuses que la curiosité avait attirées. C'était le soir ; on m'apporta des bougies ; je m'assis, je me mis au clavecin ; je préludai longtemps, cherchant un morceau de musique dans ma tête, que j'en ai pleine, et n'en trouvant point. Cependant la supérieure me pressa, et je chantai sans y entendre finesse, par habitude, parce que le morceau m'était familier : *Tristes apprêts, pâles flambeaux, jour plus*

affreux que les ténèbres... Je ne sais ce que cela
produisit ; mais on ne m'écouta pas longtemps : on
m'interrompit par des éloges, que je fus bien surprise
d'avoir mérités si promptement et à si peu de frais. Ma
mère me remit entre les mains de la supérieure, me
donna sa main à baiser, et s'en retourna*.

Me voilà donc dans une autre maison religieuse, et
postulante, et avec toutes les apparences de postuler de
mon plein gré. Mais vous, monsieur, qui connaissez
jusqu'à ce moment tout ce qui s'est passé, qu'en
pensez-vous ? La plupart de ces choses ne furent point
alléguées, lorsque je voulus revenir contre mes vœux ;
les unes, parce que c'étaient des vérités destituées de
preuves ; les autres, parce qu'elles m'auraient rendue
odieuse sans me servir ; on n'aurait vu en moi qu'un
enfant dénaturé, qui flétrissait la mémoire de ses
parents pour obtenir sa liberté. On avait la preuve de
ce qui était *contre* moi ; ce qui était *pour* ne pouvait ni
s'alléguer ni se prouver*. Je ne voulus pas même qu'on
insinuât aux juges le soupçon de ma naissance ;
quelques personnes, étrangères aux lois, me conseillè-
rent de mettre en cause* le directeur de ma mère et le
mien ; cela ne se pouvait ; et quand la chose aurait été
possible, je ne l'aurais pas soufferte*. Mais à propos,
de peur que je ne l'oublie, et que l'envie de me servir
ne vous empêche d'en faire la réflexion, sauf votre
meilleur avis, je crois qu'il faut taire que je sais la
musique et que je touche du clavecin : il n'en faudrait
pas davantage pour me déceler ; l'ostentation de ces
talents ne va point avec l'obscurité et la sécurité que je
cherche ; celles de mon état ne savent point ces choses,
et il faut que je les ignore. Si je suis contrainte de

m'expatrier, j'en ferai ma ressource. M'expatrier !
Mais dites-moi pourquoi cette idée m'épouvante ?
C'est que je ne sais où aller ; c'est que je suis jeune et
sans expérience ; c'est que je crains la misère, les
hommes et le vice ; c'est que j'ai toujours vécu
renfermée, et que si j'étais hors de Paris, je me croirais
perdue dans le monde. Tout cela n'est peut-être pas
vrai ; mais c'est ce que je sens. Monsieur, que je ne
sache pas où aller, ni que devenir, cela dépend de vous.

Les supérieures à Longchamp, ainsi que dans la
plupart des maisons religieuses, changent de trois ans
en trois ans. C'était une madame de Moni qui entrait
en charge, lorsque je fus conduite dans la maison. Je ne
puis vous en dire trop de bien*; c'est pourtant sa
bonté qui m'a perdue. C'était une femme de sens, qui
connaissait le cœur humain ; elle avait de l'indulgence,
quoique personne n'en eût moins besoin ; nous étions
tous* ses enfants. Elle ne voyait jamais que les fautes
qu'elle ne pouvait s'empêcher d'apercevoir, ou dont
l'importance ne lui permettait pas de fermer les yeux.
J'en parle sans intérêt ; j'ai fait mon devoir avec
exactitude ; et elle me rendrait la justice que je n'en
commis aucune dont elle eût à me punir ou qu'elle eût
à me pardonner*. Si elle avait de la prédilection, elle
lui était inspirée par le mérite* ; après cela, je ne sais
s'il me convient de vous dire qu'elle m'aima tendrement et que je ne fus pas des dernières entre ses
favorites. Je sais que c'est un grand éloge que je me
donne, plus grand que vous ne pouvez l'imaginer, ne
l'ayant point connue. Le nom de favorites est celui que
les autres donnent par envie aux bien-aimées de la
supérieure. Si j'avais quelque défaut à reprocher à

Mme de Moni, c'est que son goût pour la vertu, la piété,
la franchise, la douceur, les talents, l'honnêteté,
l'entraînait ouvertement ; et qu'elle n'ignorait pas que
celles qui n'y pouvaient prétendre, n'en étaient que
plus humiliées. Elle avait aussi le don, qui est peut-être
plus commun en couvent que dans le monde, de
discerner promptement les esprits. Il était rare qu'une
religieuse qui ne lui plaisait pas d'abord, lui plût
jamais. Elle ne tarda pas à me prendre en gré ; et j'eus
tout d'abord la dernière confiance en elle. Malheur à
celles dont elle ne l'attirait pas sans effort ! Il fallait
qu'elles fussent mauvaises, sans ressource, et qu'elles
se l'avouassent. Elle m'entretint de mon aventure à
Sainte-Marie ; je la lui racontai sans déguisement
comme à vous ; je lui dis tout ce que je viens de vous
écrire ; et ce qui regardait ma naissance et ce qui tenait
à mes peines, rien ne fut oublié. Elle me plaignit, me
consola, me fit espérer un avenir plus doux.

Cependant le temps du postulat se passa ; celui de
prendre l'habit arriva, et je le pris. Je fis mon noviciat
sans dégoût ; je passe rapidement sur ces deux années,
parce qu'elles n'eurent rien de triste pour moi que le
sentiment secret que je m'avançais pas à pas vers
l'entrée d'un état pour lequel je n'étais point faite.
Quelquefois il se renouvelait avec force ; mais aussitôt
je recourais à ma bonne supérieure, qui m'embrassait,
qui développait mon âme, qui m'exposait fortement
ses raisons, et qui finissait toujours par me dire : « Et
les autres états n'ont-ils pas aussi leurs épines ? On ne
sent que les siennes. Allons, mon enfant, mettons-nous
à genoux, et prions. » Alors elle se prosternait *, elle
priait haut, mais avec tant d'onction, d'éloquence, de

douceur, d'élévation et de force, qu'on eût dit que l'esprit de Dieu l'inspirait. Ses pensées, ses expressions, ses images pénétraient jusqu'au fond du cœur; d'abord on l'écoutait; peu à peu on était entraîné, on s'unissait à elle, l'âme tressaillait, et l'on partageait ses transports. Son dessein n'était pas de séduire; mais certainement c'est ce qu'elle faisait : on sortait de chez elle avec un cœur ardent, la joie et l'extase étaient peintes sur le visage, on versait des larmes si douces * ! C'était une impression qu'elle prenait elle-même, qu'elle gardait longtemps, et qu'on conservait. Ce n'est pas à ma seule expérience que je m'en rapporte, c'est à celle de toutes les religieuses. Quelques-unes m'ont dit qu'elles sentaient naître en elles le besoin d'être consolées comme celui d'un très grand plaisir; et je crois qu'il ne m'a manqué qu'un peu plus d'habitude pour en venir là.

J'éprouvai cependant, à l'approche de ma profession, une mélancolie si profonde, qu'elle mit ma bonne supérieure à de terribles épreuves; son talent l'abandonna, elle me l'avoua elle-même. « Je ne sais, me dit-elle, ce qui se passe en moi; il me semble, quand vous venez, que Dieu se retire et que son esprit se taise; c'est inutilement que je m'excite, que je cherche des idées, que je veux exalter mon âme; je me trouve une femme ordinaire et bornée; je crains de parler. — Ah! chère mère *, lui dis-je, quel pressentiment! Si c'était Dieu qui vous rendît muette!... »

Un jour que je me sentais plus incertaine et plus abattue que jamais, j'allai dans sa cellule; ma présence l'interdit d'abord : elle lut apparemment dans mes yeux, dans toute ma personne, que le sentiment profond que je portais en moi était au-dessus de ses forces ; et elle ne voulait pas lutter sans la certitude d'être victorieuse. Cependant elle m'entreprit *, elle s'échauffa peu à peu ; à mesure que ma douleur tombait, son enthousiasme croissait ; elle se jeta subitement à genoux, je l'imitai. Je crus que j'allais partager son transport, je le souhaitais ; elle prononça quelques mots, puis tout à coup elle se tut. J'attendais inutilement * : elle ne parla plus ; elle se releva, elle fondait en larmes, elle me prit par la main, et me serrant entre ses bras : « Ah ! chère enfant, me dit-elle, quel effet cruel vous avez opéré sur moi ! Voilà qui est fait, l'esprit s'est retiré, je le sens ; allez, que Dieu vous parle lui-même, puisqu'il ne lui plaît pas de se faire entendre par ma bouche *. »

En effet, je ne sais ce qui s'était passé en elle, si je lui avais inspiré une méfiance de ses forces qui ne s'est plus dissipée, si je l'avais rendue timide, ou si j'avais vraiment rompu son commerce avec le ciel * ; mais le talent de consoler ne lui revint plus. La veille de ma profession, j'allai la voir ; elle était d'une mélancolie égale à la mienne. Je me mis à pleurer, elle aussi ; je me jetai à ses pieds *, elle me bénit, me releva, m'embrassa, et me renvoya en me disant :

« Je suis lasse de vivre, je souhaite de mourir, j'ai demandé à Dieu de ne point voir ce jour, mais ce n'est pas sa volonté. Allez, je parlerai à votre mère, je passerai la nuit en prière, priez aussi ; mais couchez-vous, je vous l'ordonne.

— Permettez, lui répondis-je, que je m'unisse à vous.

— Je vous le permets depuis neuf heures jusqu'à

onze, pas davantage. A neuf heures et demie je commencerai à prier et vous aussi ; mais à onze vous me laisserez prier seule, et vous vous reposerez. Allez, chère enfant, je veillerai devant Dieu le reste de la nuit. »

Elle voulut prier, mais elle ne le put pas. Je dormais ; et cependant cette sainte femme allait dans les corridors frappant à chaque porte, éveillait les religieuses * et les faisait descendre sans bruit dans l'église. Toutes s'y rendirent ; et lorsqu'elles y furent, elles les invita à s'adresser au ciel * pour moi. Cette prière se fit d'abord en silence ; ensuite elle éteignit les lumières ; toutes récitèrent ensemble le *Miserere*, excepté la supérieure qui, prosternée au pied des autels, se macérait cruellement en disant : « Ô Dieu ! si c'est par quelque faute que j'ai commise que vous vous êtes retiré de moi, accordez-m'en le pardon *. Je ne demande pas que vous me rendiez le don que vous m'avez ôté, mais que vous vous adressiez vous-même * à cette innocente qui dort tandis que je vous invoque ici pour elle. Mon Dieu, parlez-lui, parlez à ses parents, et pardonnez-moi. »

Le lendemain elle entra de bonne heure dans ma cellule ; je ne l'entendis point ; je n'étais pas encore éveillée. Elle s'assit à côté de mon lit ; elle avait posé légèrement une de ses mains sur mon front ; elle me regardait ; l'inquiétude, le trouble et la douleur se succédaient sur son visage ; et c'est ainsi qu'elle m'apparut lorsque j'ouvris les yeux. Elle ne me parla point de ce qui s'était passé pendant la nuit ; elle me demanda seulement si je m'étais couchée de bonne heure (je lui répondis : « A l'heure que vous m'avez ordonnée »), si j'avais reposé (« Profondément. — Je m'y attendais. »), comment je me trouvais * : « Fort bien. Et vous, chère mère ?

— Hélas ! me dit-elle, je n'ai vu aucune personne entrer en religion sans inquiétude ; mais je n'ai éprouvé sur aucune autant de trouble que sur vous. Je voudrais bien que vous fussiez heureuse.

— Si vous m'aimez toujours, je le serai.

— Ah ! s'il ne tenait qu'à cela ! N'avez-vous pensé à rien pendant la nuit ?

— Non.

— Vous n'avez fait aucun rêve ?

— Aucun.

— Qu'est-ce qui se passe à présent dans votre âme ?

— Je suis stupide ; j'obéis à mon sort * sans répugnance et sans goût ; je sens que la nécessité m'entraîne, et je me laisse aller. Ah ! ma chère mère, je ne sens rien * de cette douce joie, de ce tressaillement, de cette mélancolie, de cette douce inquiétude que j'ai quelquefois remarquée dans celles qui se trouvaient au moment où je suis. Je suis imbécile *, je ne saurais même pleurer. On le veut, il le faut, est la seule idée qui me vienne... Mais vous ne me dites rien.

— Je ne suis pas venue pour vous entretenir *, mais pour vous voir et pour vous écouter *. J'attends votre mère. Tâchez de ne pas m'émouvoir ; laissez les sentiments s'accumuler dans mon âme ; quand elle en sera pleine, je vous quitterai. Il faut que je me taise *, je me connais ; je n'ai qu'un jet, mais il est violent, et ce n'est pas avec vous qu'il doit s'exhaler. Reposez-vous encore un moment, que je vous voie ; dites-moi seulement quelques mots, et laissez-moi prendre ici ce que je viens y chercher. J'irai, et Dieu fera le reste. »

Je me tus, je me penchai sur mon oreiller, je lui tendis une de mes mains qu'elle prit. Elle paraissait méditer, et méditer profondément * ; elle avait les yeux fermés avec effort ; quelquefois elle les ouvrait, les portait en haut, et les ramenait sur moi ; elle s'agitait ; son âme se remplissait de tumulte, se composait et se ragitait * ensuite. En vérité, cette femme était née pour être prophétesse, elle en avait le visage et le caractère. Elle avait été belle ; mais l'âge, en affaissant ses traits et y pratiquant de grands plis, avait encore ajouté de la dignité à sa physionomie. Elle avait les yeux petits, mais ils semblaient ou regarder en elle-même *, ou traverser les objets voisins, et démêler au-delà, à une grande distance, toujours dans le passé ou dans l'avenir. Elle me serrait quelquefois la main avec force. Elle me demanda brusquement quelle heure il était.

« Il est bientôt six heures.

— Adieu, je m'en vais. On va venir vous habiller ; je n'y veux pas être, cela me distrairait. Je n'ai plus qu'un souci, c'est de garder de la modération * dans les premiers moments. »

Elle était à peine sortie que la mère des novices et mes compagnes entrèrent * ; on m'ôta les habits de religion, et l'on me revêtit des habits du monde ; c'est un usage que vous connaissez. Je n'entendis rien de ce qu'on disait autour de moi ; j'étais presque réduite à l'état d'automate ; je ne m'aperçus de rien ; j'avais seulement par intervalles comme de petits mouvements convulsifs. On me disait ce qu'il fallait faire ; on était souvent obligé de me le répéter, car je n'entendais pas de la première fois, et je le faisais ; ce n'était pas

que je pensasse à autre chose, c'est que j'étais absorbée ; j'avais la tête lasse comme quand on s'est excédé
de réflexions. Cependant la supérieure s'entretenait
avec ma mère. Je n'ai jamais su ce qui s'était passé
dans cette entrevue* qui dura longtemps ; on m'a dit
seulement que, quand elles se séparèrent, ma mère
était si troublée, qu'elle ne pouvait retrouver la porte
par laquelle elle était entrée, et que la supérieure était
sortie les mains fermées* et appuyées contre le front.

Cependant les cloches sonnèrent ; je descendis.
L'assemblée était peu nombreuse. Je fus prêchée bien
ou mal, je n'entendis rien. On disposa de moi pendant
toute cette matinée qui a été nulle dans ma vie, car je
n'en ai jamais connu la durée ; je ne sais ni ce que j'ai
fait, ni ce que j'ai dit. On m'a sans doute interrogée*,
j'ai sans doute répondu ; j'ai prononcé des vœux, mais
je n'en ai nulle mémoire, et je me suis trouvée
religieuse aussi innocemment que je fus faite chrétienne ; je n'ai pas plus compris à toute la cérémonie de
ma profession qu'à celle de mon baptême, avec cette
différence que l'une confère la grâce et que l'autre la
suppose. Eh bien ! monsieur, quoique je n'aie pas
réclamé à Longchamp, comme j'avais fait à Sainte-
Marie, me croyez-vous plus engagée ? J'en appelle à
votre jugement ; j'en appelle au jugement de Dieu.
J'étais dans un état d'abattement si profond, que,
quelques jours après, lorsqu'on m'annonça que j'étais
de chœur, je ne sus ce qu'on voulait dire. Je demandai
s'il était bien vrai que j'eusse fait profession ; je voulus
voir la signature de mes vœux ; il fallut joindre à ces
preuves le témoignage de toute la communauté, celui
de quelques étrangers qu'on avait appelés à la cérémo-

nie. M'adressant plusieurs fois à la supérieure, je lui disais : « Cela est donc bien vrai ?... » et je m'attendais toujours qu'elle m'allait répondre : « Non, mon enfant ; on vous trompe. » Son assurance réitérée ne me convainquait pas, ne pouvant concevoir que dans l'intervalle d'un jour entier, aussi tumultueux, aussi varié, si plein de circonstances singulières et frappantes, je ne m'en rappelasse aucune, pas même le visage ni de celles qui m'avaient servie, ni celui du prêtre qui m'avait prêchée, ni de celui qui avait reçu mes vœux ; le changement de l'habit religieux en habit du monde est la seule chose dont je me ressouvienne * ; depuis cet instant j'ai été ce qu'on appelle physiquement * aliénée. Il a fallu des mois entiers pour me tirer de cet état ; et c'est à la longueur de cette espèce de convalescence que j'attribue l'oubli profond de ce qui s'est passé ; c'est comme ceux qui ont souffert une longue maladie, qui ont parlé avec jugement, qui ont reçu les sacrements, et qui, rendus à la santé, n'en ont aucune mémoire *. J'en ai vu plusieurs exemples dans la maison ; et je me suis dit à moi-même : « Voilà apparemment ce qui m'est arrivé le jour que j'ai fait profession. » Mais il reste à savoir si ces actions sont de l'homme, et s'il y est, quoiqu'il paraisse y être.

Je fis dans la même année trois pertes intéressantes : celle de mon père, ou plutôt de celui qui passait pour tel (il était âgé, il avait beaucoup travaillé, il s'éteignit) ; celle de ma supérieure ; et celle de ma mère.

Cette digne religieuse sentit de loin son heure approcher ; elle se condamna au silence ; elle fit porter sa bière dans sa chambre. Elle avait perdu le sommeil, et elle passait les jours et les nuits à méditer et à

écrire : elle a laissé quinze méditations, qui me sem-
blent à moi de la plus grande beauté. J'en ai une copie ;
si quelque jour vous étiez curieux de voir les idées que
cet instant suggère, je vous les communiquerais ; elles
sont intitulées : *Les derniers instants de la sœur de
Moni.* A l'approche de sa mort, elle se fit habiller ; elle
était étendue sur son lit ; on lui administra les derniers
sacrements ; elle tenait un christ entre ses bras. C'était
la nuit ; la lueur des flambeaux éclairait cette scène
lugubre. Nous l'entourions, nous fondions en larmes,
sa cellule retentissait de cris, lorsque tout à coup ses
yeux brillèrent ; elle se releva brusquement, elle parla ;
sa voix était presque aussi forte que dans l'état de
santé ; le don qu'elle avait perdu lui revint : elle nous
reprocha des larmes qui semblaient lui envier un
bonheur éternel. « Mes enfants, votre douleur vous en
impose. C'est là, c'est là, disait-elle en montrant le ciel,
que je vous servirai ; mes yeux s'abaisseront sans cesse
sur cette maison ; j'intercéderai pour vous, et je serai
exaucée. Approchez toutes, que je vous embrasse ;
venez recevoir ma bénédiction et mes adieux *... »
C'est en prononçant ces dernières paroles que tré-
passa * cette femme rare, qui a laissé après elle des
regrets qui ne finiront point *.

Ma mère mourut au retour d'un petit voyage qu'elle
fit, sur la fin de l'automne, chez une de ses filles. Elle
eut du chagrin ; sa santé avait été fort affaiblie. Je n'ai
jamais su ni le nom de mon père, ni l'histoire de ma
naissance. Celui qui avait été son directeur et le mien,
me remit de sa part un petit paquet ; c'était cinquante * louis avec un billet, enveloppés et cousus
dans un morceau de linge. Il y avait dans ce billet :

« Mon enfant, c'est peu de chose ; mais * ma conscience ne me permet pas de disposer d'une plus grande
somme ; c'est le reste de ce que j'ai pu économiser sur
les petits présents de M. Simonin *. Vivez saintement,
c'est le mieux, même pour votre bonheur en ce monde.
Priez pour moi ; votre naissance est la seule faute
importante que j'aie commise ; aidez-moi à l'expier ; et
que Dieu me pardonne de vous avoir mise au monde,
en considération des bonnes œuvres que vous ferez.
Surtout ne troublez point la famille ; et quoique le
choix de l'état que vous avez embrassé n'ait pas été
aussi volontaire que je l'aurais désiré, craignez d'en
changer. Que n'ai-je été renfermée dans un couvent
pendant toute ma vie ! Je ne serais pas si troublée de la
pensée qu'il faut dans un moment subir le redoutable
jugement *. Songez, mon enfant, que le sort de votre
mère, dans l'autre monde *, dépend beaucoup de la
conduite que vous tiendrez dans celui-ci : Dieu, qui
voit tout, m'appliquera, dans sa justice, tout le bien et
tout le mal que vous ferez. Adieu, Suzanne ; ne
demandez rien à vos sœurs, elles ne sont pas en état de
vous secourir ; n'espérez rien de votre père, il m'a
précédée, il a vu le grand jour, il m'attend * ; ma
présence sera moins terrible pour lui que la sienne
pour moi. Adieu encore une fois. Ah ! malheureuse
mère ! Ah ! malheureuse enfant ! Vos sœurs sont
arrivées ; je ne suis pas contente d'elles : elles prennent, elles emportent, elles ont, sous les yeux d'une
mère qui se meurt, des querelles d'intérêt qui m'affli-
gent. Quand elles s'approchent de mon lit, je me
retourne de l'autre côté. Que verrais-je en elles ? Deux
créatures en qui l'indigence * a éteint le sentiment de

la nature. Elles soupirent après le peu que je laisse ;
elles font au médecin et à la garde des questions
indécentes, qui marquent avec quelle impatience elles
attendent le moment où je m'en irai, et qui les saisira
de tout ce qui m'environne. Elles ont soupçonné, je ne
sais comment, que je pouvais avoir quelque argent
caché entre mes matelas ; il n'y a rien qu'elles n'aient
mis en œuvre pour me faire lever, et elles y ont réussi ;
mais heureusement mon dépositaire était venu la
veille, et je lui avais remis ce petit paquet avec cette
lettre qu'il a écrite sous ma dictée. Brûlez la lettre ; et
quand vous saurez que je ne suis plus, ce qui sera
bientôt, vous ferez dire une messe pour moi, et vous y
renouvellerez vos vœux ; car je désire toujours que
vous demeuriez en religion : l'idée de vous imaginer
dans le monde sans secours, sans appui, jeune, achève-
rait de troubler* mes derniers instants. »

Mon père mourut le 5 janvier, ma supérieure sur la
fin du même mois, et ma mère la seconde fête de Noël.

Ce fut la sœur Sainte-Christine qui succéda à la
mère de Moni. Ah ! monsieur, quelle différence entre
l'une et l'autre ! Je vous ai dit quelle femme c'était que
la première. Celle-ci avait le caractère petit, une tête
étroite et brouillée de superstitions ; elle donnait dans
les opinions nouvelles ; elle conférait avec des sulpi-
ciens, des jésuites. Elle prit en aversion toutes les
favorites de celle qui l'avait précédée : en un moment
la maison fut pleine de troubles, de haines, de
médisances, d'accusations, de calomnies et de persécutions. Il fallut s'expliquer sur des questions de théologie où nous n'entendions rien, souscrire à des for-
mules, se plier à des pratiques singulières. La mère de

Moni n'approuvait point ces exercices de pénitence qui se font sur le corps ; elle ne s'était macérée que deux fois en sa vie : une fois la veille de ma profession, une autre fois dans une pareille circonstance. Elle disait de ces pénitences, qu'elles ne corrigeaient d'aucun défaut, et qu'elles ne servaient qu'à donner de l'orgueil. Elle voulait que ses religieuses se portassent bien, et qu'elles eussent le corps sain et l'esprit serein. La première chose, lorsqu'elle entra en charge, ce fut de se faire apporter tous les cilices avec les disciplines, et de défendre d'altérer les aliments avec de la cendre, de coucher sur la dure, et de se pourvoir d'aucun de ces instruments. La seconde, au contraire, renvoya à chaque religieuse son cilice et sa discipline, et fit retirer le Nouveau et l'Ancien Testament. Les favorites du règne antérieur* ne sont jamais les favorites du règne qui suit. Je fus indifférente, pour ne rien dire de pis, à la supérieure actuelle*, par la raison que sa précédente m'avait chérie ; mais je ne tardai pas à empirer mon sort par des actions que vous appellerez ou imprudence, ou fermeté, selon le coup d'œil sous lequel vous les considérerez.

La première, ce fut de m'abandonner à toute la douleur que je ressentais de la perte de notre première supérieure ; d'en faire l'éloge en toute circonstance* ; d'occasionner entre elle et celle qui nous gouvernait des comparaisons qui n'étaient pas favorables à celle-ci ; de peindre l'état de la maison sous les années passées ; de rappeler au souvenir la paix dont nous jouissions, l'indulgence qu'on avait pour nous, la nourriture tant spirituelle que temporelle qu'on nous administrait alors ; et d'exalter les mœurs, les senti-

ments, le caractère de la sœur de Moni. La seconde, ce
fut de jeter au feu le cilice, et de me défaire de ma
discipline ; de prêcher mes amies là-dessus, et d'en
engager quelques-unes à suivre mon exemple. La
troisième, de me pourvoir d'un Ancien et d'un Nouveau Testament. La quatrième, de rejeter tout parti,
de m'en tenir au titre de chrétienne, sans accepter le
nom de janséniste ou de moliniste. La cinquième, de
me renfermer rigoureusement dans la règle de la
maison, sans vouloir rien faire ni en delà ni en deçà ;
conséquemment, de ne me prêter à aucune action
surérogatoire, celles d'obligation ne me paraissant déjà
que trop dures ; de ne monter à l'orgue que les jours de
fête ; de ne chanter que quand je serais de chœur ; de
ne plus souffrir qu'on abusât de ma complaisance et de
mes talents, et qu'on me mît à tout et à tous les jours.
Je lus les constitutions, je les relus, je les savais par
cœur ; si l'on m'ordonnait quelque chose, ou qui n'y
fût pas exprimé clairement, ou qui n'y fût pas, ou qui
m'y parût contraire, je m'y refusais fermement, je
prenais le livre, et je disais : « Voilà les engagements
que j'ai pris, et je n'en ai point pris d'autres *. »

Mes discours en entraînèrent quelques-unes. L'autorité des maîtresses se trouva très bornée ; elles ne
pouvaient plus disposer de nous comme de leurs
esclaves. Il ne se passait presque aucun jour sans
quelque scène d'éclat. Dans les cas incertains, mes
compagnes me consultaient, et j'étais toujours pour la
règle contre le despotisme. J'eus bientôt l'air, et peut-
être un peu le jeu d'une factieuse. Les grands vicaires
de M. l'archevêque étaient sans cesse appelés ; je
comparaissais, je me défendais, je défendais mes

compagnes ; et il n'est pas arrivé une seule fois qu'on
m'ait condamnée, tant j'avais d'attention à mettre la
raison de mon côté. Il était impossible de m'attaquer
du côté de mes devoirs, je les remplissais avec scrupule. Quant aux petites grâces qu'une supérieure est
toujours libre* d'accorder ou de refuser, je n'en
demandais point. Je ne paraissais point au parloir ; et
les visites, ne connaissant personne, je n'en recevais
point*. Mais j'avais brûlé mon cilice et jeté ma
discipline ; j'avais conseillé la même chose à d'autres ;
je ne voulais entendre parler jansénisme et molinisme,
ni en bien, ni en mal. Quand on me demandait si j'étais
soumise à la Constitution, je répondais que je l'étais à
l'Église ; si j'acceptais la Bulle, que j'acceptais l'Évan-
gile. On visita ma cellule ; on y découvrit l'Ancien et le
Nouveau Testament. Je m'étais échappée en propos
indiscrets sur l'intimité suspecte de quelques-unes des
favorites ; la supérieure avait des tête-à-tête longs et
fréquents avec un jeune ecclésiastique*, et j'en avais
démêlé* la raison et le prétexte. Je n'omis rien de ce
qui pouvait me faire craindre, haïr, me perdre, et j'en
vins à bout*. On ne se plaignit plus de moi aux
supérieurs, mais on s'occupa à me rendre la vie dure.
On défendit aux autres religieuses de m'approcher ; et
bientôt je me trouvai seule. J'avais des amies en petit
nombre ; on se douta qu'elles chercheraient à se
dédommager à la dérobée de la contrainte qu'on leur
imposait, et que, ne pouvant s'entretenir de jour avec
moi, elles me visiteraient la nuit ou à des heures
défendues ; on nous épia : l'on me surprit, tantôt avec
l'une, tantôt avec une autre ; l'on fit de cette imprudence tout ce qu'on voulut, et j'en fus châtiée de la

manière la plus inhumaine : on me condamna des
semaines entières à passer l'office à genoux, séparée du
reste, au milieu du chœur ; à vivre de pain et d'eau ; à
demeurer enfermée dans ma cellule ; à satisfaire aux
fonctions les plus viles de la maison. Celles qu'on
appelait mes complices n'étaient guère mieux traitées.
Quand on ne pouvait me trouver en faute, on m'en
supposait ; on me donnait à la fois des ordres incompatibles, et l'on me punissait d'y avoir manqué ; on
avançait les heures des offices, des repas ; on dérangeait à mon insu toute la conduite claustrale*, et avec
l'attention la plus grande, je me trouvais coupable tous
les jours, et j'étais tous les jours punie. J'ai du courage ;
mais il n'en est point qui tienne contre l'abandon, la
solitude et la persécution. Les choses en vinrent au
point que l'on se fit un jeu de me tourmenter ; c'était
l'amusement de cinquante* personnes liguées. Il m'est
impossible d'entrer dans tout le petit détail de ces
méchancetés ; on m'empêchait de dormir, de veiller,
de prier*. Un jour on me volait quelques parties de
mon vêtement ; une autre fois c'étaient mes clefs ou
mon bréviaire ; ma serrure se trouvait embarrassée ;
ou l'on m'empêchait de bien faire, ou l'on dérangeait
les choses que j'avais bien faites ; on me supposait des
discours et des actions ; on me rendait responsable de
tout, et ma vie était une suite de délits réels ou simulés,
et de châtiments*.

　　Ma santé ne tint point à des épreuves si longues et si
dures ; je tombai dans l'abattement, le chagrin et la
mélancolie. J'allais dans les commencements chercher
la force au pied des autels*, et j'y en trouvais
quelquefois. Je flottais entre la résignation et le

désespoir, tantôt me soumettant à toute la rigueur de mon sort, tantôt pensant à m'en affranchir par des moyens violents. Il y avait au fond du jardin un puits profond ; combien de fois j'y suis allée ! Combien j'y ai regardé de fois ! Il y avait à côté un banc de pierre ; combien de fois je m'y suis assise, la tête appuyée sur les bords de ce puits ! Combien de fois, dans le tumulte de mes idées, me suis-je levée brusquement et résolue à finir mes peines ! Qu'est-ce qui m'a retenue ? Pourquoi préférais-je alors de pleurer, de crier à haute voix, de fouler mon voile aux pieds, de m'arracher les cheveux, et de me déchirer le visage avec les ongles ? Si c'était Dieu qui m'empêchait de me perdre, pourquoi ne pas arrêter aussi * tous ces autres mouvements ?

Je vais vous dire une chose qui vous paraîtra fort étrange peut-être, et qui n'en est pas moins vraie, c'est que je ne doute point que mes visites fréquentes vers ce puits n'aient été remarquées, et que mes cruelles ennemies ne se soient flattées qu'un jour j'accomplirais un dessein qui bouillait au fond de mon cœur. Quand j'allais de ce côté, on affectait de s'en éloigner et de regarder ailleurs. Plusieurs fois j'ai trouvé la porte du jardin ouverte à des heures où elle devait être fermée, singulièrement les jours où l'on avait multiplié sur moi les chagrins, l'on avait poussé à bout la violence de mon caractère, et l'on me croyait l'esprit aliéné. Mais aussitôt que je crus avoir deviné que ce moyen de sortir de la vie était pour ainsi dire offert à mon désespoir, qu'on me conduisait à ce puits par la main, et que je le trouverais toujours prêt à me recevoir, je ne m'en souciai plus. Mon esprit se tourna vers d'autres côtés ; je me tenais dans les corridors et mesurais la hauteur des fenêtres; le soir, en me déshabillant, j'essayais, sans y penser, la force de mes jarretières; un autre jour, je refusais le manger; je descendais au réfectoire, et je restais le dos appuyé contre la muraille, les mains pendantes à mes côtés, les yeux fermés, et je ne touchais pas aux mets qu'on avait servis devant moi. Je m'oubliais si parfaitement dans cet état, que toutes les religieuses étaient sorties, et que je restais; on affectait alors de se retirer* sans bruit, et l'on me laissait là; puis on me punissait d'avoir manqué aux exercices. Que vous dirai-je? On me dégoûta de presque tous les moyens de m'ôter la vie, parce qu'il me sembla que, loin de s'y opposer, on me les présentait. Nous ne voulons pas, apparemment, qu'on nous pousse hors de ce monde, et peut-être n'y serais-je plus, si elles avaient fait semblant de m'y retenir. Quand on s'ôte la vie, peut-être cherche-t-on à désespérer les autres, et la garde-t-on quand on croit les satisfaire; ce sont des mouvements qui se passent bien subtilement en nous. En vérité, s'il est possible que je me rappelle mon état, quand j'étais à côté du puits, il me semble que je criais au-dedans de moi à ces malheureuses qui s'éloignaient pour favoriser un forfait : « Faites un pas de mon côté, montrez-moi le moindre désir de me sauver, accourez pour me retenir, et soyez sûres que vous arriverez trop tard. » En vérité, je ne vivais que parce qu'elles souhaitaient ma mort. L'acharnement à tourmenter et à perdre se lasse dans le monde; il ne se lasse point dans les cloîtres*.

J'en étais là, lorsque, revenant sur ma vie passée, je songeai à faire résilier mes vœux. J'y rêvai d'abord légèrement; seule, abandonnée, sans appui, comment réussir dans un projet si difficile, même avec tous les secours qui me manquaient ? Cependant cette idée me tranquillisa ; mon esprit se rassit ; je fus plus à moi ; j'évitai des peines, et je supportai plus patiemment celles qui me venaient. On remarqua ce changement, et l'on en fut étonné ; la méchanceté s'arrêta tout court, comme un ennemi lâche qui vous poursuit et à qui l'on fait face au moment où il ne s'y attend pas. Une question, monsieur, que j'aurais à vous faire, c'est pourquoi, à travers toutes les idées funestes qui passent par la tête d'une religieuse désespérée, celle de mettre le feu à la maison ne lui vient point. Je ne l'ai point eue, ni d'autres non plus, quoique ce soit la chose la plus facile à exécuter : il ne s'agit, un jour de grand vent, que de porter un flambeau dans un grenier, dans un bûcher, dans un corridor *. Il n'y a point de couvents de brûlés ; et cependant dans ces événements les portes s'ouvrent, et sauve qui peut. Ne serait-ce pas qu'on craint le péril pour soi et pour celles qu'on aime, et qu'on dédaigne un secours qui nous est commun avec celles qu'on hait ? Cette dernière idée est bien subtile pour être vraie *.

A force de s'occuper d'une chose, on en sent la justice, et même l'on en croit la possibilité * ; on est bien fort quand on en est là. Ce fut pour moi l'affaire d'une quinzaine ; mon esprit va vite. De quoi s'agissait-il ? De dresser un mémoire et de le donner à consulter ; l'un et l'autre n'étaient pas sans danger. Depuis qu'il s'était fait une révolution dans ma tête, on m'observait avec plus d'attention que jamais ; on me suivait de l'œil ; je ne faisais pas un pas qui ne fût éclairé * ; je ne disais pas un mot qu'on ne le pesât. On se rapprocha de moi, on chercha à me sonder ; on m'interrogeait, on affectait de la commisération et de l'amitié ; on revenait sur ma vie passée ; on m'accusait faiblement, on m'excusait ; on espérait une meilleure conduite, on me flattait d'un avenir plus doux. Cependant on entrait à tout moment dans ma cellule, le jour, la nuit, sous des prétextes, brusquement, sourdement ; on entrouvrait mes rideaux*, et l'on se retirait. J'avais pris l'habitude de coucher habillée ; j'en avais pris une autre, c'était celle d'écrire ma confession. Ces jours-là, qui sont marqués*, j'allais demander de l'encre et du papier à la supérieure, qui ne m'en refusait pas. J'attendis donc le jour de la confession, et en l'attendant je rédigeais dans ma tête ce que j'avais à proposer ; c'était, en abrégé, tout ce que je viens de vous écrire ; seulement je m'expliquais sous des noms empruntés*. Mais je fis trois étourderies : la première, de dire à la supérieure que j'aurais beaucoup de chose à écrire, et de lui demander, sous ce prétexte, plus de papier qu'on n'en accorde* ; la seconde, de m'occuper de mon mémoire, et de laisser là ma confession ; et la troisième, n'ayant point fait de confession et n'étant point préparée à cet acte de religion, de ne demeurer au confessionnal qu'un instant. Tout cela fut remarqué* ; et l'on en conclut que le papier que j'avais demandé avait été employé autrement que je ne l'avais dit. Mais s'il n'avait pas servi à ma confession, comme il était évident, quel usage en avais-je fait* ?

Sans savoir qu'on prendrait ces inquiétudes, je sentis qu'il ne fallait pas qu'on trouvât chez moi un écrit de cette importance. D'abord je pensai à le coudre dans mon traversin ou dans mes matelas, puis à le cacher dans mes vêtements, à l'enfouir dans le jardin, à le jeter au feu. Vous ne sauriez croire combien je fus pressée de l'écrire, et combien j'en fus embarrassée quand il fut écrit. D'abord je le cachetai, ensuite je le serrai dans mon sein, et j'allai à l'office qui sonnait. J'étais dans une inquiétude qui se décelait à mes mouvements. J'étais assise à côté d'une jeune religieuse qui m'aimait ; quelquefois je l'avais vue me regarder en pitié et verser des larmes ; elle ne me parlait point, mais certainement elle souffrait*. Au risque de tout ce qui pourrait en arriver, je résolus de lui confier mon papier ; dans un moment d'oraison où toutes les religieuses se mettent à genoux, s'inclinent, et sont comme plongées dans leurs stalles, je tirai doucement le papier de mon sein, et je le lui tendis derrière moi ; elle le prit, et le serra dans le sien. Ce service fut le plus important de ceux qu'elle m'avait rendus ; mais j'en avais reçu beaucoup d'autres : elle s'était occupée pendant des mois entiers à lever, sans se compromettre, tous les petits obstacles qu'on apportait à mes devoirs pour avoir droit de me châtier ; elle venait frapper à ma porte quand il était heure de sortir ; elle rarangeait ce qu'on dérangeait ; elle allait sonner ou répondre quand il le fallait ; elle se trouvait partout où je devais être. J'ignorais tout cela.

Je fis bien de prendre ce parti. Lorsque nous sortîmes du chœur, la supérieure me dit : « Sœur Suzanne, suivez-moi. » Je la suivis ; puis s'arrêtant dans le corridor à une autre porte : « Voilà, me dit-elle, votre cellule ; c'est la sœur Saint-Jérôme qui occupera la vôtre. » J'entrai, et elle avec moi. Nous étions toutes deux assises sans parler, lorsqu'une religieuse parut avec des habits qu'elle posa sur une chaise * ; et la supérieure me dit : « Sœur Suzanne, déshabillez-vous, et prenez ce vêtement. » J'obéis en sa présence * ; cependant elle était attentive à tous mes mouvements. La sœur qui avait apporté les * habits * était à la porte ; elle rentra, emporta ceux * que j'avais quittés, sortit ; et la supérieure la suivit. On ne me dit point la raison de ces procédés ; et je ne la demandai point. Cependant on avait cherché partout dans ma cellule ; on avait décousu l'oreiller et les matelas ; on avait déplacé tout ce qui pouvait l'être ou l'avoir été ; on marcha sur mes traces * ; on alla au confessionnal, à l'église, dans le jardin, au puits, vers le banc de pierre ; je vis une partie de ces recherches ; je soupçonnai le reste. On ne trouva rien ; mais on n'en resta pas moins convaincu qu'il y avait quelque chose. On continua de m'épier pendant plusieurs jours : on allait où j'étais allée ; on regardait partout, mais inutilement. Enfin la supérieure crut qu'il n'était possible de savoir la vérité que par moi. Elle entra un jour dans ma cellule, et elle me dit :

« Sœur Suzanne, vous avez des défauts * ; mais vous n'avez pas celui de mentir ; dites-moi donc la vérité : qu'avez-vous fait de tout le papier que je vous ai donné ?

— Madame, je vous l'ai dit.

— Cela ne se peut, car vous m'en avez demandé beaucoup, et vous n'avez été qu'un moment au confessionnal.

— Il est vrai.

— Qu'en avez-vous donc fait ?

— Ce que je vous ai dit.

— Eh bien ! jurez-moi, par la sainte obéissance que vous avez vouée à Dieu, que cela est ; et malgré les apparences, je vous croirai.

— Madame, il ne vous est pas permis d'exiger un serment pour une chose si légère ; et il ne m'est pas permis de le faire. Je ne saurais jurer.

— Vous me trompez, sœur Suzanne, et vous ne savez pas à quoi vous vous exposez. Qu'avez-vous fait du papier que je vous ai donné ?

— Je vous l'ai dit.

— Où est-il ?

— Je ne l'ai plus.

— Qu'en avez-vous fait ?

— Ce que l'on fait de ces sortes d'écrits, qui sont inutiles après qu'on s'en est servi.

— Jurez-moi, par la sainte obéissance, qu'il a été tout employé à écrire votre confession, et que vous ne l'avez plus.

— Madame, je vous le répète, cette seconde chose n'étant pas plus importante que la première, je ne saurais jurer.

— Jurez, me dit-elle, ou...

— Je ne jurerai point.

— Vous ne jurerez point ?

— Non, madame.

— Vous êtes donc coupable ?

— Et de quoi puis-je être coupable ?

— De tout ; il n'y a rien dont vous ne soyez capable. Vous avez affecté de louer celle qui m'avait précédée, pour me rabaisser ; de mépriser les usages qu'elle avait proscrits, les lois qu'elle avait abolies et que j'ai cru devoir rétablir ; de soulever toute la communauté ;

d'enfreindre les règles, de diviser les esprits ; de manquer à tous vos devoirs ; de me forcer à vous punir et à punir celles que vous avez séduites, la chose qui me coûte le plus. J'aurais pu sévir contre vous par les voies * les plus dures ; je vous ai ménagée ; j'ai cru que vous reconnaîtriez vos torts, que vous reprendriez l'esprit de votre état, et que vous reviendriez à moi ; vous ne l'avez pas fait. Il se passe quelque chose dans votre esprit qui n'est pas bien ; vous avez des projets ; l'intérêt de la maison exige que je les connaisse, et je les connaîtrai ; c'est moi qui vous en réponds *. Sœur Suzanne, dites-moi la vérité.

— Je vous l'ai dite.

— Je vais sortir ; craignez mon retour... Je m'assieds ; je vous donne encore un moment pour vous déterminer... Vos papiers, s'ils existent...

— Je ne les ai plus.

— Ou le serment qu'ils ne contenaient que votre confession.

— Je ne saurais le faire. »

Elle demeura un moment en silence, puis elle sortit et rentra avec quatre de ses favorites ; elles avaient l'air égaré et furieux. Je me jetai à leurs pieds, j'implorai leur miséricorde. Elles criaient toutes ensemble : « Point de miséricorde, madame ; ne vous laissez pas toucher : qu'elle donne ses papiers, ou qu'elle aille en paix [1]. » J'embrassais les genoux tantôt de l'une, tantôt de l'autre ; je leur disais, en les

---

1. C'est-à-dire dans un *in-pace*, nom donné par l'Église à ses cachots, par allusion à la parole adressée par le Christ aux pécheurs : « Allez en paix. »

nommant par leurs noms : « Sœur Sainte-Agnès, sœur Sainte-Julie, que vous ai-je fait ? Pourquoi irritez-vous ma supérieure contre moi ? Est-ce ainsi que j'en ai usé ? Combien de fois n'ai-je pas supplié pour vous ? Vous ne vous en souvenez plus. Vous étiez en faute, et je n'y suis pas. »

La supérieure, immobile, me regardait et me disait : « Donne tes papiers, malheureuse, ou révèle ce qu'ils contenaient.

— Madame, lui disaient-elles, ne les lui demandez plus ; vous êtes trop bonne ; vous ne la connaissez pas ; c'est une âme indocile, dont on ne peut venir à bout que par des moyens extrêmes ; c'est elle qui vous y porte, tant pis pour elle*.

— Ma chère mère, lui disais-je, je n'ai rien fait qui puisse offenser ni Dieu, ni les hommes, je vous le jure.

— Ce n'est pas là le serment que je veux.

— Elle aura écrit contre vous, contre nous, quelque mémoire au grand vicaire, à l'archevêque ; Dieu sait comme elle aura peint l'intérieur de la maison ; on croit aisément le mal. Madame, il faut disposer de cette créature, si vous ne voulez pas qu'elle dispose de nous. »

La supérieure ajouta : « Sœur Suzanne, voyez... »

Je me levai brusquement, et je lui dis : « Madame, j'ai tout vu ; je sens que je me perds ; mais un moment plus tôt ou plus tard ne vaut pas la peine d'y penser. Faites de moi ce qu'il vous plaira* ; écoutez leur fureur, consommez votre injustice. »

Et à l'instant je leur tendis les bras. Ses compagnes s'en saisirent. On m'arracha* mon voile ; on me dépouilla sans pudeur. On trouva sur mon sein un petit portrait de mon ancienne supérieure ; on s'en saisit ; je suppliai qu'on me permît de le baiser encore une fois ; on me refusa*. On me jeta une chemise, on m'ôta mes bas, l'on me couvrit d'un sac*, et l'on me conduisit, la tête et les pieds nus, à travers les corridors. Je criais, j'appelais à mon secours ; mais on avait sonné la cloche pour avertir que personne ne parût. J'invoquais le ciel, j'étais à terre, et l'on me traînait. Quand j'arrivai au bas des escaliers, j'avais les pieds ensanglantés et les jambes meurtries* ; j'étais dans un état à toucher des âmes de bronze. Cependant l'on ouvrit avec de grosses clefs la porte d'un petit lieu souterrain, obscur, où l'on me jeta sur une natte que l'humidité avait à demi* pourrie. Là, je trouvai un morceau de pain noir et une cruche d'eau avec quelques vaisseaux nécessaires et grossiers. La natte roulée par un bout formait un oreiller ; il y avait, sur un bloc de pierre, une tête de mort, avec un crucifix de bois*. Mon premier mouvement fut de me détruire ; je portai mes mains à ma gorge ; je déchirai mon vêtement avec mes dents ; je poussai des cris affreux ; je hurlais comme une bête féroce ; je me frappai la tête contre les murs* ; je me mis toute en sang ; je cherchai à me détruire jusqu'à ce que les forces me manquassent, ce qui ne tarda pas. C'est là que j'ai passé trois jours ; je m'y croyais pour toute ma vie. Tous les matins une de mes exécutrices venait, et me disait :

« Obéissez à notre supérieure, et vous sortirez d'ici.

— Je n'ai rien fait, je ne sais ce qu'on me demande. Ah ! sœur Saint-Clément, il est un Dieu... »

Le troisième jour, sur les neuf heures du soir, on ouvrit la porte ; c'étaient les mêmes religieuses qui m'avaient conduite. Après l'éloge des bontés de notre supérieure, elles m'annoncèrent qu'elle me faisait grâce, et qu'on allait me mettre en liberté.

« Il est trop tard, leur dis-je, laissez-moi ici, je veux y mourir. »

Cependant elles m'avaient relevée, et elles m'entraînaient ; on me conduisit dans ma cellule, où je trouvai la supérieure.

« J'ai consulté Dieu sur votre sort et il a touché mon cœur : il veut que j'aie pitié de vous, et je lui obéis. Mettez-vous à genoux et demandez-lui pardon. »

Je me mis à genoux, et je dis :

« Mon Dieu, je vous demande pardon des fautes que j'ai faites, comme vous le demandâtes sur la croix pour moi.

— Quel orgueil ! s'écrièrent-elles ; elle se compare à Jésus-Christ, et elle nous compare aux Juifs qui l'ont crucifié.

— Ne me considérez pas, leur dis-je, mais considérez-vous, et jugez.

— Ce n'est pas tout, me dit la supérieure ; jurez-moi, par la sainte obéissance, que vous ne parlerez jamais de ce qui s'est passé.

— Ce que vous avez fait est donc bien mal, puisque vous exigez de moi par serment que j'en garderai le silence ? Personne n'en saura jamais rien que votre conscience, je vous le jure.

— Vous le jurez ?

— Oui, je vous le jure. »

Cela fait, elles me dépouillèrent des vêtements qu'elles m'avaient donnés, et elles me laissèrent me rhabiller des miens.

J'avais pris de l'humidité ; j'étais dans une circonstance critique ; j'avais tout le corps meurtri ; depuis plusieurs jours je n'avais pris* que quelques gouttes d'eau avec un peu de pain. Je crus que cette persécution serait la dernière que j'aurais à souffrir*. C'est l'effet momentané de ces secousses violentes qui montrent combien la nature a de force* dans les jeunes personnes. Je revins en très peu de temps, et je trouvai, quand je reparus, toute la communauté* persuadée que j'avais été malade. Je repris les exercices de la maison et ma place à l'église. Je n'avais pas oublié mon papier, ni la sœur à qui je l'avais confié ; j'étais sûre qu'elle n'avait point abusé de ce dépôt, mais qu'elle ne l'avait pas gardé sans inquiétude. Quelques jours après ma sortie de prison, au chœur, au moment même où je le lui avais donné, c'est-à-dire lorsque nous nous mettons à genoux et qu'inclinées les unes vers les autres nous disparaissons dans nos stalles, je me sentis tirer doucement par ma robe ; je tendis la main, et l'on me donna un billet qui ne contenait que ces mots : « Combien vous m'avez inquiétée ! Et ce cruel papier, que faut-il que j'en fasse ? » Après avoir lu celui-ci, je le roulai dans mes mains, et je l'avalai. Tout cela se passait au commencement du carême. Le temps approchait où la curiosité d'entendre appelle à Longchamp la bonne et la mauvaise* compagnie de Paris. J'avais la voix très belle ; j'en avais peu perdu. C'est dans les maisons religieuses qu'on est attentif aux plus petits intérêts ; on eut quelques ménagements pour moi ; je jouis d'un peu plus de liberté ; les sœurs que j'instruisais au chant purent approcher de moi sans conséquence. Celle à qui

j'avais confié mon mémoire* en était une ; dans les
heures de récréation que nous passions au jardin, je la
prenais à l'écart, je la faisais chanter ; et pendant
qu'elle chantait, voici ce que je lui dis :

« Vous connaissez beaucoup de monde, moi je ne
connais personne. Je ne voudrais pas que vous vous
compromissiez ; j'aimerais mieux mourir ici que de
vous exposer au soupçon de m'avoir servie ; mon amie,
vous seriez perdue, je le sais, cela ne me sauverait pas ;
et quand votre perte me sauverait, je ne voudrais point
de mon salut à ce prix*.

— Laissons cela, me dit-elle ; de quoi s'agit-il ?

— Il s'agit de faire passer sûrement cette consultation* à quelque habile avocat, sans qu'il sache de
quelle maison elle vient, et d'en obtenir une réponse
que vous me rendrez à l'église ou ailleurs.

— A propos, me dit-elle, qu'avez-vous fait de mon
billet ?

— Soyez tranquille, je l'ai avalé.

— Soyez tranquille vous-même, je penserai à votre
affaire. »

Vous remarquerez, monsieur, que je chantais tandis
qu'elle me parlait, qu'elle chantait tandis que je lui
répondais, et que notre conversation était entrecoupée
de traits de chant*. « Cette jeune personne, monsieur,
est encore dans la maison ; son bonheur est entre vos
mains ; si l'on venait à découvrir ce qu'elle a fait pour
moi, il n'y a sorte de tourments auxquels elle ne fût
exposée. Je ne voudrais pas lui avoir ouvert la porte
d'un cachot ; j'aimerais mieux y rentrer. Brûlez donc
ces lettres, monsieur ; si vous en séparez l'intérêt
que vous voulez bien prendre à mon sort, elles ne

contiennent rien qui vaille la peine d'être conservé. »

Voilà ce que je vous disais alors ; mais hélas ! elle n'est plus, et je reste seule *.

Elle ne tarda pas à me tenir parole, et à m'en informer à notre manière accoutumée. La semaine sainte arriva ; le concours à nos ténèbres fut nombreux. Je chantai assez bien pour exciter avec tumulte ces scandaleux applaudissements que l'on donne à vos comédiens dans leurs salles de spectacle, et qui ne devraient jamais être entendus dans les temples du Seigneur, surtout pendant les jours solennels et lugubres * où l'on célèbre la mémoire de son fils attaché sur la croix pour l'expiation des crimes du genre humain. Mes jeunes élèves étaient bien préparées ; quelques-unes avaient de la voix ; presque toutes de l'expression et du goût ; et il me parut que le public les avait entendues avec plaisir, et que la communauté était satisfaite du succès de mes soins.

Vous savez, monsieur, que le jeudi l'on transporte * le Saint-Sacrement de son tabernacle dans un reposoir particulier, où il reste jusqu'au vendredi matin. Cet intervalle est rempli par les adorations successives des religieuses, qui se rendent au reposoir les unes après les autres, ou deux à deux. Il y a un tableau qui indique à chacune * son heure d'adoration ; que je fus contente d'y lire : *La sœur Sainte-Suzanne et la sœur Sainte-Ursule, depuis deux heures du matin jusqu'à trois !* Je me rendis au reposoir à l'heure marquée ; ma compagne y était. Nous nous plaçâmes l'une à côté de l'autre sur les marches de l'autel ; nous nous prosternâmes ensemble, nous adorâmes Dieu pendant une demi-heure. Au bout de ce temps, ma jeune amie me tendit la main et me la serra en disant :

« Nous n'aurons peut-être jamais l'occasion de nous entretenir aussi longtemps et aussi librement ; Dieu connaît la contrainte où nous vivons, et il nous pardonnera si nous partageons un temps que nous lui devons tout entier. Je n'ai pas lu votre mémoire ; mais il n'est pas difficile de deviner ce qu'il contient. J'en aurai incessamment la réponse ; mais si cette réponse vous autorise à poursuivre la résiliation de vos vœux, ne voyez-vous pas qu'il faudra nécessairement que vous confériez avec des gens de loi ?

— Il est vrai.

— Que vous aurez besoin de liberté ?

— Il est vrai.

— Et que si vous faites bien, vous profiterez des dispositions présentes pour vous en procurer ?

— J'y ai pensé.

— Vous le ferez donc ?

— Je verrai.

— Autre chose : si votre affaire s'entame, vous demeurerez ici abandonnée à toute la fureur de la communauté. Avez-vous prévu les persécutions qui vous attendent ?

— Elles ne seront pas plus grandes que celles que j'ai souffertes.

— Je n'en sais rien.

— Pardonnez-moi. D'abord on n'osera disposer de ma liberté.

— Et pourquoi cela ?

— Parce qu'alors je serai sous la protection des lois ; il faudra me représenter ; je serai, pour ainsi dire, entre le monde et le cloître * ; j'aurai la bouche

ouverte, la liberté de me plaindre ; je vous attesterai
toutes ; on n'osera avoir des torts dont je pourrais me
plaindre ; on n'aura garde de rendre une affaire
mauvaise. Je ne demanderais pas mieux qu'on en usât
mal avec moi, mais on ne le fera pas ; soyez sûre qu'on
prendra une conduite tout opposée. On me sollicitera,
on me représentera le tort que je vais me faire à moi-
même et à la maison ; et comptez * qu'on n'en viendra
aux menaces que quand on aura vu que la douceur et
la séduction ne pourront rien, et qu'on s'interdira les
voies de force * :

— Mais il est incroyable que vous ayez tant d'aversion pour un état dont vous remplissez si facilement et
si scrupuleusement les devoirs.

— Je la sens cette aversion ; je l'apportai en naissant, et elle ne me quittera pas. Je finirais par être une
mauvaise religieuse ; il faut prévenir ce moment.

— Mais si par malheur vous succombez ?

— Si je succombe, je demanderai à changer de
maison, ou je mourrai dans celle-ci *.

— On souffre longtemps avant que de mourir. Ah !
mon amie, votre démarche me fait frémir : je tremble
que vos vœux ne soient résiliés, et qu'ils ne le soient
pas. S'ils le sont, que deviendrez-vous ? Que ferez-
vous dans le monde ? Vous avez de la figure, de l'esprit
et des talents ; mais on dit que cela ne mène à rien avec
la vertu ; et je sais que vous ne vous départirez pas de
cette dernière qualité *.

— Vous me rendez justice, mais vous ne la rendez
pas à la vertu ; c'est sur elle seule que je compte ; plus
elle est rare parmi les hommes, plus elle y doit être
considérée.

— On la loue, mais on ne fait rien pour elle.

— C'est elle qui m'encourage et qui me soutient dans mon projet. Quoi qu'on m'objecte, on respectera mes mœurs : on ne dira pas, du moins, comme de la plupart des autres, que je sois entraînée hors de mon état par une passion déréglée. Je ne vois personne, je ne connais personne. Je demande à être libre, parce que le sacrifice de ma liberté n'a pas été volontaire. Avez-vous lu mon mémoire ?

— Non ; j'ai ouvert le paquet que vous m'avez donné, parce qu'il était sans adresse, et que j'ai dû penser qu'il était pour moi ; mais les premières lignes m'ont détrompée, et je n'ai pas été plus loin*. Que vous fûtes bien inspirée de me l'avoir remis ! Un moment plus tard, on l'aurait trouvé sur vous... Mais l'heure qui finit notre station approche, prosternons-nous ; que celles qui vont nous succéder nous trouvent dans la situation où nous devons être. Demandez à Dieu qu'il vous éclaire et qu'il vous conduise ; je vais unir ma prière et mes soupirs aux vôtres. »

J'avais l'âme un peu soulagée. Ma compagne priait droite : moi, je me prosternai ; mon front était appuyé contre la dernière marche de l'autel, et mes bras étaient étendus sur les marches supérieures. Je ne crois pas m'être jamais adressée à Dieu avec plus de consolation et de ferveur ; le cœur me palpitait avec violence ; j'oubliai en un instant tout ce qui m'environnait. Je ne sais combien je restai dans cette position*, ni combien j'y serais encore restée ; mais je fus un spectacle bien touchant, il faut le croire, pour ma compagne* et pour les deux religieuses qui survinrent*. Quand je me relevai, je crus être seule ; je me trompais ; elles étaient toutes les trois placées derrière moi, debout * et fondant en larmes : elles n'avaient osé m'interrompre ; elles attendaient que je sortisse de moi-même de l'état de transport et d'effusion où elles me voyaient. Quand je me retournai de leur côté, mon visage avait sans doute un caractère bien imposant, si j'en juge par l'effet qu'il produisit sur elles et par ce qu'elles ajoutèrent : que je ressemblais alors à notre ancienne supérieure, lorsqu'elle nous consolait, et que ma vue leur avait causé * le même tressaillement. Si j'avais eu quelque penchant à l'hypocrisie ou au fanatisme, et que j'eusse voulu jouer un rôle dans la maison, je ne doute point qu'il ne m'eût réussi. Mon âme s'allume * facilement, s'exalte, se touche : et cette bonne supérieure m'a dit cent fois en m'embrassant que personne n'aurait aimé Dieu comme moi, que j'avais un cœur de chair et les autres un cœur de pierre. Il est sûr que j'éprouvais * une facilité extrême à partager son extase ; et que, dans les prières qu'elle faisait à haute voix *, quelquefois il m'arrivait de prendre la parole, de suivre le fil de ses idées et de rencontrer, comme d'inspiration, une partie de ce qu'elle aurait dit elle-même. Les autres l'écoutaient en silence ou la suivaient ; moi je l'interrompais, ou je la devançais *, ou je parlais avec elle. Je conservais très longtemps l'impression que j'avais prise ; et il fallait apparemment que je lui en restituasse quelque chose * ; car, si l'on discernait dans les autres qu'elles avaient conversé avec elle, on discernait en elle qu'elle avait conversé avec moi. Mais qu'est-ce que cela signifie, quand la vocation n'y est pas ?... Notre station finie, nous cédâmes la place à celles qui nous succé-

daient ; nous nous embrassâmes bien tendrement, ma
jeune compagne et moi, avant que de nous séparer.

La scène du reposoir fit bruit dans la maison ;
ajoutez à cela le succès de nos ténèbres du vendredi
saint : je chantai, je touchai de l'orgue, je fus applau-
die. Ô têtes folles de religieuses ! Je n'eus presque rien
à faire pour me réconcilier avec toute la communauté ;
on vint * au-devant de moi, la supérieure la première.
Quelques personnes du monde cherchèrent à me
connaître ; cela cadrait trop bien avec mon projet *
pour m'y refuser. Je vis M. le premier président,
Mme de Soubise, et une foule d'honnêtes gens, des
moines, des prêtres, des militaires, des magistrats *,
des femmes pieuses, des femmes du monde ; et parmi
tout cela cette sorte d'étourdis que vous appelez des
talons rouges, et que j'eus bientôt congédiés. Je ne
cultivai de connaissances que celles qu'on ne pouvait
m'objecter ; j'abandonnai le reste à celles de nos
religieuses qui n'étaient pas si difficiles.

J'oubliais de vous dire que la première marque de
bonté qu'on me donna, ce fut de me rétablir dans ma
cellule *. J'eus le courage de redemander le petit
portrait de notre ancienne supérieure, et l'on n'eut pas
celui de me le refuser ; il a repris sa place sur mon
cœur, il y demeurera tant que je vivrai. Tous les
matins, mon premier mouvement est d'élever mon
âme à Dieu, le second est de le baiser ; lorsque je veux
prier et que je me sens l'âme froide, je le détache de
mon cou, je le place devant moi, je le regarde, et il
m'inspire. C'est bien dommage que nous n'ayons pas
connu les saints personnages, dont les simulacres *
sont exposés à notre vénération ; ils feraient bien une

autre impression sur nous ; ils ne nous laisseraient pas
à leurs pieds ou devant eux aussi froids que nous y
demeurons *.

J'eus la réponse à mon mémoire * ; elle était d'un
M. Manouri, ni favorable, ni défavorable. Avant que
de prononcer sur cette affaire, on demandait un grand
nombre d'éclaircissements * auxquels il était difficile
de satisfaire sans se voir ; je me nommai donc, et
j'invitai M. Manouri à se rendre à Longchamp. Ces
messieurs se déplacent difficilement ; cependant il
vint. Nous nous entretînmes très longtemps ; nous
convînmes d'une correspondance par laquelle il me
ferait parvenir sûrement ses demandes et je lui enver-
rais mes réponses. J'employai de mon côté tout le
temps qu'il donnait à mon affaire, à disposer les
esprits, à intéresser à mon sort et à me faire des
protections. Je me nommai ; je révélai ma conduite *
dans la première maison que j'avais habitée, ce que
j'avais souffert dans la maison domestique, les peines
qu'on m'avait faites en couvent, ma réclamation à
Sainte-Marie, mon séjour à Longchamp, ma prise
d'habit, ma profession, la cruauté avec laquelle j'avais
été traitée depuis que j'avais consommé mes vœux. On
me plaignit, on m'offrit du secours ; je retins la bonne
volonté qu'on me témoignait pour le temps où je
pourrais en avoir besoin, sans m'expliquer davantage.
Rien ne transpirait dans la maison ; j'avais obtenu de
Rome la permission de réclamer contre mes vœux ;
incessamment l'action allait être intentée *, qu'on était
là-dessus dans une sécurité profonde. Je vous laisse donc
à penser quelle fut la surprise de ma supérieure, lorsqu'on lui signifia, au nom de sœur Marie-Suzanne Simo-

nin *, une protestation contre ses vœux, avec la demande
de quitter l'habit de religion, et de sortir du cloître *
pour disposer d'elle comme elle le jugerait à propos.

J'avais bien prévu que je trouverais plusieurs sortes
d'opposition ; celle des lois, celles de la maison religieuse, et celles de mes beaux-frères et sœurs alarmés :
ils avaient eu tout le bien de la famille ; et libre,
j'aurais eu des reprises considérables à faire sur eux *.
J'écrivis à mes sœurs ; je les suppliai de n'apporter
aucune opposition à ma sortie * ; j'en appelai à leur
conscience sur le peu de liberté de mes vœux ; je leur
offris un désistement par acte authentique de toutes
mes prétentions * à la succession de mon père et de ma
mère ; je n'épargnai rien pour leur persuader que ce
n'était ici une démarche ni d'intérêt ni de passion. Je
ne m'en imposai point sur leurs sentiments ; cet acte
que je leur proposais, fait tandis que j'étais encore
engagée en religion, devenait invalide ; et il était trop
incertain pour elles que je le ratifiasse quand je serais
libre. Puis leur convenait-il d'accepter mes propositions ? Laisseront-elles une sœur sans asile et sans
fortune ? Jouiront-elles de son bien ? Que dira-t-on
dans le monde ? Si elle vient nous demander du pain *,
la refuserons-nous ? S'il lui prend fantaisie de se
marier, qui sait la sorte d'homme qu'elle épousera ? Et
si elle a des enfants ?... Il faut contrarier de toute notre
force cette dangereuse tentative *. Voilà ce qu'elles se
dirent et ce qu'elles firent.

A peine la supérieure eut-elle reçu l'acte juridique
de ma demande, qu'elle accourut dans ma cellule.

« Comment, sœur Sainte-Suzanne, me dit-elle, vous
voulez nous quitter ?

— Oui, madame.

— Et vous allez appeler de vos vœux ?

— Oui, madame.

— Ne les avez-vous pas faits librement ?

— Non, madame.

— Et qui est-ce qui vous a contrainte ?

— Tout.

— Monsieur votre père ?

— Mon père.

— Madame votre mère ?

— Elle-même.

— Et pourquoi ne pas réclamer au pied des autels ?

— J'étais si peu à moi, que je ne me rappelle pas même d'y avoir assisté*.

— Pouvez-vous parler ainsi ?

— Je dis la vérité.

— Quoi ! vous n'avez pas entendu le prêtre vous demander : « Sœur Sainte-Suzanne Simonin, promettez-vous à Dieu obéissance, chasteté et pauvreté ? »

— Je n'en ai pas mémoire.

— Vous n'avez pas répondu qu'oui ?

— Je n'en ai pas mémoire.

— Et vous imaginez que les hommes vous en croiront ?

— Ils m'en croiront ou non ; mais le fait n'en sera pas moins vrai.

— Chère enfant, si de pareils prétextes étaient écoutés, voyez quels abus il s'ensuivrait ! Vous avez fait une démarche inconsidérée ; vous vous êtes laissé entraîner par un sentiment de vengeance*, vous avez à cœur les châtiments que vous m'avez obligée de vous infliger ; vous avez cru qu'ils suffisaient pour rompre vos vœux ; vous vous êtes trompée, cela ne se peut ni devant les hommes ni devant Dieu. Songez que le parjure est le plus grand de tous les crimes ; que vous l'avez déjà commis dans votre cœur ; et que vous allez le consommer.

— Je ne serai point parjure, je n'ai rien juré.

— Si l'on a eu quelques torts avec vous, n'ont-ils pas été réparés ?

— Ce ne sont point ces torts qui m'ont déterminée.

— Qu'est-ce donc ?

— Le défaut de vocation, le défaut de liberté dans mes vœux.

— Si vous n'étiez point appelée, si vous étiez contrainte, que ne le disiez-vous quand il en était temps ?

— Et à quoi cela m'aurait-il servi ?

— Que ne montriez-vous la même fermeté que vous eûtes à Sainte-Marie ?

— Est-ce que la fermeté dépend de nous ? Je fus ferme la première fois ; la seconde, j'étais imbécile *.

— Que n'appeliez-vous un homme de loi ? Que ne protestiez-vous ? Vous avez eu les vingt-quatre heures pour constater votre regret.

— Savais-je rien de ces formalités ? Quand je les aurais sues, étais-je en état d'en user ? Quand j'aurais été en état d'en user, l'aurais-je pu ? Quoi ! madame, ne vous êtes-vous pas aperçue vous-même de mon aliénation ? Si je vous prends à témoin, jurerez-vous que j'étais saine d'esprit ?

— Je le jurerai.

— Eh bien ! madame, c'est vous, et non pas moi, qui serez parjure.

— Mon enfant, vous allez faire un éclat inutile. Revenez à vous, je vous en conjure par votre propre intérêt, par celui de la maison ; ces sortes d'affaires ne se suivent point sans des discussions scandaleuses.

— Ce ne sera pas ma faute.

— Les gens du monde sont méchants ; on fera les suppositions les plus défavorables à votre esprit, à votre cœur, à vos mœurs ; on croira...

— Tout ce qu'on voudra.

— Mais parlez-moi à cœur ouvert ; si vous avez quelque mécontentement secret, quel qu'il soit, il y a du remède.

— J'étais, je suis et je serai toute ma vie mécontente de mon état.

— L'esprit séducteur qui nous environne sans cesse, et qui cherche à nous perdre, aurait-il profité de la liberté trop grande qu'on vous a accordée depuis peu, pour vous inspirer quelque penchant funeste ?

— Non, madame ; vous savez que je ne fais pas un serment sans peine : j'atteste Dieu que mon cœur est innocent, et qu'il n'y eut jamais aucun sentiment honteux.

— Cela ne se conçoit pas.

— Rien cependant, madame, n'est plus facile à concevoir. Chacun a son caractère, et j'ai le mien ; vous aimez la vie monastique, et je la hais ; vous avez reçu de Dieu les grâces de votre état, et elles me manquent toutes ; vous vous seriez perdue dans le monde, et vous assurez ici votre salut ; je me perdrais ici, et j'espère me sauver dans le monde ; je suis et je serais une mauvaise religieuse.

— Et pourquoi ? Personne ne remplit mieux ses devoirs que vous.

— Mais c'est avec peine et à contrecœur.

— Vous en méritez davantage.

— Personne ne peut savoir mieux que moi ce que je mérite ; et je suis forcée de m'avouer qu'en me soumettant à tout, je ne mérite rien. Je suis lasse d'être une hypocrite* ; en faisant ce qui sauve les autres, je me déteste et je me damne. En un mot, madame, je ne connais de véritables religieuses que celles qui sont retenues ici par leur goût pour la retraite, et qui y resteraient quand elles n'auraient autour d'elles ni grille, ni muraille qui les retînt*. Il s'en manque bien que je sois de ce nombre : mon corps est ici, mais mon cœur n'y est pas ; il est au-dehors ; et s'il fallait opter entre la mort et la clôture perpétuelle, je ne balancerais pas à mourir. Voilà mes sentiments.

— Quoi ! vous quitterez sans remords ce voile, ces vêtements qui vous ont consacrée à Jésus-Christ ?

— Oui, madame, parce que je les ai pris sans réflexion et sans liberté. »

Je lui répondis avec bien de la modération, car ce n'était pas là ce que mon cœur me suggérait ; il me disait : « Oh ! que ne suis-je au moment où je pourrai les déchirer* et les jeter loin de moi !... »

Cependant ma réponse l'altera* ; elle pâlit, elle voulut encore parler ; mais ses lèvres tremblaient ; elle ne savait pas trop ce qu'elle avait encore à me dire. Je me promenais à grands pas dans ma cellule, et elle s'écriait :

« Ô mon Dieu ! que diront nos sœurs ? Ô Jésus, jetez sur elle un regard de pitié ! Sœur Sainte-Suzanne !

— Madame ?

— C'est donc un parti pris ? Vous voulez nous déshonorer, nous rendre et devenir la fable publique *, vous perdre !

— Je veux sortir d'ici.

— Mais si ce n'est que la maison qui vous déplaise...

— C'est la maison, c'est mon état, c'est la religion ; je ne veux être enfermée ni ici ni ailleurs.

— Mon enfant, vous êtes possédée du démon ; c'est lui qui vous agite, qui vous fait parler, qui vous transporte ; rien n'est plus vrai : voyez dans quel état vous êtes ! »

En effet, je jetai les yeux sur moi *, et je vis que ma robe était en désordre *, que ma guimpe s'était retournée presque sens devant derrière, et que mon voile était tombé sur mes épaules. J'étais ennuyée des propos de cette méchante supérieure, qui n'avait avec moi qu'un ton radouci et faux, et je lui dis avec dépit :

« Non, madame, non, je ne veux plus de ce vêtement, je n'en veux plus... »

Cependant je tâchais de rajuster mon voile ; mes mains tremblaient ; et plus je m'efforçais de l'arranger, plus je le dérangeais ; impatientée *, je le saisis * avec violence, je l'arrachai, je le jetai par terre, et je restai vis-à-vis de ma supérieure *, le front ceint d'un bandeau, et la tête échevelée. Cependant elle, incertaine si elle devait rester ou sortir *, allait et venait en disant :

« Ô Jésus ! elle est possédée ; rien n'est plus vrai, elle est possédée... »

Et l'hypocrite se signait* avec la croix de son rosaire.

Je ne tardai pas à revenir à moi ; je sentis l'indécence* de mon état et l'imprudence de mes discours ; je me composai de mon mieux ; je ramassai mon voile et je le remis ; puis, me tournant vers elle, je lui dis :

« Madame, je ne suis ni folle, ni possédée ; je suis honteuse de mes violences, et je vous en demande pardon ; mais jugez par là combien la vie du cloître* me convient peu, et combien il est juste que je cherche à m'en tirer si je puis. »

Elle, sans m'écouter, répétait : « Que dira le monde ? Que diront nos sœurs ?

— Madame, lui dis-je, voulez-vous éviter un éclat ? Il y aurait un moyen. Je ne cours point après ma dot ; je ne demande que la liberté : je ne dis point que vous m'ouvriez les portes ; mais faites seulement, aujourd'hui, demain, après, qu'elles soient mal gardées ; et ne vous apercevez de mon évasion que le plus tard que vous pourrez...

— Malheureuse ! qu'osez-vous me proposer ?

— Un conseil qu'une bonne et sage supérieure devrait suivre* avec toutes celles pour qui leur couvent est une prison ; et le couvent en est une pour moi mille fois plus affreuse que celles qui renferment les malfaiteurs ; il faut que j'en sorte ou que j'y périsse... Madame, lui dis-je en prenant un ton grave et un regard assuré, écoutez-moi : si les lois auxquelles je me suis adressée trompaient mon attente, et que, poussée par des mouvements d'un désespoir que je ne connais que trop... vous avez un puits... il y a des fenêtres dans la maison... partout on a des murs devant soi... on a un vêtement qu'on peut dépecer...* des mains dont on peut user...*

— Arrêtez, malheureuse ! vous me faites frémir. Quoi ! vous pourriez...

— Je pourrais, au défaut de tout ce qui finit brusquement les maux de la vie, repousser les aliments ; on est maître de boire et de manger, ou de n'en rien faire... S'il arrivait, après ce que je viens de vous dire, que j'eusse le courage... — et vous savez que je n'en manque pas, et qu'il en faut plus quelquefois pour vivre que pour mourir —, transportez-vous au jugement de Dieu, et dites-moi laquelle de la supérieure et de sa religieuse lui semblerait la plus coupable * ?... Madame, je ne redemande ni ne redemanderai jamais rien à la maison ; épargnez-moi un forfait, épargnez-vous de longs remords : concertons ensemble...

— Y pensez-vous, sœur Sainte-Suzanne * ? Que je manque au premier de mes devoirs, que je donne les mains au crime, que je partage un sacrilège !

— Le vrai sacrilège, madame, c'est moi qui le commets tous les jours en profanant par le mépris les habits sacrés que je porte. Ôtez-les-moi, j'en suis indigne ; faites chercher dans le village les haillons de la paysanne la plus pauvre ; et que la clôture me soit entrouverte *.

— Et où irez-vous pour être mieux * ?

— Je ne sais où j'irai ; mais on n'est mal qu'où Dieu ne vous veut point ; et Dieu ne me veut point ici.

— Vous n'avez rien.

— Il est vrai ; mais l'indigence n'est pas ce que je crains le plus.

— Craignez les désordres auxquels elle entraîne.

— Le passé me répond* de l'avenir ; si j'avais voulu écouter le crime, je serais libre*. Mais s'il me convient de sortir de cette maison*, ce sera ou de votre consentement*, ou par l'autorité des lois. Vous pouvez opter. »

Cette conversation avait duré. En me la rappelant, je rougis des choses indiscrètes et ridicules que j'avais faites et dites ; mais il était trop tard. La supérieure en était encore à ses exclamations (« Que dira le monde ! Que diront nos sœurs ! ») lorsque la cloche qui nous appelait à l'office vint nous séparer. Elle me dit en me quittant :

« Sœur Sainte-Suzanne*, vous allez à l'église ; demandez à Dieu qu'il vous touche et qu'il vous rende l'esprit de votre état ; interrogez votre conscience, et croyez ce qu'elle vous dira : il est impossible qu'elle ne vous fasse des reproches. Je vous dispense du chant. »

Nous descendîmes presque ensemble ; l'office s'acheva. A la fin de l'office, lorsque toutes les sœurs étaient sur le point de se séparer, elle frappa sur son bréviaire et les arrêta.

« Mes sœurs, leur dit-elle, je vous invite à vous jeter au pied des autels, et à implorer la miséricorde de Dieu sur une religieuse qu'il a abandonnée, qui a perdu le goût et l'esprit de la religion, et qui est sur le point de se porter à une action sacrilège aux yeux de Dieu, et honteuse aux yeux des hommes. »

Je ne saurais vous peindre la surprise générale ; en un clin d'œil, chacune, sans se remuer, eut parcouru le visage de ses compagnes, cherchant à démêler la coupable à son embarras. Toutes se prosternèrent et prièrent en silence. Au bout d'un espace de temps

assez considérable, la prieure entonna à voix basse le
Veni Creator, et toutes continuèrent à voix basse le
Veni Creator; puis, après un second silence, la prieure
frappa sur son pupitre, et l'on sortit.

Je vous laisse à penser le murmure qui s'éleva dans
la communauté : « Qui est-ce ? Qui n'est-ce pas ?
Qu'a-t-elle fait ? Que veut-elle faire ?... » Ces soupçons
ne durèrent pas longtemps. Ma demande commençait
à faire du bruit dans le monde ; je recevais des visites
sans fin : les uns m'apportaient des reproches, d'autres
m'apportaient des conseils ; j'étais approuvée des uns,
j'étais blâmée de quelques autres. Je n'avais qu'un
moyen de me justifier à tous, c'était de les instruire de
la conduite de mes parents ; et vous concevez quel
ménagement j'avais à garder sur ce point ; il n'y avait
que quelques personnes, qui me restèrent sincèrement
attachées, et M. Manouri, qui s'était chargé de mon
affaire, à qui je pusse m'ouvrir entièrement. Lorsque
j'étais effrayée des tourments dont j'étais menacée*,
ce cachot, où j'avais été traînée une fois, se représentait à mon imagination dans toute son horreur* ; je
connaissais la fureur des religieuses. Je communiquai
mes craintes à M. Manouri ; et il me dit : « Il est
impossible de vous éviter toutes sortes de peines ; vous
en aurez, vous avez dû vous y attendre ; il faut vous
armer de patience, et vous soutenir par l'espoir
qu'elles finiront. Pour ce cachot, je vous promets que
vous n'y rentrerez jamais ; c'est mon affaire... » En
effet, quelques jours après il apporta un ordre à la
supérieure de me représenter toutes et quantes fois
qu'elle en serait requise.

Le lendemain, après l'office, je fus encore recom-

mandée aux prières publiques de la communauté : l'on
pria en silence et l'on dit à voix basse la même hymne
que la veille. Même cérémonie le troisième jour, avec
cette différence que l'on m'ordonna de me placer
debout au milieu du chœur, et que l'on récita les
prières pour les agonisants, les litanies des Saints, avec
le refrain *Ora pro ea.* Le quatrième jour, ce fut une
momerie qui marquait bien le caractère bizarre de la
supérieure. A la fin de l'office, on me fit coucher dans
une bière * au milieu du chœur ; on plaça des chande-
liers à mes côtés, avec un bénitier ; on me couvrit d'un
suaire, et l'on récita l'office des morts, après lequel
chaque religieuse, en sortant, me jeta de l'eau bénite,
en disant : « *Requiescat in pace.* » Il faut entendre la
langue des couvents, pour connaître l'espèce de
menace contenue dans ces derniers mots[1]. Deux *
religieuses relevèrent le suaire * et me laissèrent là,
trempée jusqu'à la peau de l'eau dont elles m'avaient
malicieusement arrosée. Mes habits se séchèrent sur
moi ; je n'avais pas de quoi me rechanger *.

Cette mortification fut suivie d'une autre. La communauté s'assembla * ; on me regarda * comme une
réprouvée, ma démarche fut traitée d'apostasie ; et
l'on défendit, sous peine de désobéissance, à toutes les
religieuses de me parler, de me secourir, de m'approcher, et de toucher même aux choses qui m'auraient
servi. Ces ordres furent exécutés à la rigueur *. Nos
corridors sont étroits ; deux personnes ont, en quelques
endroits, de la peine à passer de front : si j'allais, et
qu'une religieuse vînt à moi, ou elle retournait sur ses

1. Cf. la note de la page 101.

pas, ou elle se collait contre le mur, tenant son voile et son vêtement, de crainte qu'il ne frottât contre le mien. Si l'on avait quelque chose à recevoir de moi, je le posais à terre, et on le prenait avec un linge ; si l'on avait quelque chose à me donner, on me le jetait. Si l'on avait eu le malheur de me toucher, l'on se croyait souillée, et l'on allait s'en confesser et s'en faire absoudre chez la supérieure. On a dit que la flatterie était vile et basse ; elle est encore bien cruelle et bien ingénieuse, lorsqu'elle se propose de plaire par les mortifications qu'elle invente. Combien de fois je me suis rappelée le mot de ma céleste supérieure de Moni : « Entre toutes ces créatures que vous voyez autour de moi si dociles, si innocentes, si douces, eh bien ! mon enfant, il n'y en a presque pas une, non, presque pas une, dont je ne pusse faire une bête féroce ; étrange métamorphose pour laquelle la disposition est d'autant plus grande, qu'on est entré plus jeune dans une cellule, et que l'on connaît moins la vie sociale. Ce discours vous étonne ; Dieu vous préserve d'en éprouver la vérité. Sœur Suzanne, la bonne religieuse est celle qui apporte dans le cloître quelque grande faute à expier *. »

Je fus privée de tous les emplois. A l'église, on laissait une stalle vide à chaque côté de celle que j'occupais. J'étais seule à une table au réfectoire ; on ne m'y servait pas ; j'étais obligée d'aller dans la cuisine demander ma portion. La première fois, la sœur cuisinière me cria : « N'entrez pas, éloignez-vous... »

Je lui obéis.

« Que voulez-vous ?

— A manger.

— A manger ! Vous n'êtes pas digne de vivre. »

Quelquefois je m'en retournais, et je passais la journée sans rien prendre. Quelquefois j'insistais, et l'on me mettait sur le seuil des mets qu'on aurait eu honte de présenter à des animaux * ; je les ramassais en pleurant, et je m'en allais. Arrivais-je quelquefois à la porte du chœur la dernière, je la trouvais fermée ; je m'y mettais à genoux ; et là j'attendais la fin de l'office ; si c'était au jardin, je m'en retournais dans ma cellule. Cependant, mes forces s'affaiblissant par le peu de nourriture, la mauvaise qualité de celle que je prenais *, et plus encore la peine que j'avais à supporter tant de marques réitérées d'inhumanité, je sentis que, si je persistais à souffrir sans me plaindre, je ne verrais jamais la fin de mon procès. Je me déterminai donc à parler à la supérieure ; j'étais à moitié morte de frayeur ; j'allai cependant frapper doucement à sa porte. Elle ouvrit ; à ma vue, elle recula plusieurs pas en arrière, en me criant :

« Apostate, éloignez-vous ! »

Je m'éloignai.

« Encore... »

Je m'éloignai encore.

« Que voulez-vous ?

— Puisque ni Dieu ni les hommes ne m'ont point condamnée à mourir, je veux, madame, que vous ordonniez qu'on me fasse vivre.

— Vivre ! me dit-elle, en me répétant le propos de la sœur cuisinière, en êtes-vous digne ?

— Il n'y a que Dieu qui le sache ; mais je vous préviens que si l'on me refuse la nourriture, je serai forcée d'en porter mes plaintes à ceux qui m'ont

acceptée sous leur protection. Je ne suis ici qu'en
dépôt, jusqu'à ce que mon sort et mon état soient
décidés.

— Allez, me dit-elle, ne me souillez pas de vos
regards ; j'y pourvoirai. »

Je m'en allai, et elle ferma sa porte avec violence *.
Elle donna ses ordres apparemment, mais je n'en fus
guère mieux soignée ; on se faisait un mérite de lui
désobéir : on me jetait les mets les plus grossiers ;
encore les gâtait-on avec de la cendre et toutes sortes
d'ordures.

Voilà la vie que j'ai menée tant que mon procès a
duré. Le parloir ne me fut pas tout à fait interdit ; on
ne pouvait m'ôter la liberté de conférer avec mes juges
ni avec mon avocat ; encore celui-ci fut-il obligé
d'employer plusieurs fois la menace pour obtenir de
me voir. Alors une sœur m'accompagnait ; elle se
plaignait, si je parlais bas ; elle s'impatientait si je
restais trop ; elle m'interrompait, me démentait, me
contredisait, répétait à la supérieure mes discours, les
altérait, les empoisonnait, m'en supposait même que je
n'avais pas tenus ; que sais-je ? On en vint jusqu'à me
voler, me dépouiller, m'ôter mes chaises, mes couvertures et mes matelas ; on ne me donnait plus de linge
blanc ; mes vêtements se déchiraient ; j'étais presque
sans bas et sans souliers. J'avais peine à obtenir de
l'eau ; j'ai plusieurs fois été obligée d'en aller chercher
moi-même au puits, à ce puits dont je vous ai parlé ; on
me cassa mes vaisseaux : alors j'en étais réduite à boire
l'eau que j'avais tirée, sans en pouvoir emporter. Si je
passais sous des fenêtres, j'étais obligée de fuir, ou de
m'exposer à recevoir les immondices * des cellules.

Quelques sœurs* m'ont craché au visage. J'étais devenue d'une malpropreté hideuse. Comme on craignait les plaintes que je pouvais faire à nos directeurs, la confession me fut interdite.

Un jour de grande fête — c'était, je crois, le jour de l'Ascension — on embarrassa ma serrure; je ne pus aller à la messe; et j'aurais peut-être manqué à tous les autres offices, sans la visite de M. Manouri, à qui l'on dit d'abord que l'on ne savait pas ce que j'étais devenue, qu'on ne me voyait plus, et que je ne faisais aucune action de christianisme. Cependant, à force de me tourmenter, j'abattis ma serrure et je me rendis à la porte du chœur, que je trouvai fermée, comme il arrivait lorsque je ne venais pas des premières. J'étais couchée à terre, la tête et le dos appuyés contre un des murs, les bras croisés sur la poitrine, et le reste de mon corps étendu fermait le passage, lorsque l'office finit, et que les religieuses se présentèrent pour sortir. La première s'arrêta tout court; les autres arrivèrent à sa suite; la supérieure se douta de ce que c'était, et dit :

« Marchez sur elle, ce n'est qu'un cadavre. »

Quelques-unes obéirent, et me foulèrent aux pieds; d'autres furent moins inhumaines; mais aucune n'osa me tendre la main pour me relever*. Tandis que j'étais absente on enleva de ma cellule mon prie-dieu, le portrait* de notre fondatrice, les autres images pieuses, le crucifix; et il ne me resta que celui que je portais à mon rosaire, qu'on ne me laissa pas longtemps. Je vivais donc* entre quatre murailles nues*, dans une chambre sans porte, sans chaise, debout, ou sur une paillasse, sans aucun des vaisseaux les plus nécessaires, forcée de sortir la nuit pour satisfaire aux

besoins de la nature, et accusée le matin de troubler le
repos de la maison, d'errer et de devenir folle. Comme
ma cellule ne fermait plus, on entrait pendant la nuit
en tumulte, on criait, on tirait mon lit, on cassait mes
fenêtres, on me faisait toutes sortes de terreurs *. Le
bruit montait à l'étage au-dessus, descendait l'étage
au-dessous *; et celles qui n'étaient pas du complot
disaient qu'il se passait dans ma chambre des choses
étranges; qu'elles avaient entendu des voix lugubres,
des cris, des cliquetis de chaînes et que je conversais
avec les revenants et les mauvais esprits; qu'il fallait
que j'eusse fait un pacte; et qu'il faudrait incessamment déserter de mon corridor *.

Il y a dans les communautés des têtes faibles; c'est
même le grand nombre; celles-là croyaient ce qu'on
leur disait, n'osaient passer devant ma porte, me
voyaient dans leur imagination troublée avec une
figure hideuse, faisaient le signe de la croix à ma
rencontre, et s'enfuyaient en criant : « Satan, éloignez-
vous de moi ? Mon Dieu, venez à mon secours !... »
Une des plus jeunes était au fond du corridor, j'allais à
elle, et il n'y avait pas moyen de m'éviter. La frayeur la
plus terrible la prit; d'abord elle se tourna le visage
contre le mur, marmottant d'une voix tremblante :
« Mon Dieu ! Mon Dieu ! Jésus ! Marie !... Cependant
j'avançais; quand elle me sentit près d'elle, elle se
couvre le visage de ses deux mains * de peur de me
voir, s'élance de mon côté, se précipite avec violence
entre mes bras, et s'écrie * : « A moi ! A moi ! Miséricorde ! Je suis perdue ! Sœur Sainte-Suzanne, ne me
faites point de mal; sœur Sainte-Suzanne, ayez pitié
de moi... » Et en disant ces mots, la voilà qui tombe

renversée à moitié morte sur le carreau. On accourt à ses cris, on l'emporte ; et je ne saurais vous dire comment cette aventure fut travestie ; on en fit l'histoire la plus criminelle : on dit que le démon de l'impureté s'était emparé de moi ; on me supposa des desseins, des actions que je n'ose nommer, et des désirs bizarres auxquels on attribua le désordre évident dans lequel la jeune religieuse s'était trouvée *. En vérité, je ne suis pas un homme, et je ne sais ce qu'on peut imaginer d'une femme et d'une autre femme, et moins encore d'une femme seule ; cependant comme mon lit était sans rideaux, et qu'on entrait dans ma chambre à toute heure, que vous dirai-je monsieur ? Il faut qu'avec toute leur retenue extérieure, la modestie de leurs regards, la chasteté de leur expression, ces femmes aient le cœur bien corrompu : elles savent du moins qu'on commet seule des actions déshonnêtes, et moi je ne le sais pas ; aussi n'ai-je jamais bien compris ce dont elles m'accusaient, et elles s'exprimaient en des termes si obscurs, que je n'ai jamais su ce qu'il y avait à leur répondre.

Je ne finirais point, si je voulais suivre ce détail de persécutions. Ah ! monsieur, si vous avez des enfants, apprenez par mon sort celui que vous leur préparez, si vous souffrez qu'ils entrent en religion sans les marques de la vocation la plus forte et la plus décidée. Qu'on est injuste dans le monde ! On permet à un enfant de disposer de sa liberté à un âge où il ne lui est pas permis de disposer d'un écu. Tuez plutôt votre fille que de l'emprisonner * dans un cloître malgré elle ; oui, tuez-la. Combien j'ai désiré de fois d'avoir été étouffée par ma mère en naissant ! Elle eût été moins

cruelle. Croirez-vous bien qu'on m'ôta mon bréviaire,
et qu'on me défendit de prier Dieu ? Vous pensez bien
que je n'obéis pas ; hélas ! c'était mon unique consolation. Je levais mes mains vers le ciel, je poussais des
cris, et j'osais espérer qu'ils étaient entendus du seul
être qui voyait toute ma misère. On écoutait à ma
porte ; et un jour que je m'adressais à lui dans
l'accablement de mon cœur, et que je l'appelais à mon
aide, on me dit :

« Vous appelez Dieu en vain, il n'y a plus de Dieu
pour vous ; mourez désespérée, et soyez damnée... »

D'autres ajoutèrent : « *Amen* sur l'apostate ! *Amen*
sur elle ! »

Mais voici un trait qui vous paraîtra bien plus
étrange qu'aucun autre. Je ne sais si c'est méchanceté
ou illusion ; c'est que, quoique je ne fisse rien qui
marquât un esprit dérangé, à plus forte raison un
esprit obsédé de l'esprit infernal, elles délibérèrent
entre elles s'il ne fallait pas m'exorciser ; et il fut
conclu, à la pluralité des voix, que j'avais renoncé à
mon chrême et à mon baptême, que le démon rési-
dait en moi*, et qu'il m'éloignait des offices divins.
Une autre ajouta qu'à certaines prières je grinçais
les dents* et que je frémissais dans l'église, qu'à
l'élévation du Saint-Sacrement je me tordais
les bras. Une autre, que je foulais le Christ aux
pieds et que je ne portais plus mon rosaire (qu'on
m'avait volé), que je proférais des blasphèmes que je
n'ose vous répéter. Toutes, qu'il se passait en moi
quelque chose qui n'était pas naturel, et qu'il fallait en donner avis au grand vicaire ; ce qui fut
fait.

Ce grand vicaire était un M. Hébert, homme d'âge et d'expérience, brusque, mais juste, mais éclairé. On lui fit le détail du désordre de la maison ; et il est sûr qu'il était grand, et que, si j'en étais la cause, c'était une cause bien innocente. Vous vous doutez, sans doute, qu'on n'omit pas dans le mémoire qui lui fut envoyé, mes courses de nuit, mes absences du chœur, le tumulte qui se passait chez moi, ce que l'une avait vu, ce qu'une autre avait entendu, mon aversion pour les choses saintes, mes blasphèmes, les actions obscènes qu'on m'imputait * ; pour l'aventure de la jeune religieuse, on en fit tout ce qu'on voulut. Les accusations étaient si fortes et si multipliées, qu'avec tout son bon sens, M. Hébert ne put s'empêcher d'y donner en partie, et de croire qu'il y avait beaucoup de vrai. La chose lui parut assez importante pour s'en instruire par lui-même ; il fit annoncer sa visite, et vint en effet accompagné de deux jeunes ecclésiastiques qu'on avait attachés à sa personne, et qui le soulageaient dans ses pénibles fonctions.

Quelques jours auparavant, la nuit, j'entendis entrer doucement dans ma chambre. Je ne dis rien. j'attendis qu'on me parlât ; et l'on m'appelait d'une voix basse et tremblante :

« Sœur Sainte-Suzanne, dormez-vous ?

— Non, je ne dors pas. Qui est-ce ?

— C'est moi.

— Qui, vous ?

— Votre amie, qui se meurt de peur, et qui s'expose à se perdre pour vous donner un conseil, peut-être inutile. Écoutez : il y a, demain, ou après, visite du grand vicaire ; vous serez accusée : préparez-vous à

vous défendre. Adieu ; ayez du courage, et que le
Seigneur soit avec vous. »

Cela dit, elle s'éloigna avec la légèreté d'une ombre.

Vous le voyez, il y a partout, même dans les maisons
religieuses, quelques âmes compatissantes que rien
n'endurcit.

Cependant, mon procès se suivait avec chaleur. Une
foule de personnes de tout état, de tout sexe, de toutes
conditions, que je ne connaissais pas, s'intéressèrent à
mon sort et sollicitèrent pour moi. Vous fûtes de ce
nombre, et peut-être l'histoire de mon procès vous est-
elle mieux connue qu'à moi ; car, sur la fin, je ne
pouvais plus conférer avec M. Manouri. On lui dit que
j'étais malade ; il se douta qu'on le trompait ; il
trembla qu'on ne m'eût jetée dans le cachot. Il
s'adressa à l'archevêché, où l'on ne daigna pas l'écouter ; on y était prévenu que j'étais folle, ou peut-être
quelque chose de pis. Il se retourna du côté des juges ;
il insista sur l'exécution de l'ordre signifié à la
supérieure de me représenter, morte ou vive, quand
elle en serait sommée *. Les juges séculiers entrepri-
rent les juges ecclésiastiques ; ceux-ci sentirent les
conséquences que cet incident pouvait avoir, si on
n'allait au-devant ; et ce fut là ce qui accéléra apparemment la visite du grand vicaire ; car ces messieurs,
fatigués des tracasseries éternelles de couvent, ne se
pressent pas communément de s'en mêler : ils savent,
par expérience, que leur autorité est toujours éludée et
compromise.

Je profitai de l'avis de mon amie pour invoquer le
secours de Dieu, rassurer mon âme et préparer ma
défense. Je ne demandais au ciel que le bonheur d'être

interrogée et entendue sans partialité ; je l'obtins, mais vous allez apprendre à quel prix.

S'il était de mon intérêt de paraître devant mon juge innocente et sage, il n'importait pas moins à ma supérieure * qu'on me vît méchante, obsédée du démon, coupable et folle. Aussi, tandis que je redoublais de ferveur et de prières, on redoubla de méchancetés : on ne me donna d'aliments que ce qu'il en fallait pour m'empêcher de mourir de faim ; on m'excéda * de mortifications ; on multiplia autour de moi les épouvantes * ; on m'ôta tout à fait le repos de la nuit ; tout ce qui peut abattre la santé et troubler l'esprit, on le mit en œuvre ; ce fut un raffinement de cruauté dont vous n'avez pas d'idée. Jugez du reste par ce trait. Un jour que je sortais de ma cellule pour aller à l'église ou ailleurs, je vis une pincette à terre, en travers dans le corridor ; je me baissai pour la ramasser, et la placer de manière que celle qui l'avait égarée la retrouvât facilement. La lumière m'empêcha de voir qu'elle était presque rouge ; je la saisis ; mais en la laissant retomber, elle emporta avec elle toute la peau du dedans de ma main dépouillée. On exposait, la nuit, dans les endroits où je devais passer, des obstacles ou à mes pieds, ou à la hauteur de ma tête ; je me suis blessée cent fois ; je ne sais comment je ne me suis pas tuée. Je n'avais pas de quoi m'éclairer, et j'étais obligée d'aller en tremblant, les mains devant moi. On semait des verres cassés sous mes pieds. J'étais bien résolue de dire tout cela, et je me tins parole à peu près. Je trouvais la porte des commodités fermée, et j'étais obligée de descendre plusieurs étages et de courir au fond du jardin, quand la porte en était ouverte ; quand elle ne l'était pas*... Ah! monsieur, les méchantes créatures que des femmes recluses, qui sont bien sûres de seconder la haine de leur supérieure, et qui croient servir Dieu en vous désespérant*! Il était temps que l'archidiacre arrivât; il était temps que mon procès finît.

Voici le moment le plus terrible de ma vie; car songez bien, monsieur, que j'ignorais absolument sous quelles couleurs on m'avait peinte aux yeux de cet ecclésiastique, et qu'il venait avec la curiosité de voir une fille possédée ou qui le contrefaisait. On crut qu'il n'y avait qu'une forte terreur qui pût me montrer dans cet état; et voici comment on s'y prit pour me la donner.

Le jour de sa visite, dès le grand matin, la supérieure entra dans ma cellule; elle était accompagnée de trois sœurs; l'une portait un bénitier, l'autre un crucifix, une troisième des cordes. La supérieure me dit, avec une voix forte et menaçante :

« Levez-vous... Mettez-vous à genoux, et recommandez votre âme à Dieu.

— Madame, lui dis-je, avant que de vous obéir, pourrais-je vous demander ce que je vais devenir, ce que vous avez décidé de moi et ce qu'il faut que je demande à Dieu ? »

Une sueur froide se répandit sur tout mon corps ; je tremblais, je sentais mes genoux plier ; je regardais avec effroi ses trois fatales compagnes. Elles étaient debout sur une même ligne, le visage sombre, les lèvres serrées et les yeux fermés. La frayeur avait séparé chaque mot de la question que j'avais faite ; je crus, au silence qu'on gardait, que je n'avais pas été entendue. Je recommençai les derniers mots de cette question, car je n'eus pas la force de la répéter tout entière ; je dis donc avec une voix faible et qui s'éteignait :

« Quelle grâce faut-il que je demande à Dieu ? »

On me répondit :

« Demandez-lui pardon des péchés de toute votre vie ; parlez-lui comme si vous étiez au moment de comparaître devant lui. »

A ces mots, je crus qu'elles avaient tenu conseil, et qu'elles avaient résolu* de se défaire de moi. J'avais bien entendu dire que cela se pratiquait* quelquefois dans les couvents de certains religieux, qu'ils jugeaient, qu'ils condamnaient et qu'ils suppliciaient. Je ne croyais pas que l'on eût jamais exercé cette inhumaine juridiction dans aucun couvent de femmes* ; mais il y avait tant d'autres choses que je n'avais pas devinées et qui s'y passaient ! A cette idée de mort prochaine, je voulus crier ; mais ma bouche était ouverte, et il n'en sortait aucun son. J'avançais vers la supérieure des bras suppliants, et mon corps défaillant se renversait en arrière. Je tombai, mais ma chute ne fut pas dure ; dans ces moments de transe où la force abandonne insensiblement, les membres se dérobent, s'affaissent, pour ainsi dire, les uns sur les autres, et la nature, ne pouvant se soutenir, semble chercher à défaillir* mollement. Je perdis la connaissance et le sentiment ; j'entendais seulement bourdonner autour de moi des voix confuses et lointaines* ; soit qu'elles parlassent, soit que les oreilles me tintassent, je ne distinguais rien que ce tintement qui durait. Je ne sais combien je restai dans cet état, mais j'en fus tirée par une fraîcheur subite qui me causa une convulsion légère, et qui m'arracha un profond soupir.

J'étais traversée* d'eau ; elle coulait de mes vêtements à terre ; c'était celle d'un grand bénitier qu'on m'avait répandue sur le corps. J'étais couchée sur le côté, étendue dans cette eau, la tête appuyée contre le mur, la bouche entrouverte et les yeux à demi morts et fermés. Je cherchai à les ouvrir et à regarder* ; mais il me sembla que j'étais enveloppée d'un air épais, à travers lequel je n'entrevoyais que des vêtements flottants, auxquels je cherchais à m'attacher* sans le pouvoir. Je faisais effort du bras sur lequel je n'étais pas soutenue* ; je voulais le lever, mais je le trouvais trop pesant. Mon extrême faiblesse diminua* peu à peu ; je me soulevai* ; je m'appuyai le dos contre le mur ; j'avais les deux mains dans l'eau*, la tête penchée* sur la poitrine ; et je poussais une plainte inarticulée, entrecoupée et pénible. Ces femmes me regardaient d'un air qui marquait la nécessité, l'inflexibilité et qui m'ôtait le courage de les implorer. La supérieure dit :

« Qu'on la mette debout. »

On me prit sous les bras, et on me releva. Elle ajouta :

« Puisqu'elle ne veut pas se recommander à Dieu, tant pis pour elle ; vous savez ce que vous avez à faire ; achevez... »

Je crus que ces cordes qu'on avait apportées étaient destinées à m'étrangler ; je les regardai, mes yeux se remplirent de larmes. Je demandai le crucifix à baiser, on me le refusa*. Je demandai les cordes à baiser, on me les présenta. Je me penchai, je pris le scapulaire de la supérieure, et je le baisai. Je dis : « Mon Dieu, ayez pitié de moi ! Mon Dieu, ayez pitié de moi ! Chères sœurs, tâchez de ne pas me faire souffrir. » Et je présentai mon cou. Je ne saurais vous dire ce que je devins, ni ce qu'on me fit : il est sûr que ceux qu'on mène au supplice, et je m'y croyais, sont morts avant que d'être exécutés. Je me trouvai sur la paillasse qui me servait de lit, les bras liés derrière le dos, assise, avec un grand christ de fer sur mes genoux... Monsieur le marquis, je vois d'ici tout le mal que je vous cause ; mais vous avez voulu savoir si je méritais un peu la compassion que j'attends de vous.

Ce fut alors que je sentis la supériorité de la religion chrétienne sur toutes les religions du monde ; quelle profonde sagesse il y avait dans ce que l'aveugle philosophie appelle la folie de la croix. Dans l'état où j'étais, de quoi m'aurait servi l'image d'un législateur heureux et comblé de gloire ? Je voyais l'innocent, le flanc percé, le front couronné d'épines*, les mains et les pieds percés de clous, et expirant dans les souffrances ; et je me disais : « Voilà mon Dieu, et j'ose me plaindre !... » Je m'attachai à cette idée, et je sentis la consolation renaître dans mon cœur ; je connus la vanité de la vie, et je me trouvai trop heureuse de la perdre, avant que d'avoir eu le temps de multiplier mes fautes. Cependant je comptais mes années, je trouvais que j'avais à peine dix-neuf ans*, et je soupirais ; j'étais trop affaiblie, trop abattue, pour que mon esprit pût s'élever au-dessus des terreurs de la mort ; en pleine santé, je crois que j'aurais pu me résoudre avec plus de courage.

Cependant la supérieure et ses satellites revinrent : elles me trouvèrent plus de présence d'esprit qu'elles ne s'y attendaient et qu'elles ne m'en auraient voulu.

Elles me levèrent debout ; on m'attacha* mon voile sur le visage ; deux me prirent sous les bras ; une troisième me poussait par-derrière, et la supérieure m'ordonnait de marcher. J'allai sans voir où j'allais, mais croyant aller au supplice ; et je disais : « Mon Dieu, ayez pitié de moi ! Mon Dieu, ne m'abandonnez pas* ! Mon Dieu, pardonnez-moi, si je vous ai offensé ! »

J'arrivai dans l'église. Le grand vicaire y avait célébré la messe. La communauté y était assemblée. J'oubliais de vous dire que, quand je fus à la porte, ces trois religieuses qui me conduisaient me serraient, me poussaient avec violence, semblaient se tourmenter autour de moi, et m'entraînaient, les unes par les bras, tandis que d'autres me retenaient par-derrière*, comme si j'avais résisté, et que j'eusse répugné à entrer dans l'église ; cependant il n'en était rien. On me conduisit vers les marches de l'autel ; j'avais peine à me tenir debout ; et l'on me tirait à genoux, comme si je refusais de m'y mettre ; on me tenait comme si j'avais eu le dessein de fuir*. On chanta le *Veni Creator* ; on exposa le Saint-Sacrement ; on donna la bénédiction. Au moment de la bénédiction, où l'on s'incline par vénération, celles qui m'avaient saisie* par le bras me courbèrent comme de force, et les autres m'appuyaient les mains sur les épaules. Je sentais ces différents mouvements ; mais il m'était impossible d'en deviner la fin ; enfin tout s'éclaircit.

Après la bénédiction, le grand vicaire se dépouilla de sa chasuble, se revêtit seulement de son aube et de son étole, et s'avança vers les marches de l'autel où j'étais à genoux ; il était entre les deux ecclésiastiques, le dos

tourné à l'autel, sur lequel le Saint-Sacrement était
exposé, et le visage de mon côté. Il s'approcha de moi
et me dit :

« Sœur Suzanne, levez-vous. »

Les sœurs qui me tenaient me levèrent brusquement ; d'autres m'entouraient et me tenaient embrassée * par le milieu du corps, comme si elles eussent
craint que je ne m'échappasse. Il ajouta :

« Qu'on la délie. »

On ne lui obéissait pas ; on feignait de voir de
l'inconvénient ou même du péril à me laisser libre ;
mais je vous ai dit que cet homme était brusque * ; il
répéta d'une voix ferme et dure :

« Qu'on la délie. »

On obéit. A peine eus-je les mains libres, que je
poussai une plainte douloureuse et aiguë qui le fit
pâlir ; et les religieuses hypocrites qui m'appro-
chaient * s'écartèrent comme effrayées. Il se remit ; les
sœurs revinrent comme en tremblant ; je demeurais
immobile, et il me dit :

« Qu'avez-vous ? »

Je ne lui répondis qu'en lui montrant mes deux
bras * ; la corde dont on me les avait garrottés * m'était
entrée presque entièrement dans les chairs ; et ils
étaient tout violets du sang qui ne circulait plus et qui
s'était extravasé. Il conçut que ma plainte venait de la
douleur subite du sang qui reprenait son cours. Il dit :

Qu'on lui lève son voile. »

On l'avait cousu en différents endroits, sans que je
m'en aperçusse ; et l'on apporta encore bien de
l'embarras et de la violence à une chose qui n'en
exigeait que parce qu'on y avait pourvu ; il fallait que

ce prêtre me vit obsédée, possédée ou folle ; cependant, à force de tirer, le fil manqua * en quelques endroits, le voile ou mon habit se déchirèrent en d'autres, et l'on me vit. J'ai la figure intéressante ; la profonde douleur l'avait altérée, mais ne lui avait rien ôté de son caractère ; j'ai un son de voix qui touche ; on sent que mon expression est celle de la vérité. Ces qualités réunies firent une forte impression de pitié * sur les jeunes acolytes de l'archidiacre ; pour lui, il ignorait ces sentiments ; il était juste, mais peu sensible * ; il était du nombre de ceux qui sont assez malheureusement nés pour pratiquer la vertu *, sans en éprouver la douceur ; ils font le bien par esprit d'ordre, comme ils raisonnent. Il prit la manche de son étole, et me la posant sur la tête, il me dit :

« Sœur Suzanne, croyez-vous en Dieu père, fils et Saint-Esprit ? »

Je répondis :

« J'y crois.

— Croyez-vous en notre mère sainte Église ?

— J'y crois.

— Renoncez-vous à Satan et à ses œuvres ? »

Au lieu de répondre, je fis un mouvement subit en avant, je poussai un grand cri, et le bout de son étole se sépara de ma tête. Il se troubla *, ses compagnons pâlirent ; entre les sœurs, les unes s'enfuirent, et les autres qui étaient dans leurs stalles les quittèrent avec le plus grand tumulte. Il fit signe qu'on se rapaisât ; cependant il me regardait ; il s'attendait à quelque chose d'extraordinaire. Je le rassurai en lui disant :

« Monsieur, ce n'est rien ; c'est une de ces religieuses qui m'a piquée * vivement avec quelque chose de pointu » ; et levant les yeux et les mains au ciel, j'ajoutai en versant un torrent de larmes :

« C'est qu'on m'a blessée au moment où vous me demandiez si je renonçais à Satan et à ses pompes, et je vois bien pourquoi. »

Toutes protestèrent par la bouche de la supérieure qu'on ne m'avait pas touchée. L'archidiacre me remit le bas de son étole sur la tête ; les religieuses allaient se rapprocher ; mais il leur fit signe de s'éloigner, et il me redemanda si je renonçais à Satan et à ses œuvres ; et je lui répondis fermement :

« J'y renonce, j'y renonce. »

Il se fit apporter un christ et me le présenta à baiser ; et je le baisai sur les pieds, sur les mains et sur la plaie du côté. Il m'ordonna de l'adorer à voix haute ; je le posai à terre, et je dis à genoux * :

« Mon Dieu, mon sauveur, vous qui êtes mort sur la croix pour mes péchés et pour tous ceux du genre humain, je vous adore ; appliquez-moi le mérite des tourments que vous avez soufferts ; faites couler sur moi une goutte du sang que vous avez répandu, et que je sois purifiée. Pardonnez-moi, mon Dieu, comme je pardonne à tous mes ennemis... »

Il me dit ensuite :

« Faites un acte de foi... » et je le fis.

« Faites un acte d'amour... » et je le fis.

« Faites un acte d'espérance... » et je le fis.

« Faites un acte de charité... » et je le fis.

Je ne me souviens point en quels termes ils étaient conçus ; mais je pense qu'apparemment ils étaient pathétiques ; car j'arrachai des sanglots de quelques religieuses, [que] * les deux jeunes ecclésiastiques en

versèrent des larmes, et [que]* l'archidiacre étonné
me demanda d'où j'avais tiré les prières que je venais
de réciter. Je lui dis :

« Du fond de mon cœur ; ce sont mes pensées et mes
sentiments ; j'en atteste Dieu qui nous écoute partout,
et qui est présent sur cet autel. Je suis chrétienne, je
suis innocente ; si j'ai fait quelques fautes, Dieu seul les
connaît ; et il n'y a que lui qui soit en droit de m'en
demander compte et de les punir...* »

A ces mots, il jeta un regard terrible sur la supérieure.

Le reste de cette cérémonie, où la majesté de Dieu
venait d'être insultée, les choses les plus saintes
profanées, et le ministre de l'Église bafoué, s'acheva ;
et les religieuses se retirèrent, excepté la supérieure, et
moi, et les jeunes ecclésiastiques. L'archidiacre s'assit,
et tirant le mémoire qu'on lui avait présenté contre
moi, il le lut à haute voix, et m'interrogea sur les
articles qu'il contenait.

« Pourquoi, me dit-il, ne vous confessez-vous
point ?

— C'est qu'on m'en empêche.

— Pourquoi n'approchez-vous point des sacrements ?

— C'est qu'on m'en empêche.

— Pourquoi n'assistez-vous ni à la messe, ni aux
offices divins ?

— C'est qu'on m'en empêche. »

La supérieure voulut prendre la parole ; mais il lui
dit avec son ton :

« Madame, taisez-vous... Pourquoi sortez-vous la
nuit de votre cellule ?

— C'est qu'on m'a privée d'eau, de pot à l'eau et de tous les vaisseaux nécessaires aux besoins de la nature.

— Pourquoi entend-on du bruit la nuit dans votre dortoir et dans votre cellule ?

— C'est qu'on s'occupe à m'ôter le repos. »

La supérieure voulut encore parler ; il lui dit pour la seconde fois :

« Madame, je vous ai déjà dit de vous taire ; vous répondrez quand je vous interrogerai... Qu'est-ce qu'une religieuse qu'on a arrachée de vos mains, et qu'on a trouvée renversée à terre dans le corridor ?

— C'est la suite de l'horreur qu'on lui avait inspirée de moi.

— Est-elle votre amie ?

— Non, monsieur.

— N'êtes-vous jamais entrée dans sa cellule ?

— Jamais.

— Ne lui avez-vous jamais fait rien d'indécent, soit à elle, soit à d'autres ?

— Jamais.

— Pourquoi vous a-t-on liée ?

— Je l'ignore.

— Pourquoi votre cellule ne ferme-t-elle pas ?

— C'est que j'en ai brisé la serrure.

— Pourquoi l'avez-vous brisée ?

— Pour ouvrir la porte et assister à l'office * le jour de l'Ascension.

— Vous vous êtes donc montrée à l'église * ce jour-là ?

— Oui, monsieur. »

La supérieure dit :

« Monsieur, cela n'est pas vrai ; toute la communauté... »

Je l'interrompis :

« ...assurera que la porte du chœur était fermée ; qu'elles m'ont trouvée prosternée à cette porte, et que vous leur avez ordonné de marcher sur moi, ce que quelques-unes ont fait ; mais je leur pardonne et à vous, madame, de l'avoir ordonné ; je ne suis pas venue pour accuser *, mais pour me défendre.

— * Pourquoi n'avez-vous ni rosaire, ni crucifix ?

— C'est qu'on me les a ôtés.

— Où est votre bréviaire ?

— On me l'a ôté.

— Comment priez-vous donc ?

— Je fais ma prière de cœur et d'esprit, quoiqu'on m'ait défendu de prier.

— Qui est-ce qui vous a fait cette défense ?

— Madame. »

La supérieure allait encore parler.

« Madame, lui dit-il, est-il vrai ou faux que vous lui ayez défendu de prier ? Dites oui ou non.

— Je croyais, et j'avais raison de croire...

— Il ne s'agit pas de cela ; lui avez-vous défendu de prier, oui ou non ?

— Je lui ai défendu, mais... »

Elle allait continuer.

« Mais, reprit l'archidiacre, mais... Sœur Suzanne, pourquoi êtes-vous nu-pieds ?

— C'est qu'on ne me fournit ni bas, ni souliers.

— Pourquoi votre linge et vos vêtements sont-ils dans cet état de vétusté et de malpropreté ?

— C'est qu'il y a plus de trois mois qu'on me refuse du linge, et que je suis forcée de coucher avec mes vêtements.

— Pourquoi couchez-vous avec vos vêtements ?

— C'est que je n'ai ni rideaux*, ni matelas, ni couvertures, ni draps, ni linge de nuit.

— Pourquoi n'en avez-vous point ?

— C'est qu'on me les a ôtés.

— * Êtes-vous nourrie ?

— Je demande à l'être.

— Vous ne l'êtes donc pas ?

Je me tus ; et il ajouta :

« Il est incroyable qu'on ait usé avec vous si sévèrement, sans que vous ayez commis quelque faute qui l'ait mérité.

— Ma faute est de n'être point appelée à l'état religieux, et de revenir contre des vœux que je n'ai pas faits librement.

— C'est aux lois à décider cette affaire ; et de quelque manière qu'elles prononcent, il faut, en attendant, que vous remplissiez les devoirs de la vie religieuse.

— Personne, monsieur, n'y est plus exacte* que moi.

— Il faut que vous jouissiez du sort de toutes vos compagnes.

— C'est tout ce que je demande.

— N'avez-vous à vous plaindre de personne ?

— Non, monsieur, je vous l'ai dit ; je ne suis point venue pour accuser, mais pour me défendre.

— Allez.

— Monsieur, où faut-il que j'aille ?

— Dans votre cellule. »

Je fis quelques pas, puis je revins, et je me prosternai aux pieds de la supérieure et de l'archidiacre.

« Eh bien, me dit-il, qu'est-ce qu'il y a ? »

Je lui dis, en lui montrant ma tête meurtrie en plusieurs endroits, mes pieds ensanglantés, mes bras livides et sans chair, mon vêtement sale et déchiré :

« Vous voyez ! »

Je vous entends *, vous, monsieur le marquis, et la plupart de ceux qui liront ces mémoires : « Des horreurs si multipliées, si variées, si continues ! Une suite d'atrocités si recherchées dans des âmes religieuses ! Cela n'est pas vraisemblable », diront-ils, dites-vous. Et j'en conviens ; mais cela est vrai, et puisse le ciel, que j'atteste, me juger dans toute sa rigueur et me condamner aux feux éternels, si j'ai permis à la calomnie de ternir une de mes lignes de son ombre la plus légère ! Quoique j'aie longtemps éprouvé combien l'aversion d'une supérieure était un violent aiguillon à la perversité naturelle, surtout lorsque celle-ci pouvait se faire un mérite, s'applaudir et se vanter de ses forfaits, le ressentiment ne m'empêchera point d'être juste. Plus j'y réfléchis, plus je me persuade que ce qui m'arrive n'était point encore arrivé, et n'arriverait * peut-être jamais. Une fois (et plût à Dieu que ce soit la première et la dernière !) il plut à la Providence, dont les voies nous sont inconnues, de rassembler sur une seule infortunée toute la masse de cruautés réparties, dans ses impénétrables décrets, sur la multitude infinie de malheureuses qui l'avaient précédée dans un cloître et qui devaient lui succéder. J'ai souffert, j'ai beaucoup souffert ; mais le sort de mes persécutrices me paraît et m'a toujours paru plus à plaindre que le mien. J'aimerais mieux, j'aurais mieux aimé mourir que de quitter mon rôle, à la condition de prendre le leur. Mes peines finiront, je l'espère de vos bontés. La mémoire, la honte et le remords du crime leur resteront jusqu'à l'heure dernière. Elles s'accusent déjà, n'en doutez pas ; elles s'accuseront toute leur vie ; et la terreur descendra sous la tombe avec elles. Cependant, monsieur le marquis, ma situation présente* est déplorable, la vie m'est à charge ; je suis une femme, j'ai l'esprit faible comme celles de mon sexe ; Dieu peut m'abandonner ; je ne me sens ni la force ni le courage de supporter encore longtemps ce que j'ai suporté*. Monsieur le marquis, craignez qu'un fatal moment ne revienne* ; quand vous useriez vos yeux à pleurer sur ma destinée*, quand vous seriez déchiré de remords, je ne sortirais pas pour cela de l'abîme où je serais tombée ; il se fermerait à jamais sur une désespérée.

« Allez », me dit l'archidiacre.

Un des ecclésiastiques me donna la main pour me relever ; et l'archidiacre ajouta :

« Je vous ai interrogée, je vais interroger* votre supérieure ; et je ne sortirai point d'ici que l'ordre n'y soit rétabli. »

Je me retirai*. Je trouvai le reste de la maison en alarmes ; toutes les religieuses étaient sur le seuil* de leurs cellules ; elles se parlaient d'un côté du corridor à l'autre ; aussitôt que je parus, elles se retirèrent*, et il se fit un long bruit de portes qui se fermaient les unes après les autres avec violence. Je rentrai dans ma cellule ; je me mis à genoux contre le mur, et je priai Dieu d'avoir égard à la modération avec laquelle j'avais parlé à l'archidiacre, et de lui faire connaître mon innocence et la vérité.

Je priais, lorsque l'archidiacre, ses deux compagnons et la supérieure parurent * dans ma cellule. Je vous ai dit que j'étais sans tapisserie, sans chaise, sans prie-dieu, sans rideaux, sans matelas, sans couvertures, sans draps, sans aucun vaisseau, sans porte qui fermât, presque sans vitre entière à mes fenêtres. Je me levai ; et l'archidiare, s'arrêtant tout court et tournant des yeux d'indignation sur la supérieure, lui dit :

« Eh bien ! madame ? »

Elle répondit :

« Je l'ignorais.

— Vous l'ignoriez ? Vous mentez ! Avez-vous passé un jour sans entrer ici, et n'en descendiez-vous pas quand vous êtes venue ?... Sœur Suzanne, parlez : madame n'est-elle pas entrée ici d'aujourd'hui ? »

Je ne répondis rien. Il n'insista pas ; mais les jeunes ecclésiastiques, laissant tomber leurs bras, la tête baissée et les yeux comme fixés en terre, décelaient assez * leur peine et leur surprise. Ils sortirent tous ; et j'entendis l'archidiacre qui disait à la supérieure dans le corridor :

« Vous êtes indigne de vos fonctions ; vous mériteriez d'être déposée. J'en porterai mes plaintes à monseigneur. Que tout ce désordre soit réparé avant que je sois sorti. »

Et continuant de marcher, et branlant sa tête, il ajoutait :

« Cela est horrible. Des chrétiennes ! Des religieuses ! Des créatures humaines ! Cela est horrible. »

Depuis ce moment je n'entendis plus parler de rien ; mais j'eus du linge, d'autres vêtements, des rideaux,

des draps, des couvertures, des vaisseaux, mon bréviaire, mes livres de piété, mon rosaire, mon crucifix,
des vitres, en un mot tout ce qui me rétablissait dans
l'état commun des religieuses ; la liberté du parloir me
fut aussi rendue, mais seulement pour mes affaires.

Elles allaient mal. M. Manouri publia un premier
mémoire qui fit peu de sensation ; il y avait trop
d'esprit, pas assez de pathétique, presque point de
raisons. Il ne faut pas s'en prendre tout à fait à cet
habile avocat. Je ne voulais point absolument qu'il
attaquât la réputation de mes parents ; je voulais qu'il
ménageât l'état religieux et surtout la maison où
j'étais ; je ne voulais pas qu'il peignît de couleurs trop
odieuses mes beaux-frères et mes sœurs. Je n'avais en
ma faveur qu'une première protestation, solennelle à
la vérité, mais faite dans un autre couvent, et nullement renouvelée depuis. Quand on donne des bornes si
étroites à ses défenses, et qu'on a affaire à des parties
qui n'en mettent aucune dans leur attaque, qui foulent
aux pieds le juste et l'injuste, qui avancent et nient
avec la même impudence, et qui ne rougissent ni des
imputations, ni des soupçons, ni de la médisance, ni de
la calomnie, il est difficile de l'emporter, surtout à des
tribunaux où l'habitude et l'ennui des affaires ne
permettent presque pas qu'on examine avec quelque
scrupule les plus importantes, et où les contestations
de la nature de la mienne sont toujours regardées d'un
œil défavorable par l'homme politique, qui craint que,
sur le succès d'une religieuse réclamant contre ses
vœux, une infinité d'autres ne soient engagées dans la
même démarche. On sent secrètement que, si l'on
souffrait que les portes de ces prisons s'abattissent en

faveur d'une malheureuse, la foule s'y porterait et chercherait à les forcer. On s'occupe à nous décourager et à nous résigner toutes à notre sort par le désespoir de le changer. Il me semble pourtant que, dans un État bien gouverné, ce devrait être le contraire : entrer difficilement en religion, et en sortir facilement. Et pourquoi ne pas ajouter ce cas à tant d'autres, où le moindre défaut de formalité anéantit une procédure, même juste d'ailleurs ? Les couvents sont-ils donc si essentiels à la constitution d'un État ? Jésus-Christ a-t-il institué des moines et des religieuses ? L'Église ne peut-elle absolument s'en passer ? Quel besoin a l'époux de tant de vierges folles, et l'espèce humaine de tant de victimes ? Ne sentira-t-on jamais la nécessité de rétrécir l'ouverture de ces gouffres, où les races futures vont se perdre ? Toutes les prières de routine qui se font là, valent-elles une obole que la commisération donne au pauvre ? Dieu qui a créé l'homme sociable, approuve-t-il qu'il se renferme ? Dieu qui l'a créé si inconstant, si fragile, peut-il autoriser la témérité de ses vœux ? Ces vœux, qui heurtent la pente générale de la nature, peuvent-ils jamais être bien observés que par quelques créatures mal organisées, en qui les germes des passions sont flétris, et qu'on rangerait à bon droit parmi les monstres, si nos lumières nous permettaient de connaître aussi facilement et aussi bien la structure intérieure de l'homme que sa forme extérieure ? Toutes ces cérémonies lugubres qu'on observe à la prise d'habit et à la profession, quand on consacre un homme ou une femme à la vie monastique et au malheur, suspendent-elles les fonctions animales ? Au contraire, ne se réveillent-elles pas dans le silence, la contrainte et l'oisiveté avec une violence inconnue aux gens du monde, qu'une foule de distractions emporte ? Où est-ce qu'on voit des têtes obsédées par des spectres impurs qui les suivent et qui les agitent * ? Où est-ce qu'on voit cet ennui profond, cette pâleur, cette maigreur *, tous ces symptômes de la nature qui languit et se consume ? * Où les nuits sont-elles troublées par des gémissements, les jours trempés * de larmes versées sans cause et précédées d'une mélancolie qu'on ne sait à quoi attribuer ? * Où est-ce que la nature, révoltée d'une contrainte pour laquelle elle n'est point faite, brise les obstacles qu'on lui oppose, devient furieuse, jette l'économie animale dans un désordre auquel il n'y a plus de remède ? * En quel endroit le chagrin et l'humeur ont-ils anéanti toutes les qualités sociales ? Où est-ce qu'il n'y a ni père, ni mère, * ni frère, ni sœur, ni parent, ni ami ? * Où est-ce que l'homme, ne se considérant que comme un être d'un instant et qui passe, traite les liaisons les plus douces de ce monde comme un voyageur les objets qu'il rencontre, sans attachement ? Où est le séjour de la gêne, * du dégoût et des vapeurs ? * Où est le lieu de la servitude et du despotisme ? Où sont les haines qui ne s'éteignent point ? Où sont les passions couvées dans le silence ? Où est le séjour de la cruauté et de la curiosité ? On ne sait pas l'histoire de ces asiles, disait ensuite M. Manouri dans son plaidoyer, on ne la sait pas. Il ajoutait dans un autre endroit : « Faire vœu de pauvreté, c'est s'engager par serment à être paresseux et voleur ; faire vœu de chasteté, c'est promettre à Dieu l'infraction constante de la plus sage et de la plus importante de ses lois ; faire vœu d'obéissance, c'est renoncer à la prérogative inaliénable de l'homme, la liberté. Si l'on observe ces vœux, on est criminel ; si on ne les observe pas, on est parjure. La vie claustrale est d'un fanatique ou d'un hypocrite. * »

Une fille demanda à ses parents la permission d'entrer parmi nous. Son père lui dit qu'il y consentait, mais qu'il lui donnait trois ans pour y penser. Cette loi parut dure à la jeune personne, pleine de ferveur ; cependant il fallut s'y soumettre. Sa vocation * ne s'étant point démentie, elle retourna à son père, et elle lui dit que les trois ans étaient écoulés *. « Voilà qui est bien, mon enfant, lui répondit-il ; je vous ai accordé trois ans pour vous éprouver, j'espère que vous voudrez bien m'en accorder autant pour me résoudre... » Cela parut encore beaucoup plus dur ; il y eut des larmes de répandues ; mais le père était un homme ferme qui tint bon. Au bout de ces six années elle entra, elle fit profession. C'était une bonne religieuse, simple, pieuse, exacte à tous ses devoirs ; mais il arriva que les directeurs abusèrent de sa franchise, pour s'instruire au tribunal de la pénitence de ce qui se passait dans la maison. Nos supérieures s'en doutèrent ; elle fut enfermée, privée des exercices de la religion : elle en devint folle ; et comment la tête résisterait-elle aux persécutions de cinquante personnes qui s'occupent depuis le commencement du jour jusqu'à la fin à vous tourmenter ? Auparavant on avait tendu à sa mère un piège *, qui marque bien l'avarice des cloîtres *. On inspira à la mère de cette recluse le désir d'entrer dans la maison et de visiter la cellule de sa fille *. Elle s'adressa aux grands vicaires, qui lui accordèrent la permission qu'elle sollicitait.

Elle entra, elle courut à la cellule de son enfant * ; mais quel fut son étonnement de n'y voir que les quatre murs tout nus ! On en avait tout enlevé ; on se doutait bien que cette mère tendre et sensible ne laisserait pas sa fille dans cet état. En effet, elle la remeubla, la remit en vêtements et en linge, et protesta bien aux religieuses que cette curiosité lui coûtait trop cher pour l'avoir une seconde fois, et que trois ou quatre visites par an comme celle-là ruineraient ses frères et ses sœurs *. C'est là que l'ambition et le luxe se sacrifient une portion des familles pour faire à celle qui reste un sort plus avantageux. C'est la sentine où l'on jette le rebus de la société. Combien de mères comme la mienne expient un crime secret par un autre !

M. Manouri publia un second mémoire qui fit un peu plus d'effet. On sollicita vivement. J'offris encore à mes sœurs de leur laisser la possession entière et tranquille de la succession de mes parents. Il y eut un moment où mon procès prit le tour le plus favorable, et où j'espérai la liberté ; je n'en fus que plus cruellement trompée. Mon affaire fut plaidée à l'audience et perdue. Toute la communauté * en était instruite, que je l'ignorais. C'était un mouvement, un tumulte, une joie, de petits entretiens secrets *, des allées, des venues chez la supérieure et des religieuses les unes chez les autres. J'étais toute tremblante ; je ne pouvais ni rester dans ma cellule, ni en sortir ; pas une amie entre les bras de qui j'allasse * me jeter. Ô la cruelle matinée que celle du jugement d'un grand procès * ! Je voulais prier, je ne pouvais pas ; je me mettais * à genoux, je me recueillais, je commençais une oraison *, mais bientôt mon esprit était emporté malgré moi au milieu de mes juges : je les voyais, j'entendais les avocats, je m'adressais à eux, j'interrompais le mien *, je trouvais ma cause mal défendue *. Je ne connaissais aucun des magistrats * ; cependant je m'en faisais des images de toute espèce, les unes favorables, les autres sinistres *, d'autres indifférentes. J'étais dans une agitation *, dans un trouble d'idées qui ne se conçoit pas. Le bruit fit place à un profond silence * ; les religieuses ne se parlaient plus ; il me parut qu'elles avaient * au chœur la voix plus brillante * qu'à l'ordinaire, du moins celles qui chantaient ; les autres ne chantaient point ; au sortir de l'office elles se retirèrent en silence *. Je me persuadais que l'attente * les inquiétait autant que moi. Mais l'après-midi, le bruit et le mouvement reprirent subitement * de tout côté ; j'entendis des portes s'ouvrir, se refermer, des religieuses * aller et venir, le murmure * de personnes qui se parlent bas. Je mis l'oreille à ma serrure * ; mais il me parut qu'on se taisait en passant, et qu'on marchait sur la pointe des pieds. Je pressentis * que j'avais perdu mon procès ; je n'en doutai pas un instant. Je me mis à tourner * dans ma cellule sans parler ; j'étouffais, je ne pouvais me plaindre. Je croisais mes bras sur ma tête *, je m'appuyais le front tantôt contre un mur, tantôt contre l'autre ; je voulais me reposer sur mon lit, mais j'en étais empêchée par un battement de cœur : il est sûr que j'entendais battre mon cœur, et qu'il faisait soulever mon vêtement *. J'en étais là lorsque l'on me vint dire que l'on me demandait *. Je descendis ; je n'osais avancer. Celle qui m'avait avertie * était si gaie, que je pensai que la nouvelle qu'on m'apportait ne pouvait être que fort triste * ; j'allais pourtant. Arrivée à la porte du parloir *, je m'arrêtai tout court, et je me jetai dans le recoin de deux murs * ; je ne pouvais me soutenir. Cependant j'entrai. Il n'y avait personne ; j'attendis ; on avait empêché celui qui m'avait fait appeler de paraître * avant moi ; on se doutait bien que c'était un émissaire de mon avocat ; on voulait savoir ce qui se passerait * entre nous ; on s'était rassemblé * pour entendre. Lorsqu'il se montra *, j'étais assise, la tête penchée sur mon bras, et appuyée contre les barreaux de la grille.

« C'est de la part de M. Manouri, me dit-il.

— C'est, lui répondis-je, pour m'apprendre que j'ai perdu mon procès.

— Madame, je n'en sais rien ; mais il m'a donné cette lettre ; il avait l'air affligé quand il m'en a chargé * ; et je suis venu à toute bride, comme il me l'a recommandé *.

— Donnez... »

Il me tendit la lettre *, et je la pris sans me déplacer et sans le regarder ; je la posai sur mes genoux, et je demeurai * comme j'étais. Cependant cet homme me demanda * : « N'y a-t-il point de réponse ?

— Non, lui dis-je, allez. »

Il s'en alla ; et je gardai la même place, * ne pouvant me remuer ni me résoudre * à sortir.

Il n'est permis en couvent ni d'écrire, ni de recevoir des lettres sans la permission de la supérieure ; on lui remet * et celles qu'on reçoit, et celles qu'on écrit. Il fallait donc lui porter la mienne. Je me mis en chemin pour cela ; je crus que je n'arriverais jamais ; un patient qui sort du cachot pour aller entendre sa condamnation*, ne marche ni plus lentement, ni plus abattu. Cependant me voilà à sa porte. Les religieuses m'examinaient de loin ; elles ne voulaient rien perdre du spectacle de ma douleur et de mon humiliation. Je frappai*, on ouvrit. La supérieure était avec quelques autres religieuses ; je m'en aperçus au bas de leurs robes, car je n'osai jamais* lever les yeux ; je lui présentai ma lettre d'une main vacillante* ; elle la prit, la lut et me la rendit. Je m'en retournai dans ma cellule ; je me jetai sur mon lit, ma lettre à côté de moi, et j'y restai sans la lire*, sans me lever pour aller dîner, sans faire aucun mouvement* jusqu'à l'office de l'après-midi. A trois heures et demie, la cloche m'avertit de descendre*. Il y avait déjà quelques religieuses d'arrivées ; la supérieure était à l'entrée* du chœur ; elle m'arrêta, m'ordonna de me mettre à genoux* en dehors ; le reste de la communauté entra, et la porte se ferma. Après l'office*, elles sortirent toutes ; je les laissai passer ; je me levai pour les suivre la dernière. Je commençai dès ce moment à me condamner à tout ce qu'on voudrait : on venait de m'interdire l'église*, je m'interdis de moi-même le réfectoire et la récréation. J'envisageais ma condition par tous les côtés, et je ne voyais de ressource que dans le besoin* de mes talents et dans ma soumission. Je me serais contentée de l'espace d'oubli où l'on me laissa durant plusieurs jours*. J'eus quelques visites, mais celle de M. Manouri fut la seule qu'on me permit de recevoir. Je le trouvai, en entrant au parloir, précisément comme j'étais quand je reçus son émissaire*, la tête posée sur les bras, et les bras appuyés contre la grille *. Je le reconnus, je ne lui dis rien. Il n'osait ni me regarder, ni me parler.

« Madame, me dit-il, sans se déranger, je vous ai écrit ; vous avez lu ma lettre ?

— Je l'ai reçue, mais je ne l'ai pas lue.

— Vous ignorez donc...

— Non, monsieur, je n'ignore rien, j'ai deviné mon sort, et j'y suis résignée *.

— Comment en use-t-on avec vous ?

— On ne songe pas encore à moi * ; mais le passé m'apprend ce que l'avenir me prépare. Je n'ai qu'une consolation, c'est que, privée de l'espérance qui me soutenait, il est impossible que je souffre autant que j'ai déjà souffert ; je mourrai. La faute que j'ai commise n'est pas de celles qu'on pardonne en religion. Je ne demande point à Dieu d'amollir le cœur de celles à la disposition * desquelles il lui plaît de m'abandonner *, mais de m'accorder * la force de souffrir, de me sauver du désespoir *, et de m'appeler à lui promptement.

« Madame, me dit-il en pleurant *, vous auriez été ma propre sœur que je n'aurais pas mieux fait... * »

Cet homme a le cœur sensible.

« Madame, ajouta-t-il, si je puis vous être utile à quelque chose, disposez de moi. Je verrai le premier président, j'en suis considéré ; je verrai les grands vicaires et l'archevêque.

— Monsieur, ne voyez personne, tout est fini.

— Mais si l'on pouvait vous faire changer de maison ?

— Il y a trop d'obstacles.

— Mais quels sont donc ces obstacles ?

— Une permission difficile à obtenir, une dot nouvelle à faire, ou l'ancienne à retirer de cette maison*. Et puis, que trouverai-je dans un autre couvent* ? Mon cœur inflexible*, des supérieures impitoyables, des religieuses qui ne seront pas meilleures qu'ici, les mêmes devoirs, les mêmes peines. Il vaut mieux que j'achève ici mes jours ; ils y seront plus courts.

— Mais, madame, vous avez intéressé beaucoup d'honnêtes gens, la plupart sont opulents. On ne vous arrêtera pas ici*, quand vous en sortirez sans rien emporter.

— Je le crois.

— Une religieuse qui sort ou qui meurt, augmente le bien-être de celles qui restent.

— Mais ces honnêtes gens, ces gens opulents ne pensent plus à moi, et vous les trouverez bien froids lorsqu'il s'agira de me doter à leurs dépens. Pourquoi voulez-vous qu'il soit plus facile aux gens du monde de tirer du cloître une religieuse sans vocation*, qu'aux personnes pieuses d'y en faire entrer* une bien appelée ? Dote-t-on facilement ces dernières ? Eh ! monsieur, tout le monde s'est retiré ; depuis la perte de mon procès je ne vois plus personne.

— Madame, chargez-moi seulement de cette affaire ; j'y serai plus heureux.

— Je ne demande rien, je n'espère rien, je ne m'oppose à rien ; le seul ressort qui me restait est brisé. Si je pouvais seulement me promettre que Dieu me changeât, et que les qualités de l'état religieux succédassent dans mon âme à l'espérance de le quitter, que j'ai perdue... Mais cela ne se peut ; ce vêtement s'est attaché à ma peau, à mes os, et ne m'en gêne que

davantage. Ah ! quel sort ! Être religieuse à jamais, et
sentir qu'on ne sera jamais que mauvaise religieuse,
passer toute sa vie à se frapper la tête contre les
barreaux de sa prison ! »

En cet endroit je me mis à pousser des cris ; je
voulais les étouffer, mais je ne pouvais. M. Manouri,
surpris de ce mouvement, me dit :

« Madame, oserais-je vous faire une question ?

— Faites, monsieur.

— Une douleur aussi violente n'aurait-elle pas
quelque motif secret ?

— Non, monsieur. Je hais la vie solitaire, je sens
que je la hais, je sens que je la haïrai toujours. Je ne
saurais m'assujettir à toutes les misères qui remplissent la journée d'une recluse * : c'est un tissu de
puérilités que je méprise. J'y serais faite, si j'avais pu
m'y faire. J'ai cherché cent fois à m'en imposer, à me
briser là-dessus ; je ne saurais. J'ai envié, j'ai demandé
à Dieu l'heureuse imbécillité d'esprit de mes compagnes ; je ne l'ai point obtenue, il ne me l'accordera
pas. Je fais tout mal, je dis tout de travers ; le défaut de
vocation perce dans toutes mes actions, on le voit ;
j'insulte à tout moment à la vie monastique. On
appelle orgueil mon inaptitude ; on s'occupe à m'hu-
milier ; les fautes et les punitions se multiplient à
l'infini, et les journées se passent à mesurer des yeux la
hauteur des murs.

— Madame, je ne saurais les abattre, mais je puis
autre chose.

— Monsieur, ne tentez rien.

— Il faut changer de maison, je m'en occuperai. Je
viendrai vous revoir ; j'espère qu'on ne vous cèlera

pas ; vous aurez incessamment de mes nouvelles. Soyez sûre que, si vous y consentez, je réussirai à vous tirer d'ici. Si l'on en usait trop sévèrement avec vous, ne me le laissez pas ignorer. »

Il était tard quand M. Manouri s'en alla. Je retournai dans ma cellule. L'office du soir ne tarda pas à sonner. J'arrivai des premières ; je laissai passer les religieuses, et je me tins pour dit qu'il fallait demeurer à la porte ; en effet, la supérieure la ferma sur moi. Le soir, à souper, elle me fit signe en entrant de m'asseoir à terre au milieu du réfectoire ; je lui obéis, et l'on ne me servit que du pain et de l'eau. J'en mangeai un peu, que j'arrosai de quelques larmes. Le lendemain on tint conseil ; toute la communauté fut appelée à mon jugement ; et l'on me condamna à être privée de récréation, à entendre pendant un mois l'office à la porte du chœur, à manger à terre au milieu du réfectoire, à faire amende honorable trois jours de suite, à renouveler ma prise d'habit et mes vœux, à prendre le cilice, à jeûner de deux jours l'un, et à me macérer après l'office du soir tous les vendredis. J'étais à genoux, le voile baissé, tandis que cette sentence m'était prononcée.

Dès le lendemain, la supérieure vint dans ma cellule avec une religieuse qui portait sur son bras un cilice et cette robe d'étoffe grossière dont on m'avait revêtue lorsque je fus conduite dans le cachot. J'entendis ce que cela signifiait ; je me déshabillai, ou plutôt on m'arracha mon voile, on me dépouilla, et je pris cette robe. J'avais la tête nue, les pieds nus, mes longs cheveux tombaient sur mes épaules, et tout mon vêtement se réduisait à ce cilice que l'on me donna, à une chemise très dure, et à cette longue robe qui me prenait sous le cou et qui me descendait jusqu'aux pieds. Ce fut ainsi que je restai vêtue pendant la journée, et que je comparus à tous les exercices.

Le soir, lorsque je fus retirée dans ma cellule, j'entendis qu'on s'en approchait en chantant les litanies ; c'était toute la maison rangée sur deux lignes. On entra, je me présentai. On me passa une corde au cou ; on me mit dans la main une torche allumée* et une discipline dans l'autre. Une religieuse prit la corde par un bout, me tira entre les deux lignes, et la procession prit son chemin vers un petit oratoire intérieur consacré à sainte Marie. On était venu en chantant à voix basse, on s'en retourna en silence. Quand je fus arrivée à ce petit oratoire, qui était éclairé de deux lumières, on m'ordonna de demander pardon à Dieu et à la communauté du scandale que j'avais donné ; c'était la religieuse qui me conduisait qui me disait tout bas ce qu'il fallait que je répétasse, et je le répétais mot à mot. Après cela on m'ôta la corde, on me déshabilla jusqu'à la ceinture, on prit mes cheveux qui étaient épars sur mes épaules, on les rejeta sur un des côtés de mon cou, on me mit dans la main droite la discipline* que je portais de la main gauche, et l'on commença le *Miserere*. Je compris ce que l'on attendait de moi, et je l'exécutai. Le *Miserere* fini, la supérieure me fit une courte exhortation. On éteignit les lumières, les religieuses se retirèrent, et je me rhabillai.

Quand je fus rentrée dans ma cellule, je sentis des douleurs violentes aux pieds ; j'y regardai ; ils étaient tout ensanglantés des coupures de morceaux de verre que l'on avait eu la méchanceté de répandre sur mon chemin.

Je fis amende honorable de la même manière, les deux jours suivants ; seulement le dernier, on ajouta un psaume au *Miserere*.

Le quatrième jour, on me rendit l'habit de religieuse, à peu près avec la même cérémonie qu'on le prend à cette solennité quand elle est publique.

Le cinquième, je renouvelai mes vœux. J'accomplis pendant un mois le reste de la pénitence qu'on m'avait imposée, après quoi je rentrai à peu près dans l'ordre commun de la communauté ; je repris ma place au chœur et au réfectoire, et je vaquai à mon tour aux différentes fonctions de la maison. Mais quelle fut ma surprise, lorsque je tournai les yeux sur cette jeune amie qui s'intéressait à mon sort ! Elle me parut presque aussi changée que moi ; elle était d'une maigreur à effrayer ; elle avait sur son visage la pâleur de la mort, les lèvres blanches et les yeux presque éteints.

« Sœur Ursule, lui dis-je tout bas, qu'avez-vous ?

— Ce que j'ai ? me répondit-elle ; je vous aime, et vous me le demandez ! Il était temps que votre supplice * finît, j'en serais morte. »

Si les deux derniers jours de mon amende honorable, je n'avais point eu les pieds blessés, c'était elle qui avait eu l'attention de balayer furtivement les corridors, et de rejeter à droite et à gauche les morceaux de verre. Les jours où j'étais condamnée à jeûner au pain et à l'eau, elle se privait d'une partie de sa portion qu'elle enveloppait d'un linge blanc *, et qu'elle jetait dans ma cellule. On avait tiré au sort la religieuse qui me conduirait par la corde, et le sort était tombé sur elle ; elle eut la fermeté d'aller trouver la supérieure, et de lui protester qu'elle se résoudrait plutôt à mourir qu'à cette infâme * et cruelle fonction. Heureusement cette jeune fille était d'une famille considérée ; elle jouissait d'une pension forte qu'elle employait au gré de la supérieure ; et elle trouva, pour quelques livres de sucre et de café, une religieuse qui prit sa place. Je n'oserais penser que la main de Dieu se soit appesantie sur cette indigne ; elle est devenue folle, et elle est enfermée ; mais la supérieure vit, gouverne, tourmente et se porte bien.

Il était impossible que ma santé résistât à de si longues et de si dures épreuves ; je tombai malade. Ce fut dans cette circonstance que la sœur Ursule montra bien toute l'amitié qu'elle avait pour moi ; je lui dois la vie. Ce n'était pas un bien qu'elle me conservait, elle me le disait quelquefois elle-même ; cependant il n'y avait sorte de services qu'elle ne me rendît les jours qu'elle était d'infirmerie ; les autres jours je n'étais pas négligée, grâce à l'intérêt qu'elle prenait à moi, et aux petites récompenses qu'elle distribuait à celles qui me veillaient, selon que j'en avais été plus ou moins satisfaite. Elle avait demandé à me garder la nuit, et la supérieure le lui avait refusé sous le prétexte qu'elle était trop délicate pour suffire à cette fatigue : ce fut un véritable chagrin pour elle. Tous ses soins n'empê-chèrent point les progrès du mal ; je fus réduite à toute extrémité ; je reçus les derniers sacrements. Quelques moments auparavant je demandai à voir la commu-nauté assemblée, ce qui me fut accordé. Les religieuses entourèrent mon lit, la supérieure était au milieu d'elles ; ma jeune amie occupait mon chevet, et me

tenait une main qu'elle arrosait de ses larmes. On
présuma que j'avais quelque chose à dire, on me
souleva, et l'on me soutint sur mon séant à l'aide de
deux oreillers. Alors, m'adressant à la supérieure, je la
priai de m'accorder sa bénédiction et l'oubli* des
fautes que j'avais commises ; je demandai pardon à
toutes mes compagnes du scandale que je leur avais
donné. J'avais fait apporter à côté de moi une infinité
de bagatelles, ou qui paraient ma cellule, ou qui
étaient à mon usage particulier, et je priai la supérieure de me permettre d'en disposer ; elle y consentit,
et je les donnai à celles qui lui avaient servi de satellites
lorsqu'on m'avait jetée dans le cachot. Je fis approcher
la religieuse qui* m'avait conduite par la corde le jour
de mon amende honorable, et je lui dis en l'embrassant
et en lui présentant mon rosaire et mon christ :
« Chère sœur, souvenez-vous de moi dans vos prières,
et soyez sûre que je ne vous oublierai pas devant
Dieu... » Et pourquoi Dieu ne m'a-t-il pas prise dans
ce moment ? J'allais à lui sans inquiétude. C'est un si
grand bonheur, et qui est-ce qui peut se le promettre
deux fois ? Qui sait ce que je serai au dernier moment ?
Il faut pourtant que j'y vienne. Puisse Dieu renouveler
encore mes peines, et me l'accorder aussi tranquille
que je l'avais ! Je voyais les cieux ouverts, et ils
l'étaient sans doute ; car la conscience alors ne trompe
pas, et elle me promettait une félicité éternelle.

Après avoir été administrée, je tombai dans une
espèce de léthargie ; on désespéra de moi pendant
toute cette nuit. On venait de temps en temps me tâter
le pouls ; je sentais des mains se promener sur mon
visage, et j'entendais différentes voix qui disaient.

comme dans le lointain : « Il remonte... Son nez est
froid... Elle n'ira pas à demain*... Le rosaire et le
christ vous resteront... » Et une autre voix courroucée
qui disait : « Éloignez-vous, éloignez-vous ; laissez-la
mourir en paix ; ne l'avez-vous pas assez tourmen-
tée ? » Ce fut un moment bien doux pour moi, lorsque
je sortis de cette crise, et que je rouvris les yeux, de me
retrouver* entre les bras de mon amie. Elle ne m'avait
point quittée ; elle avait passé la nuit à me secourir, à
répéter les prières des agonisants, à me faire baiser le
christ et à l'approcher de ses lèvres, après l'avoir
séparé des miennes. Elle crut, en me voyant ouvrir de
grands yeux et pousser un profond soupir, que c'était
le dernier ; et elle se mit à jeter des cris et à m'appeler
son amie, à dire : « Mon Dieu, ayez pitié d'elle et de
moi ! Mon Dieu, recevez son âme ! Chère amie, quand
vous serez devant Dieu, ressouvenez-vous de sœur
Ursule... » Je la regardai en souriant tristement, en
versant une larme et en lui serrant la main. M. B...*
arriva dans ce moment ; c'est le médecin de la maison.
Cet homme est habile, à ce qu'on dit, mais il est
despote, orgueilleux et dur. Il écarta mon amie avec
violence ; il me tâta le pouls et la peau. Il était
accompagné de la supérieure et de ses favorites ; il fit
quelques questions monosyllabiques sur ce qui s'était
passé ; il répondit : « Elle s'en tirera. » Et regardant la
supérieure, à qui ce mot ne plaisait pas : « Oui,
Madame, lui dit-il, elle s'en tirera ; la peau est bonne,
la fièvre est tombée, et la vie commence à poindre dans
les yeux. »
   A chacun de ces mots, la joie se déployait sur le
visage de mon amie, et sur celui de la supérieure et de

ses compagnes je ne sais quoi de chagrin que la contrainte dissimulait mal.

« Monsieur, lui dis-je, je ne demande pas à vivre.

— Tant pis », me répondit-il. Puis il ordonna quelque chose, et sortit. On dit que pendant ma léthargie, j'avais dit plusieurs fois : « Chère mère, je vais donc vous rejoindre, je vous dirai tout. » C'était apparemment à mon ancienne supérieure que je m'adressais, je n'en doute pas. Je ne donnai son portrait à personne, je désirais de l'emporter avec moi sous la tombe.

Le pronostic de M. B... se vérifia ; la fièvre diminua, des sueurs abondantes achevèrent de l'emporter ; l'on ne douta plus de ma guérison. Je guéris en effet, mais j'eus une convalescence très longue.

Il était dit que je souffrirais dans cette maison toutes les peines qu'il est possible d'éprouver. Il y avait eu de la malignité dans ma maladie. La sœur Ursule ne m'avait presque point quittée. Lorsque je commençais à prendre des forces, les siennes se perdirent, ses digestions se dérangèrent ; elle était attaquée l'après-midi de défaillances qui duraient quelquefois un quart d'heure. Dans cet état, elle était comme morte, sa vue s'éteignait, une sueur froide lui couvrait le front et se ramassait en gouttes qui coulaient le long de ses joues ; ses bras sans mouvement pendaient à ses côtés ; on ne la soulageait un peu qu'en la délaçant et qu'en relâchant ses vêtements. Quand elle revenait de cet évanouissement, sa première idée était de me chercher à ses côtés, et elle m'y trouvait toujours ; quelquefois même, lorsqu'il lui restait un peu de sentiment et de connaissance, elle promenait sa main* autour d'elle

sans ouvrir les yeux. Cette action était si peu équivoque, que quelques religieuses s'étant offertes à cette
main qui tâtonnait, et n'en étant pas reconnues, parce
qu'alors elle retombait sans mouvement, elles me
disaient : « Sœur Suzanne, c'est à vous qu'elle en veut,
approchez-vous donc... » Je me jetais à ses genoux,
j'attirais sa main sur mon front, et elle y demeurait
posée jusqu'à la fin de son évanouissement ; quand il
était fini, elle me disait : « Eh bien ! sœur Suzanne,
c'est moi qui m'en irai, et c'est vous qui resterez ; c'est
moi qui la reverrai la première, je lui parlerai de vous,
elle ne m'entendra pas sans pleurer. S'il y a des larmes
amères, il en est aussi de bien douces, et si l'on aime là-
haut, pourquoi n'y pleurerait-on pas ? » Alors elle
penchait sa tête sur mon cou ; elle en répandait avec
abondance, et elle ajoutait : « Adieu, sœur Suzanne,
adieu, mon amie. Qui est-ce qui partagera vos peines
quand je n'y serai plus ? Qui est-ce qui... ? Ah ! chère
amie, que je vous plains ! Je m'en vais, je le sens, je
m'en vais. Si vous étiez heureuse, combien j'aurais de
regret à mourir ! »

Son état m'effrayait. Je parlai à la supérieure. Je
voulais qu'on la mît à l'infirmerie, qu'on la dispensât
des offices et des autres exercices pénibles de la
maison, qu'on appelât un médecin ; mais on me
répondit toujours que ce n'était rien, que ces défaillances se passeraient toutes seules ; et la chère sœur
Ursule ne demandait pas mieux que de satisfaire à ses
devoirs et à suivre la vie commune. Un jour, après les
matines, auxquelles elle avait assisté, elle ne reparut
point. Je pensai qu'elle était bien mal. L'office du
matin fini, je volai chez elle. Je la trouvai couchée sur

son lit tout habillée. Elle me dit : « Vous voilà, chère amie ? Je me doutais que vous ne tarderiez pas à venir. et je vous attendais. Écoutez-moi. Que j'avais d'impatience que vous vinssiez ! Ma défaillance a été si forte et si longue, que j'ai cru que j'y resterais et que je ne vous reverrais plus. Tenez, voilà la clef de mon oratoire ; vous en ouvrirez l'armoire, vous enlèverez une petite planche qui sépare en deux parties le tiroir d'en bas *, vous trouverez derrière cette planche un paquet de papiers ; je n'ai jamais pu me résoudre à m'en séparer, quelque danger que je courusse à les garder, et quelque douleur que je ressentisse à les lire ; hélas ! ils sont presque effacés de mes larmes. Quand je ne serai plus, vous les brûlerez. »

Elle était si faible et si oppressée, qu'elle ne put prononcer de suite deux mots de ce discours ; elle s'arrêtait presque à chaque syllabe, et puis elle parlait si bas, que j'avais peine à l'entendre, quoique mon oreille fût presque collée sur sa bouche *. Je pris la clef, je lui montrai du doigt l'oratoire, et elle me fit signe de la tête que oui. Ensuite, pressentant que j'allais la perdre, et persuadée que sa maladie était une suite ou de la mienne, ou de la peine qu'elle avait prise *, ou des soins qu'elle m'avait donnés, je me mis à pleurer et à me désoler de toute ma force. Je lui baisai le front, les yeux, le visage, les mains ; je lui demandai pardon. Cependant elle était comme distraite, elle ne m'entendait pas ; une de ses mains se reposait * sur mon visage et me caressait ; je crois qu'elle ne me voyait plus. peut-être même me croyait-elle sortie, car elle m'appela.

« Sœur Suzanne ? »

Je lui dis : « Me voilà.

— Quelle heure est-il ?

— Il est onze heures et demie.

— Onze heures et demie ! Allez-vous-en dîner ; allez, vous reviendrez tout de suite. »

Le dîner sonna, il fallut la quitter. Quand je fus à la porte, elle me rappela ; je revins. Elle fit un effort pour me présenter ses joues * ; je les baisai ; elle me prit la main, elle me la tenait serrée ; il semblait qu'elle ne voulait pas, qu'elle ne pouvait me quitter * : « Cependant il le faut, dit-elle en me lâchant, Dieu le veut. Adieu, sœur Suzanne. Donnez-moi mon crucifix. » Je le lui mis entre les mains, et je m'en allai.

On était sur le point de sortir de table. Je m'adressai à la supérieure, je lui parlai, en présence de toutes les religieuses, du danger de la sœur Ursule, je la pressai d'en juger par elle-même. « Eh bien ! dit-elle, il faut la voir. » Elle y monta, accompagnée de quelques autres ; je les suivis ; elles entrèrent dans sa cellule ; la pauvre sœur n'était plus. Elle était étendue sur son lit, toute vêtue, la tête inclinée sur son oreiller *, la bouche entrouverte, les yeux fermés, et le christ entre ses mains. La supérieure la regarda froidement, et dit : « Elle est morte. Qui l'aurait crue si proche de sa fin ? C'était une excellente fille. Qu'on aille sonner pour elle, et qu'on l'ensevelisse. »

Je restai seule à son chevet *. Je ne saurais vous peindre ma douleur ; cependant j'enviais son sort. Je m'approchai d'elle, je lui donnai des larmes, je la baisai plusieurs fois, et je tirai le drap * sur son visage, dont les traits commençaient à s'altérer. Ensuite je songeai à exécuter ce qu'elle m'avait recommandé.

Pour n'être point interrompue dans cette occupation, j'attendis que tout le monde fût à l'office ; j'ouvris l'oratoire, j'abattis la planche, et je trouvai un rouleau de papiers assez considérable que je brûlai dès le soir. Cette jeune fille avait toujours été mélancolique ; et je n'ai pas mémoire de l'avoir vue sourire, excepté une fois dans sa maladie.

Me voilà donc seule dans cette maison, dans le monde, car je ne connaissais pas un être qui s'intéressât à moi. Je n'avais plus entendu parler de l'avocat Manouri ; je présumais * ou qu'il avait été rebuté par les difficultés, ou que, distrait par des amusements ou par ses occupations, les offres de services qu'il m'avait faites étaient bien loin de sa mémoire, et je ne lui en savais pas très mauvais gré : j'ai le caractère porté à l'indulgence ; je puis tout pardonner aux hommes, excepté l'injustice, l'ingratitude * et l'inhumanité. J'excusais donc l'avocat Manouri tant que je pouvais, et tous ces gens du monde qui avaient montré tant de vivacité dans le cours de mon procès et pour qui je n'existais plus, et vous-même, monsieur le marquis, lorsque nos supérieurs ecclésiastiques firent une visite dans la maison *.

Ils entrent, ils parcourent les cellules, ils interrogent les religieuses, ils se font rendre compte de l'administration temporelle et spirituelle ; et, selon l'esprit qu'ils apportent à leurs fonctions *, ils réparent ou ils augmentent le désordre. Je revis donc l'honnête et dur M. Hébert, avec ses deux jeunes et compatissants acolytes *. Ils se rappelèrent apparemment l'état déplorable où j'avais autrefois comparu devant eux * ; leurs yeux s'humectèrent ; et je remarquai sur leur visage l'attendrissement et la joie. M. Hébert s'assit, et me fit asseoir vis-à-vis de lui ; ses deux compagnons se tinrent debout derrière sa chaise ; leurs regards étaient attachés sur moi. M. Hébert me dit :

« Eh bien ! sœur Suzanne *, comment en use-t-on à présent avec vous ? »

Je lui répondis : « Monsieur, on m'oublie.

— Tant mieux.

— Et c'est aussi tout ce que je souhaite * ; mais j'aurais une grâce importante à vous demander, c'est d'appeler ici ma mère supérieure.

— Et pourquoi ?

— C'est que, s'il arrive qu'on vous fasse quelque plainte d'elle, elle ne manquera de m'en accuser.

— J'entends ; mais dites-moi toujours ce que vous en savez.

— Monsieur, je vous supplie de la faire appeler, et qu'elle entende elle-même vos questions * et mes réponses.

— Dites toujours.

— Monsieur, vous m'allez perdre.

— Non, ne craignez rien ; de ce jour vous n'êtes plus sous son autorité * ; avant la fin de la semaine vous serez transférée à Sainte-Eutrope, près d'Arpajon. Vous avez un bon ami.

— Un bon ami, monsieur ! je ne m'en connais point.

— C'est votre avocat.

— M. Manouri ?

— Lui-même.

— Je ne croyais pas qu'il se souvînt encore de moi *.

— Il a vu vos sœurs : il a vu M. l'archevêque, le

premier président, toutes les personnes connues par leur piété ; il vous a fait une dot dans la maison que je viens de vous nommer ; et vous n'avez plus qu'un moment à rester ici. Ainsi, si vous avez connaissance de quelque désordre, vous pouvez m'en instruire sans vous compromettre ; et je vous l'ordonne par la sainte obéissance.

— Je n'en connais point.

— Quoi ! on a gardé quelque mesure avec vous depuis la perte de votre procès ?

— On a cru et l'on a dû croire que j'avais commis * une faute en revenant contre mes vœux ; et l'on m'en a fait demander pardon à Dieu.

— Mais ce sont les circonstances de ce pardon que je voudrais savoir... * »

Et en disant ces mots il secouait la tête, il fronçait les sourcils ; et je conçus * qu'il ne tenait qu'à moi de renvoyer à la supérieure une partie des coups de discipline qu'elle m'avait fait donner ; mais ce n'était pas mon dessein. L'archidiacre vit bien qu'il ne saurait rien de moi, et il sortit en me recommandant le secret sur ce qu'il m'avait confié de ma translation à Sainte-Eutrope d'Arpajon. Comme le bonhomme Hébert marchait seul dans le corridor, ses deux compagnons se retournèrent, et me saluèrent * d'un air très affectueux et très doux. Je ne sais qui ils sont, mais Dieu veuille leur conserver ce caractère tendre et miséricordieux qui est si rare dans leur état, et qui convient si fort aux dépositaires de la faiblesse de l'homme et aux intercesseurs de la miséricorde de Dieu. Je croyais M. Hébert occupé à consoler, à interroger ou à réprimander quelque autre religieuse, lorsqu'il rentra dans ma cellule. Il me dit :

« D'où connaissez-vous M. Manouri ?

— Par mon procès.

— Qui est-ce qui vous l'a donné ?

— C'est madame la présidente ***.

— Il a fallu que vous conférassiez souvent avec lui dans le cours de votre affaire ?

— Non, monsieur, je l'ai peu vu.

— Comment l'avez-vous instruit ?

— Par quelques mémoires écrits de ma main.

— Vous avez des copies de ces mémoires ?

— Non, monsieur *.

— Qui est-ce qui lui remettait ces mémoires ?

— Madame la présidente ***.

— Et d'où la connaissiez-vous ?

— Je la connaissais par la sœur Ursule *, mon amie et sa parente *.

— Vous avez vu M. Manouri depuis la perte de votre procès ?

— Une fois.

— C'est bien peu. Il ne vous a point écrit ?

— Non, monsieur.

— Vous ne lui avez point écrit ?

— Non, monsieur.

— Il vous apprendra sans doute ce qu'il a fait pour vous. Je vous ordonne de ne le point voir au parloir ; et s'il vous écrit, soit directement, soit indirectement *, de m'envoyer sa lettre sans l'ouvrir ; entendez-vous, sans l'ouvrir.

— Oui, monsieur ; et je vous obéirai. »

Soit que la méfiance de M. Hébert me regardât, ou mon bienfaiteur, j'en fus blessée *.

M. Manouri vint à Longchamp dans la soirée même. Je tins parole à l'archidiacre ; je refusai de lui parler. Le lendemain il m'écrivit par son émissaire ; je reçus sa lettre et je l'envoyai, sans l'ouvrir, à M. Hébert. C'était le mardi, autant qu'il m'en souvient. J'attendais toujours avec impatience l'effet de la promesse de l'archidiacre et des mouvements de M. Manouri. Le mercredi, le jeudi, le vendredi se passèrent sans que j'entendisse parler de rien. Combien ces journées me parurent longues ! Je tremblais qu'il ne fût survenu quelque obstacle qui eût tout dérangé. Je ne recouvrais pas ma liberté, mais je changeais de prison, et c'est quelque chose. Un premier événement heureux fait germer en nous l'espérance d'un second ; et c'est peut-être là l'origine du proverbe qu'*un bonheur ne vient point sans un autre.*

Je connaissais les compagnes que je quittais *, et je n'avais pas de peine à supposer que je gagnerais quelque chose à vivre avec d'autres prisonnières * ; quelles qu'elles fussent, elles ne pouvaient être ni plus méchantes, ni plus malintentionnées. Le samedi matin, sur les neuf heures, il se fit un grand mouvement dans la maison ; il faut bien peu de chose pour mettre des têtes de religieuses en l'air. On allait, on venait, on se parlait bas ; les portes des dortoirs s'ouvraient et se fermaient ; c'est, comme vous l'avez pu voir jusqu'ici, le signal des révolutions monastiques. J'étais seule dans ma cellule ; j'attendais *, le cœur me battait. J'écoutais à ma porte, je regardais par ma fenêtre, je me démenais sans savoir ce que je faisais ; je me disais à moi-même en tressaillant de joie : « C'est moi qu'on vient chercher ; tout à l'heure je n'y serai plus... » et je ne me trompais pas *.

Deux figures inconnues se présentèrent à moi : c'étaient une religieuse et la tourière d'Arpajon ; elles m'instruisirent en un mot du sujet de leur visite. Je pris tumultueusement * le petit butin qui m'appartenait ; je le jetai pêle-mêle dans le tablier de la tourière *, qui le mit en paquets. Je ne demandai point à voir la supérieure ; la sœur Ursule n'était plus *, je ne quittais personne. Je descends ; on m'ouvre les portes, après avoir visité ce que j'emportais ; je monte dans un carrosse, et me voilà partie *.

L'archidiacre * et ses deux jeunes ecclésiastiques, Mᵐᵉ la présidente *** et M. Manouri s'étaient rassemblés chez la supérieure, où on les avertit de ma sortie *. Chemin faisant, la religieuse m'entretint * de la maison, et la tourière ajoutait pour refrain à chaque phrase de l'éloge qu'on m'en faisait * : « C'est la pure vérité ! » Elle se félicitait du choix qu'on avait fait d'elle pour m'aller prendre, et voulait être mon amie ; en conséquence elle me confia quelques secrets et me donna quelques conseils sur ma conduite ; ces conseils étaient apparemment à son usage, mais ils ne pouvaient être au mien. Je ne sais si vous avez vu * le couvent d'Arpajon. C'est un bâtiment carré *, dont un des côtés * regarde sur le grand chemin, et l'autre sur la campagne et les jardins. Il y avait à chaque fenêtre de la première façade une, deux ou trois religieuses ; cette seule circonstance m'en apprit, sur l'ordre qui régnait dans la maison, plus que tout ce que la religieuse et sa compagne ne m'en avaient dit. On connaissait apparemment la voiture où nous étions, car en un clin d'œil toutes ces têtes voilées disparurent, et j'arrivai à la porte de ma nouvelle prison. La supérieure vint au-devant de moi, les bras ouverts, m'embrassa, me prit par la main et me conduisit dans la salle de communauté, où quelques religieuses m'avaient devancée et où d'autres accoururent*.

Cette supérieure s'appelle Mme ***. Je ne saurais me refuser à l'envie de vous la peindre avant que d'aller plus loin. C'est une petite femme toute ronde, cependant prompte et vive dans ses mouvements ; sa tête n'est jamais rassise sur ses épaules ; il y a toujours quelque chose qui cloche dans son vêtement ; sa figure est plutôt bien que mal* ; ses yeux, dont l'un, c'est le droit, est plus haut et plus grand que l'autre, sont pleins de feu et distraits* ; quand elle marche, elle jette ses bras en avant et en arrière. Veut-elle parler, elle ouvre la bouche avant que d'avoir arrangé ses idées* ; aussi bégaye-t-elle un peu. Est-elle assise, elle s'agite* sur son fauteuil, comme si quelque chose l'incommodait* ; elle oublie toute bienséance, elle lève sa guimpe pour se frotter la peau, elle croise ses jambes*. Elle vous interroge, vous lui répondez, et elle ne vous écoute pas ; elle vous parle, et elle se perd, s'arrête tout court, ne sait plus où elle en est, se fâche*, et vous appelle grosse bête, stupide, imbécile, si vous ne la remettez sur la voie. Elle est tantôt familière jusqu'à tutoyer, tantôt impérieuse et fière jusqu'au dédain ; ses moments de dignité sont courts ; elle est alternativement compatissante et dure. Sa figure décomposée marque tout le décousu de son esprit et toute l'inégalité de son caractère ; aussi l'ordre* et le désordre se succédaient-ils dans la maison. Il y avait des jours où tout était confondu, les pensionnaires avec les novices, les novices avec les religieuses ; où l'on courait dans les chambres les unes des autres ; où l'on prenait ensemble du thé, du café, du chocolat, des liqueurs ; où l'office se faisait avec la célérité la plus indécente*. Au milieu de ce tumulte* le visage de la supérieure change subitement, la cloche sonne, on se renferme, on se retire, le silence le plus profond suit le bruit, les cris et le tumulte, et l'on croirait que tout est mort subitement. Une religieuse alors manque-t-elle à la moindre chose, elle la fait venir dans sa cellule, la traite avec dureté, lui ordonne de se déshabiller et de se donner vingt coups de discipline ; la religieuse obéit, se déshabille, prend sa discipline, se macère ; mais à peine s'est-elle donné quelques coups, que la supérieure, devenue compatissante, lui arrache l'instrument de pénitence*, se met à pleurer, dit qu'elle est bien malheureuse d'avoir à punir, lui baise le front, les yeux, la bouche, les épaules, la caresse, la loue : « Mais qu'elle a la peau blanche et douce ! Le bel embonpoint ! Le beau cou ! Le beau chignon !... Sœur Sainte-Augustine*, mais tu es folle d'être honteuse, laisse tomber ce linge : je suis femme et ta supérieure. Oh ! la belle gorge ! Qu'elle est ferme ! Et je souffrirais que cela fût déchiré par des pointes* ? Non, non, il n'en sera rien... » Elle la baise encore, la relève, la rhabille elle-même, lui dit les choses les plus douces, la dispense des offices, et la renvoie dans sa cellule*. On est très mal avec ces femmes-là ; on ne sait jamais ce qui leur plaira ou déplaira, ce qu'il faut éviter ou faire ; il n'y a rien de réglé : ou l'on est servi à profusion, ou l'on meurt de faim ; l'économie de la maison s'embarrasse, les remontrances sont ou mal prises ou négligées ; on est toujours trop près ou trop loin des supérieures de ce caractère * ; il n'y a ni vraie distance, ni mesure ; on passe de la disgrâce à la faveur, et de la faveur à la disgrâce, sans qu'on sache pourquoi. Voulez-vous que je vous donne, dans une petite chose, un exemple général de son administration * ? Deux fois l'année, elle courait de cellule en cellule, et faisait jeter par les fenêtres toutes les bouteilles de liqueur qu'elle y trouvait, et quatre jours après, elle-même en renvoyait à la plupart de ses religieuses. Voilà celle à qui * j'avais fait le vœu solennel d'obéissance ; car nous portons nos vœux d'une maison dans une autre.

J'entrai avec elle ; elle me conduisait en me tenant embrassée par le milieu du corps. On servit une collation de fruits, de massepains, de confitures *. Le grave archidiacre commença mon éloge, qu'elle interrompit par : « On a eu tort, on a eu tort, je le sais... » Le grave archidiacre voulut continuer, et la supérieure l'interrompit par : « Comment s'en sont-elles défaites ? C'est la modestie et la douceur même ; on dit qu'elle est remplie de talents... » Le grave archidiacre voulut reprendre ses derniers mots ; la supérieure l'interrompit encore, en me disant bas à l'oreille : « Je vous aime à la folie ; et quand ces pédants-là seront sortis, je ferai venir nos sœurs, et vous nous chanterez un petit air, n'est-ce pas ? » Il me prit une envie de rire. Le grave M. Hébert fut un peu déconcerté ; ses deux jeunes compagnons souriaient de son embarras et du mien. Cependant M. Hébert revint à son caractère et à ses manières accoutumées *, lui ordonna brusquement de s'asseoir * et lui imposa silence. Elle s'assit,

mais elle n'était pas à son aise * ; elle se tourmentait à
sa place, elle se grattait la tête, elle rajustait son
vêtement où il n'était pas dérangé, elle bâillait ; et
cependant l'archidiacre pérorait sensément * sur la
maison que j'avais quittée, sur les désagréments que
j'y avais éprouvés *, sur celle où j'entrais, sur les
obligations que j'avais aux personnes qui m'avaient
servie. En cet endroit je regardai M. Manouri, il baissa
les yeux. Alors la conversation devint plus générale ; le
silence pénible imposé à la supérieure cessa. Je m'approchai de M. Manouri, je le remerciai des services
qu'il m'avait rendus ; je tremblais, je balbutiais, je ne
savais quelle reconnaissance lui promettre. Mon trouble, mon embarras, mon attendrissement, car j'étais
vraiment touchée *, un mélange de larmes et de joie *,
toute mon action lui parla beaucoup mieux que je ne
l'aurais pu faire. Sa réponse ne fut pas plus arrangée
que mon discours ; il fut aussi troublé que moi. Je ne
sais ce qu'il me disait ; mais j'entendais qu'il serait
trop récompensé s'il avait adouci la rigueur de mon
sort ; qu'il se ressouviendrait de ce qu'il avait fait avec
plus de plaisir encore que moi ; qu'il était bien fâché
que ses occupations, qui l'attachaient au Palais de
Paris *, ne lui permissent pas de visiter souvent le
cloître d'Arpajon * ; mais qu'il espérait de monsieur
l'archidiacre et de madame la supérieure la permission
de s'informer de ma santé et de ma situation.

   L'archidiacre n'entendit pas cela ; mais la supérieure répondit * : « Monsieur, tant que vous voudrez * ; elle fera tout ce qui lui plaira ; nous tâcherons
de réparer ici les chagrins * qu'on lui a donnés... » Et
puis tout bas à moi : « Mon enfant, tu as donc bien

souffert ? Mais comment ces créatures de Longchamp
ont-elles eu le courage de te maltraiter ? J'ai connu ta
supérieure, nous avons été pensionnaires ensemble à
Port-Royal : c'était la bête noire des autres *. Nous
aurons le temps de nous voir, tu me raconteras tout
cela... » Et disant ces mots, elle prenait une de mes
mains * qu'elle me frappait de petits coups avec la
sienne. Les jeunes ecclésiastiques me firent aussi leur
compliment. Il était tard ; M. Manouri prit congé de
nous ; l'archidiacre et ses compagnons allèrent
chez M. ***, seigneur d'Arpajon, où ils étaient
invités *, et je restai seule avec la supérieure ; mais ce
ne fut pas pour longtemps ; toutes les religieuses,
toutes les novices, toutes les pensionnaires accoururent
pêle-mêle : en un instant je me vis entourée d'une
centaine de personnes. Je ne savais à qui entendre ni à
qui répondre ; c'étaient des figures de toute espèce et
des propos de toutes couleurs ; cependant je discernai
qu'on n'était mécontent ni de mes réponses *, ni de ma
personne.

Quand cette conférence importune * eut duré quelque temps, et que la première curiosité eut été
satisfaite, la foule diminua ; la supérieure écarta le
reste, et elle vint elle-même m'installer dans ma
cellule. Elle m'en fit les honneurs à sa mode ; elle me
montrait l'oratoire et disait : « C'est là que ma petite
amie priera Dieu ; je veux qu'on lui mette un coussin
sur ce marchepied, afin que ses petits genoux ne soient
pas blessés. Il n'y a point d'eau bénite dans ce
bénitier ; cette sœur Dorothée oublie toujours quelque
chose. Essayez ce fauteuil *, voyez s'il vous sera
commode... » Et tout en parlant ainsi, elle m'assit, me

pencha la tête sur le dossier, et me baisa le front*.
Cependant elle alla à la fenêtre, pour s'assurer que les
châssis se levaient et se baissaient facilement; à mon
lit*, et elle en tira et retira les rideaux, pour voir s'ils
fermaient bien. Elle examina les couvertures : « Elles
sont bonnes. » Elle prit le traversin, et le faisant
bouffer, elle disait : « Cette chère tête* sera fort bien
là-dessus... Ces draps ne sont pas fins, mais ce sont
ceux de la communauté... Ces matelas sont bons. »
Cela fait, elle vient à moi, m'embrasse, et me quitte.
Pendant cette scène* je disais en moi-même : « Ô la
folle créature ! » Et je m'attendis à de bons et de
mauvais jours.

Je m'arrangeai dans ma cellule. J'assistai à l'office
du soir, au souper, à la récréation qui suivit. Quelques
religieuses s'approchèrent de moi, d'autres s'en éloi-
gnèrent ; celles-là* comptaient sur ma protection
auprès de la supérieure ; celles-ci étaient déjà alarmées
de la prédilection qu'elle m'avait accordée. Ces premiers moments se passèrent en éloges réciproques, en
questions sur la maison que j'avais quittée, en essais de
mon caractère, de mes inclinations, de mes goûts, de
mon esprit : on vous tâte partout ; c'est une suite de
petites embûches qu'on vous tend, et d'où l'on tire les
conséquences les plus justes. Par exemple, on jette un
mot de médisance, et l'on vous regarde ; on entame
une histoire, et l'on attend que vous en redemandiez la
suite* ou que vous la laissiez*. Si vous dites un mot
ordinaire, on le trouve charmant, quoiqu'on sache
bien qu'il n'en est rien ; on vous loue ou l'on vous
blâme à dessein. On cherche à démêler vos pensées les
plus secrètes ; on vous interroge sur vos lectures, on

vous offre des livres sacrés et profanes, on remarque votre choix. On vous invite à de légères * infractions de la règle ; on vous fait des confidences ; on vous jette des mots sur les travers de la supérieure : tout se recueille et se redit. On vous quitte, on vous reprend ; on sonde vos sentiments sur les mœurs, sur la piété, sur le monde, sur la religion, sur la vie monastique, sur tout. Il résulte de ces expériences réitérées une épithète * qui vous caractérise, et qu'on attache en surnom à celui que vous portez ; ainsi je fus appelée Sainte-Suzanne la réservée.

Le premier soir, j'eus la visite de la supérieure ; elle vint à mon déshabiller. Ce fut elle qui m'ôta mon voile et ma guimpe, et qui me coiffa de nuit ; ce fut elle qui me déshabilla. Elle me tint cent propos doux, et me fit mille caresses qui m'embarrassèrent un peu, je ne sais pas pourquoi, car je n'y entendais rien, ni elle non plus ; et à présent même que j'y réfléchis, qu'aurions-nous pu y entendre ? Cependant j'en parlai à mon directeur, qui traita cette familiarité, qui me paraissait innocente et qui me le paraît encore, d'un ton fort sérieux, et me défendit gravement de m'y prêter davantage *. Elle me baisa le cou, les épaules, les bras ; elle loua mon embonpoint et ma taille *, et me mit au lit ; elle releva mes couvertures d'un et d'autre côté, me baisa les yeux, tira mes rideaux et s'en alla. J'oubliais de vous dire qu'elle supposa que j'étais fatiguée, et qu'elle me permit de rester au lit tant que je voudrais.

J'usai de sa permission ; c'est *, je crois, la seule bonne nuit que j'aie passée dans le cloître ; et je n'en suis presque jamais sortie. Le lendemain, sur les neuf heures, j'entendis frapper doucement à ma porte.

J'étais encore couchée* ; je répondis, on entra ; c'était
une religieuse qui me dit, d'assez mauvaise humeur,
qu'il était tard, et que la mère supérieure me demandait*. Je me levai, je m'habillai à la hâte, et j'allai.
« Bonjour, mon enfant, me dit-elle ; avez-vous bien
passé la nuit ? Voilà du café qui vous attend depuis
une heure ; je crois qu'il sera bon ; dépêchez-vous de le
prendre, et puis après nous causerons... » Et tout en
disant cela, elle étendait un mouchoir sur la table, en
déployait un autre sur moi, versait le café, et le sucrait.
Les autres religieuses en faisaient autant les unes chez
les autres. Tandis que je déjeunais, elle m'entretint de
mes compagnes, me les peignit selon son aversion ou
son goût, me fit mille amitiés, mille questions sur la
maison que j'avais quittée, sur mes parents, sur les
désagréments que j'avais eus ; loua, blâma à sa
fantaisie, n'entendit jamais ma réponse jusqu'au bout.
Je ne la contredis point ; elle fut fort contente de mon
esprit, de mon jugement et de ma discrétion. Cependant il vint une religieuse, puis une autre, puis une
troisième, puis une quatrième, une cinquième. On
parla des oiseaux de la mère celle-ci, des tics de la
sœur celle-là, de tous les petits ridicules* des
absentes ; on se mit en gaieté. Il y avait une épinette
dans un coin de la cellule, j'y posai les doigts par
distraction ; car nouvelle arrivée dans la maison, et ne
connaissant point celles dont on plaisantait, cela ne
m'amusait guère ; et quand j'aurais été plus au fait,
cela ne m'aurait pas amusée davantage ; il faut trop
d'esprit pour bien plaisanter, et puis qui est-ce qui n'a
point un ridicule ? Tandis que l'on riait, je faisais des
accords ; peu à peu, j'attirai l'attention. La supérieure

vint à moi, et me frappant un petit coup sur l'épaule :
« Allons, Sainte-Suzanne, me dit-elle, amuse-nous ;
joue d'abord, et puis après tu chanteras. » Je fis ce
qu'elle me disait, j'exécutai quelques pièces que j'avais
dans les doigts ; je préludai de fantaisie ; et puis je
chantai quelques versets des psaumes de Mondonville.
« Voilà qui est fort bien, me dit la supérieure ; mais
nous avons de la sainteté à l'église * tant qu'il nous
plaît. Nous sommes seules * ; celles-ci sont mes amies
et elles seront aussi les tiennes ; chante-nous quelque
chose de plus gai. » Quelques-unes des religieuses
dirent : « Mais elle ne sait peut-être que cela ; elle est
fatiguée de son voyage, il faut la ménager ; en voilà
bien assez pour une fois.

— Non, non, dit la supérieure, elle s'accompagne à
merveille, elle a la plus belle voix du monde (et en effet
je ne l'ai pas laide ; cependant plus de justesse, de
douceur et de flexibilité que de force et d'étendue), je
ne la tiendrai quitte * qu'elle ne nous ait dit autre
chose *. »

J'étais un peu offensée du propos des religieuses ; je
répondis à la supérieure que cela n'amusait plus les
sœurs. « Mais cela m'amuse encore, moi. » Je me
doutais de cette réponse. Je chantai donc une chansonnette * assez délicate, et toutes battirent des mains, me
louèrent, m'embrassèrent, me caressèrent, m'en
demandèrent une seconde : petites minauderies *
fausses. dictées par la réponse de la supérieure ; il n'y
en avait presque pas une là qui ne m'eût ôté ma voix et
rompu les doigts, si elle l'avait pu. Celles * qui
n'avaient peut-être entendu de musique de leur vie,
s'avisèrent de jeter sur mon chant des mots aussi

ridicules que déplaisants, qui ne prirent point auprès
de la supérieure.

« Taisez-vous, leur dit-elle, elle joue et chante
comme un ange et je veux qu'elle vienne ici tous les
jours ; j'ai su un peu de clavecin autrefois, et je veux
qu'elle m'y remette.

— Ah ! madame, lui dis-je, quand on a su autrefois
on n'a pas tout oublié...

— Très volontiers, cède-moi ta place. »

Elle préluda, elle joua des choses folles, bizarres,
décousues comme ses idées ; mais je vis, à travers tous
les défauts de son exécution, qu'elle avait la main
infiniment plus légère que moi. Je le lui dis, car j'aime
à louer, et j'ai rarement perdu l'occasion de le faire
avec vérité : cela est si doux ! Les religieuses s'éclipsè-
rent les unes après les autres, et je restai presque seule
avec la supérieure à parler musique. Elle était assise,
j'étais debout ; elle me prenait les mains, et elle me
disait en les serrant : « Mais outre qu'elle joue bien,
elle a les plus jolis doigts * du monde ; voyez donc,
sœur Thérèse... » Sœur Thérèse baissait les yeux,
rougissait et bégayait ; cependant, que j'eusse les
doigts jolis ou non, que la supérieure eût tort ou raison
de l'observer, qu'est-ce que cela faisait à cette sœur ?
La supérieure m'embrassait par le milieu du corps, et
elle trouvait que j'avais la plus jolie taille. Elle m'avait
tirée à elle ; elle me fit asseoir sur ses genoux ; elle me
relevait la tête avec les mains et m'invitait à la
regarder ; elle louait mes yeux, ma bouche, mes joues,
mon teint ; je ne répondais rien, j'avais les yeux baissés
et je me laissais aller à toutes ces caresses comme une
idiote. Sœur Thérèse était distraite, inquiète, se pro-

menait à droite et à gauche, touchait à tout sans avoir besoin de rien, ne savait que faire de sa personne*, regardait par la fenêtre, croyait avoir entendu frapper à la porte* ; et la supérieure lui dit : « Sainte-Thérèse, tu peux t'en aller si tu t'ennuies.

— Madame, je ne m'ennuie pas.

— C'est que j'ai mille choses à demander à cette enfant.

— Je le crois.

— Je veux savoir toute son histoire ; comment réparerai-je les peines qu'on lui a faites, si je les ignore ? Je veux qu'elle me les raconte sans rien omettre ; je suis sûre que j'en aurai le cœur déchiré, et que j'en pleurerai* ; mais n'importe. Sainte-Suzanne quand est-ce que je saurai tout ?

— Madame, quand vous l'ordonnerez.

— Je t'en prierais tout à l'heure, si nous en avions le temps. Quelle heure est-il ? »

Sœur Thérèse répondit : « Madame, il est cinq heures, et les vêpres vont sonner.

— Qu'elle commence toujours.

— Mais, madame, vous m'aviez promis un moment de consolation avant vêpres. J'ai des pensées qui m'inquiètent ; je voudrais bien ouvrir mon cœur à maman*. Si je vais à l'office* sans cela, je ne pourrai prier, je serai distraite.

— Non, non, dit la supérieure, tu es folle avec tes idées. Je gage que je sais ce que c'est ; nous en parlerons demain.

— Ah ! chère mère, dit sœur Thérèse, en se jetant aux pieds de la supérieure et en fondant en larmes, que ce soit tout à l'heure.

— Madame, dis-je à la supérieure, en me levant de sur ses genoux où j'étais restée, accordez à ma sœur ce qu'elle vous demande ; ne laissez pas durer sa peine ; je vais me retirer ; j'aurai toujours le temps de satisfaire l'intérêt que vous voulez bien prendre à moi ; et quand vous aurez entendu ma sœur Thérèse, elle ne souffrira plus. »

Je fis un mouvement vers la porte pour sortir ; la supérieure me retenait d'une main * ; sœur Thérèse, à genoux, s'était emparée de l'autre, la baisait et pleurait ; et la supérieure lui disait :

« En vérité, Sainte-Thérèse, tu es bien incommode avec tes inquiétudes ; je te l'ai déjà dit, cela me déplaît, cela me gêne ; je ne veux pas être gênée.

— Je le sais, mais je ne suis pas la maîtresse de mes sentiments ; je voudrais et je ne saurais... »

Cependant je m'étais retirée, et j'avais laissé avec la supérieure la jeune sœur. Je ne pus m'empêcher de la regarder à l'église * ; il lui restait de l'abattement et de la tristesse ; nos yeux * se rencontrèrent plusieurs fois, et il me sembla qu'elle avait de la peine à soutenir mon regard *. Pour la supérieure, elle s'était assoupie dans sa stalle.

L'office fut dépêché en un clin d'œil *. Le chœur n'était pas, à ce qu'il me parut, l'endroit de la maison où l'on se plaisait le plus ; on en sortit avec la vitesse et le babil d'une troupe d'oiseaux qui s'échapperaient d'une volière * ; et les sœurs se répandirent les unes chez les autres en courant, en riant, en parlant. La supérieure se renferma dans sa cellule, et la sœur Thérèse s'arrêta sur la porte de la sienne, m'épiant * comme si elle eût été curieuse de savoir ce que je deviendrais. Je rentrai chez moi, et la porte de la cellule de la sœur Thérèse ne se referma que quelque temps après, et se referma doucement. Il me vint en idée* que cette jeune fille était jalouse de moi, et qu'elle craignait que je ne lui ravisse la place qu'elle occupait* dans les bonnes grâces et l'intimité de la supérieure. Je l'observai plusieurs jours de suite, et lorsque je me crus suffisamment assurée de mon soupçon par ses petites colères, ses puériles alarmes, sa persévérance à me suivre à la piste, à m'examiner*, à se trouver entre la supérieure et moi, à briser nos entretiens, à déprimer mes qualités, à faire sortir mes défauts, plus encore à sa pâleur, à sa douleur, à ses pleurs, au dérangement de sa santé et même de son esprit, je l'allai trouver et je lui dis : « Chère amie, qu'avez-vous ? » Elle ne me répondit pas ; ma visite la surprit et l'embarrassa ; elle ne savait ni que dire, ni que faire.

« Vous ne me rendez pas assez de justice ; parlez-moi vrai : vous craignez que je n'abuse du goût que notre mère a pris pour moi, que je ne vous éloigne de son cœur. Rassurez-vous, cela n'est pas dans mon caractère. Si j'étais jamais assez heureuse pour obtenir* quelque empire sur son esprit...

— Vous aurez tout celui qu'il vous plaira ; elle vous aime ; elle fait aujourd'hui pour vous précisément ce qu'elle a fait pour moi dans les commencements.

— Eh bien ! soyez sûre que je ne me servirai de la confiance qu'elle m'accordera, que pour vous rendre plus chérie.

— Et cela dépendra-t-il de vous ?

— Et pourquoi cela n'en dépendrait-il pas ? »

Au lieu de me répondre, elle se jeta à mon cou, et elle me dit en soupirant : « Ce n'est pas votre faute, je le sais bien, je me le dis à tout moment ; mais promettez-moi...

— Que voulez-vous que je vous promette ?

— Que...

— Achevez ; je ferai tout ce qui dépendra de moi. »

Elle hésita, se couvrit les yeux de ses mains, et d'une voix si basse qu'à peine je l'entendais : « Que vous la verrez le moins souvent que vous pourrez. »

Cette demande me parut si étrange, que je ne pus m'empêcher de lui répondre : « Et que vous importe que je voie souvent ou rarement notre supérieure ? Je ne suis point fâchée que vous la voyiez sans cesse, moi. Vous ne devez pas être plus fâchée que j'en fasse autant ; ne suffit-il pas que je vous proteste que je ne vous nuirai auprès d'elle, ni à vous, ni à personne ? »

Elle ne me répondit que par ces mots qu'elle prononça d'une manière * douloureuse, en se séparant de moi et en se jetant sur son lit : « Je suis perdue !

— Perdue ! Et pourquoi ? Mais il faut que vous me croyiez la plus méchante créature qui soit au monde ! »

Nous en étions là lorsque la supérieure entra. Elle avait passé à ma cellule, elle ne m'y avait point trouvée ; elle avait parcouru presque toute la maison inutilement ; il ne lui vint pas en pensée que j'étais chez Sainte-Thérèse. Lorsqu'elle l'eut appris par celles qu'elle avait envoyées à ma découverte, elle accourut. Elle avait un peu de trouble dans le regard et sur son visage ; mais toute sa personne était si rarement ensemble ! Sainte-Thérèse était en silence. assise sur

son lit, moi debout. Je lui dis : « Ma chère mère, je
vous demande pardon d'être venue ici sans votre
permission.

— Il est vrai, me répondit-elle, qu'il eût été mieux
de la demander.

— Mais cette chère sœur m'a fait compassion ; j'ai
vu qu'elle était en peine.

— Et de quoi ?

— Vous le dirai-je ? Et pourquoi ne vous le dirais-je
pas ? C'est une délicatesse qui fait tant d'honneur à
son âme, et qui marque si vivement son attachement
pour vous. Les témoignages de bonté que vous m'avez
donnés, ont alarmé sa tendresse : elle a craint que je
n'obtinsse dans votre cœur la préférence sur elle ; ce
sentiment de jalousie, si honnête d'ailleurs, si naturel *
et si flatteur pour vous, chère mère, était, à ce qu'il m'a
semblé, devenu cruel pour ma sœur, et je la rassu-
rais. »

La supérieure, après m'avoir écoutée, prit un air
sévère et imposant, et lui dit :

« Sœur Thérèse, je vous ai aimée et je vous aime
encore ; je n'ai point à me plaindre de vous, et vous
n'aurez point à vous plaindre de moi ; mais je ne
saurais souffrir ces prétentions exclusives. Défaites-
vous-en, si vous craignez d'éteindre ce qui me reste
d'attachement * pour vous, et si vous vous rappelez le
sort de la sœur Agathe... » Puis, se tournant vers moi,
elle me dit : « C'est cette grande brune que vous voyez
au chœur vis-à-vis de moi. » (Car je me répandais si
peu, il y avait si peu de temps que j'étais à la maison,
j'étais si nouvelle, que je ne savais pas encore tous les
noms de mes compagnes.) Elle ajouta : « Je l'aimais,

lorsque sœur Thérèse entra ici et que je commençai à la chérir. Elle eut les mêmes inquiétudes, elle fit les mêmes folies ; je l'en avertis, elle ne se corrigea point, et je fus obligée d'en venir à des voies sévères qui ont duré trop longtemps, et qui sont très contraires à mon caractère ; car elles vous diront toutes que je suis bonne, et que je ne punis jamais qu'à contrecœur. » Puis s'adressant à Sainte-Thérèse, elle ajouta : « Mon enfant, je ne veux point être gênée, je vous l'ai déjà dit ; vous me connaissez, ne me faites point sortir de mon caractère... » Ensuite elle me dit, en s'appuyant d'une main sur mon épaule : « Venez, Sainte-Suzanne, reconduisez-moi. » Nous sortîmes. Sœur Thérèse voulut nous suivre, mais la supérieure, détournant la tête négligemment par-dessus mon épaule, lui dit d'un ton de despotisme : « Rentrez dans votre cellule, et n'en sortez pas que je ne vous le permette. » Elle obéit, ferma sa porte avec violence, et s'échappa en quelques discours qui firent frémir la supérieure, je ne sais pourquoi, car ils n'avaient pas de sens. Je vis sa colère, et je lui dis : « Chère mère, si vous avez quelque bonté pour moi, pardonnez à ma sœur Thérèse ; elle a la tête perdue, elle ne sait ce qu'elle dit, elle ne sait ce qu'elle fait.

— Que je lui pardonne ? Je le veux bien, mais que me donnerez-vous ?

— Ah ! chère mère, serais-je assez heureuse pour avoir quelque chose qui vous plût et qui vous apaisât ? »

Elle baissa les yeux, rougit et soupira ; en vérité, c'était comme un amant. Elle me dit ensuite, en se rejetant nonchalamment sur moi et comme si elle eût

défailli : « Approchez votre front, que je le baise... » Je
me penchai, et elle me baisa le front. Depuis ce temps,
sitôt qu'une religieuse avait fait quelque faute, j'inter-
cédais pour elle, et j'étais sûre d'obtenir sa grâce par
quelque faveur* innocente ; c'était toujours un baiser
ou sur le front, ou sur le cou, ou sur les yeux, ou sur les
joues, ou sur la bouche, ou sur les mains, ou sur la
gorge, ou sur les bras, mais plus souvent sur la
bouche ; elle trouvait que j'avais l'haleine pure, les
dents blanches, et les lèvres fraîches et vermeilles. En
vérité, je serais bien belle, si je méritais la plus petite
partie des éloges qu'elle me donnait ; si c'était mon
front, il était blanc, uni et d'une forme charmante ; si
c'étaient mes yeux, ils étaient brillants ; si c'étaient mes
joues, elles étaient vermeilles* et douces ; si c'étaient
mes mains, elles étaient petites et potelées ; si c'était
ma gorge, elle était d'une fermeté de pierre et d'une
forme admirable ; si c'étaient mes bras, il était impossible de les avoir mieux tournés* et plus ronds ; si
c'était mon cou, aucune des sœurs ne l'avait mieux
fait* et d'une beauté plus exquise et plus rare ; que
sais-je tout ce qu'elle me disait ! Il y avait bien quelque
chose de vrai dans ses louanges ; j'en rabattais beaucoup, mais non pas tout*. Quelquefois, en me regardant de la tête aux pieds, avec un air de complaisance
que je n'ai jamais vu à aucune autre femme, elle me
disait : « Non, c'est le plus grand bonheur que Dieu
l'ait appelée dans la retraite ; avec cette figure-là, dans
le monde, elle aurait damné autant d'hommes qu'elle
en aurait vus, et elle se serait damnée avec eux. Dieu
fait bien tout ce qu'il fait. »

Cependant nous nous avancions vers sa cellule ; je

me disposais à la quitter, mais elle me prit par la main
et me dit : « Il est trop tard pour commencer votre
histoire de Sainte-Marie et de Longchamp, mais
entrez, vous me donnerez une petite leçon de clavecin. »
Je la suivis. En un moment elle eut ouvert le clavecin,
préparé un livre, approché une chaise, car elle était
vive. Je m'assis. Elle pensa que je pourrais avoir froid :
elle détacha de dessus les chaises un coussin qu'elle
posa devant moi, se baissa et me prit les deux pieds,
qu'elle mit dessus ; ensuite elle alla se placer derrière la
chaise et s'appuyer sur le dossier. Je fis d'abord des
accords, ensuite * je jouai quelques pièces de Coupe-
rin, de Rameau, de Scarlatti ; cependant elle avait levé
un coin de mon linge de cou, sa main était placée sur
mon épaule nue, et l'extrémité de ses doigts posée sur
ma gorge. Elle soupirait, elle paraissait oppressée, son
haleine s'embarrassait * ; la main qu'elle tenait * sur
mon épaule d'abord la pressait fortement, puis elle ne
la pressait plus du tout, comme si elle eût été sans force
et sans vie, et sa tête tombait sur la mienne. En vérité,
cette folle-là était d'une sensibilité incroyable et avait
le goût le plus vif pour la musique ; je n'ai jamais
connu personne sur qui elle eût produit des effets aussi
singuliers.

Nous nous amusions ainsi d'une manière aussi
simple que douce, lorsque tout à coup la porte s'ouvrit
avec violence ; j'en eus frayeur, et la supérieure aussi.
C'était cette extravagante de Sainte-Thérèse * ; son
vêtement était en désordre ; ses yeux étaient troublés,
elle nous parcourait l'une et l'autre avec l'attention la
plus bizarre ; les lèvres lui tremblaient, elle ne pouvait
parler. Cependant elle revint à elle, et se jeta aux pieds

de la supérieure ; je joignis ma prière à la sienne, et j'obtins encore son pardon ; mais la supérieure lui protesta, de la manière la plus ferme, que ce serait le dernier, du moins pour des fautes de cette nature, et nous sortîmes toutes deux ensemble.

En retournant à nos cellules, je lui dis : « Chère sœur, prenez garde, vous indisposerez notre mère. Je ne vous abandonnerai pas, mais vous userez mon crédit auprès d'elle, et je serai désespérée de ne pouvoir plus rien ni pour vous ni pour aucune autre. Mais quelles sont vos idées ? » Point de réponse. « Que craignez-vous de moi ? » Point de réponse. « Est-ce que notre mère ne peut pas nous aimer également toutes deux ?

— Non, non, me répondit-elle avec violence, cela ne se peut ; bientôt je lui répugnerai, et j'en mourrai de douleur. Ah ! pourquoi êtes-vous venue ici ? Vous n'y serez pas heureuse longtemps, j'en suis sûre ; et je serai malheureuse pour toujours.

— Mais, lui dis-je, c'est un grand malheur, je le sais, que d'avoir perdu la bienveillance de sa supérieure ; mais j'en connais un plus grand, c'est de l'avoir mérité ; vous n'avez rien à vous reprocher ?

— Ah ! plût à Dieu !

— Si vous vous accusez en vous-même de quelque faute, il faut la réparer ; et le moyen le plus sûr, c'est d'en supporter patiemment la peine.

— Je ne saurais, je ne saurais ; et puis, est-ce à elle à m'en punir ?

— A elle, sœur Thérèse, à elle ! Est-ce qu'on parle ainsi d'une supérieure ? Cela n'est pas bien, vous vous oubliez. Je suis sûre que cette faute est plus grave qu'aucune de celles que vous vous reprochez.

— Ah ! plût à Dieu ! me dit-elle encore, plût à Dieu !... » Et nous nous séparâmes, elle pour aller se désoler dans sa cellule, moi pour aller rêver dans la mienne à la bizarrerie des têtes de femmes.

Voilà l'effet de la retraite*. L'homme est né pour la société. Séparez-le, isolez-le, ses idées se désuniront, son caractère se tournera, mille affections ridicules s'élèveront dans son cœur, des pensées extravagantes germeront dans son esprit, comme les ronces dans une terre sauvage*. Placez un homme dans une forêt, il y deviendra féroce ; dans un cloître, où l'idée de néces-sité se joint à celle de servitude, c'est pis encore ; on sort d'une forêt, on ne sort plus d'un cloître ; on est libre dans la forêt, on est esclave dans le cloître. Il faut peut-être plus de force d'âme encore pour résister à la solitude qu'à la misère ; la misère avilit, la retraite* déprave. Vaut-il mieux vivre dans l'abjection que dans la folie ? C'est ce que je n'oserais décider ; mais il faut éviter l'une et l'autre*.

Je voyais croître de jour en jour la tendresse que la supérieure avait conçue pour moi. J'étais sans cesse dans sa cellule, ou elle était dans la mienne ; pour la moindre indisposition, elle m'ordonnait l'infirmerie*, elle me dispensait des offices, elle m'envoyait coucher de bonne heure, ou m'interdisait l'oraison* du matin. Au chœur, au réfectoire, à la récréation, elle trouvait moyen de me donner des marques d'amitié ; au chœur, s'il se rencontrait un verset qui contînt quelque sentiment affectueux et tendre, elle le chantait en me l'adressant, ou elle me regardait s'il était chanté par une autre ; au réfectoire, elle m'envoyait toujours quelque chose de ce qu'on lui servait d'exquis ; à la récréation, elle m'embrassait par le milieu du corps, elle me disait les choses les plus douces et les plus obligeantes. On ne lui faisait aucun présent que je ne le partageasse : chocolat*, sucre, café, liqueurs, tabac, linge, mouchoirs, quoi que ce fût ; elle avait déparé sa cellule d'estampes, d'ustensiles, de meubles et d'une infinité de choses agréables ou commodes, pour en orner la mienne ; je ne pouvais presque pas m'en absenter un moment, qu'à mon retour je ne me trouvasse enrichie de quelques dons. J'allais l'en remercier chez elle, et elle ressentait une joie qui ne se peut exprimer ; elle m'embrassait, me caressait, me prenait sur ses genoux, m'entretenait des choses les plus secrètes de la maison, et se promettait, si je l'aimais, une vie mille fois plus heureuse que celle qu'elle aurait passée dans le monde. Après cela elle s'arrêtait, me regardait avec des yeux attendris, et me disait : « Sœur Suzanne m'aimez-vous ?

— Et comment ferais-je pour ne pas vous aimer ? Il faudrait que j'eusse l'âme bien ingrate.

— Cela est vrai.

— Vous avez tant de bonté...

— Dites de goût* pour vous. »

Et en prononçant ces mots, elle baissait les yeux, la main dont elle me tenait embrassée me serrait plus fortement, celle qu'elle avait appuyée sur mon genou pressait davantage, elle m'attirait sur elle, mon visage se trouvait placé sur le sien, elle soupirait, elle se renversait sur sa chaise, elle tremblait, on eût dit qu'elle avait à me confier* quelque chose et qu'elle n'osait, elle versait des larmes, et puis elle me disait :

« Ah ! sœur Suzanne, vous ne m'aimez pas !

— Je ne vous aime pas, chère mère ?

— Non.

— Et dites-moi ce qu'il faut que je fasse pour vous le prouver.

— Il faudrait que vous le devinassiez.

— Je cherche, je ne devine rien. »

Cependant, elle avait levé son linge de cou et elle avait mis une de mes mains sur sa gorge ; elle se taisait, je me taisais aussi ; elle paraissait goûter le plus grand plaisir. Elle m'invitait à lui baiser le front, les joues, les yeux et la bouche, et je lui obéissais : je ne crois pas qu'il y eût du mal à cela. Cependant son plaisir s'accroissait *, et comme je ne demandais pas mieux que d'ajouter à son bonheur d'une manière aussi innocente, je lui baisais encore le front, les joues, les yeux et la bouche. La main qu'elle avait posée sur mon genou se promenait sur tous mes vêtements, depuis l'extrémité de mes pieds jusqu'à ma ceinture, me pressant tantôt dans un endroit, tantôt en un autre ; elle m'exhortait en bégayant, et d'une voix altérée et basse, à redoubler mes caresses : je les redoublais ; enfin il vint un moment, je ne sais si ce fut de plaisir ou de peine, où elle devint pâle comme la mort ; ses yeux se fermèrent, tout son corps s'étendit * avec violence, ses lèvres se fermèrent * d'abord, elles étaient humectées comme d'une mousse légère ; puis sa bouche s'entrouvrit, et elle me parut mourir en poussant un grand soupir *. Je me levai brusquement, je crus qu'elle se trouvait mal, je voulais sortir, appeler. Elle entrouvrit faiblement les yeux, et me dit d'une voix éteinte : « Innocente ! ce n'est rien ; qu'allez-vous

faire ? Arrêtez... » Je la regardai avec de grands yeux
hébétés *, incertaine si je resterais ou si je sortirais.
Elle rouvrit encore les yeux ; elle ne pouvait plus parler
du tout ; elle me fit signe d'approcher et de me replacer
sur ses genoux. Je ne sais ce qui se passait en moi ; je
craignais, je tremblais, le cœur me palpitait, j'avais de
la peine à respirer, je me sentais troublée, oppressée,
agitée, j'avais peur, il me semblait que les forces
m'abandonnaient et que j'allais défaillir ; cependant je
ne saurais dire que ce fût de la peine que je ressentisse.
J'allais près d'elle ; elle me fit signe encore de la main
de m'asseoir sur ses genoux ; je m'assis. Elle était
comme morte, et moi comme si j'allais mourir. Nous
demeurâmes assez longtemps l'une et l'autre dans cet
état singulier ; si quelque religieuse fût survenue, en
vérité elle eût été bien effrayée * ; on aurait imaginé ou
que nous nous étions trouvées mal, ou que nous nous
étions endormies. Cependant cette bonne supérieure,
car il est impossible d'être si sensible et de n'être pas
bonne, me parut revenir à elle ; elle était toujours
renversée sur sa chaise, ses yeux étaient toujours
fermés ; mais son visage s'était animé des plus belles
couleurs ; elle prenait une de mes mains qu'elle baisait,
et moi je lui disais : « Ah ! chère mère, vous m'avez
bien fait peur... » Elle sourit doucement, sans ouvrir
les yeux. « Mais est-ce que vous n'avez pas souffert ?

— Non.

— Je l'ai cru.

— L'innocente ! Ah ! la chère innocente ! Qu'elle
me plaît ! »

Et en disant ces mots, elle se releva, se remit sur sa
chaise, me prit à brasse-corps et me baisa sur les joues

avec beaucoup de force, puis elle me dit : « Quel âge avez-vous ?

— Je n'ai pas encore dix-neuf * ans.

— Cela ne se conçoit pas.

— Chère mère, rien n'est plus vrai.

— Je veux savoir toute votre vie ; vous me la direz ?

— Oui, chère mère.

— Toute ?

— Toute.

— Mais on pourrait venir ; allons nous mettre au clavecin, vous me donnerez leçon *. »

Nous y allâmes ; mais je ne sais comment cela se fit, les mains me tremblaient, le papier ne me montrait qu'un amas confus de notes ; je ne pus jamais jouer. Je le lui dis, elle se mit à rire ; elle prit ma place *, mais ce fut pis encore ; à peine pouvait-elle soutenir ses bras.

« Mon enfant, me dit-elle, je vois que tu n'es guère en état de me montrer, ni moi d'apprendre * ; je suis un peu fatiguée *, il faut que je me repose. Adieu. Demain, sans plus tarder, je veux savoir tout ce qui s'est passé dans cette chère petite âme-là. Adieu... »

Les autres fois, quand je sortais, elle m'accompagnait jusqu'à sa porte, elle me suivait des yeux tout le long du corridor jusqu'à la mienne *, elle me jetait un baiser avec les mains, et ne rentrait chez elle que quand j'étais rentrée chez moi ; cette fois-ci, à peine se leva-t-elle ; ce fut tout ce qu'elle put faire que de gagner le fauteuil qui était à côté de son lit ; elle s'assit. pencha la tête sur son oreiller, me jeta le baiser avec les mains, ses yeux se fermèrent, et je m'en allai.

Ma cellule était presque vis-à-vis la cellule * de

Sainte-Thérèse ; la sienne était ouverte, elle m'attendait. Elle m'arrêta et me dit :

« Ah ! Sainte-Suzanne, vous venez de chez notre
mère ?

— Oui, lui dis-je.

— Vous y êtes demeurée longtemps.

— Autant qu'elle l'a voulu.

— Ce n'est pas là ce que vous m'aviez promis.
Oseriez-vous bien me dire ce que vous y avez
fait * ?... »

Quoique ma conscience ne me reprochât rien, je
vous avouerai cependant, monsieur le marquis, que sa
question me troubla ; elle s'en aperçut, elle insista, et je
lui répondis : « Chère sœur, peut-être ne m'en croi-
riez-vous pas ; mais vous en croirez peut-être notre
chère mère, et je la prierai de vous en instruire.

— Ma chère Sainte-Suzanne, me dit-elle avec vivacité, gardez-vous-en bien ; vous ne voulez pas me
rendre malheureuse : elle ne me le pardonnerait
jamais. Vous ne la connaissez pas ; elle est capable de
passer de la plus grande sensibilité jusqu'à la férocité ;
je ne sais pas ce que je deviendrais. Promettez-moi de
ne lui rien dire.

— Vous le voulez ?

— Je vous le demande à genoux. Je suis désespérée ;
je vois bien qu'il faut me résoudre, je me résoudrai.
Promettez-moi de ne lui rien dire. »

Je la relevai, je lui donnai ma parole ; elle y compta
et elle eut raison ; et nous nous enfermâmes, elle dans
sa cellule, moi dans la mienne.

Rentrée chez moi, je me trouvai rêveuse. Je voulus
prier, et je ne le pus pas ; je commençai un ouvrage *

que je quittai pour un autre, que je quittai pour un autre encore, mes mains s'arrêtaient d'elles-mêmes, et j'étais comme imbécile. Jamais je n'avais rien éprouvé de pareil ; mes yeux se fermèrent d'eux-mêmes, je fis un petit sommeil, quoique je ne dorme jamais de jour. Réveillée, je m'interrogeai sur ce qui s'était passé entre la supérieure et moi ; je m'examinai, je crus entrevoir en m'examinant encore... mais c'était des idées si vagues *, si folles, si ridicules, que je les rejetai loin de moi. Le résultat de mes réflexions, c'est que c'était peut-être une maladie à laquelle elle était sujette ; puis il m'en vint une autre, c'est que peut-être cette maladie se gagnait, que Sainte-Thérèse l'avait prise, et que je la prendrais aussi.

Le lendemain, après l'office du matin, notre supérieure me dit * : « Sainte-Suzanne, c'est aujourd'hui que j'espère savoir tout ce qui vous est arrivé ; venez. »

J'allai. Elle me fit asseoir dans son fauteuil à côté de son lit, et elle se mit sur une chaise un peu plus basse ; je la dominais un peu, parce que je suis plus grande, et que j'étais plus élevée. Elle était si proche de moi, que mes deux genoux étaient entrelacés dans les siens *, et elle était accoudée sur son lit. Après un petit moment de silence, je lui dis :

« Quoique je sois bien jeune, j'ai bien eu de la peine ; il y aura bientôt vingt ans que je suis au monde, et vingt ans que je souffre. Je ne sais si je pourrai vous dire tout, et si vous aurez le cœur de l'entendre. Peines chez mes parents, peines au couvent de Sainte-Marie, peines au couvent de Longchamp, peines partout ; chère mère, par où voulez-vous que je commence ?

— Par les premières.

— Mais, lui dis-je, chère mère, cela sera bien long et bien triste, et je ne voudrais pas vous attrister si longtemps.

— Ne crains rien, j'aime à pleurer, c'est un état délicieux pour une âme tendre que celui de verser des larmes. Tu dois aimer à pleurer aussi, tu essuieras mes larmes, j'essuierai les tiennes, et peut-être nous serons heureuses au milieu du récit de tes souffrances ; qui sait jusqu'où l'attendrissement peut nous mener ?... » Et en prononçant ces derniers mots, elle me regarda de bas en haut avec des yeux déjà humides, elle me prit les deux mains, elle s'approcha de moi plus près encore, en sorte qu'elle me touchait et que je la touchais *.

« Raconte, mon enfant, dit-elle, j'attends, je me sens les dispositions les plus pressantes à m'attendrir * ; je ne pense pas avoir eu de ma vie un jour plus compatissant et plus affectueux *... »

Je commençai donc mon récit à peu près comme je viens de vous l'écrire. Je ne saurais vous dire l'effet qu'il produisit sur elle, les soupirs qu'elle poussa, les pleurs qu'elle versa, les marques d'indignation qu'elle donna contre mes cruels parents, contre les filles affreuses de Sainte-Marie, contre celles de Long-champ ; je serais bien fâchée qu'il leur arrivât la plus petite partie des maux qu'elle leur souhaita : je ne voudrais pas avoir arraché un cheveu de la tête de mon plus cruel ennemi. De temps en temps elle m'interrompait. elle se levait, elle se promenait, puis elle se rasseyait à sa place ; d'autres fois elle levait les yeux et les mains au ciel, et puis elle se cachait la tête entre mes genoux. Quand je lui parlai de ma scène du cachot, de celle de mon exorcisme, de mon amende honorable, elle poussa presque des cris ; quand je fus à la fin, je me tus, et elle resta quelque temps le corps penché sur son lit, le visage caché dans sa couverture * et les bras étendus au-dessus de sa tête ; et moi, je lui disais : « Chère mère, je vous demande pardon de toute la peine que je vous ai causée ; je vous en avais prévenue, mais c'est vous qui l'avez voulu... » Et elle ne me répondait que par ces mots :

« Les méchantes créatures ! Les horribles créatures ! Il n'y a que dans les couvents où l'humanité puisse s'éteindre à ce point. Lorsque la haine vient à s'unir * à la mauvaise humeur habituelle, on ne sait plus où les choses seront portées. Heureusement je suis douce, j'aime toutes mes religieuses ; elles ont pris, les unes plus, les autres [plus ou] moins de mon caractère *, et elles s'aiment toutes entre elles. Mais comment cette faible santé a-t-elle pu résister à tant de tourments ? Comment tous ces petits membres n'ont-ils pas été brisés ? Comment toute cette machine délicate n'a-t-elle pas été détruite ? Comment l'éclat de ces yeux ne s'est-il pas éteint * dans les larmes ? Les cruelles ! Serrer ces bras avec des cordes !... » Et elle me prenait les bras et elle les baisait. « Noyer de larmes ces yeux * !... » Et elle les baisait. « Arracher la plainte et les gémissements de cette bouche !... » Et elle la baisait. « Condamner ce visage charmant et serein à se couvrir sans cesse des nuages de la tristesse !... » Et elle le baisait. « Faner les roses de ces joues !... » Et elle les flattait de la main et elle les baisait. « Déparer cette tête ! Arracher ces cheveux ! Charger ce front de souci !... » Et elle baisait ma tête, mon front, mes cheveux. « Oser entourer ce cou d'une corde, et

déchirer ces épaules avec des pointes aigues !... » Et
elle écartait mon linge de cou et de tête, elle entrouvrait le haut de ma robe, mes cheveux tombaient épars
sur mes épaules découvertes, ma poitrine était à demi
nue, et ses baisers se répandaient sur mon cou, sur mes
épaules découvertes et sur ma poitrine à demi nue. Je
m'aperçus alors, au tremblement qui la saisissait, au
trouble de son discours, à l'égarement de ses yeux et de
ses mains, à son genou qui se pressait entre les miens *,
à l'ardeur dont elle me serrait * et à la violence dont ses
bras m'enlaçaient *, que sa maladie ne tarderait pas à
la prendre. Je ne sais ce qui se passait en moi, mais
j'étais saisie d'une frayeur, d'un tremblement et d'une
défaillance qui me vérifiaient le soupçon que j'avais eu
que son mal était contagieux.

Je lui dis : « Chère mère, voyez dans quel désordre,
vous m'avez mise ; si l'on venait !

— Reste, reste, me dit-elle d'une voix oppressée, on
ne viendra pas... »

Cependant je faisais effort pour me lever et m'arracher d'elle, et je lui disais : « Chère mère, prenez
garde, voilà votre mal qui va vous prendre. Souffrez
que je m'éloigne... » Je voulais m'éloigner ; je le
voulais, cela est sûr, mais je ne le pouvais pas ; je ne me
sentais aucune force, mes genoux se dérobaient sous
moi. Elle était assise, j'étais debout, elle m'attirait, je
craignis de tomber sur elle et de la blesser ; je m'assis
sur le bord de son lit, et je lui dis :

« Chère mère, je ne sais ce que j'ai, je me trouve mal.

— Et moi aussi, me dit-elle ; mais repose-toi un
moment, cela passera, ce ne sera rien... »

En effet, ma supérieure reprit du calme, et moi

aussi. Nous étions l'une et l'autre abattues, moi, la tête penchée sur son oreiller, elle, la tête posée sur un de mes genoux, le front placé sur une de mes mains. Nous restâmes quelques moments dans cet état. Je ne sais ce qu'elle pensait ; pour moi, je ne pensais à rien, je ne le pouvais, j'étais d'une faiblesse qui m'occupait tout entière. Nous gardions le silence, lorsque la supérieure le rompit la première ; elle me dit : « Suzanne, il m'a paru par ce que vous m'avez dit de votre supérieure qu'elle vous était fort chère.

— Beaucoup.

— Elle ne vous aimait pas mieux que moi, mais elle était mieux aimée de vous... Vous ne me répondez pas ?

— J'étais malheureuse, et elle adoucissait mes peines.

— Mais d'où vient votre répugnance pour la vie religieuse ? Suzanne, vous ne m'avez pas tout dit.

— Pardonnez-moi, madame.

— Quoi ! il n'est pas possible, aimable comme vous l'êtes, car, mon enfant, vous l'êtes beaucoup, vous ne savez pas combien, que personne ne vous l'ait dit.

— On me l'a dit.

— Et celui qui vous le disait ne vous déplaisait pas ?

— Non.

— Et vous vous êtes prise de goût pour lui ?

— Point du tout.

— Quoi ! votre cœur n'a jamais rien senti ?

— Rien.

— Quoi ! ce n'est pas une passion, ou secrète ou désapprouvée de vos parents, qui vous a donné de l'aversion pour le couvent ? Confiez-moi cela ; je suis indulgente.

— Je n'ai, chère mère, rien à vous confier là-dessus.

— Mais, encore une fois, d'où vient votre répugnance pour la vie religieuse ?

— De la vie même. J'en hais les devoirs, les occupations, la retraite, la contrainte ; il me semble que je suis appelée à autre chose.

— Mais à quoi cela vous semble-t-il ?

— A l'ennui qui m'accable * ; je m'ennuie.

— Ici même ?

— Oui, chère mère, ici même, malgré toute la bonté que vous avez pour moi.

— Mais est-ce que vous éprouvez * en vous-même des mouvements, des désirs ?

— Aucun.

— Je le crois ; vous me paraissez d'un caractère tranquille.

— Assez.

— Froid même.

— Je ne sais.

— Vous ne connaissez pas le monde ?

— Je le connais peu.

— Quel attrait peut-il donc avoir pour vous ?

— Cela ne m'est pas bien expliqué ; mais il faut pourtant * qu'il en ait.

— Est-ce la liberté que vous regrettez ?

— C'est cela, et peut-être beaucoup d'autres choses *.

— Et ces autres choses, quelles sont-elles ? Mon amie, parlez-moi à cœur ouvert ; voudriez-vous être mariée ?

— Je l'aimerais mieux que d'être ce que je suis, cela est certain.

— Pourquoi cette préférence ?

— Je l'ignore.

— Vous l'ignorez ? Mais, dites-moi, quelle impression fait sur vous la présence d'un homme ?

— Aucune. S'il a de l'esprit et qu'il parle bien, je l'écoute avec plaisir ; s'il est d'une telle figure, je le remarque.

— Et votre cœur est tranquille ?

— Jusqu'à présent, il est resté sans émotion.

— Quoi ! lorsqu'ils ont attaché leurs regards animés sur les vôtres, vous n'avez pas ressenti *...

— Quelquefois de l'embarras ; ils me faisaient baisser les yeux.

— Sans aucun trouble * ?

— Aucun.

— Et vos sens ne vous disaient rien ?

— Je ne sais pas ce que c'est que le langage des sens.

— Ils en ont un, cependant *.

— Cela se peut.

— Et vous ne le connaissez pas ?

— Point du tout.

— Quoi ! vous... C'est un langage bien doux ; et voudriez-vous le connaître ?

— Non, chère mère ; à quoi cela me servirait-il ?

— A dissiper votre ennui.

— A l'augmenter, peut-être. Et puis, que signifie ce langage des sens, sans objet ?

— Quand on parle, c'est toujours à quelqu'un ; cela vaut mieux sans doute que de s'entretenir seule, quoique ce ne soit pas tout à fait sans plaisir.

— Je n'entends rien à cela.

— Si tu voulais, chère enfant, je te deviendrais plus claire*.

— Non, chère mère, non. Je ne sais rien, et j'aime mieux ne rien savoir, que d'acquérir des connaissances qui me rendraient peut-être plus à plaindre que je ne le suis. Je n'ai point de désirs, et je n'en veux point chercher que je ne pourrais satisfaire.

— Et pourquoi ne le pourrais-tu pas ?

— Et comment le pourrais-je ?

— Comme moi.

— Comme vous ! Mais il n'y a personne dans cette maison...

— J'y suis, chère amie, vous y êtes.

— Eh bien ! que vous suis-je ? Que m'êtes-vous ?

— Qu'elle est innocente !

— Oh ! il est vrai, chère mère, que je le suis beaucoup, et que j'aimerais mieux mourir que de cesser de l'être. »

Je ne sais ce que ces derniers mots pouvaient avoir de fâcheux pour elle, mais ils la firent tout à coup changer de visage ; elle devint sérieuse, embarrassée ; sa main, qu'elle avait posée sur un de mes genoux, cessa d'abord de le presser, et puis se retira ; elle tenait ses yeux baissés. Je lui dis : « Ma chère mère, qu'est-ce qui m'est arrivé ? Est-ce qu'il me serait échappé* quelque chose qui vous aurait offensée ? Pardonnez-moi. J'use de la liberté que vous m'avez accordée ; je n'étudie rien de ce que j'ai à vous dire ; et puis, quand je m'étudierais, je ne dirais pas autrement, peut-être plus mal. Les choses dont nous nous entretenons me

sont si étrangères ! Pardonnez-moi... » En disant ces
derniers mots, je jetai mes deux bras autour de son
cou, et je posai ma tête sur son épaule. Elle jeta les
deux siens autour de moi, et me serra fort tendrement.
Nous demeurâmes ainsi quelques instants ; ensuite,
reprenant sa tendresse et sa sérénité, elle me dit :
« Suzanne, dormez-vous bien ?

— Fort bien, lui dis-je, surtout depuis quelque
temps.

— Vous endormez-vous tout de suite ?

— Assez communément.

— Mais quand vous ne vous endormez pas tout de
suite, à quoi pensez-vous ?

— A ma vie passée, à celle qui me reste, ou je prie
Dieu, ou je pleure, que sais-je ?

— Et le matin, quand vous vous éveillez de bonne
heure ?

— Je me lève.

— Tout de suite ?

— Tout de suite.

— Vous n'aimez pas à rêver ?

— Non.

— A vous reposer sur votre oreiller ?

— Non.

— A jouir de la douce chaleur du lit ?

— Non.

— Jamais... »

Elle s'arrêta à ce mot, et elle eut raison ; ce qu'elle
avait à me demander n'était pas bien, et peut-être
ferai-je beaucoup plus de mal de le dire, mais j'ai
résolu de ne rien celer. « Jamais vous n'avez été tentée
de regarder, avec complaisance, combien vous êtes belle ?

— Non, chère mère. Je ne sais pas si je suis si belle que vous le dites ; et puis, quand je le serais, c'est pour les autres qu'on est belle, et non pour soi.

— Jamais vous n'avez pensé à promener vos mains sur cette gorge *, sur ces cuisses, sur ce ventre, sur ces chairs si fermes, si douces et si blanches ?

— Oh ! pour cela, non ; il y a du péché à cela ; et si cela m'était arrivé, je ne sais comment j'aurais fait pour l'avouer * à confesse... »

Je ne sais ce que nous dîmes encore, lorsqu'on vint l'avertir qu'on la demandait au parloir. Il me parut que cette visite lui causait du dépit, et qu'elle aurait mieux aimé continuer de causer avec moi, quoique ce que nous disions ne valût guère la peine d'être regretté. Cependant nous nous séparâmes.

Jamais la communauté n'avait été plus heureuse que depuis que j'y étais entrée. La supérieure paraissait avoir perdu l'inégalité de son caractère ; on disait que je l'avais fixée. Elle donna même en ma faveur plusieurs jours de récréation, et ce qu'on appelle des fêtes ; ces jours on est un peu mieux servi qu'à l'ordinaire, les offices sont plus courts, et tout le temps qui les sépare est accordé à la récréation. Mais ce temps heureux devait passer pour les autres et pour moi.

La scène que je viens de peindre fut suivie d'un grand nombre d'autres semblables que je néglige. Voici la suite de la précédente.

L'inquiétude commençait à s'emparer de la supérieure ; elle perdait sa gaieté, son embonpoint, son repos. La nuit suivante, lorsque tout le monde dormait

et que la maison était dans le silence, elle se leva. Après
avoir erré quelque temps dans les corridors, elle vint à
ma cellule *. J'ai le sommeil léger, je crus la reconnaître *. Elle s'arrêta ; en s'appuyant le front apparemment contre ma porte, elle fit assez de bruit pour me
réveiller *, si j'avais dormi. Je gardai le silence. Il me
sembla que j'entendais une voix qui se plaignait,
quelqu'un qui soupirait ; j'eus d'abord un léger frisson, ensuite je me déterminai à dire *Ave*. Au lieu de me
répondre, on s'éloignait à pas légers *. On revint
quelque temps après ; les plaintes et les soupirs
recommencèrent * ; je dis encore *Ave*, et l'on s'éloigna
pour la seconde fois. Je me rassurai, je m'endormis.
Pendant que je dormais, on entra, on s'assit à côté de
mon lit ; mes rideaux étaient entrouverts ; on tenait
une petite bougie * dont la lumière m'éclairait le
visage, et celle qui la portait me regardait dormir ; ce
fut du moins ce que j'en jugeai à son attitude, lorsque
j'ouvris les yeux ; et cette personne, c'était la supérieure. Je me levai subitement ; elle vit ma frayeur, elle
me dit : « Suzanne, rassurez-vous, c'est moi... » Je me
remis la tête sur mon oreiller, et je lui dis : « Chère
mère, que faites-vous ici à l'heure qu'il est ? Qu'est-ce
qui peut vous avoir amenée ? Pourquoi ne dormez-
vous pas ?

— Je ne saurais dormir, me répondit-elle, je ne
dormirai de longtemps. Ce sont des songes fâcheux qui
me tourmentent ; à peine ai-je les yeux fermés, que les
peines que vous avez souffertes * se retracent à mon
imagination ; je vous vois entre les mains de ces
inhumaines, je vois vos cheveux épars sur votre
visage ; je vous vois les pieds ensanglantés, la torche au

poing, la corde au cou, je crois qu'elles vont disposer de votre vie ; je frissonne, je tremble, une sueur froide se répand sur tout mon corps ; je veux aller à votre secours ; je pousse des cris, je m'éveille, et c'est inutilement que j'attends que le sommeil revienne. Voilà ce qui m'est arrivé cette nuit. J'ai craint que le ciel ne m'annonçât quelque malheur arrivé à mon amie ; je me suis levée, je me suis approchée de votre porte, j'ai écouté, il m'a semblé que vous ne dormiez pas ; vous avez parlé, je me suis retirée*. Je suis revenue, vous avez encore parlé, et je me suis encore éloignée. Je suis revenue une troisième fois, et lorsque j'ai cru que vous dormiez, je suis entrée. Il y a déjà quelque temps que je suis à côté de vous, et que je crains de vous éveiller. J'ai balancé d'abord si je tirerais* vos rideaux ; je voulais m'en aller, crainte de troubler votre repos, mais je n'ai pu résister au désir de voir si ma chère Suzanne se portait bien. Je vous ai regardée : que vous êtes belle à voir, même quand vous dormez !

— Ma chère mère, que vous êtes bonne !

— J'ai pris du froid*, mais je sais que je n'ai rien à craindre de fâcheux pour mon enfant*, et je crois que je dormirai. Donnez-moi votre main. » Je la lui donnai. « Que son pouls est tranquille ! Qu'il est égal ! Rien ne l'émeut.

— J'ai le sommeil assez paisible.

— Que vous êtes heureuse !

— Chère mère, vous continuerez* de vous refroidir.

— Vous avez raison ; adieu, belle amie, adieu je m'en vais. »

Cependant elle ne s'en allait point, elle continuait à me regarder ; deux larmes coulaient de ses yeux. « Chère mère, lui dis-je, qu'avez-vous ? Vous pleurez ; que je suis fâchée de vous avoir entretenue de mes peines !... » A l'instant elle ferma ma porte, elle éteignit sa bougie, et elle se précipita sur moi. Elle me tenait embrassée, elle était couchée sur ma couverture à côté de moi, son visage était collé sur le mien, ses larmes mouillaient mes joues, elle soupirait, et elle me disait d'une voix plaintive et entrecoupée : « Chère amie, ayez pitié de moi !

— Chère mère, lui dis-je, qu'avez-vous ? Est-ce que vous vous trouvez mal ? Que faut-il que je fasse ?

— Je tremble, me dit-elle, je frissonne ; un froid mortel s'est répandu sur moi.

— Voulez-vous que je me lève et que je vous cède mon lit ?

— Non, me dit-elle, il ne serait pas nécessaire que vous vous levassiez ; écartez seulement un peu la couverture, que je m'approche de vous, que je me réchauffe, et que je guérisse.

— Chère mère, lui dis-je, cela est défendu. Que dirait-on si on le savait ? J'ai vu mettre en pénitence des religieuses pour des choses beaucoup moins graves. Il arriva dans le couvent de Sainte-Marie à une religieuse d'aller la nuit dans la cellule d'une autre. c'était sa bonne amie, et je ne saurais vous dire tout le mal qu'on en pensait *. Le directeur m'a demandé quelquefois si l'on ne m'avait jamais proposé de venir dormir à côté de moi, et il m'a sérieusement recommandé de ne le pas souffrir. Je lui ai même parlé des caresses que vous me faisiez : je les trouve très innocentes, mais lui, il n'en pense pas ainsi ; je ne sais comment j'ai oublié ses conseils, je m'étais bien proposé de vous en parler.

— Chère amie, me dit-elle, tout dort autour de nous, personne n'en saura rien. C'est moi qui récompense ou qui punis ; et quoi qu'en dise le directeur, je ne vois pas quel mal il y a à une amie, à recevoir à côté d'elle une amie que l'inquiétude a saisie, qui s'est éveillée, et qui est venue, pendant la nuit et malgré la rigueur de la saison*, voir si sa bien-aimée n'était dans aucun péril. Suzanne, n'avez-vous jamais partagé le même lit chez vos parents avec une de vos sœurs ?

— Non, jamais.

— Si l'occasion s'en était présentée, ne l'auriez-vous pas fait sans scrupule ? Si votre sœur, alarmée et transie de froid, était venue vous demander place à côté de vous, l'auriez-vous refusée ?

— Je crois que non.

— Et ne suis-je pas votre chère mère ?

— Oui, vous l'êtes, mais cela est défendu.

— Chère amie, c'est moi qui le défends aux autres, et qui vous le permets et vous le demande. Que je me réchauffe un moment, et je m'en irai. Donnez-moi votre main... » Je la lui donnai. « Tenez, me dit-elle, tâtez, voyez, je tremble, je frissonne, je suis comme un marbre... » Et cela était vrai. « Oh ! la chère mère, lui dis-je, elle en sera malade. Mais attendez, je vais m'éloigner jusque sur le bord, et vous vous mettrez dans l'endroit chaud*. » Je me rangeai de côté*, je levai la couverture, et elle se mit à ma place. Oh ! qu'elle était mal ! Elle avait un tremblement général

dans tous les membres ; elle voulait me parler, elle
voulait s'approcher de moi : elle ne pouvait articuler *,
elle ne pouvait se remuer. Elle me disait à voix basse :
« Suzanne, mon amie, rapprochez-vous un peu... »
Elle étendit ses bras ; je lui tournais le dos ; elle me prit
doucement, elle me tira vers elle, elle passa son bras
droit sous mon corps et l'autre dessus, et elle me dit :
« Je suis glacée ; j'ai si froid que je crains de vous
toucher, de peur de vous faire mal.

— Chère mère, ne craignez rien. »

Aussitôt elle mit une de ses mains sur ma poitrine et
l'autre autour de ma ceinture : ses pieds étaient posés
sous les miens *, et je les pressais pour les réchauffer ;
et la chère mère me disait : « Ah ! chère amie, voyez
comme mes pieds se sont promptement réchauffés,
parce qu'il n'y a rien qui les sépare des vôtres.

— Mais, lui dis-je, qui empêche que vous ne vous
réchauffiez partout de la même manière ?

— Rien, si vous voulez. »

Je m'étais retournée ; elle avait écarté son linge, et
j'allais écarter le mien *, lorsque tout à coup on frappa
deux coups violents à la porte. Effrayée, je me jette
sur-le-champ hors du lit d'un côté, et la supérieure de
l'autre ; nous écoutons *, et nous entendons * quelqu'un qui regagnait, sur la pointe du pied, la cellule
voisine. « Ah ! lui dis-je, c'est ma sœur Sainte-Thérèse ; elle vous aura vue passer dans le corridor et
entrer chez moi ; elle nous aura écoutées, elle aura
surpris nos discours * ; que dira-t-elle ?... » J'étais plus
morte que vive *. « Oui, c'est elle, me dit la supérieure
d'un ton irrité, c'est elle, je n'en doute pas, mais j'espère
qu'elle se ressouviendra longtemps de sa témérité.

— Ah ! chère mère, lui dis-je, ne lui faites point de mal.

— Suzanne, me dit-elle, adieu, bonsoir. Recouchez-vous, dormez bien ; je vous dispense de l'oraison. Je vais chez cette étourdie. Donnez-moi votre main... »

Je la lui tendis d'un bord du lit à l'autre ; elle releva la manche * qui me couvrait le bras, elle le baisa en soupirant sur toute la longueur, depuis l'extrémité des doigts jusqu'à l'épaule ; et elle sortit en protestant que la téméraire * qui avait osé la troubler s'en ressouviendrait. Aussitôt je m'avançai promptement à l'autre bord de ma couche *, vers la porte, et j'écoutai. Elle entra chez sœur Thérèse. Je fus tentée de me lever et d'aller m'interposer entre la sœur Thérèse et la supérieure *, s'il arrivait que la scène devînt violente ; mais j'étais si troublée et si mal à mon aise, que j'aimai mieux rester dans mon lit *, mais je n'y dormis pas. Je pensai que j'allais devenir l'entretien * de la maison, que cette aventure, qui n'avait rien en soi que de bien simple, serait racontée avec les circonstances les plus défavorables ; qu'il en serait ici pis encore qu'à Longchamp, où je fus accusée de je ne sais quoi ; que notre faute parviendrait à la connaissance des supérieurs, que notre mère serait déposée et que nous serions l'une et l'autre sévèrement punies. Cependant j'avais l'oreille au guet ; j'attendais avec impatience que notre mère sortît * de chez sœur Thérèse. Cette affaire fut difficile à accommoder apparemment, car elle y passa presque toute la nuit. Que je la plaignais ! Elle était en chemise, toute nue, et transie de colère et de froid *.

Le matin, j'avais bien envie de profiter de la permission qu'elle m'avait donnée, et de demeurer couchée*; cependant il me vint en esprit qu'il n'en fallait rien faire. Je m'habillai bien vite, et je me trouvai la première au chœur, où la supérieure et Sainte-Thérèse ne parurent point, ce qui me fit grand plaisir; premièrement, parce que j'aurais eu de la peine à soutenir la présence de cette sœur sans embarras; secondement, c'est que, puisqu'on lui avait permis de s'absenter de l'office*, elle avait apparemment obtenu un pardon qu'on ne lui aurait accordé* qu'à des conditions qui devaient me tranquilliser. J'avais deviné; à peine l'office fut-il achevé, que la supérieure m'envoya chercher. J'allai la voir; elle était encore au lit, elle avait l'air abattu*; elle me dit : « J'ai souffert, je n'ai point dormi; Sainte-Thérèse est folle; si cela lui arrive encore, je l'enfermerai.

— Ah! chère mère, lui dis-je, ne l'enfermez jamais.

— Cela dépendra de sa conduite; elle m'a promis qu'elle serait meilleure, et j'y compte. Et vous, chère Suzanne, comment vous portez-vous?

— Bien, chère mère.

— Avez-vous un peu reposé?

— Fort peu.

— On m'a dit que vous aviez été au chœur; pourquoi n'êtes-vous pas restée sur votre traversin*?

— J'y aurais été mal; et puis j'ai pensé qu'il valait mieux...

— Non, il n'y avait point d'inconvénient. Mais je me sens quelque envie de sommeiller*; je vous conseille d'en aller faire autant chez vous, à moins que vous n'aimiez mieux accepter une place à côté de moi *.

— Chère mère, je vous suis infiniment obligée. J'ai l'habitude de coucher seule, et je ne saurais dormir avec une autre.

— Allez donc. Je ne descendrai point au réfectoire à dîner, on me servira ici ; peut-être ne me lèverai-je pas du reste de la journée. Vous viendrez avec quelques autres que j'ai fait avertir.

— Et sœur Sainte-Thérèse en sera-t-elle ? lui demandai-je.

— Non, me répondit-elle.

— Je n'en suis pas fâchée.

— Et pourquoi ?

— Je ne sais, il me semble que je crains de la rencontrer.

— Rassurez-vous *, mon enfant ; je te réponds qu'elle a plus de frayeur de toi que tu n'en dois avoir d'elle *. »

Je la quittai, j'allai me reposer. L'après-midi, je me rendis chez la supérieure, où je trouvai une assemblée assez nombreuse des religieuses les plus jeunes et les plus jolies de la maison ; les autres avaient fait leur visite et s'étaient retirées. Vous qui vous connaissez en peinture *, je vous assure, monsieur le marquis, que c'était un assez agréable tableau à voir. Imaginez un atelier de dix à douze personnes, dont la plus jeune pouvait avoir quinze ans, et la plus âgée n'en avait pas vingt-trois ; une supérieure qui touchait à la quarantaine, blanche, fraîche, pleine d'embonpoint, à moitié levée sur son lit, avec deux mentons qu'elle portait

d'assez bonne grâce, des bras ronds comme s'ils
avaient été tournés, des doigts en fuseau et tout
parsemés de fossettes, des yeux noirs, grands, vifs et
tendres, presque jamais entièrement ouverts, à demi
fermés, comme si celle qui les possédait eût éprouvé
quelque fatigue à les ouvrir, des lèvres vermeilles
comme la rose, des dents blanches comme le lait *, les
plus belles joues, une tête fort agréable enfoncée dans
un oreiller profond et mollet, les bras étendus mollement à ses côtés, avec de petits coussins sous les coudes
pour les soutenir. J'étais assise sur le bord de son lit, et
je ne faisais rien ; une autre dans un fauteuil, avec un
petit métier à broder sur ses genoux ; d'autres, vers les
fenêtres, faisaient de la dentelle ; il y en avait à terre
assises sur les coussins qu'on avait ôtés des chaises *,
qui cousaient, qui brodaient *, qui parfilaient ou qui
filaient au petit rouet *. Les unes étaient blondes,
d'autres brunes ; aucune ne se ressemblait, quoiqu'elles fussent toutes belles. Leurs caractères étaient
aussi variés que leurs physionomies : celles-ci étaient
sereines, celles-là gaies *, d'autres sérieuses, mélanco-
liques ou tristes. Toutes travaillaient, excepté moi,
comme je vous l'ai dit. Il n'était pas difficile de
discerner les amies des indifférentes et des ennemies ;
les amies s'étaient placées ou l'une à côté de l'autre ou
en face, et tout en faisant leur ouvrage, elles causaient,
elles se conseillaient, elles se regardaient furtivement,
elles se pressaient les doigts, sous prétexte de se donner
une épingle, une aiguille, des ciseaux. La supérieure
les parcourait des yeux * ; elle reprochait à l'une son
application, à l'autre son oisiveté, à celle-ci son
indifférence, à celle-là sa tristesse ; elle se faisait

apporter l'ouvrage, elle louait ou blâmait ; elle rac-
commodait à l'une son ajustement de tête : « Ce voile
est trop avancé... Ce linge prend trop du visage, on ne
vous voit pas assez les joues... Voilà des plis qui font
mal... » Elle distribuait à chacune ou de petits
reproches ou de petites caresses.

Tandis qu'on était ainsi occupé, j'entendis frapper
doucement à la porte ; j'y allai. La supérieure me dit :
« Sainte-Suzanne, vous reviendrez ?

— Oui, chère mère.

— N'y manquez pas, car j'ai quelque chose
d'important à vous communiquer.

— Je vais rentrer... »

C'était cette pauvre Sainte-Thérèse. Elle demeura
un petit moment sans parler, et moi aussi ; ensuite je
lui dis : « Chère sœur, est-ce à moi que vous en
voulez * ?

— Oui.

— A quoi puis-je vous servir ?

— Je vais vous le dire. J'ai encouru la disgrâce de
notre chère mère ; je croyais qu'elle m'avait pardonné,
et j'avais quelque raison de le penser * ; cependant
vous êtes toutes assemblées chez elle, je n'y suis pas, et
j'ai ordre de demeurer chez moi.

— Est-ce que vous voudriez entrer ?

— Oui.

— Est-ce que vous souhaiteriez que j'en sollicitasse
la permission * ?

— Oui.

— Attendez *, chère amie, j'y vais.

— Sincèrement, vous lui parlerez pour moi ?

— Sans doute. Et pourquoi ne vous le promettrais-

je pas ? Et pourquoi ne le ferais-je pas après vous
l'avoir promis ?

— Ah ! me dit-elle, en me regardant tendrement, je
lui pardonne, je lui pardonne le goût qu'elle a pour
vous ; c'est que vous possédez tous les charmes *, la
plus belle âme et le plus beau corps. »

J'étais enchantée d'avoir ce petit service à lui rendre.
Je rentrai. Une autre avait pris ma place en mon
absence sur le bord du lit de la supérieure, était
penchée vers elle, le coude appuyé entre ses deux
cuisses *, et lui montrait son ouvrage ; la supérieure,
les yeux presque fermés, lui disait oui ou non sans
presque la regarder, et j'étais debout à côté d'elle sans
qu'elle s'en aperçût. Cependant elle ne tarda pas à
revenir de sa légère distraction. Celle qui s'était
emparée de ma place, me la rendit ; je me rassis ;
ensuite me penchant doucement vers la supérieure, qui
s'était un peu relevée sur ses oreillers, je me tus, mais
je la regardai comme si j'avais une grâce * à lui
demander. « Eh bien, me dit-elle, qu'est-ce qu'il y a ?
Parlez, que voulez-vous ? Est-ce qu'il est en moi de
vous refuser quelque chose ?

— La sœur Sainte-Thérèse...

— J'entends. J'en suis très mécontente, mais
Sainte-Suzanne intercède pour elle, et je lui pardonne * ; allez lui dire qu'elle peut entrer. »

J'y courus. La pauvre petite sœur attendait à la
porte ; je lui dis d'avancer ; elle le fit en tremblant *.
Elle avait les yeux baissés ; elle tenait un long morceau
de mousseline attaché sur un patron qui lui échappa
des mains au premier pas * ; je le ramassai ; je la pris
par un bras et la conduisis à la supérieure. Elle se jeta

à genoux, elle saisit * une de ses mains, qu'elle baisa en
poussant quelques soupirs et en versant une larme,
puis elle s'empara d'une des miennes *, qu'elle joignit
à celle de la supérieure, et les baisa l'une et l'autre *.
La supérieure lui fit signe * de se lever et de se placer
où elle voudrait ; elle obéit. On servit une collation. La
supérieure se leva ; elle ne s'assit point avec nous, mais
elle se promenait autour de la table, posant sa main
sur la tête de l'une, la renversant doucement en arrière
et lui baisant le front ; levant le linge de cou à une
autre, plaçant sa main dessus, et demeurant appuyée
sur le dos de son fauteuil ; passant à une troisième en
laissant aller sur elle une de ses mains, ou la plaçant
sur sa bouche ; goûtant du bout des lèvres aux choses
qu'on avait servies, et les distribuant à celle-ci, à celle-
là. Après avoir circulé ainsi un moment, elle s'arrêta en
face de moi, me regardant avec des yeux très affectueux et très tendres ; cependant les autres les avaient
baissés *, comme si elles eussent craint de la contraindre ou de la distraire, mais surtout la sœur Sainte-
Thérèse. La collation faite, je me mis au clavecin, et
j'accompagnai deux sœurs qui chantèrent sans
méthode, avec du goût, de la justesse et de la voix ; je
chantai aussi et je m'accompagnai. La supérieure était
assise au pied du clavecin, et paraissait goûter le plus
grand plaisir à m'entendre et à me voir ; les autres
écoutaient debout sans rien faire, ou s'étaient remises
à l'ouvrage. Cette soirée fut délicieuse *.

Cela fait, toutes se retirèrent. Je m'en allais avec les
autres, mais la supérieure m'arrêta : Quelle heure est-
il ? me dit-elle.

— Tout à l'heure six heures.

— Quelques-unes de nos discrètes [1] vont entrer. J'ai réfléchi sur ce que vous m'avez dit de votre sortie de Longchamp ; je leur ai communiqué mes idées, elles les ont approuvées, et nous avons une proposition à vous faire. Il est impossible que nous ne réussissions pas *, et si nous réussissons *, cela fera un petit bien à la maison et quelque douceur pour vous. »

A six heures, les discrètes entrèrent ; la discrétion des maisons religieuses est toujours bien décrépite et bien vieille. Je me levai, elles s'assirent, et la supérieure me dit : « Sœur Sainte-Suzanne, ne m'avez-vous pas appris que vous deviez à la bienfaisance de M. Manouri la dot qu'on vous a faite ici ?

— Oui, chère mère.

— Je ne me suis donc pas trompée, et les sœurs de Longchamp sont restées en possession de la dot que vous leur avez payée en entrant chez elles ?

— Oui, chère mère.

— Elles ne vous en ont rien rendu ?

— Non, chère mère.

— Elles ne vous en font point de pension ?

— Non, chère mère.

— Cela n'est pas juste ; c'est ce que j'ai communiqué à nos discrètes *, et elles pensent, comme moi, que vous êtes en droit de demander contre elles, ou que cette dot vous soit restituée au profit de notre maison, ou qu'elles vous en fassent la rente. Ce que vous tenez de l'intérêt que M. Manouri a pris à votre sort *, n'a rien de commun avec ce que les sœurs de Longchamp

1. Auxiliaires de la supérieure.

vous doivent ; ce n'est point à leur acquit qu'il a fourni votre dot.

— Je ne le crois pas ; mais pour s'en assurer, le plus court c'est de lui écrire.

— Sans doute : mais au cas que sa réponse soit telle que nous la désirons, voici les propositions que nous avons à vous faire. Nous entreprendrons le procès en votre nom contre la maison de Longchamp ; la nôtre fera les frais*, qui ne seront pas considérables, puisqu'il y a bien de l'apparence que M. Manouri ne refusera pas de se charger de cette affaire ; et si nous gagnons, la maison partagera avec vous moitié par moitié le fonds ou la rente. Qu'en pensez-vous, chère sœur ? Vous ne répondez pas, vous rêvez.

— Je rêve que ces sœurs de Longchamp m'ont fait beaucoup de mal*, et que je serais au désespoir qu'elles imaginassent que je me venge.

— Il ne s'agit pas de vous venger, il s'agit de redemander ce qui vous est dû.

— Se donner encore une fois en spectacle !

— C'est le plus petit inconvénient ; il ne sera presque pas question de vous. Et puis notre communauté est pauvre, et celle de Longchamp est riche*. Vous serez notre bienfaitrice, du moins tant que vous vivrez. Nous n'avons pas besoin de ce motif pour nous intéresser à votre conversation, nous vous aimons toutes… » Et toutes les discrètes à la fois : « Et qui est-ce qui ne l'aimerait pas ? Elle est parfaite.

— Je puis cesser d'être d'un moment à l'autre ; une autre supérieure n'aurait pas peut-être pour vous les mêmes sentiments que moi, oh ! non, sûrement, elle ne les aurait pas. Vous pouvez avoir de petites indispositions, de petits besoins ; il est fort doux de posséder un petit argent dont on puisse disposer pour se soulager soi-même ou pour obliger les autres.

— Chères mères, leur dis-je, ces considérations ne sont pas à négliger, puisque vous avez la bonté de les faire ; il y en a d'autres qui me touchent davantage, mais il n'y a point de répugnance * que je ne sois prête à vous sacrifier. La seule grâce que j'aie à vous demander, chère mère, c'est de ne rien commencer sans en avoir conféré en ma présence avec M. Manouri.

— Rien n'est plus convenable. Voulez-vous lui écrire vous-même ?

— Chère mère, comme il vous plaira.

— Écrivez-lui ; et pour ne pas revenir deux fois là-dessus, car je n'aime pas ces sortes d'affaires, elles m'ennuient à périr, écrivez à l'instant. »

On me donna une plume, de l'encre et du papier, et sur-le-champ je priai M. Manouri de vouloir bien se transporter * à Arpajon aussitôt que ses occupations le lui permettraient, que j'avais besoin encore de ses secours et de son conseil dans une affaire de quelque importance, etc. Le concile assemblé lut cette lettre, l'approuva, et elle fut envoyée.

M. Manouri vint quelques jours après. La supérieure lui exposa ce dont il s'agissait ; il ne balança pas un moment à être de son avis ; on traita mes scrupules de ridiculités ; il fut conclu que les religieuses de Longchamp seraient assignées dès le lendemain. Elles le furent ; et voilà que, malgré que j'en aie, mon nom reparaît dans des mémoires, des factums, à l'audience, et cela avec des détails, des suppositions, des mensonges, et toutes les noirceurs qui peuvent rendre une créature défavorable à ses juges et odieuse aux yeux du public. Mais, monsieur le marquis, est-ce qu'il est permis aux avocats de calomnier tant qu'il leur plaît ? Est-ce qu'il n'y a point de justice contre eux ? Si j'avais pu prévoir toutes les amertumes que cette affaire entraînerait, je vous proteste que je n'aurais jamais consenti à ce qu'elle s'entamât. On eut l'attention d'envoyer à plusieurs religieuses de notre maison les pièces qu'on publia contre moi. A tout moment, elles venaient me demander les détails d'événements horribles qui n'avaient pas l'ombre de la vérité. Plus je montrais d'ignorance, plus on me croyait coupable ; parce que je n'expliquais rien, que je n'avouais rien, que je niais tout, on croyait que tout était vrai ; on souriait ; on me disait des mots entortillés, mais très offensants ; on haussait les épaules à mon innocence. Je pleurais, j'étais désolée.

Mais une peine ne vient jamais seule. Le temps d'aller à confesse arriva. Je m'étais déjà accusée des premières caresses que ma supérieure m'avait faites ; le directeur m'avait très expressément défendu de m'y prêter davantage ; mais le moyen de se refuser à des choses qui font grand plaisir à une autre dont on dépend entièrement, et auxquelles on n'entend soi-même aucun mal ?

Ce directeur devant jouer un grand rôle dans le reste de mes mémoires, je crois qu'il est à propos que vous le connaissiez *.

C'est un cordelier ; il s'appelle le Père Lemoine ; il n'a pas plus de quarante-cinq ans. C'est une des plus belles physionomies qu'on puisse voir ; elle est douce, sereine, ouverte, riante, agréable, quand il n'y pense pas ; mais quand il y pense, son front se ride, ses sourcils se froncent, ses yeux se baissent, et son maintien devient austère. Je ne connais pas deux hommes plus différents que le P. Lemoine à l'autel et * le P. Lemoine au parloir seul ou en compagnie *. Au reste, toutes les personnes religieuses en sont là, et moi-même je me suis surprise plusieurs fois, sur le point d'aller à la grille *, arrêtée tout court *, rajustant mon voile, mon bandeau, composant mon visage, mes yeux, ma bouche, mes mains, mes bras, ma contenance, ma démarche, et me faisant un maintien et une modestie d'emprunt, qui duraient plus ou moins selon les personnes avec lesquelles j'avais à parler. Le P. Lemoine est grand, bien fait, gai, très aimable quand il s'oublie ; il parle à merveille ; il a dans sa maison la réputation d'un grand théologien, et dans le monde celle d'un grand prédicateur ; il converse à ravir ; c'est un homme très instruit d'une infinité de connaissances étrangères à son état : il a la plus belle voix, il sait la musique, l'histoire et les langues ; il est docteur de Sorbonne ; quoiqu'il soit jeune, il a passé par les dignités principales de son ordre ; je le crois sans intrigue et sans ambition ; il est aimé de ses confrères. Il avait sollicité la supériorité de la maison d'Étampes, comme un poste tranquille où il pourrait se livrer sans distraction à quelques études qu'il avait commencées, et on la lui avait accordée. C'est une grande affaire pour une maison de religieuses que le choix d'un confesseur * : il faut être dirigées par un homme important et de marque *. On fit tout pour avoir le P. Lemoine, et on l'eut, du moins par extraordinaire.

On lui envoyait la voiture de la maison la veille des

grandes fêtes, et il venait. Il fallait voir le mouvement que son attente produisait dans toute la communauté ; comme on était joyeuse, comme on se renfermait, comme on travaillait à son examen, comme on se préparait à l'occuper le plus longtemps qu'il serait possible.

C'était la veille de la Pentecôte ; il était attendu. J'étais inquiète ; la supérieure s'en aperçut, elle m'en parla. Je ne lui cachai point la raison de mon souci. Elle m'en parut plus alarmée encore que moi, quoiqu'elle fît tout * pour me le celer ; elle traita le P. Lemoine d'homme ridicule, se moqua de mes scrupules, me demanda si le P. Lemoine en savait plus sur l'innocence de ses sentiments et des miens que notre conscience, et si la mienne me reprochait quelque chose. Je lui répondis que non. « Eh bien ! me dit-elle, je suis votre supérieure, vous me devez l'obéissance, et je vous ordonne de ne lui point parler de ces sottises. Il est inutile que vous alliez à confesse, si vous n'avez que des bagatelles à lui dire *. »

Cependant le P. Lemoine arriva, et je me disposais à la confession, tandis que des plus pressées s'en étaient emparées. Mon tour approchait *, lorsque la supérieure vint à moi, me tira à l'écart, et me dit : « Sainte-Suzanne, j'ai pensé à ce que vous m'avez dit. Retournez-vous-en dans votre cellule, je ne veux pas que vous alliez à confesse aujourd'hui.

— Et pourquoi, lui répondis-je, chère mère ? C'est demain un grand jour, c'est jour de communion générale ; que voulez-vous qu'on pense *, si je suis la seule qui n'approche point de la sainte table ?

— N'importe, on dira tout ce qu'on voudra, mais vous n'irez point à confesse.

— Chère mère, lui dis-je, s'il est vrai que vous m'aimiez, ne me donnez point cette mortification, je vous le demande en grâce.

— Non, non, cela ne se peut ; vous me feriez quelque tracasserie avec cet homme-là, et je n'en veux point avoir.

— Non, chère mère, je ne vous en ferai point !

— Promettez-moi donc... Cela est inutile ; vous viendrez demain matin dans ma chambre, vous vous accuserez à moi * ; vous n'avez commis aucune faute dont je ne puisse vous réconcilier et vous absoudre, et vous communierez avec les autres. Allez. »

Je me retirai donc, et j'étais dans ma cellule, triste, inquiète, rêveuse, ne sachant quel parti prendre, si j'irais au P. Lemoine malgré ma supérieure, si je m'en tiendrais à son absolution le lendemain, et si je ferais mes dévotions avec le reste de la maison, ou si je m'éloignerais des sacrements, quoi qu'on en pût dire, lorsqu'elle rentra. Elle s'était confessée, et le P. Lemoine lui avait demandé pourquoi il ne m'avait point aperçue *, si j'étais malade ; je ne sais ce qu'elle lui avait répondu, mais la fin de cela, c'est qu'il m'attendait au confessionnal. « Allez-y donc, me dit-elle, puisqu'il le faut, mais assurez-moi que vous vous tairez *. » J'hésitais, elle insistait. « Eh ! folle, me disait-elle, quel mal veux-tu qu'il y ait à taire ce qu'il n'y a point eu de mal à faire ?

— Et quel mal y a-t-il à le dire ? lui répondis-je.

— Aucun, mais il y a de l'inconvénient. Qui sait l'importance que cet homme peut y mettre * ? Assurez-moi donc... » Je balançai encore, mais enfin je m'enga-

geai à ne rien dire s'il ne me questionnait pas *, et
j'allai.

Je me confessai, je me tus, mais le directeur
m'interrogea, et je ne dissimulai rien. Il me fit mille
demandes * singulières, auxquelles je ne comprends
rien encore à présent que je me les rappelle. Il me
traita avec indulgence *, mais il s'exprima sur la
supérieure dans des termes qui me firent frémir ; il
l'appela indigne, libertine, mauvaise religieuse, femme
pernicieuse, âme corrompue, et m'enjoignit, sous peine
de péché mortel, de ne me trouver jamais seule avec
elle, et de ne souffrir aucune de ses caresses.

« Mais, mon père, lui dis-je, c'est ma supérieure ;
elle peut entrer chez moi, m'appeler chez elle quand il
lui plaît.

— Je le sais, je le sais, et j'en suis désolé. Chère
enfant, me dit-il, loué soit Dieu qui vous a préservée
jusqu'à présent ! Sans oser m'expliquer avec vous plus
clairement, dans la crainte de devenir moi-même le
complice de votre indigne supérieure, et de faner, par
le souffle empoisonné qui sortirait malgré moi de mes
lèvres, une fleur délicate, qu'on ne garde fraîche et
sans tache jusqu'à l'âge où vous êtes *, que par une
protection spéciale * de la Providence, je vous ordonne
de fuir votre supérieure, de repousser loin de vous ses
caresses, de ne jamais entrer seule chez elle, de lui
fermer votre porte, surtout la nuit, de sortir de votre
lit, si elle entre chez vous malgré vous, d'aller dans le
corridor, d'appeler s'il le faut, de descendre toute nue
jusqu'au pied des autels, de remplir la maison de vos
cris, et de faire tout ce que l'amour de Dieu, la crainte
du crime. la sainteté de votre état et l'intérêt de votre

salut vous inspireraient, si Satan en personne se
présentait à vous et vous poursuivait. Oui, mon enfant,
Satan, c'est sous cet aspect que je suis contraint de
vous montrer votre supérieure ; elle est enfoncée dans
l'abîme du crime, elle cherche à vous y plonger ; et
vous y seriez déjà peut-être avec elle, si votre innocence même ne l'avait remplie de terreur, et ne l'avait
arrêtée. » Puis levant les yeux au ciel, il s'écria : « Mon
Dieu ! continuez de protéger cette enfant... Dites avec
moi : *Satana, vade retro, apage, Satana*. Si cette
malheureuse vous interroge, dites-lui tout, répétez-lui
mon discours ; dites-lui qu'il vaudrait mieux qu'elle ne
fût pas née, ou qu'elle se précipitât seule aux enfers
par une mort violente.

— Mais, mon père, lui répliquai-je *, vous l'avez
entendue elle-même tout à l'heure. »

Il ne me répondit rien, mais poussant un soupir
profond, il porta ses bras contre une des parois du
confessionnal, et appuya sa tête dessus comme un
homme pénétré de douleur * ; il demeura quelque
temps dans cet état. Je ne savais que penser, les genoux
me tremblaient, j'étais dans un trouble, un désordre
qui ne se conçoit pas ; tel serait un voyageur qui
marcherait * dans les ténèbres, entre des précipices
qu'il ne verrait pas, et qui serait frappé de tous côtés
par des voix souterraines qui lui crieraient * : « C'est
fait de toi ! » Me regardant ensuite avec un air
tranquille, mais attendri, il me dit : « Avez-vous de la
santé ?

— Oui, mon père.

— Ne seriez-vous point trop incommodée d'une
nuit que vous passeriez sans dormir ?

— Non, mon père.

— Eh bien ! me dit-il, vous ne vous coucherez point celle-ci ; aussitôt après votre collation vous irez dans l'église, vous vous prosternerez au pied des autels, vous y passerez la nuit en prières. Vous ne savez pas le danger que vous avez couru, vous remercierez Dieu de vous en avoir garantie, et demain vous approcherez de la sainte table avec toutes les autres religieuses. Je ne vous donne pour pénitence que de tenir loin de vous votre supérieure, et que de repousser ses caresses empoisonnées. Allez ; je vais de mon côté unir mes prières aux vôtres. Combien vous m'allez causer d'inquiétudes ! Je sens toutes les suites du conseil que je vous donne, mais je vous le dois, et je me le dois à moi-même. Dieu est le maître, et nous n'avons qu'une loi. »

Je ne me rappelle, monsieur, que très imparfaitement tout ce qu'il me dit. A présent que je compare son discours tel que je viens de vous le rapporter, avec l'impression terrible qu'il me fit, je n'y trouve pas de comparaison ; mais cela vient de ce qu'il est brisé, décousu, qu'il y manque beaucoup de choses que je n'ai pas retenues, parce que je n'y attachais aucune idée distincte, et que je ne voyais et ne vois encore aucune importance à des choses sur lesquelles il se récriait avec le plus de violence. Par exemple, qu'est-ce qu'il trouvait de si étrange dans la scène du clavecin ? N'y a-t-il pas des personnes sur lesquelles la musique fait la plus violente impression ? On m'a dit à moi-même que certains airs, certaines modulations changeaient entièrement ma physionomie ; alors j'étais tout à fait hors de moi, je ne savais presque ce que je

devenais. Je ne crois pas que j'en fusse moins innocente. Pourquoi n'en eût-il pas été de même de ma
supérieure, qui était certainement, malgré toutes ses
folies et ses inégalités, une des femmes les plus
sensibles qu'il y eût au monde ? Elle ne pouvait
entendre un récit un peu touchant sans fondre en
larmes ; quand je lui racontai mon histoire, je la mis
dans un état à faire pitié. Que ne lui faisait-il un crime
aussi de sa commisération ? Et la scène de la nuit, dont
il attendait l'issue avec une frayeur mortelle... Certainement cet homme est trop sévère.

Quoi qu'il en soit, j'exécutai ponctuellement ce qu'il
m'avait prescrit, et dont il avait sans doute prévu la
suite immédiate *. Tout au sortir du confessionnal,
j'allai me prosterner au pied des autels ; j'avais la tête
troublée d'effroi ; j'y demeurai jusqu'au souper. La
supérieure, inquiète de ce que j'étais devenue, m'avait
fait appeler ; on lui avait répondu que j'étais en prière.
Elle s'était montrée plusieurs fois à la porte du chœur,
mais i'avais fait semblant de ne la point apercevoir.
L'heure du souper sonna, je me rendis au réfectoire. Je
soupai à la hâte *, et le souper fini, je revins aussitôt à
l'église *. Je ne parus point à la récréation du soir ; à
l'heure de se retirer et de se coucher je ne remontai
point. La supérieure n'ignorait pas ce que j'étais
devenue. La nuit était fort avancée, tout était en
silence dans la maison, lorsqu'elle descendit auprès de
moi. L'image sous laquelle le directeur me l'avait
montrée, se retraça à mon imagination, le tremblement me prit, je n'osai la regarder, je crus que je la
verrais avec un visage hideux et tout enveloppé de
flammes *, et je disais au-dedans de moi : « *Satana,*

vade retro, apage, Satana. Mon Dieu, conservez-moi,
éloignez de moi ce démon. »

Elle se mit à genoux, et après avoir prié quelque
temps, elle me dit * : « Sainte-Suzanne, que faites-
vous ici ?

— Madame, vous le voyez *.

— Savez-vous l'heure qu'il est ?

— Oui, madame.

— Pourquoi n'êtes-vous pas rentrée * chez vous à
l'heure de la retraite ?

— C'est que je me disposais * à célébrer demain le
grand jour.

— Votre dessein était donc de passer ici la nuit ?

— Oui, madame.

— Et qui est-ce qui vous l'a permis ?

— Le directeur me l'a ordonné.

— Le directeur n'a rien à ordonner contre la règle
de la maison ; et moi je vous ordonne de vous aller
coucher.

— Madame, c'est la pénitence qu'il m'a imposée *.

— Vous la remplacerez par d'autres œuvres.

— Cela n'est pas à mon choix.

— Allons, me dit-elle, mon enfant, venez. La
fraîcheur de l'église pendant la nuit vous incommo-
dera ; vous prierez dans votre cellule. »

Après cela, elle voulut me prendre par la main, mais
je m'éloignai avec vitesse. « Vous me fuyez, me dit-
elle.

— Oui, madame, je vous fuis. »

Rassurée par la sainteté du lieu, par la présence de
la Divinité, par l'innocence de mon cœur, j'osai lever
les yeux sur elle ; mais à peine l'eus-je aperçue, que je

poussai un grand cri et que je me mis à courir dans le
chœur comme une insensée, en criant : « Loin de moi,
Satan !... * » Elle ne me suivait point, elle restait à sa
place, et elle me disait, en tendant doucement ses deux
bras vers moi, et de la voix la plus touchante et la plus
douce : « Qu'avez-vous ? D'où vient cet effroi ? Arrêtez. Je ne suis point Satan, je suis votre supérieure et
votre amie *. » Je m'arrêtai, je retournai encore la tête
vers elle, et je vis que j'avais été effrayée par une
apparence bizarre * que mon imagination avait réali-
sée * ; c'est qu'elle était placée, par rapport à la lampe
de l'église, de manière qu'il n'y avait que son visage et
que l'extrémité de ses mains qui fussent éclairés, et que
le reste était dans l'ombre, ce qui lui donnait un aspect
singulier *. Un peu revenue à moi, je me jetai dans une
stalle. Elle s'approcha, elle allait s'asseoir dans la stalle
voisine, lorsque je me levai et me plaçai dans la stalle
au-dessous. Je voyageai ainsi de stalle en stalle, et elle
aussi jusqu'à la dernière. Là, je m'arrêtai, et je la
conjurai de laisser du moins une place vide * entre elle
et moi.

« Je le veux bien », me dit-elle.

Nous nous assîmes toutes deux ; une stalle nous
séparait. Alors la supérieure, prenant la parole, me
dit : « Pourrait-on savoir de vous, Sainte-Suzanne,
d'où vient l'effroi que ma présence vous cause ?

— Chère mère, lui dis-je, pardonnez-moi, ce n'est
pas moi, c'est le P. Lemoine. Il m'a représenté * la
tendresse que vous avez pour moi, les caresses que
vous me faites, et auxquelles je vous avoue que je
n'entends aucun mal, sous les couleurs les plus
affreuses. Il m'a ordonné de vous fuir, de ne plus

entrer chez vous, seule, de sortir de ma cellule si vous y
veniez ; il vous a peinte à mon esprit comme le démon,
que sais-je ce qu'il ne m'a pas dit là-dessus.

— Vous lui avez donc parlé ?

— Non, chère mère, mais je n'ai pu m'empêcher de
lui répondre.

— Me voilà donc bien horrible à vos yeux ?

— Non, chère mère, je ne saurais m'empêcher de
vous aimer, de sentir tout le prix de vos bontés, de vous
prier de me les continuer, mais j'obéirai à mon
directeur.

— Vous ne viendrez donc plus me voir ?

— Non, chère mère.

— Vous ne me recevrez plus chez vous ?

— Non, chère mère.

— Vous repousserez mes caresses ?

— Il m'en coûtera beaucoup, car je suis née cares-
sante et j'aime à être caressée ; mais il le faudra, je l'ai
promis à mon directeur, et j'en ai fait le serment au
pied des autels. Si je pouvais vous rendre la manière
dont il s'explique * ! C'est un homme pieux, c'est un
homme éclairé ; quel intérêt a-t-il à me montrer du
péril où il n'y en a point, à éloigner le cœur d'une
religieuse du cœur de sa supérieure ? Mais peut-être
reconnaît-il, dans des actions très innocentes de votre
part et de la mienne, un germe de corruption secrète
qu'il croit tout développé en vous, et qu'il craint que
vous ne développiez en moi. Je ne vous cacherai pas
qu'en revenant sur les impressions que j'ai quelquefois
ressenties... D'où vient, chère mère, qu'au sortir d'auprès de vous, en rentrant chez moi, j'étais agitée,
rêveuse ? D'où vient que je ne pouvais ni prier, ni

m'occuper ? D'où vient une espèce d'ennui que je n'avais jamais éprouvé ? Pourquoi, moi qui n'ai jamais dormi le jour, me sentais-je aller au sommeil ? Je croyais que c'était en vous une maladie contagieuse, dont l'effet commençait à s'opérer en moi*. Le P. Lemoine voit cela bien autrement.

— Et comment voit-il cela ?

— Il y voit toutes les noirceurs du crime, votre perte consommée, la mienne projetée, que sais-je ?

— Allez, me dit-elle, votre P. Lemoine est un visionnaire ; ce n'est pas la première algarade de cette nature qu'il m'ait causée. Il suffit que je m'attache à quelqu'une d'une amitié tendre, pour qu'il s'occupe à lui tourner la cervelle ; peu s'en est fallu qu'il n'ait rendu folle cette pauvre Sainte-Thérèse. Cela commence à m'ennuyer, et je me déferai de cet homme-là ; aussi bien il demeure à dix lieues d'ici, c'est un embarras que de le faire venir, on ne l'a pas quand on veut. Mais nous parlerons de cela plus à l'aise. Vous ne voulez donc pas remonter ?

— Non, chère mère, je vous demande en grâce de me permettre de passer ici la nuit. Si je manquais à ce devoir, demain je n'oserais approcher des sacrements avec le reste de la communauté. Mais, vous chère mère, communierez-vous ?

— Sans doute.

— Mais le P. Lemoine ne vous a donc rien dit ?

— Non.

— Mais comment cela s'est-il fait ?

— C'est qu'il n'a point été dans le cas de me parler. On ne va à confesse que pour s'accuser de ses péchés, et je n'en vois point à aimer bien tendrement une

enfant aussi aimable que Sainte-Suzanne. S'il y avait
quelque faute, ce serait de rassembler sur elle seule un
sentiment qui devrait se répandre également sur
toutes * celles qui composent la communauté, mais
cela ne dépend pas de moi ; je ne saurais m'empêcher
de distinguer le mérite où il est, et de m'y porter d'un
goût de préférence. J'en demande pardon à Dieu, et je
ne conçois pas comment votre P. Lemoine voit ma
damnation * scellée dans une partialité si naturelle et
dont il est si difficile de se garantir. Je tâche de faire le
bonheur de toutes *, mais il y en a que j'estime et que
j'aime plus que d'autres, parce qu'elles sont plus
aimables et plus estimables. Voilà tout mon crime avec
vous ; Sainte-Suzanne, le trouvez-vous si grand ?

— Non, chère mère.

— Allons, chère enfant, faisons encore chacune une
petite prière, et retirons-nous. »

Je la suppliai * derechef de permettre que je passasse
la nuit dans l'église ; elle y consentit, à condition que
cela n'arriverait plus, et elle se retira.

Je revins sur ce qu'elle m'avait dit. Je demandai à
Dieu de m'éclairer. Je réfléchis et je conclus, tout bien
considéré, que quoique des personnes fussent d'un
même sexe, il pouvait y avoir du moins de l'indécence
dans la manière dont elles se témoignaient leur amitié,
que le P. Lemoine, homme austère, avait peut-être *
outré les choses, mais que le conseil d'éviter l'extrême
familiarité de ma supérieure par beaucoup de réserve,
était bon à suivre, et je me le promis.

Le matin, lorsque les religieuses vinrent au chœur,
elles me trouvèrent à ma place. Elles approchèrent
toutes de la sainte table, et la supérieure à leur tête, ce

qui acheva de me persuader de son innocence, sans me détacher du parti que j'avais pris. Et puis il s'en manquait beaucoup que je sentisse pour elle tout l'attrait qu'elle éprouvait* pour moi. Je ne pouvais m'empêcher de la comparer à ma première supérieure ; quelle différence ! Ce n'était ni la même piété, ni la même gravité, ni la même dignité, ni la même ferveur, ni le même esprit, ni le même goût de l'ordre.

Il arriva dans l'intervalle de peu de jours deux grands événements. L'un, c'est que je gagnai mon procès contre les religieuses de Longchamp ; elles furent condamnées à payer à la maison de Sainte-Eutrope, où j'étais, une pension proportionnée à ma dot ; l'autre, c'est le changement de directeur. Ce fut la supérieure qui m'apprit elle-même ce dernier.

Cependant je n'allais plus chez elle qu'accompagnée, et elle ne venait plus seule chez moi. Elle me cherchait toujours, mais je l'évitais ; elle s'en apercevait, et m'en faisait des reproches. Je ne sais ce qui se passait dans cette âme, mais il fallait que ce fût quelque chose d'extraordinaire*. Elle se levait la nuit et elle se promenait dans les corridors, surtout dans le mien ; je l'entendais passer et repasser, s'arrêter à ma porte, se plaindre, soupirer. Je tremblais, et je me renfonçais dans mon lit. Le jour, si j'étais à la promenade, dans la salle de travail, ou dans la chambre de récréation, de manière que je ne pusse l'apercevoir, elle passait* des heures entières à me considérer. Elle épiait toutes mes démarches : si je descendais, je la trouvais au bas des degrés ; elle m'attendait au haut quand je remontais. Un jour elle m'arrêta ; elle se mit à me regarder sans mot dire, des pleurs coulèrent abondamment de ses yeux, puis tout à coup se jetant à terre * et me serrant un genou entre ses deux mains, elle me dit : « Sœur cruelle, demande-moi ma vie, et je te la donnerai, mais ne m'évite pas, je ne saurais plus vivre sans toi... » Son état me fit pitié : ses yeux étaient éteints ; elle avait perdu son embonpoint et ses couleurs ; c'était ma supérieure, elle était à mes pieds, la tête appuyée contre mon genou qu'elle tenait embrassé. Je lui tendis les mains, elle les prit avec ardeur, elle les baisait, et puis elle me regardait, et puis elle les baisait encore et me regardait encore *. Je la relevai. Elle chancelait, elle avait peine à marcher ; je la reconduisis à sa cellule. Quand sa porte fut ouverte, elle me prit par la main, et me tira doucement pour me faire entrer, mais sans me parler et sans me regarder.

« Non, lui dis-je, chère mère, non, je me le suis promis ; c'est le mieux pour vous et pour moi. J'occupe trop de place dans votre âme, c'est autant de perdu pour Dieu à qui vous la devez tout entière *.

— Est-ce à vous à me le reprocher ? »

Je tâchais, en lui parlant, à dégager ma main de la sienne.

« Vous ne voulez donc pas entrer ? me dit-elle.

— Non, chère mère, non.

— Vous ne le voulez pas, Sainte-Suzanne ? Vous ne savez pas ce qui peut en arriver, non, vous ne le savez pas ; vous me ferez mourir... »

Ces derniers mots m'inspirèrent un sentiment tout contraire à celui qu'elle se proposait ; je retirai ma main avec vivacité, et je m'enfuis. Elle se retourna, me regarda aller quelques pas, puis, rentrant dans sa cellule dont la porte demeura ouverte *, elle se mit à

pousser les plaintes les plus aiguës. Je les entendis,
elles me pénétrèrent. Je fus un moment incertaine si je
continuerais de m'éloigner ou si je retournerais ;
cependant je ne sais par quel mouvement d'aversion je
m'éloignai, mais ce ne fut pas sans souffrir de l'état où
je la laissais * : je suis naturellement compatissante. Je
me renfermai chez moi *, je m'y trouvai mal à mon
aise. Je ne savais à quoi m'occuper * ; je fis quelques
tours en long et en large, distraite et troublée ; je sortis,
je rentrai ; enfin j'allai frapper à la porte de Sainte-
Thérèse, ma voisine. Elle était en conversation intime
avec une autre jeune religieuse de ses amies ; je lui dis :
« Chère sœur, je suis fâchée de vous interrompre, mais
je vous prie de m'écouter un moment, j'aurais un mot
à vous dire. » Elle me suivit chez moi, et je lui dis : « Je
ne sais ce qu'a notre mère supérieure, elle est désolée ;
si vous alliez la trouver, peut-être la consoleriez-
vous... » Elle ne me répondit pas, elle laissa son amie
chez elle, ferma sa porte, et courut chez notre supérieure.

Cependant le mal de cette femme empira de jour en
jour ; elle devint mélancolique * et sérieuse : la gaieté
qui depuis mon arrivée dans la maison n'avait pas
cessé, disparut tout à coup ; tout rentra dans l'ordre le
plus austère : les offices se firent avec la dignité
convenable ; les étrangers furent presque entièrement
exclus du parloir ; défense aux religieuses de fréquen-
ter les unes chez les autres ; les exercices reprirent avec
l'exactitude la plus scrupuleuse : plus d'assemblée
chez la supérieure, plus de collation : les fautes les plus
légères furent sévèrement punies : on s'adressait
encore à moi quelquefois pour obtenir grâce, mais je

refusais absolument de la demander. La cause de cette
révolution ne fut ignorée de personne. Les anciennes
n'en étaient pas fâchées ; les jeunes s'en désespéraient,
elles me regardaient de mauvais œil. Pour moi,
tranquille sur ma conduite, je négligeais leur humeur
et leurs reproches.

Cette supérieure, que je ne pouvais ni soulager ni
m'empêcher de plaindre, passa successivement de la
mélancolie à la piété, et de la piété au délire. Je ne la
suivrai point dans le cours de ces différents progrès,
cela me jetterait dans un détail qui n'aurait point de
fin ; je vous dirai seulement que, dans son premier
état, tantôt elle me cherchait, tantôt elle m'évitait,
nous traitait quelquefois, les autres et moi, avec sa
douceur accoutumée, quelquefois aussi elle passait
subitement à la rigueur la plus outrée ; elle nous
appelait et nous renvoyait, donnait récréation et
révoquait ses ordres un moment après, nous faisait
appeler* au chœur, et lorsque tout était en mouvement pour lui obéir, un second coup de cloche
renfermait la communauté. Il est difficile d'imaginer le
trouble de la vie qu'on menait ; la journée se passait à
sortir de chez soi et à y rentrer, à prendre son bréviaire
et à le quitter, à monter et à descendre, à baisser son
voile et à le relever. La nuit était presque aussi
ininterrompue que le jour.

Quelques religieuses s'adressèrent à moi, et tâchè-
rent de me faire entendre qu'avec un peu plus de
complaisance et d'égards pour la supérieure, tout
reviendrait à l'ordre (elles auraient dû dire au désordre) accoutumé ; je leur répondais tristement : « Je
vous plains, mais dites-moi clairement ce qu'il faut

que je fasse. » Les unes s'en retournaient en baissant la
tête et sans me répondre *; d'autres me donnaient des
conseils qu'il m'était impossible d'arranger avec ceux
de notre directeur; je parle de celui qu'on avait
révoqué, car pour son successeur, nous ne l'avions pas
encore vu.

La supérieure ne sortait plus de nuit. Elle passait
des semaines entières sans se montrer ni à l'office, ni
au chœur, ni au réfectoire, ni à la récréation; elle
demeurait renfermée dans sa chambre; elle errait dans
les corridors ou elle descendait à l'église; elle allait
frapper aux portes de ses religieuses et elle leur disait
d'une voix plaintive : « Sœur une telle, priez pour
moi; sœur une telle, priez pour moi... » Le bruit se
répandit qu'elle se disposait à une confession générale.

Un jour que je descendis la première à l'église *, je
vis un papier attaché au voile de la grille *, je m'en
approchai et je lus : « Chères sœurs, vous êtes invitées
à prier pour une religieuse qui s'est égarée de ses
devoirs et qui veut retourner à Dieu... » Je fus tentée de
l'arracher, cependant je le laissai. Quelques jours
après, c'en était un autre, sur lequel on avait écrit :
« Chères sœurs, vous êtes invitées à implorer la
miséricorde de Dieu sur une religieuse qui a reconnu
ses égarements. Ils sont grands... » Un autre jour,
c'était une autre invitation qui disait; « Chères sœurs,
vous êtes priées de demander à Dieu d'éloigner le
désespoir d'une religieuse qui a perdu toute confiance
dans la miséricorde divine... »

Toutes ces invitations où se peignaient * les cruelles
vicissitudes de cette âme en peine m'attristaient profondément. Il m'arriva une fois de demeurer comme

un terme vis-à-vis d'un de ces placards*. Je m'étais demandé à moi-même qu'est-ce que c'était que ces égarements qu'elle se reprochait, d'où venaient les transes de cette femme, quels crimes elle pouvait avoir à se reprocher ; je revenais sur les exclamations du directeur, je me rappelais ses expressions*, j'y cherchais un sens, je n'y en trouvais point et je demeurais comme absorbée. Quelques religieuses qui me regardaient causaient entre elles, et si je ne me suis pas trompée, elles me regardaient comme incessamment menacée* des mêmes terreurs.

Cette pauvre supérieure ne se montrait* que son voile baissé ; elle ne se mêlait plus des affaires de la maison ; elle ne parlait à personne ; elle avait de fréquentes conférences avec le nouveau directeur qu'on nous avait donné. C'était un jeune bénédictin*. Je ne sais s'il lui avait imposé toutes les mortifications qu'elle pratiquait* : elle jeûnait trois jours de la semaine ; elle se macérait ; elle entendait l'office dans les stalles inférieures ; il fallait passer devant sa porte pour aller* à l'église ; là, nous la trouvions prosternée, le visage contre terre, et elle ne se relevait que quand il n'y avait plus personne* ; les nuits, elle y descendait en chemise et nu-pieds* ; si Sainte-Thérèse ou moi nous la rencontrions par hasard, elle se retournait et se collait le visage contre le mur. Un jour que je sortais de ma cellule, je la trouvai prosternée, les bras étendus et la face contre terre, et elle me dit* : « Avancez, marchez, foulez-moi aux pieds, je ne mérite pas un autre traitement. »

Pendant des mois entiers que cette maladie dura*, le reste de la communauté eut le temps de pâtir et de me prendre en aversion. Je ne reviendrai pas sur les désagréments d'une religieuse qu'on hait dans sa maison, vous en devez être instruit à présent. Je sentis peu à peu renaître le dégoût de mon état. Je portai ce dégoût et mes peines dans le sein du nouveau directeur. Il s'appelle dom Morel ; c'est un homme d'un caractère ardent ; il touche à la quarantaine. Il parut m'écouter avec attention et avec intérêt. Il désira connaître les événements de ma vie ; il me fit entrer dans les détails les plus minutieux sur ma famille, sur mes penchants, mon caractère, les maisons où j'avais été, celle où j'étais, sur ce qui s'était passé entre ma supérieure et moi. Je ne lui cachai rien. Il ne me parut pas mettre à la conduite de la supérieure avec moi la même importance que le P. Lemoine ; à peine daigna-t-il me jeter là-dessus quelques mots, il regarda cette affaire comme finie ; la chose qui le touchait le plus, c'étaient mes dispositions secrètes sur la vie religieuse. A mesure que je m'ouvrais, sa confiance faisait les mêmes progrès ; si je me confessais à lui, il se confessait * à moi ; ce qu'il me disait de ses peines avait la plus parfaite conformité avec les miennes : il était entré en religion malgré lui, il supportait son état avec mon dégoût *. « Mais, chère sœur, ajoutait-il, que faire à cela ? Il n'y a plus qu'une ressource, c'est de rendre notre condition la moins fâcheuse qu'il sera possible. » Et puis il me donnait les mêmes conseils qu'il suivait * ; ils étaient sages. « Avec cela, ajoutait-il, on n'évite pas les chagrins *, on se résout seulement à les supporter. Les personnes religieuses ne sont heureuses qu'autant qu'elles se font un mérite devant Dieu de leurs croix * ; alors elles s'en réjouissent, elles vont au-devant des mortifications : plus elles sont amères et fréquentes, plus elles s'en félicitent. C'est un échange qu'elles ont fait de leur bonheur présent contre un bonheur à venir ; elles s'assurent celui-ci par le sacrifice volontaire de celui-là. Quand elles ont bien souffert, elles disent : " *Amplius, Domine*, Seigneur, encore davantage... " et c'est une prière que Dieu ne manque guère d'exaucer. Mais si leurs peines * sont faites pour vous et pour moi comme pour elles, nous ne pouvons pas nous promettre la même récompense * ; nous n'avons pas la seule chose qui leur donnerait de la valeur, la résignation ; cela est triste. Hélas ! * comment vous inspirerai-je la vertu qui vous manque et que je n'ai pas ! Cependant sans cela nous nous exposons à être perdus dans l'autre vie, après avoir été bien malheureux dans celle-ci. Au sein des pénitences, nous nous damnons presque aussi sûrement que les gens du monde au milieu des plaisirs ; nous nous privons, ils jouissent *, et après cette vie les mêmes supplices nous attendent. Que la condition d'un religieux, d'une religieuse qui n'est point appelée, est fâcheuse ! C'est la nôtre, pourtant, et nous ne pouvons la changer. On nous a chargés de chaînes pesantes, que nous sommes condamnés à secouer sans cesse, sans aucun espoir de les rompre ; tâchons, chère sœur, de les traîner. Allez, je reviendrai vous voir. »

Il revint quelques jours après. Je le vis au parloir ; je l'examinai de plus près. Il acheva de me confier de sa vie, moi de la mienne, une infinité de circonstances qui formaient entre lui et moi autant de points de contact et de ressemblance ; il avait subi les mêmes persécutions * domestiques et religieuses. Je ne m'apercevais pas que la peinture de ses dégoûts était peu propre à dissiper les miens ; cependant cet effet se produisait en moi, et je crois que la peinture de mes dégoûts produisait le même effet en lui. C'est ainsi que la ressemblance des caractères * se joignant à celle des événements, plus nous nous revoyions, plus nous nous plaisions l'un à l'autre ; l'histoire de ses moments, c'était l'histoire des miens ; l'histoire de ses sentiments, c'était l'histoire des miens ; l'histoire de son âme, c'était l'histoire de la mienne.

Lorsque nous nous étions bien entretenus de nous, nous parlions aussi des autres, et surtout de la supérieure. Sa qualité de directeur le rendait très réservé ; cependant j'aperçus à travers ses discours que la disposition actuelle de cette femme ne durerait pas *, qu'elle luttait contre elle-même, mais en vain, et qu'il arriverait de deux choses l'une, ou qu'elle reviendrait incessamment à ses premiers penchants, ou qu'elle perdrait la tête. J'avais la plus forte curiosité d'en savoir davantage. Il aurait bien pu m'éclairer sur des questions que je m'étais faites et auxquelles je n'avais jamais pu me répondre, mais je n'osais l'interroger ; je me hasardai seulement à lui demander s'il connaissait le P. Lemoine.

« Oui, me dit-il, je le connais ; c'est un homme de mérite, il en a beaucoup.

— Nous avons cessé de l'avoir d'un moment à l'autre.

— Il est vrai.

— Ne pourriez-vous point me dire comment cela s'est fait ?

— Je serais fâché que cela transpirât.

— Vous pouvez compter sur ma discrétion.

— On a, je crois, écrit contre lui à l'archevêché.

— Et qu'a-t-on pu dire ?

— Qu'il demeurait trop loin de la maison, qu'on ne l'avait pas quand on voulait, qu'il était d'une morale trop austère, qu'on avait quelque raison de le soupçonner des sentiments des novateurs, qu'il semait la division dans la maison, et qu'il éloignait l'esprit des religieuses de leur supérieure.

— Et d'où savez-vous cela ?

— De lui-même.

— Vous le voyez donc ?

— Oui, je le vois ; il m'a parlé de vous quelquefois.

— Qu'est-ce qu'il vous en a dit ?

— Que vous étiez bien à plaindre, qu'il ne concevait pas comment vous aviez résisté à toutes les peines que vous aviez souffertes, que, quoiqu'il n'ait eu l'occasion de vous entretenir qu'une fois ou deux, il ne croyait pas que vous puissiez jamais vous accommoder de la vie religieuse, qu'il avait dans l'esprit... »

Là, il s'arrêta tout court, et moi j'ajoutai : « Qu'avait-il dans l'esprit ? »

Dom Morel me répondit : « Ceci est une affaire de confiance trop particulière pour qu'il me soit libre d'achever. »

Je n'insistai pas, j'ajoutai seulement : « Il est vrai que c'est le P. Lemoine qui m'a inspiré de l'éloignement pour ma supérieure.

— Il a bien fait.

— Et pourquoi ?

— Ma sœur, me répondit-il en prenant un air

grave, tenez-vous-en à ses conseils, et tâchez d'en ignorer la raison tant que vous vivrez.

— Mais il me semble que si je connaissais le péril, je serais d'autant plus attentive à l'éviter.

— Peut-être aussi serait-ce le contraire.

— Il faut que vous ayez bien mauvaise opinion de moi.

— J'ai de vos mœurs et de votre innocence l'opinion que j'en dois avoir, mais croyez qu'il y a des lumières funestes que vous ne pourriez acquérir sans y perdre. C'est votre innocence même qui en a imposé à votre supérieure ; plus instruite, elle vous aurait moins respectée.

— Je ne vous entends pas.

— Tant mieux.

— Mais que la familiarité et les caresses d'une femme peuvent-elles avoir de dangereux pour une autre femme ? »

Point de réponse de la part de dom Morel.

« Ne suis-je pas la même que j'étais en entrant ici* ? »

Point de réponse de la part de dom Morel.

« N'aurais-je pas continué d'être la même ? Où est donc le mal de s'aimer, de se le dire, de se le témoigner ? Cela est si doux !

— Il est vrai, dit dom Morel en levant ses yeux sur moi, qu'il avait toujours tenus baissés, tandis que je parlais.

— Et cela est-il donc si commun dans les maisons religieuses ? Ma pauvre supérieure ! Dans quel état elle est tombée !

— Il est fâcheux, et je crains bien qu'il n'empire.

Elle n'était pas faite pour son état, et voilà ce qui en arrive tôt ou tard. Quand on s'oppose au penchant général de la nature, cette contrainte la détourne à des affections déréglées, qui sont d'autant plus violentes qu'elles sont moins fondées ; c'est une espèce de folie.

— Elle est folle ?

— Oui, elle l'est, et elle le deviendra davantage.

— Et vous croyez que c'est là le sort qui attend ceux qui sont engagés dans un état auquel ils n'étaient point appelés ?

— Non, pas tous. Il y en a qui meurent auparavant ; il y en a dont le caractère flexible se prête à la longue ; il y en a que des espérances vagues soutiennent quelque temps.

— Et quelles espérances pour une religieuse ?

— Quelles ? D'abord celle de faire résilier ses vœux.

— Et quand on n'a plus celle-là ?

— Celle qu'on trouvera les portes ouvertes un jour, que les hommes reviendront de l'extravagance d'enfermer dans des sépulcres de jeunes créatures toutes vivantes, et que les couvents seront abolis, que le feu prendra à la maison, que les murs de la clôture tomberont, que quelqu'un les secourra*. Toutes ces suppositions roulent par la tête ; on regarde, en se promenant dans le jardin, sans y penser, si les murs en sont bien hauts : si l'on est dans sa cellule, on saisit les barreaux de sa grille, et on les ébranle doucement, de distraction ; si l'on a la rue sous ses fenêtres, on y regarde ; si l'on entend passer quelqu'un, le cœur palpite, on soupire sourdement après un libérateur* ; s'il s'élève quelque tumulte dont le bruit pénètre jusque dans la maison, on espère ; on compte sur une maladie qui nous approchera d'un homme, ou qui nous enverra aux eaux.

— Il est vrai, il est vrai, m'écriai-je, vous lisez au fond de mon cœur ; je me suis fait, je me fais sans cesse encore ces illusions *.

— Et lorqu'on vient à les perdre en y réfléchissant car ces vapeurs salutaires, que le cœur envoie vers la raison, en sont par intervalles dissipées, alors on voit toute la profondeur de sa misère ; on se déteste soi-même, on déteste les autres ; on pleure, on gémit, on crie, on sent les approches du désespoir. Alors les unes courent se jeter aux genoux * de leur supérieure, et vont y chercher de la consolation ; d'autres se prosternent ou dans leur cellule ou au pied des autels, et appellent le ciel à leur secours ; d'autres déchirent leurs vêtements et s'arrachent les cheveux ; d'autres cherchent un puits profond, des fenêtres bien hautes, un lacet *, et le trouvent quelquefois ; d'autres, après s'être tourmentées longtemps, tombent dans une espèce d'abrutissement et restent imbéciles ; d'autres, qui ont des organes faibles et délicats, se consument de langueur ; il y en a en qui l'organisation se dérange, l'imagination se trouble * et qui deviennent furieuses. Les plus heureuses sont celles en qui les illusions consolantes renaissent et les bercent presque jusqu'au tombeau * ; leur vie se passe dans les alternatives de l'erreur et du désespoir.

— Et les plus malheureuses, ajoutai-je. apparemment en poussant un profond soupir. celles qui éprouvent successivement tous ces états... Ah ! mon père, que je suis fâchée de vous avoir entendu !

— Et pourquoi ?

— Je ne me connaissais pas, je me connais ; mes illusions dureront moins. Dans les moments... »

J'allais continuer, lorsqu'une autre religieuse entra, et puis une autre, et puis une troisième, et puis quatre, cinq, six, je ne sais combien. La conversation devint générale. Les unes regardaient le directeur ; d'autres l'écoutaient en silence et les yeux baissés ; plusieurs l'interrogeaient à la fois ; toutes se récriaient sur la sagesse de ses réponses. Cependant je m'étais retirée dans un angle où je m'abandonnais à une rêverie profonde. Au milieu de ces entretiens où chacune cherchait à se faire valoir et à fixer la préférence de l'homme saint par son côté avantageux, on entendit arriver quelqu'un à pas lents, s'arrêter par intervalles et pousser des soupirs ; on écouta ; l'on dit à voix basse : « C'est elle, c'est notre supérieure. » Ensuite l'on se tut, et puis l'on s'assit en rond. Ce l'était en effet. Elle entra ; son voile lui tombait jusqu'à la ceinture, ses bras étaient croisés sur sa poitrine et sa tête penchée. Je fus la première qu'elle aperçut ; à l'instant elle dégagea de dessous son voile une de ses mains dont elle se couvrit les yeux, et se détournant un peu de côté, de l'autre main elle nous fit signe à toutes de sortir. Nous sortîmes en silence, et elle demeura seule avec dom Morel.

Je prévois, monsieur le marquis, que vous allez prendre mauvaise opinion de moi, mais puisque je n'ai point eu honte de ce que j'ai fait, pourquoi rougirais-je de l'avouer ? Et puis comment supprimer dans ce récit un événement qui n'a pas laissé que d'avoir des suites ? Disons donc que j'ai un tour d'esprit bien singulier ; lorsque les choses peuvent exciter votre

estime ou accroître votre commisération, j'écris bien
ou mal, mais avec une vitesse* et une facilité incroya-
bles ; mon âme est gaie, l'expression me vient sans
peine, mes larmes coulent avec douceur, il me semble
que vous êtes présent, que je vous vois et que vous
m'écoutez. Si je suis forcée au contraire de me
montrer* à vos yeux sous un aspect défavorable, je
pense avec difficulté*, l'expression se refuse, la plume
va mal, le caractère même de mon écriture s'en res-
sent, et je ne continue que parce que je me flatte secrètement que vous ne lirez pas ces endroits. En voici un.

Lorsque toutes nos sœurs furent retirées... — Eh
bien ! que fîtes-vous ? — Vous ne devinez pas ? Non,
vous êtes trop honnête pour cela. Je descendis sur la
pointe du pied, et je vins me placer doucement à la
porte du parloir, et écouter ce qui se disait là. Cela est
fort mal, direz-vous... Oh ! pour cela, oui, cela est fort
mal, je me le dis à moi-même, et mon trouble, les
précautions que je pris pour n'être pas aperçue, les fois
que je m'arrêtai, la voix de ma conscience* qui me
pressait à chaque pas de m'en retourner, ne me
permettaient pas d'en douter ; cependant la curiosité
fut la plus forte, et j'allai. Mais s'il est mal d'avoir été
surprendre les discours de deux personnes qui se
croyaient seules, n'est-il pas plus mal encore de vous
les rendre ? Voilà encore un de ces endroits que j'écris,
parce que je me flatte que vous ne me lirez pas ;
cependant cela n'est pas vrai, mais il faut que je me le
persuade.

Le premier mot que j'entendis après un assez long
silence me fit frémir ; ce fut : « Mon père, je suis
damnée... »

Je me rassurai. J'écoutais, le voile qui jusqu'alors m'avait dérobé le péril que j'avais couru se déchirait, lorsqu'on m'appela. Il fallut aller, j'allai donc ; mais, hélas ! je n'en avais que trop entendu. Quelle femme, monsieur le marquis, quelle abominable femme * !...

Ici les Mémoires de la sœur Suzanne sont interrompus ; ce qui suit ne sont plus que les réclames de ce qu'elle se promettait apparemment d'employer dans le reste de son récit. Il paraît que sa supérieure devint folle, et que c'est à son état malheureux qu'il faut rapporter les fragments que je vais transcrire.

Après cette confession, nous eûmes quelques jours de sérénité. La joie rentre dans la communauté, et l'on m'en fait des compliments que je rejette avec indignation.

Elle ne me fuyait plus, elle me regardait, mais ma présence ne paraissait plus la troubler *.

Je m'occupais à lui dérober l'horreur qu'elle m'inspirait, depuis que par une heureuse ou fatale curiosité j'avais appris à la mieux connaître.

Bientôt elle devint silencieuse ; elle ne dit plus que oui ou non ; elle se promène seule.

Elle se refuse les aliments *. Son sang s'allume, la fièvre la prend et le délire succède à la fièvre.

Seule, dans son lit, elle me voit, elle me parle, elle m'invite à m'approcher, elle m'adresse les propos les plus tendres.

Si elle entend marcher autour de sa chambre, elle s'écrie : « C'est elle qui passe, c'est son pas, je le reconnais. Qu'on l'appelle... Non, non, qu'on la laisse. »

Une chose singulière, c'est qu'il ne lui arrivait jamais de se tromper et de prendre une autre pour moi.

Elle riait aux éclats *, le moment d'après elle fondait en larmes *. Nos sœurs l'entouraient en silence, et quelques-unes pleuraient avec elle *.

Elle disait tout à coup : « Je n'ai point été à l'église, je n'ai point prié Dieu. Je veux sortir de ce lit ; je veux m'habiller, qu'on m'habille. » Si l'on s'y opposait, elle ajoutait : « Donnez-moi du moins mon bréviaire... » On le lui donnait ; elle l'ouvrait, elle en tournait les feuillets avec le doigt, et elle continuait de les tourner lors même qu'il n'y en avait plus. Cependant elle avait les yeux égarés.

Une nuit, elle descendit seule à l'église ; quelques-unes de nos sœurs la suivirent *. Elle se prosterna sur les marches de l'autel, elle se mit à gémir, à soupirer, à prier tout haut ; elle sortit, elle rentra ; elle dit : « Qu'on l'aille chercher ; c'est une âme si pure, c'est une créature si innocente ! Si elle joignait ses prières aux miennes... » Puis s'adressant à toute la communauté et se tournant vers des stalles qui étaient vides, elle s'écriait : « Sortez, sortez toutes, qu'elle reste seule avec moi. Vous n'êtes pas dignes d'en approcher ; vos voix se mêlaient à la sienne, votre encens profane corrompait devant Dieu la douceur du sien. Qu'on s'éloigne, qu'on s'éloigne... » Puis elle m'exhortait à demander au ciel assistance et pardon. Elle voyait Dieu ; le ciel lui paraissait se sillonner d'éclairs, s'entrouvrir et gronder * sur sa tête ; des anges en descendaient en courroux, les regards de la Divinité la faisaient trembler ; elle courait de tous côtés, elle se renfonçait dans les angles obscurs de l'église, elle demandait miséricorde, elle se collait la face contre terre, elle s'y assoupissait. La fraîcheur humide * du lieu l'avait saisie, on la transportait dans sa cellule comme morte.

Cette terrible scène de la nuit, elle l'ignorait le lendemain. Elle disait : « Où sont nos sœurs ? Je ne vois plus personne ; je suis restée seule dans cette maison, elles m'ont toutes abandonnée, et Sainte-Thérèse aussi ; elles ont bien fait. Puisque Sainte-Suzanne n'y est plus, je puis sortir, je ne la rencontrerais pas. Ah ! si je la rencontrais ! Mais elle n'y est plus, n'est-ce pas ? N'est-ce pas qu'elle n'y est plus ?... Heureuse la maison qui la possède ! Elle dira tout à sa nouvelle supérieure ; que pensera-t-elle de moi ?... Est-ce que Sainte-Thérèse est morte ? J'ai entendu sonner en mort toute la nuit. La pauvre fille ! Elle est perdue à jamais, et c'est moi, c'est moi... Un jour, je lui serai confrontée ; que lui dirai-je ? Que lui répondraije ?... Malheur à elle ! Malheur à moi ! »

Dans un autre moment, elle disait : « Nos sœurs sont-elles revenues ? Dites-leur que je suis bien malade... Soulevez mon oreiller... Délacez-moi... Je sens là quelque chose qui m'oppresse... La tête me brûle, ôtez-moi mes coiffes... Je veux me laver... Apportez-moi de l'eau. Versez, versez encore... Elles sont blanches, mais la souillure de l'âme est restée... Je voudrais être morte ; je voudrais n'être point née, je ne l'aurais point vue. »

Un matin, on la trouva pieds nus, en chemise, échevelée, hurlant, écumant, et courant autour de sa cellule, les mains posées sur ses oreilles, les yeux

fermés et le corps pressé contre la muraille. « Éloignez-vous de ce gouffre* ; entendez-vous ces cris ? Ce
sont les enfers ; il s'élève de cet abîme profond des feux
que je vois ; du milieu des feux j'entends des voix
confuses qui m'appellent... Mon Dieu, ayez pitié de
moi !... Allez vite, sonnez, assemblez la communauté ;
dites qu'on prie pour moi, je prierai aussi... Mais à
peine fait-il jour, nos sœurs dorment. Je n'ai pas fermé
l'œil de la nuit, je voudrais dormir, et je ne saurais. »

Une de nos sœurs lui disait : « Madame, vous avez
quelque peine ; confiez-la-moi, cela vous soulagera
peut-être.

— Sœur Agathe, écoutez, approchez-vous de moi...
plus près... plus près encore*... il ne faut pas qu'on
nous entende ; je vais tout révéler, tout, mais gardez-
moi le secret... Vous l'avez vue ?

— Qui, madame ?

— N'est-il pas vrai que personne n'a la même
douceur ? Comme elle marche* ! Quelle décence !
Quelle noblesse ! Quelle modestie !... Allez à elle, dites-
lui... Eh ! non, ne dites rien, n'allez pas, vous n'en
pourriez approcher. Les anges du ciel la gardent, ils
veillent autour d'elle ; je les ai vus, vous les verriez,
vous en seriez effrayée comme moi. Restez... Si vous
alliez, que lui diriez-vous ? Inventez quelque chose
dont elle ne rougisse pas...

— Mais, madame, si vous consultiez notre directeur.

— Oui, mais oui... Non, non, je sais ce qu'il me
dira ; je l'ai tant entendu... De quoi l'entretiendrai-
je ?... Si je pouvais perdre la mémoire !... Si je pouvais
rentrer dans le néant, ou renaître !... N'appelez point le

directeur. J'aimerais mieux qu'on me lût la passion de Notre-Seigneur Jésus-Christ. Lisez... Je commence à respirer... Il ne faut qu'une goutte de ce sang pour me purifier... Voyez, il s'élance en bouillonnant* de son côté... Inclinez cette plaie sacrée sur ma tête*... Son sang* coule sur moi et ne s'y attache pas... Je suis perdue !... Éloignez ce christ... Rapportez-le-moi... » On le lui rapportait ; elle le serrait entre ses bras, elle le baisait partout, et puis elle ajoutait : « Ce sont ses yeux, c'est sa bouche ; quand la reverrai-je ? Sœur Agathe, dites-lui que je l'aime, peignez-lui bien mon état, dites-lui que je meurs. »

Elle fut saignée, on lui donna les bains, mais son mal semblait s'accroître par les remèdes. Je n'ose vous décrire toutes les actions indécentes qu'elle fit, vous répéter tous les discours malhonnêtes qui lui échappèrent dans son délire. A tout moment elle portait sa main à son front, comme pour en écarter des idées importunes, des images, que sais-je quelles images ! Elle se renfonçait la tête dans son lit, elle se couvrait le visage de ses draps*. « C'est le tentateur, disait-elle, c'est lui. Quelle forme bizarre il a prise ! Prenez de l'eau bénite, jetez de l'eau bénite sur moi... Cessez, cessez, il n'y est plus. »

On ne tarda pas à la séquestrer, mais sa prison ne fut pas si bien gardée, qu'elle ne réussît un jour à s'en échapper. Elle avait déchiré ses vêtements, elle parcourait les corridors toute nue, seulement deux bouts de corde rompue pendaient de ses deux bras ; elle criait : « Je suis votre supérieure, vous en avez toutes fait le serment, qu'on m'obéisse. Vous m'avez emprisonnée ; malheureuses, voilà donc la récompense de mes bontés ! Vous m'offensez parce que je suis trop bonne ; je ne le serai plus... Au feu !.. Au meurtre !... Au voleur !... A mon secours !... A moi, sœur Thérèse... A moi, sœur Suzanne... »

Cependant on l'avait saisie et on la reconduisait dans sa prison ; et elle disait : « Vous avez raison, vous avez raison ; hélas ! je suis devenue folle, je le sens. »

Quelquefois elle paraissait obsédée du spectacle de différents supplices. Elle voyait des femmes la corde au cou ou les mains liées sur le dos ; elle en voyait avec des torches à la main ; elle se joignait à celles qui faisaient amende honorable ; elle se croyait conduite à la mort, elle disait au bourreau : « J'ai mérité mon sort, je l'ai mérité ; encore si ce tourment était le dernier ; mais une éternité ! Une éternité de feux * !... »

Je ne dis rien qui ne soit vrai ; et tout ce que j'aurais encore à dire de vrai ne me revient pas, ou je rougirais d'en souiller ces papiers.

Après avoir vécu plusieurs mois dans cet état déplorable, elle mourut. Quelle mort, monsieur le marquis ! Je l'ai vue, je l'ai vue la terrible image du désespoir et du crime à sa dernière heure. Elle se croyait entourée d'esprits infernaux ; ils attendaient son âme pour s'en saisir ; elle disait d'une voix étouffée : « Les voilà ! Les voilà !... » et leur opposant de droite et de gauche un christ qu'elle tenait à la main, elle hurlait, elle criait : « Mon Dieu !... Mon Dieu * !... » La sœur Thérèse la suivit de près * ; et nous eûmes une autre supérieure, âgée et pleine d'humeur et de superstition.

On m'accuse d'avoir ensorcelé sa devancière ; elle le croit, et mes chagrins se renouvellent.

Le nouveau directeur est également persécuté de ses supérieurs *, et me persuade de me sauver de la maison.

Ma fuite est projetée. Je me rends dans le jardin entre onze heures et minuit. On me jette des cordes, je les attache autour de moi ; elles se cassent *, et je tombe ; j'ai les jambes dépouillées, et une violente contusion aux reins *. Une seconde, une troisième tentative m'élèvent au haut du mur ; je descends. Quelle est ma surprise * ! Au lieu d'une chaise de poste dans laquelle j'espérais d'être reçue, je trouve un mauvais carrosse public. Me voilà sur le chemin de Paris avec un jeune bénédictin *. Je ne tardai pas à m'apercevoir, au ton indécent qu'il prenait et aux libertés qu'il se permettait, qu'on ne tenait avec moi aucune des conditions que j'avais stipulées. Alors je regrettai ma cellule *, et je sentis toute l'horreur de ma situation.

C'est ici que je peindrai ma scène dans le fiacre. Quelle scène ! Quel homme !

Je crie ; le cocher vient à mon secours. Rixe violente * entre le fiacre et le moine.

J'arrive à Paris. La voiture arrête dans une petite rue, à une porte étroite qui s'ouvrait dans une allée obscure et malpropre. La maîtresse du logis vient au-devant de moi, et m'installe à l'étage le plus élevé *, dans une petite chambre où je trouve à peu près les meubles * nécessaires. Je reçois des visites de la femme qui occupait le premier. « Vous êtes jeune, vous devez vous ennuyer, mademoiselle. Descendez chez moi, vous y trouverez bonne compagnie en hommes et en femmes, pas toutes aussi aimables, mais presque aussi jeunes que vous. On cause, on joue, on chante, on danse ; nous réunissons toutes les sortes d'amusements. Si vous tournez la tête à tous nos cavaliers, je vous jure que nos dames n'en seront ni jalouses ni fâchées. Venez, mademoiselle... » Celle qui me parlait ainsi était d'un certain âge, elle avait le regard tendre, la voix douce et le propos très insinuant *.

Je passe une quinzaine dans cette maison, exposée à toutes les instances de mon perfide ravisseur, et à toutes les scènes tumultueuses d'un lieu suspect *, épiant à chaque instant l'occasion * de m'échapper.

Un jour enfin je la trouvai ; la nuit était avancée *. Si j'eusse été voisine de mon couvent, j'y retournais. Je cours sans savoir où je vais. Je suis arrêtée par des hommes ; la frayeur me saisit, je tombe évanouie de fatigue sur le seuil de la boutique d'un chandelier. On me secourt. En revenant à moi, je me trouve étendue sur un grabat, environnée de plusieurs personnes. On me demande qui j'étais * ; je ne sais ce que je répondis. On me donna la servante de la maison pour me conduire ; je prends son bras, nous marchons. Nous avions déjà fait beaucoup de chemin, lorsque cette fille me dit : « Mademoiselle, vous savez apparemment où nous allons ?

— Non, mon enfant ; à l'hôpital, je crois *.

— A l'hôpital ? Est-ce que vous seriez hors de maison * ?

— Hélas ! oui.

— Qu'avez-vous donc fait pour avoir été chassée à l'heure qu'il est ?... Mais nous voilà à la porte de Sainte-Catherine ; voyons si nous pourrions nous faire ouvrir ; en tout cas, ne craignez rien *, vous ne resterez pas dans la rue, vous coucherez* avec moi. »

Je reviens chez le chandelier. Effroi de la servante, lorsqu'elle voit mes jambes dépouillées de leur peau par la chute que j'avais faite en sortant du couvent. J'y passe la nuit. Le lendemain au soir je retourne* à Sainte-Catherine ; j'y demeure trois jours, au bout desquels on m'annonce qu'il faut ou me rendre à l'hôpital général, ou prendre la première condition qui s'offrira.

Danger que je courus à Sainte-Catherine, de la part des hommes et des femmes ; car c'est là, à ce qu'on m'a dit depuis, que les libertins et les matrones de la ville vont se pourvoir. L'attente de la misère ne donna aucune force aux séductions grossières auxquelles j'y fus exposée. Je vends mes hardes, et j'en choisis de plus conformes à mon état*.

J'entre au service d'une blanchisseuse, chez laquelle je suis actuellement. Je reçois le linge et je le repasse*. Ma journée est pénible ; je suis mal nourrie, mal logée, mal couchée, mais en revanche traitée avec humanité. Le mari est cocher de place ; sa femme est un peu brusque, mais bonne du reste. Je serais assez contente de mon sort, si je pouvais espérer d'en jouir paisiblement*.

J'ai appris que la police s'était saisie de mon ravisseur, et l'avait remis entre les mains de ses supérieurs. Le pauvre homme ! Il est plus à plaindre que moi. Son attentat a fait bruit*, et vous ne savez pas la cruauté avec laquelle les religieux punissent les fautes d'éclat : un cachot sera sa demeure pour le reste de sa vie ; c'est aussi le séjour qui m'attend si je suis reprise, mais il y vivra plus longtemps que moi.

La douleur de ma chute se fait sentir. Mes jambes sont enflées, et je ne saurais faire un pas ; je travaille assise, car j'aurais peine à me tenir debout. Cependant j'appréhende le moment de ma guérison : alors quel prétexte aurai-je pour ne point sortir ? Et à quel péril ne m'exposerai-je pas en me montrant ? Mais heureusement j'ai encore du temps devant moi.

Mes parents, qui ne peuvent douter que je ne sois à Paris, font sûrement toutes les perquisitions imaginables. J'avais résolu d'appeler M. Manouri dans mon grenier, de prendre et de suivre ses conseils, mais il n'était plus.

Je vis dans des alarmes continuelles. Au moindre bruit que j'entends dans la maison, sur l'escalier, dans la rue, la frayeur me saisit, je tremble comme la feuille, mes genoux me refusent le soutien*, et l'ouvrage me tombe des mains.

Je passe presque toutes les nuits sans fermer l'œil ; si je dors, c'est d'un sommeil interrompu ; je parle, j'appelle, je crie. Je ne conçois pas comment ceux qui m'entourent ne m'ont pas encore devinée.

Il paraît que mon évasion est publique*. Je m'y attendais. Une de mes camarades m'en parlait hier, y ajoutant des circonstances odieuses, et les réflexions les plus propres à désoler. Par bonheur elle étendait sur des cordes le linge mouillé, le dos tourné à la lampe, et mon trouble n'en pouvait être aperçu. Cependant ma maîtresse, ayant remarqué que je pleurais, m'a dit : « Marie, qu'avez-vous ? — Rien, lui ai-je répondu. — Quoi donc, a-t-elle ajouté, est-ce que vous seriez assez bête pour vous apitoyer sur une mauvaise religieuse, sans mœurs, sans religion, et qui

s'amourache d'un vilain moine avec lequel elle se
sauve de son couvent ? Il faudrait que vous eussiez
bien de la compassion * de reste. Elle n'avait qu'à
boire, manger, prier Dieu et dormir ; elle était bien où
elle était ; que ne s'y tenait-elle * ? Si elle avait été
seulement trois ou quatre fois à la rivière par le temps
qu'il fait, cela l'aurait raccommodée avec son état *. »
A cela j'ai répondu qu'on ne connaissait bien que ses
peines. J'aurais mieux fait de me taire, car elle n'aurait
pas ajouté : « Allez, c'est une coquine que Dieu
punira... » A ce propos *, je me suis penchée sur ma
table, et j'y suis restée jusqu'à ce que ma maîtresse
m'ait dit : « Mais, Marie, à quoi rêvez-vous donc ?
Tandis que vous dormez là, l'ouvrage n'avance pas. »

Je n'ai jamais eu l'esprit du cloître, et il y paraît
assez à ma démarche ; mais je me suis accoutumée en
religion à certaines pratiques que je répète machinale-
ment ; par exemple, une cloche vient-elle à sonner ?
Ou je fais le signe de la croix, ou je m'agenouille.
Frappe-t-on à la porte ? Je dis *Ave.* M'interroge-t-on ?
C'est toujours une réponse qui finit par *oui* ou *non,*
chère mère, ou *ma sœur.* S'il survient un étranger, mes
bras vont se croiser sur ma poitrine, et au lieu de faire
la révérence, je m'incline. Mes compagnes se mettent à
rire, et croient que je m'amuse à contrefaire la
religieuse ; mais il est impossible que leur erreur dure ;
mes étourderies me décèleront, et je serai perdue.

Monsieur, hâtez-vous de me secourir. Vous me
direz, sans doute : « Enseignez-moi ce que je puis faire
pour vous. » Le voici ; mon ambition n'est pas grande.
Il me faudrait une place de femme de chambre ou de
femme de charge, ou même de simple domestique,

pourvu que je vécusse ignorée dans une campagne, au
fond d'une province, chez d'honnêtes gens qui ne
reçussent pas un grand monde. Les gages n'y feront
rien ; de la sécurité, du repos, du pain et de l'eau.
Soyez très assuré qu'on sera satisfait de mon service ;
j'ai appris dans la maison de mon père à travailler, et
au couvent, à obéir. Je suis jeune, j'ai le caractère très
doux. Quand mes jambes seront guéries, j'aurai plus
de force qu'il n'en faut pour suffire à l'occupation. Je
sais coudre, filer, broder et blanchir ; quand j'étais
dans le monde, je raccommodais moi-même mes
dentelles, et j'y serai bientôt rem.se ; je ne suis
maladroite à rien, et je saurai m'abaisser à tout. J'ai de
la voix, je sais la musique, et je touche assez bien du
clavecin pour amuser quelque mère qui en aurait le
goût, et j'en pourrais même donner leçon à ses
enfants ; mais je craindrais d'être trahie par ces
marques d'une éducation recherchée. S'il fallait
apprendre à coiffer, j'ai du goût, je prendrais un
maître, et je ne tarderais pas à me procurer ce petit
talent. Monsieur, une condition supportable, s'il se
peut, ou une condition telle quelle, c'est tout ce qu'il
me faut, et je ne souhaite rien au-delà. Vous pouvez
répondre de mes mœurs ; malgré les apparences, j'en
ai ; j'ai même de la piété. Ah ! monsieur, tous mes
maux seraient finis, et je n'aurais plus rien à craindre
des hommes, si Dieu ne m'avait arrêtée. Ce puits
profond, situé au bout du jardin de la maison, combien
je l'ai visité de fois ! Si je ne m'y suis pas précipitée,
c'est qu'on m'en laissait l'entière liberté. J'ignore quel
est le destin qui m'est réservé, mais s'il faut que je
rentre un jour dans un couvent, quel qu'il soit, je ne

réponds de rien, il y a des puits partout. Monsieur, ayez pitié de moi, et ne vous préparez pas à vous-même de longs regrets.

P.-S. — Je suis accablée de fatigues, la terreur m'environne, et le repos me fuit. Ces mémoires, que j'écrivais à la hâte, je viens de les relire à tête reposée, et je me suis aperçue que sans en avoir eu le moindre projet, je m'étais montrée à chaque ligne aussi malheureuse à la vérité que je l'étais, mais beaucoup plus aimable que je ne le suis. Serait-ce que nous croyons les hommes moins sensibles à la peinture de nos peines qu'à l'image de nos charmes, et nous promettrions-nous encore plus de facilité à les séduire qu'à les toucher ? Je les connais trop peu et je ne me suis pas assez étudiée pour savoir cela. Cependant si le marquis, à qui l'on accorde le tact le plus délicat, venait à se persuader que ce n'est pas à sa bienfaisance, mais à son vice que je m'adresse, que penserait-il de moi ? Cette réflexion m'inquiète. En vérité, il aurait bien tort de m'imputer personnellement un instinct propre à tout mon sexe. Je suis une femme, peut-être un peu coquette, que sais-je ? Mais c'est naturellement et sans artifice.

PRÉFACE DU PRÉCÉDENT OUVRAGE
TIRÉE
DE LA CORRESPONDANCE LITTÉRAIRE
DE M. GRIMM, ANNÉE 1760[1]

Ce charmant marquis nous avait quittés au commencement de l'année 1759 pour aller dans ses terres en Normandie, près de Caen. Il nous avait promis de ne s'y arrêter que le temps nécessaire pour mettre ses affaires en ordre; mais son séjour s'y prolongea insensiblement; il y avait réuni ses enfants; il aimait beaucoup son curé; il s'était livré à la passion du jardinage; et comme il fallait à une imagination aussi vive que la sienne des objets d'attachement réels ou imaginaires, il s'était tout à coup jeté dans la plus grande dévotion. Malgré cela, il nous aimait toujours tendrement; mais vraisemblablement nous ne l'aurions jamais revu à Paris, s'il n'avait pas successivement perdu ses deux fils. Cet événement nous l'a rendu depuis environ quatre ans, après une absence de plus de huit années; sa dévotion s'est évaporée comme tout s'évapore à Paris, et il est aujourd'hui plus aimable que jamais.

1. Inadvertance de Diderot: c'est en 1770 que la « Préface-annexe » fut publiée dans la *Correspondance littéraire*; 1760 est la date des lettres, authentiques ou fictives, reproduites dans la Préface (R. Mauzi).

Comme sa perte nous était infiniment sensible, nous délibérâmes en 1760, après l'avoir supportée pendant plus de quinze mois, sur les moyens de l'engager à revenir à Paris. L'auteur des mémoires qui précèdent se rappela que, quelque temps avant son départ, on avait parlé dans le monde, avec beaucoup d'intérêt, d'une jeune religieuse de Longchamp qui réclamait juridiquement contre ses vœux, auxquels elle avait été forcée par ses parents. Cette pauvre recluse intéressa tellement notre marquis, que, sans l'avoir vue, sans savoir son nom, sans même s'assurer de la vérité des faits, il alla solliciter en sa faveur tous les conseillers de Grand-Chambre du Parlement de Paris. Malgré cette intercession généreuse, je ne sais par quel malheur, la sœur Suzanne Simonin perdit son procès, et ses vœux furent jugés valables.

M. Diderot résolut de faire revivre cette aventure à notre profit. Il supposa que la religieuse en question avait eu le bonheur de se sauver de son couvent, et en conséquence il écrivit en son nom à M. de Croismare pour lui demander secours et protection. Nous ne désespérions pas de le voir arriver en toute diligence au secours de sa religieuse ; ou, s'il devinait la scélératesse au premier coup d'œil et que notre projet manquât, nous étions sûrs qu'il nous en resterait du moins une ample matière à plaisanter. Cette insigne fourberie prit une toute autre tournure, comme vous allez voir par la correspondance que je vais mettre sous vos yeux, entre M. Diderot ou la prétendue religieuse et le loyal et charmant marquis de Croismare, qui ne se douta pas un instant d'une noirceur que nous avons eue long-temps sur notre conscience. Nous passions alors nos soupers à lire, au milieu des éclats de rire, des lettres qui devaient faire pleurer notre bon marquis ; et nous y lisions, avec ces mêmes éclats de rire, les réponses honnêtes que ce digne et généreux ami lui faisait. Cependant, dès que nous nous aperçûmes que le sort de notre infortunée commençait à trop intéresser son tendre bienfaiteur, M. Diderot prit le parti de la faire mourir, préférant de causer quelque chagrin au marquis au danger évident de le tourmenter plus cruellement peut-être en la laissant vivre plus longtemps. Depuis son retour à Paris, nous lui avons avoué ce complot d'iniquité ; il en a ri, comme vous pouvez penser ; et le malheur de la pauvre religieuse n'a fait que resserrer les liens de l'amitié entre ceux qui lui ont survécu. Cependant il n'en a jamais parlé à M. Diderot. Une circonstance qui n'est pas la moins singulière, c'est que, tandis que cette mystification échauffait la tête de notre ami en Normandie, celle de M. Diderot s'échauffait de son côté. Celui-ci, persuadé que le marquis ne donnerait pas un asile dans sa maison à une jeune personne sans la connaître, se mit à écrire en détail l'histoire de notre religieuse. Un jour qu'il était tout entier à ce travail, M. d'Alainville, un de nos amis communs, lui rendit visite, et le trouva plongé dans la douleur et le visage inondé de larmes. « Qu'avez-vous donc ? lui dit M. d'Alainville ; comme vous voilà ! — Ce que j'ai ? lui répondit M. Diderot ; je me désole d'un conte que je me fais... » Il est certain que s'il eût achevé cette histoire, elle serait devenue un des romans les plus vrais, les plus intéressants et les plus pathétiques que nous ayons. On n'en pouvait pas lire une page sans verser des pleurs ; et cependant il n'y avait point d'amour. Ouvrage de génie, qui présentait partout la plus forte empreinte de l'imagination de l'auteur ; ouvrage d'une utilité publique et générale, car c'était la plus cruelle satire qu'on eût jamais faite des cloîtres ; elle était d'autant plus dangereuse que la première partie n'en renfermait que des éloges ; sa jeune religieuse était d'une dévotion angélique et conservait dans son cœur simple et tendre le respect le plus sincère pour tout ce qu'on lui avait appris à respecter. Mais ce roman n'a jamais existé que par lambeaux, et en est resté là : il est perdu, ainsi qu'une infinité d'autres productions d'un homme rare, qui se serait immortalisé par vingt chefs-d'œuvre, si meilleur économe de son temps, il ne l'eût pas abandonné à mille indiscrets que je cite tous au jugement dernier, où ils répondront devant Dieu et devant les hommes du délit dont ils sont coupables. (Et j'ajouterai, moi qui connais un peu M. Diderot, que ce roman, il l'a achevé et que ce sont les mémoires mêmes que l'on vient de lire, où l'on a dû remarquer combien il importait de se méfier des éloges de l'amitié.)

Cette correspondance et notre repentir sont donc tout ce qui nous reste de notre pauvre religieuse. Vous voudrez bien vous souvenir que les lettres signées Madin, ou Suzanne Simonin, ont été fabriquées par cet enfant de Bélial, et que les lettres du généreux protecteur de la recluse sont véritables et ont été écrites de bonne foi, ce qu'on eut toutes les peines du monde à persuader à M. Diderot qui se croyait persiflé par le marquis et par ses amis.

Billet de la religieuse à M. le comte de Croismare, gouverneur de l'École royale militaire

Une femme malheureuse à laquelle M. le marquis de Croismare s'est intéressé il y a trois ans, lorsqu'il demeurait à côté de l'Académie de musique, apprend qu'il demeure à présent à l'École militaire. Elle envoie savoir si elle pourrait encore compter sur ses bontés, maintenant qu'elle est plus à plaindre que jamais.

Un mot de réponse, s'il lui plaît. Sa situation est pressante ; et il est de conséquence que la personne qui lui remettra ce billet n'en soupçonne rien.

A répondu :

Qu'on se trompait et que le M. de Croismare en question était actuellement à Caen.

Ce billet était écrit de la main d'une jeune personne dont nous nous servîmes pendant tout le cours de cette correspondance. Un page du coin le porta à l'École militaire, et nous rapporta la réponse verbale. M. Diderot jugea cette première démarche nécessaire par plusieurs bonnes raisons. La religieuse avait l'air de confondre les deux cousins ensemble et d'ignorer la véritable orthographe de leur nom : elle apprenait par ce moyen, bien naturellement, que son protecteur était à Caen. Il se pouvait que le gouverneur de l'École militaire plaisantât son cousin à l'occasion de ce billet et le lui envoyât, ce qui donnait un grand air de vérité à notre vertueuse aventurière. Ce gouverneur, très aimable ainsi que tout ce qui porte son nom, était aussi ennuyé de l'absence de son cousin que nous, et nous espérions le ranger au nombre des conspirateurs. Après sa réponse, la religieuse écrivit à Caen.

Lettre de la religieuse à M. le marquis de Croismare, à Caen

Monsieur, je ne sais à qui j'écris, mais dans la détresse où je me trouve, qui que vous soyez, c'est à vous que je m'adresse. Si l'on ne m'a point trompée à l'École militaire et que vous soyez le marquis généreux que je cherche, je bénirai Dieu ; si vous ne l'êtes pas, je ne sais ce que je ferai. Mais je me rassure sur le nom que vous portez ; j'espère que vous secourrez une infortunée, que vous, monsieur, ou un autre M. de Croismare, qui n'est pas celui de l'École militaire, avez appuyée de votre sollicitation dans une tentative inutile qu'elle fit, il y a deux ans, pour se tirer d'une prison perpétuelle, à laquelle la dureté de ses parents l'avait condamnée. Le désespoir vient de me porter à une seconde démarche dont vous aurez sans doute entendu parler ; je me suis sauvée de mon couvent. Je ne pouvais plus supporter mes peines, et il n'y avait que cette voie, ou un plus grand forfait encore, pour me procurer une liberté que j'avais espérée de l'équité des lois.

Monsieur, si vous avez été autrefois mon protecteur, que ma situation présente vous touche et qu'elle réveille dans votre cœur quelque sentiment de pitié !

Peut-être trouverez-vous de l'indiscrétion à avoir recours à un inconnu dans une circonstance pareille à la mienne. Hélas ! monsieur, si vous saviez l'abandon où je suis réduite, si vous aviez quelque idée de l'inhumanité dont on punit les fautes d'éclat dans les maisons religieuses, vous m'excuseriez ! Mais vous avez l'âme sensible, et vous craindrez de vous rappeler un jour une créature innocente jetée, pour le reste de sa vie, dans le fond d'un cachot. Secourez-moi, monsieur, secourez-moi ! C'est une bonne œuvre dont vous vous souviendrez avec satisfaction tant que vous vivrez, et que Dieu récompensera dans ce monde ou dans l'autre. Surtout, monsieur, songez que je vis dans une alarme perpétuelle et que je vais compter les moments. Mes parents ne peuvent douter que je ne sois à Paris, ils font sûrement toutes sortes de perquisitions pour me découvrir ; ne leur laissez pas le temps de me trouver. Jusqu'à présent j'ai subsisté de mon travail et des secours d'une digne femme que j'avais pour amie et à laquelle vous pouvez adresser votre réponse. Elle s'appelle Mme Madin. Elle demeure à Versailles. Cette bonne amie me fournira tout ce qu'il me faudra pour mon voyage, et quand je serai placée, je n'aurai plus besoin de rien et ne lui serai plus à charge. Monsieur, ma conduite justifiera la protection que vous m'aurez accordée. Quelle que soit la réponse que vous me ferez, je ne me plaindrai que de mon sort.

Voici l'adresse de Mme Madin : *A Madame Madin, au pavillon de Bourgogne, rue d'Anjou, à Versailles.*

Vous aurez la bonté de mettre deux enveloppes, avec son adresse sur la première, et une croix sur la seconde.

Mon Dieu, que je désire d'avoir votre réponse! Je suis dans des transes continuelles.

Votre très humble et très obéissante servante.

Signé : Suzanne Simonin.

Cette lettre se trouve plus étendue à la fin du roman où M. Diderot l'inséra, lorsque après un oubli de vingt et un ans, cette ébauche informe lui étant tombée entre les mains, il se détermina à la retoucher.

Nous avions besoin d'une adresse pour recevoir les réponses, et nous choisîmes une certaine Mme Madin, femme d'un ancien officier d'infanterie, qui vivait réellement à Versailles. Elle ne savait rien de notre coquinerie, ni des lettres que nous lui fîmes écrire à elle-même par la suite, et pour lesquelles nous nous servîmes de l'écriture d'une autre jeune personne. Mme Madin était seulement prévenue qu'il fallait recevoir et me remettre toutes les lettres timbrées *Caen*. Le hasard voulut que M. de Croismare, après son retour à Paris, et environ huit ans après notre péché, trouvât Mme Madin un matin chez une femme de nos amies qui avait été du complot. Ce fut un vrai coup de théâtre : M. de Croismare se proposait de prendre mille informations sur une infortunée qui l'avait tant intéressé, et dont Mme Madin ignorait jusqu'à l'existence. Ce fut aussi le moment de notre confession générale et celui de notre absolution.

Réponse de M. le marquis de Croismare

Mademoiselle, votre lettre est parvenue à la personne même que vous réclamiez. Vous ne vous êtes point trompée sur ses sentiments, et vous pouvez partir aussitôt pour Caen, si une place à côté d'une jeune demoiselle vous convient.

Que la dame votre amie me mande qu'elle m'envoie une femme de chambre telle que je puis la désirer, avec tel éloge qu'il lui plaira de vos qualités, sans entrer dans aucun autre détail d'état. Qu'elle me marque aussi le nom que vous aurez choisi, la voiture par laquelle vous arriverez, et le jour, s'il se peut, de votre départ. Si vous preniez la voiture du carrosse de Caen, vous vous y rendriez le lundi de grand matin, pour arriver ici le vendredi ; il loge à Paris, rue Saint-Denis, *au Grand-Cerf.* S'il ne se trouvait personne pour vous recevoir à votre arrivée à Caen, vous vous adresseriez de ma part, en attendant, chez M. Gassion, vis-à-vis la place Royale. Comme l'incognito est d'une extrême nécessité de part et d'autre, que la dame votre amie me renvoie cette lettre, à laquelle, quoique non signée, vous pouvez ajouter foi entière. Gardez-en seulement le cachet, qui servira à vous faire connaître, à Caen, à la personne à qui vous vous adresserez.

Suivez, mademoiselle, exactement et diligemment ce que cette lettre vous prescrit ; et pour agir avec prudence, ne vous chargez ni de papiers ni de lettres, ou d'autre chose qui puisse donner occasion de vous reconnaître : il sera facile de faire venir tout cela dans un autre temps. Comptez avec une confiance

parfaite sur les bonnes intentions de votre serviteur.
A..., proche Caen, ce mercredi 6 février 1760.

Cette lettre était adressée à Mme Madin. Il y avait sur
l'autre enveloppe une croix, suivant la convention. Le
cachet représentait un Amour tenant d'une main un
flambeau, et de l'autre deux cœurs, avec une devise
qu'on n'a pu lire, parce que le cachet avait souffert à
l'ouverture de la lettre. Il était naturel qu'une jeune
religieuse à qui l'amour était étranger en prît l'image
pour celle de son ange gardien.

Réponse de la religieuse
à M. le marquis de Croismare

Monsieur, j'ai reçu votre lettre. Je crois que j'ai été
fort mal, fort mal. Je suis bien faible. Si Dieu me retire
à lui, je prierai sans cesse pour votre salut ; si j'en
reviens, je ferai tout ce que vous m'ordonnerez. Mon
cher monsieur ! Digne homme ! Je n'oublierai jamais
votre bonté.

Ma digne amie doit arriver de Versailles ; elle vous
dira tout.

Ce saint jour de dimanche en février.

Je garderai le cachet avec soin. C'est un saint ange
que j'y trouve imprimé ; c'est vous, c'est mon ange
gardien.

M. Diderot n'ayant pu se rendre à l'assemblée des
bandits, cette réponse fut envoyée sans son attache. Il
ne la trouva pas de son gré : il prétendit qu'elle

découvrirait notre trahison. Il se trompa, et il eut tort, je crois, de ne pas trouver cette réponse bonne. Cependant, pour le satisfaire, on coucha sur les registres du commun conseil de la fourberie la réponse qui suit, et qui ne fut point envoyée. Au reste, cette maladie nous était indispensable pour différer le départ pour Caen.

Extrait des registres

Voilà la lettre qui a été envoyée, et voici celle que sœur Suzanne aurait dû écrire :

Monsieur, je vous remercie de vos bontés. Il ne faut plus penser à rien, tout va finir pour moi. Je serai dans un moment devant le Dieu de miséricorde ; c'est là que je me souviendrai de vous. Ils délibèrent s'ils me saigneront une troisième fois ; ils ordonneront tout ce qu'il leur plaira. Adieu, mon cher monsieur. J'espère que le séjour où je vais sera plus heureux ; nous nous y verrons.

Lettre de Mme Madin
à M. le marquis de Croismare

Je suis à côté de son lit, et elle me presse de vous écrire. Elle a été à toute extrémité, et mon état, qui m'attache à Versailles, ne m'a point permis de venir plus tôt à son secours. Je savais qu'elle était fort mal et abandonnée de tout le monde, et je ne pouvais quitter. Vous pensez bien, monsieur, qu'elle avait beaucoup souffert. Elle avait fait une chute qu'elle cachait. Elle a été attaquée tout d'un coup d'une fièvre ardente qu'on n'a pu abattre qu'à force de saignées. Je la crois hors de danger. Ce qui m'inquiète à présent est la crainte que sa convalescence ne soit longue, et qu'elle ne puisse partir avant un mois ou six semaines. Elle est déjà si faible, et le sera bien davantage. Tâchez donc, monsieur, de gagner du temps, et travaillons de concert à sauver la créature la plus malheureuse et la plus intéressante qu'il y ait au monde. Je ne saurais vous dire tout l'effet de votre billet sur elle ; elle a beaucoup pleuré, elle a écrit l'adresse de M. Gassion derrière une *Sainte Suzanne* de son diurnal, et puis elle a voulu vous répondre malgré sa faiblesse. Elle sortait d'une crise ; je ne sais ce qu'elle vous aura dit, car sa pauvre tête n'y était guère. Pardon, monsieur, je vous écris à la hâte. Elle me fait pitié ; je voudrais ne la point quitter, mais il m'est impossible de rester ici plusieurs jours de suite. Voilà la lettre que vous lui avez écrite. J'en fais partir une autre, telle à peu près que vous la demandez. Je n'y parle point des talents agréables ; ils ne sont pas de l'état qu'elle va prendre, et il faut, ce me semble, qu'elle y renonce absolument, si elle veut être ignorée. Du reste, tout ce que je vous dis d'elle est vrai : non, monsieur, il n'y a point de mère qui ne fût comblée de l'avoir pour enfant. Mon premier soin, comme vous pouvez penser, a été de la mettre à couvert, et c'est une affaire faite. Je ne me résoudrai à la laisser aller que quand sa santé sera tout à fait rétablie ; mais ce ne peut être avant un mois ou six semaines, comme j'ai eu l'honneur de vous dire ; encore faut-il qu'il ne survienne point d'accident. Elle garde le cachet de votre lettre ; il est dans ses Heures et sous son chevet. Je n'ai osé lui dire que ce n'était pas le vôtre ; je l'avais brisé en ouvrant votre réponse, et je l'avais remplacé par le mien : dans l'état fâcheux où elle était, je ne devais pas risquer de lui remettre votre lettre sans l'avoir lue. J'ose vous demander pour elle un mot qui la soutienne dans ses espérances ; ce sont les seules qu'elle ait, et je ne répondrais pas de sa vie, si elles venaient à lui manquer. Si vous aviez la bonté de me faire à part un petit détail de la maison où elle entrera, je m'en servirais pour la tranquilliser. Ne craignez rien pour vos lettres ; elles vous seront toutes renvoyées aussi exactement que la première ; et reposez-vous sur l'intérêt que j'ai moi-même à ne rien faire d'inconsidéré. Nous nous conformerons à tout, à moins que vous ne changiez vos dispositions. Adieu, monsieur. La chère infortunée prie Dieu pour vous à tous les instants où sa tête le lui permet.

J'attends, monsieur, votre réponse, toujours au pavillon de Bourgogne, rue d'Anjou, à Versailles.

Ce 16 février 1760.

Lettre ostensible de Mme Madin,
telle que M. le marquis
de Croismare l'avait demandée

Monsieur, la personne que je vous propose s'appellera Suzanne Simonin. Je l'aime comme si c'était mon enfant : cependant vous pouvez prendre à la lettre ce que je vais vous dire, parce qu'il n'est pas dans mon caractère d'exagérer. Elle est orpheline de père et de mère ; elle est bien née, et son éducation n'a pas été négligée. Elle s'entend à tous les petits ouvrages qu'on apprend quand on est adroite et qu'on aime à s'occuper ; elle parle peu, mais assez bien ; elle écrit naturellement. Si la personne à qui vous la destinez voulait se faire lire, elle lit à merveille. Elle n'est ni grande ni petite. Sa taille est fort bien ; pour sa physionomie, je n'en ai guère vu de plus intéressante. On la trouvera peut-être un peu jeune, car je lui crois à peine dix-sept ans accomplis ; mais si l'expérience de l'âge lui manque, elle est remplacée de reste par celle du malheur. Elle a beaucoup de retenue et un jugement peu commun. Je réponds de l'innocence de ses mœurs. Elle est pieuse, mais point bigote. Elle a l'esprit naïf, une gaieté douce, jamais d'humeur. J'ai deux filles ; si des circonstances particulières n'empêchaient pas Mlle Simonin de se fixer à Paris, je ne leur chercherais pas d'autre gouvernante ; je n'espère pas rencontrer aussi bien. Je la connais depuis son enfance, et elle a toujours vécu sous mes yeux. Elle partira d'ici bien nippée. Je me chargerai des petits frais de son voyage et même de ceux de son retour, s'il arrive qu'on me la renvoie : c'est la moindre chose que je puisse faire pour elle. Elle n'est jamais sortie de Paris, elle ne sait où elle va, elle se croit perdue ; j'ai toute la peine du monde à la rassurer. Un mot de vous, monsieur, sur la personne à laquelle elle doit appartenir, la maison qu'elle habitera, et les devoirs qu'elle aura à remplir, fera plus sur son esprit que tous mes discours. Ne serait-ce point trop exiger de votre complaisance que de vous le demander ? Toute sa crainte est de ne pas réussir : la pauvre enfant ne se connaît guère.

J'ai l'honneur d'être, avec tous les sentiments que vous méritez, monsieur, votre très humble et obéissante servante.

Signé : Moreau-Madin.

A Paris, ce 16 février 1760.

Lettre de M. le marquis de Croismare à Mme Madin

Madame, j'ai reçu, il y a deux jours, deux mots de lettre, qui m'apprennent l'indisposition de Mlle Simonin. Son malheureux sort me fait gémir ; sa santé m'inquiète. Puis-je vous demander la consolation d'être instruit de son état, du parti qu'elle compte prendre, en un mot la réponse à la lettre que je lui ai écrite ? J'ose espérer le tout de votre complaisance et de l'intérêt que vous y prenez.

Votre très humble et très obéissant etc.

A Caen, ce 19 février 1760.

Autre lettre de M. le marquis de Croismare à Mme Madin

J'étais, madame, dans l'impatience, et heureusement votre lettre a suspendu mon inquiétude sur l'état de Mlle Simonin, que vous m'assurez hors de danger, et à couvert des recherches. Je lui écris ; et vous pouvez encore la rassurer sur la continuation de mes sentiments. Sa lettre m'avait frappé ; et dans l'embarras où je l'ai vue, j'ai cru ne pouvoir mieux faire que de me l'attacher en la mettant auprès de ma fille, qui malheureusement n'a plus de mère. Voilà, madame, la maison que je lui destine. Je suis sûr de moi-même, et de pouvoir lui adoucir ses peines sans manquer au secret, ce qui serait peut-être plus difficile en d'autres mains. Je ne pourrai m'empêcher de gémir et sur son état et sur ce que ma fortune ne me permettra pas d'en agir comme je le désirerais ; mais que faire quand on est soumis aux lois de la nécessité ? Je demeure à deux lieues de la ville, dans une campagne assez agréable, où je vis fort retiré avec ma fille et mon fils aîné, qui est un garçon plein de sentiments et de religion, à qui cependant je laisserai ignorer ce qui peut la regarder. Pour les domestiques, ce sont gens attachés à moi depuis longtemps, de sorte que tout est dans un état fort tranquille et fort uni. J'ajouterai encore que ce parti que je lui propose ne sera que son pis-aller : si elle trouvait quelque chose de mieux, je n'entends point la contraindre par un engagement ; mais qu'elle soit certaine qu'elle trouvera toujours en moi une ressource assurée. Ainsi qu'elle rétablisse sa santé sans inquiétude ; je l'attendrai, et serai bien aise cependant d'avoir souvent de ses nouvelles.

J'ai l'honneur d'être, madame, etc.

A Caen, ce 21 février 1760.

Lettre de M. le marquis de Croismare à sœur Suzanne
        (Sur l'enveloppe était une croix.)

Personne n'est, mademoiselle, plus sensible que je le suis à l'état où vous vous trouvez. Je ne puis que m'intéresser de plus en plus à vous procurer quelque consolation dans le sort malheureux qui vous poursuit. Tranquillisez-vous, reprenez vos forces, et comptez toujours avec une entière confiance sur mes sentiments. Rien ne doit plus vous occuper que le rétablissement de votre santé et le soin de demeurer ignorée. S'il m'était possible de rendre votre sort plus doux, je le ferais ; mais votre situation me contraint, et je ne pourrai que gémir sur la dure nécessité. La personne à laquelle je vous destine m'est des plus chères, et c'est à moi principalement que vous aurez à répondre. Ainsi, autant qu'il me sera possible, j'aurai soin d'adoucir les petites peines inséparables de l'état que vous prenez. Vous me devrez votre confiance, je me reposerai entièrement sur vos soins ; cette assurance doit vous tranquilliser et vous prouver ma manière de penser et l'attachement sincère avec lequel je suis, mademoiselle, votre etc.

A Caen, ce 21 février 1760.

J'écris à Mme Madin qui pourra vous en dire davantage.

Lettre de Mme Madin
A M. le marquis de Croismare

Monsieur, la guérison de notre chère malade est assurée ; plus de fièvre, plus de mal de tête ; tout annonce la convalescence la plus prompte et la meilleure santé. Les lèvres sont encore un peu pâles ; mais les yeux reprennent de l'éclat. La couleur commence à reparaître sur les joues ; les chairs ont de la fraîcheur et ne tarderont pas à reprendre leur fermeté ; tout va bien depuis qu'elle a l'esprit tranquille. C'est à présent, monsieur, qu'elle sent le prix de votre bienveillance ; et rien n'est plus touchant que la manière dont elle s'en exprime. Je voudrais bien pouvoir vous peindre ce qui se passa entre elle et moi lorsque je lui portai vos dernières lettres. Elle les prit ; les mains lui tremblaient, elle respirait à peine en les lisant ; à chaque ligne elle s'arrêtait ; et, après avoir fini, elle me dit, en se jetant à mon cou, et en pleurant à chaudes larmes : « Eh bien ! madame Madin, Dieu ne m'a donc pas abandonnée ; il veut donc enfin que je sois heureuse ! Oui, c'est Dieu qui m'a inspiré de m'adresser à ce cher monsieur : quel autre au monde eût pris pitié de moi ? Remercions le ciel de ces premières grâces, afin qu'il nous en accorde d'autres. » Et puis elle s'assit sur son lit, et elle se mit à prier ; ensuite, revenant sur quelques endroits de vos lettres, elle dit : « C'est sa fille qu'il me confie. Ah ! maman, elle lui ressemblera ; elle sera douce, bienfaisante et sensible comme lui. » Après s'être arrêtée, elle dit avec un peu de souci : « Elle n'a plus de mère ! Je regrette de n'avoir pas l'expérience qu'il me faudrait. Je ne sais rien, mais je ferai de mon mieux ; je me rappellerai le soir et le matin ce que je dois à son père ; il faut que la reconnaissance supplée à bien des choses. Serai-je encore longtemps malade ? Quand est-ce qu'on me permettra de manger ? Je ne me sens plus de ma chute, plus du tout. » Je vous fais ce petit détail, monsieur, parce que j'espère qu'il vous plaira. Il y avait dans son discours et son action tant d'innocence et de zèle, que j'en étais hors de moi. Je ne sais ce que je n'aurais pas donné pour que vous l'eussiez vue et entendue. Non, monsieur, ou je ne me connais à rien, ou vous aurez une créature unique, et qui fera la bénédiction de votre maison. Ce que vous avez eu la bonté de m'apprendre de vous, de mademoiselle votre fille, de monsieur votre fils, de votre situation, s'arrange parfaitement avec ses vœux. Elle persiste dans les premières propositions qu'elle vous a faites. Elle ne demande que la nourriture et le vêtement, et vous pouvez la prendre au mot si cela vous convient ; quoique je ne sois pas riche, le reste sera mon affaire. J'aime cette enfant, je l'ai adoptée dans mon cœur ; et le peu que j'aurai fait pour elle de mon vivant lui sera continué après ma mort. Je ne vous dissimule pas que ces mots d'*être son pis-aller et de la laisser libre d'accepter mieux si l'occasion s'en présente*, lui ont fait de la peine ; je n'ai pas été fâchée de lui trouver cette délicatesse. Je ne négligerai pas de vous instruire des progrès de sa convalescence ; mais j'ai un grand projet dans lequel je ne désespérerais pas de réussir pendant qu'elle se rétablira, si vous pouviez m'adresser à un de vos amis ; vous en devez avoir beaucoup ici. Il me faudrait un homme sage, discret, adroit, pas trop considérable, qui approchât, par lui ou par ses amis, de quelques grands que je lui nommerais, et qui eût accès à la cour sans en être. De la manière dont la chose est arrangée dans mon esprit, il ne serait pas mis dans la confidence ; il nous servirait sans savoir en quoi : quand ma tentative serait infructueuse, nous en tirerions au moins l'avantage de persuader qu'elle est en pays étranger. Si vous pouvez m'adresser à quelqu'un, je vous prie de me le nommer, et de me dire sa demeure, et ensuite de lui écrire que

Mme Madin, que vous connaissez depuis longtemps, doit venir lui demander un service, et que vous le priez de s'intéresser à elle, si la chose est faisable. Si vous n'avez personne, il faut s'en consoler ; mais voyez, monsieur. Au reste, je vous prie de compter sur l'intérêt que je prends à notre infortunée, et sur quelque prudence que je tiens de l'expérience. La joie que votre dernière lettre lui a causée, lui a donné un petit mouvement dans le pouls ; mais ce ne sera rien.

J'ai l'honneur d'être, avec les sentiments les plus respectueux, monsieur, votre etc.

Signé : **Moreau-Madin.**

A Paris, ce 3 mars 1760.

L'idée de Mme Madin de se faire adresser à un des amis du généreux protecteur, était une suggestion de Satan, au moyen de laquelle ses suppôts espéraient inspirer adroitement à leur ami de Normandie de s'adresser à moi et de me mettre dans la confidence de toute cette affaire ; ce qui réussit parfaitement, comme vous verrez par la suite de cette correspondance.

*Lettre de sœur Suzanne
à M. le marquis de Croismare*

Monsieur, maman Madin m'a remis les deux réponses dont vous m'avez honorée, et m'a fait part aussi de la lettre que vous lui avez écrite. J'accepte, j'accepte. C'est cent fois mieux que je ne mérite ; oui, cent fois, mille fois mieux. J'ai si peu de monde, si peu d'expérience, et je sens si bien tout ce qu'il me faudrait pour répondre dignement à votre confiance ; mais j'espère tout de votre indulgence, de mon zèle et de ma reconnaissance. Ma place me fera, et maman Madin dit que cela vaut mieux que si j'étais faite à ma place. Mon Dieu, que je suis pressée d'être guérie, d'aller me jeter aux pieds de mon bienfaiteur, et de le servir auprès de sa chère fille en tout ce qui dépendra de moi ! On me dit que ce ne sera guère avant un mois. Un mois, c'est bien du temps ! Mon cher monsieur, conservez-moi votre bienveillance. Je ne me sens pas de joie ; mais ils ne veulent pas que j'écrive, ils m'empêchent de lire, ils me tiennent, ils me noient de tisane, ils me font mourir de faim, et tout cela pour mon bien. Dieu soit loué ! C'est pourtant bien malgré moi que je leur obéis.

Je suis, avec un cœur reconnaissant, monsieur, votre très humble et très soumise servante.

Signé : Suzanne Simonin.

A Paris, ce 3 mars 1760.

Lettre de M. le marquis de Croismare à Mme Madin

Quelques incommodités que je ressens depuis plusieurs jours m'ont empêché, madame, de vous faire réponse plus tôt, et de vous marquer le plaisir que j'ai d'apprendre la convalescence de Mlle Simonin. J'ose espérer qu'incessamment vous aurez la bonté de m'instruire de son parfait rétablissement, que je souhaite avec ardeur. Mais je suis mortifié de ne pouvoir contribuer à l'exécution du projet que vous

méditez en sa faveur ; sans le connaître, je ne puis le
trouver que très bon par la prudence dont vous êtes
capable et par l'intérêt que vous y prenez. Je n'ai été
que très peu répandu à Paris, et parmi un petit nombre
de personnes aussi peu répandues que moi ; et les
connaissances telles que vous les désireriez ne sont pas
faciles à trouver. Continuez, je vous supplie, à me
donner des nouvelles de Mlle Simonin, dont les intérêts
me seront toujours chers.

J'ai l'honneur d'être etc.

Ce 13 mars 1760.

Réponse de Mme Madin
à M. le marquis de Croismare

Monsieur, j'ai fait une faute, peut-être, de ne me pas
expliquer sur le projet que j'avais ; mais j'étais si
pressée d'aller en avant ! Voici donc ce qui m'avait
passé par la tête. D'abord il faut que vous sachiez que
le cardinal de T*** protégeait la famille. Ils perdirent
tous beaucoup à sa mort, surtout ma Suzanne, qui lui
avait été présentée dans sa première jeunesse. Le vieux
cardinal aimait les jolis enfants : les grâces de celle-ci
l'avaient frappé, et il s'était chargé de son sort. Mais
quand il ne fut plus, on disposa d'elle comme vous
savez, et les protecteurs crurent s'acquitter envers la
cadette en mariant les aînées. J'avais donc pensé que,
si l'on avait eu quelque accès auprès de Mme la
marquise de T*** qu'on dit compatissante, du moins
fort active (mais qu'importe par qui le bien se fasse),
qui s'est mise en quatre dans le procès de mon enfant,

et qu'on lui eût peint la triste situation d'une jeune
personne exposée à toutes les suites de la misère, dans
un pays étranger et lointain, nous eussions pu arracher
par ce moyen une petite pension aux deux beaux-
frères, qui ont emporté tout le bien de la maison, et qui
ne songent guère à nous secourir. En vérité, monsieur,
cela vaut bien la peine que nous revenions tous les
deux là-dessus : voyez. Avec cette pension, ce que je
viens de lui assurer, et ce qu'elle tiendrait de vos
bontés, elle serait bien pour le présent, point mal pour
l'avenir, et je la verrais partir avec moins de regret.
Mais je ne connais ni Mme la marquise de T***, ni le
secrétaire du défunt cardinal qu'on dit homme de
lettres, ni personne qui l'approche ; et ce fut l'enfant
qui me suggéra de m'adresser à vous. Au reste, je ne
saurais vous dire que sa convalescence aille comme je
le désirerais. Elle s'était blessée au-dessus des reins
comme je crois vous l'avoir dit ; la douleur de cette
chute qui s'était dissipée, s'est fait ressentir ; c'est un
point qui revient et qui se passe. Il est accompagné
d'un léger frisson en dedans, mais au pouls il n'y a pas
la moindre fièvre ; le médecin hoche de la tête, et n'a
pas un air qui me plaise. Elle ira dimanche prochain à
la messe ; elle le veut ; et je viens de lui envoyer une
grande capote qui l'enveloppera jusqu'au bout du nez,
et sous laquelle elle pourra, je crois, passer une demi-
heure sans péril dans une petite église borgne du
quartier. Elle soupire après le moment de son départ,
et je suis sûre qu'elle ne demandera rien à Dieu avec
plus de ferveur que d'achever sa guérison, et de lui
conserver les bontés de son bienfaiteur. Si elle se
trouvait en état de partir entre Pâques et Quasimodo,

je ne manquerais pas de vous en prévenir. Au reste,
monsieur, son absence ne m'empêcherait pas d'agir, si
je découvrais parmi mes connaissances quelqu'un qui
pût quelque chose auprès de Mme de T*** et du
médecin A*** qui a beaucoup d'autorité sur son
esprit.

Je suis, avec une reconnaissance sans bornes pour
elle et pour moi, monsieur, votre très humble etc.

Signé : Moreau-Madin.

A Versailles, ce 25 mars 1760.

P.-S. — Je lui ai défendu de vous écrire, de crainte
de vous importuner ; il n'y a que cette considération
qui puisse la retenir.

Lettre de M. le marquis de Croismare
à Mme Madin

Madame, votre projet pour Mlle Simonin me paraît
très louable, et me plaît d'autant plus, que je souhaite-
rais ardemment de la voir, dans son infortune, assurée
d'un état un peu passable. Je ne désespère pas de
trouver quelque ami qui puisse agir auprès de Mme de
T*** ou du médecin A*** ou du secrétaire du feu
cardinal, mais cela demande du temps et des précautions, tant pour éviter d'éventer le secret, que pour
m'assurer la discrétion des personnes auxquelles je
pense que je pourrais m'adresser. Je ne perdrai point
cela de vue. En attendant, si Mlle Simonin persiste dans
ses mêmes sentiments, et si sa santé est assez rétablie,
rien ne doit l'empêcher de partir ; elle me trouvera
toujours dans les mêmes dispositions que je lui ai

marquées, et dans le même zèle à lui adoucir, s'il se peut, l'amertume de son sort. La situation de mes affaires et les malheurs du temps m'obligent de me tenir fort retiré à la campagne avec mes enfants, pour raison d'économie ; ainsi nous y vivons avec beaucoup de simplicité. C'est pourquoi Mlle Simonin pourra se dispenser de faire de la dépense en habillements ni si propres ni si chers ; le commun peut suffire en ce pays. C'est dans cette campagne et dans cet état uni et simple qu'elle me trouvera, et où je souhaite qu'elle puisse goûter quelque douceur et quelque agrément, malgré les précautions gênantes que je serai obligé d'observer à son égard. Vous aurez la bonté, madame, de m'instruire de son départ ; et de peur qu'elle n'eût égaré l'adresse que je lui avais envoyée, c'est chez M. Gassion, vis-à-vis la place Royale, à Caen. Cependant si je suis instruit à temps du jour de son arrivée, elle trouvera quelqu'un pour la conduire ici sans s'arrêter.

J'ai l'honneur d'être, madame, votre très humble etc.

Ce 31 mars 1760.

Lettre de Mme Madin
à M. le marquis de Croismare

Si elle persiste dans ses sentiments, monsieur ! En pouvez-vous douter ? Qu'a-t-elle de mieux à faire que d'aller passer des jours heureux et tranquilles auprès d'un homme de bien, et dans une famille honnête ? N'est-elle pas trop heureuse que vous vous soyez ressouvenu d'elle ? Et où donnerait-elle de la tête si l'asile que vous avez eu la générosité de lui offrir venait à lui manquer ? C'est elle-même, monsieur, qui parle ainsi ; et je ne fais que vous répéter ses discours. Elle voulut encore aller à la messe le jour de Pâques ; c'était bien contre mon avis, et cela lui réussit fort mal. Elle en revint avec de la fièvre ; et depuis ce malheureux jour elle ne s'est pas bien portée. Monsieur, je ne vous l'enverrai point qu'elle ne soit en bonne santé. Elle sent à présent de la chaleur au-dessus des reins, à l'endroit où elle s'est blessée dans sa chute ; je viens d'y regarder, et je n'y vois rien du tout. Mais son médecin me dit avant-hier, comme nous en descendions ensemble, qu'il craignait qu'il n'y eût un commencement de pulsation, qu'il fallait attendre ce que cela deviendrait. Cependant elle ne manque point d'appétit, elle dort, l'embonpoint se soutient. Je lui trouve seulement par intervalle un peu plus de couleur aux joues et plus de vivacité dans les yeux qu'elle n'en a naturellement. Et puis ce sont des impatiences qui me désespèrent. Elle se lève, elle essaie de marcher ; mais pour peu qu'elle penche du côté malade, c'est un cri aigu à percer le cœur. Malgré cela, j'espère, et j'ai profité du temps pour arranger son petit trousseau.

C'est une robe de callemande d'Angleterre, qu'elle pourra porter simple juqu'à la fin des chaleurs, et qu'elle doublera pour son hiver, avec une autre de coton bleu qu'elle porte actuellement.

Quinze chemises garnies de maris, les uns en batiste, les autres en mousseline. Vers la mi-juin, je lui enverrai de quoi en faire six autres, d'une pièce de toile qu'on blanchit à Senlis.

Plusieurs jupons blancs, dont deux de moi, de basin, garnis en mousseline.

Deux justes pareils, que j'avais fait faire pour la plus jeune de mes filles, et qui se sont trouvés lui aller à merveille. Cela lui fera des habillements de toilette pour l'été.

Quelques corsets, tabliers et mouchoirs de cou.

Deux douzaines de mouchoirs de poche.

Plusieurs cornettes de nuit.

Six dormeuses de jour festonnées, avec huit paires de manchettes à un rang, et trois à deux rangs.

Six paires de bas de coton fins.

C'est tout ce que j'ai pu faire de mieux. Je lui portai cela le lendemain des fêtes, et je ne saurais vous dire avec quelle sensibilité elle le reçut. Elle regardait une chose, en essayait une autre, me prenait les mains et me les baisait. Mais elle ne put jamais retenir ses larmes, quand elle vit les justes de ma fille. « Eh ! lui dis-je, de quoi pleurez-vous ? Est-ce que vous ne l'avez pas toujours été ? — Il est vrai », me répondit-elle ; puis elle ajouta : « A présent que j'espère être heureuse, il me semble que j'aurais de la peine à mourir. Maman, est-ce que cette chaleur de côté ne se dissipera point ? Si l'on y mettait quelque chose ? » Je suis charmée, monsieur, que vous ne désapprouviez point mon projet, et que vous voyiez jour à le faire réussir. J'abandonne tout à votre prudence ; mais je crois devoir vous avertir que Mme la marquise de T*** part pour la campagne, que M. A*** est inaccessible et revêche, que le secrétaire, tout fier du titre d'académicien qu'il a obtenu après vingt ans de sollicitations, s'en retourne en Bretagne, et que dans trois ou quatre mois d'ici nous serons bien oubliés. Tout passe si vite d'intérêt dans ce pays ! On ne parle déjà plus guère de nous, bientôt on n'en parlera plus du tout.

Ne craignez pas qu'elle égare l'adresse que vous lui avez envoyée. Elle n'ouvre pas une fois ses Heures pour prier, sans la regarder ; elle oublierait plutôt son nom de Simonin que celui de M. Gassion. Je lui demandai si elle ne voulait pas écrire, elle me dit qu'elle vous avait commencé une longue lettre qui contiendrait tout ce qu'elle ne pourrait guère se dispenser de vous dire, si Dieu lui faisait la grâce de guérir et de vous voir ; mais qu'elle avait le pressentiment qu'elle ne vous verrait jamais. « Cela dure trop, maman, ajouta-t-elle, je ne profiterai ni de vos bontés ni des siennes : ou M. le marquis changera de sentiments, ou je n'en reviendrai pas. — Quelle folie ! lui dis-je. Savez-vous bien que si vous vous entretenez dans ces idées tristes, ce que vous craignez vous arrivera ? » Elle dit : « Que la volonté de Dieu soit faite. » Je la priai de me montrer ce qu'elle avait écrit ; j'en fus effrayée, c'est un volume, c'est un gros volume. « Voilà, lui dis-je, en colère, ce qui vous tue. » Elle me répondit : « Que voulez-vous que je fasse ? Ou je m'afflige, ou je m'ennuie. — Et quand avez-vous pu griffonner tout cela ? — Un peu dans un temps, un peu dans un autre. Que je vive ou que je meure, je veux qu'on sache tout ce que j'ai souffert... » Je lui ai défendu de continuer. Son médecin en a fait autant. Je vous prie, monsieur, de joindre votre autorité à mes prières ; elle vous regarde comme son cher maître, et il est sûr qu'elle vous obéira. Cependant comme je conçois que les heures sont bien longues pour elle, et

qu'il faut qu'elle s'occupe, ne fût-ce que pour l'empêcher d'écrire davantage, de rêver et de se chagriner, je
lui ai fait porter un tambour, et je lui ai proposé de
commencer une veste pour vous. Cela lui a plu
extrêmement, et elle s'est mise tout de suite à l'ouvrage. Dieu veuille qu'elle n'ait pas le temps de
l'achever ici ! Un mot, s'il vous plaît, qui lui défende
d'écrire et de trop travailler. J'avais résolu de retourner ce soir à Versailles ; mais j'ai de l'inquiétude : ce
commencement de pulsation me chiffonne, et je veux
être demain auprès d'elle lorsque son médecin revien-
dra. J'ai malheureusement quelque foi aux pressenti-
ments des malades ; ils se sentent. Quand je perdis
M. Madin, tous les médecins m'assuraient qu'il en
reviendrait ; il disait, lui, qu'il n'en reviendrait pas ; et
le pauvre homme ne disait que trop vrai. Je resterai, et
j'aurai l'honneur de vous écrire. S'il fallait que je la
perdisse, je crois que je ne m'en consolerais jamais.
Vous seriez trop heureux, vous, monsieur, de ne l'avoir
point vue. C'est à présent que les misérables qui l'ont
déterminée à s'enfuir sentent la perte qu'elles ont
faite ; mais il est trop tard.

J'ai l'honneur d'être avec des sentiments de respect
et de reconnaissance pour elle et pour moi, monsieur,
votre très humble etc.

Signé : Moreau-Madin.

A Paris. ce 13 avril 1760.

Réponse de M. le marquis de Croismare
à Mme Madin

Je partage, madame, avec une vraie sensibilité, votre
inquiétude sur la maladie de Mlle Simonin. Son état
infortuné m'avait toujours infiniment touché ; mais le
détail que vous avez eu la bonté de me faire de ses
qualités et de ses sentiments, me prévient tellement en
sa faveur, qu'il me serait impossible de n'y pas prendre
le plus vif intérêt. Ainsi, loin que je puisse changer de
sentiments à son égard, chargez-vous, je vous prie, de
lui répéter ceux que je vous ai marqués par mes lettres,
et qui ne souffriront aucune altération. J'ai cru qu'il
était prudent de ne lui point écrire, afin de lui ôter
toute occasion de faire une réponse. Il n'est pas
douteux que tout genre d'occupation lui est préjudicia-
ble dans son état d'infirmité ; et si j'avais quelque
pouvoir sur elle, je m'en servirais pour le lui interdire.
Je ne puis mieux m'adresser qu'à vous-même,
madame, pour lui faire connaître ce que je pense à cet
égard. Ce n'est pas que je ne fusse charmé de recevoir
de ses nouvelles par elle-même ; mais je ne pourrais
approuver en elle une action de pure bienséance, qui
pût contribuer au retardement de sa guérison. L'intérêt que vous y prenez, madame, me dispense de vous
prier encore une fois sur ce point. Soyez toujours
persuadée de ma sincère affection pour elle, et de
l'estime particulière, et de la considération véritable
avec laquelle j'ai l'honneur d'être, madame, votre très
humble etc.

Ce 25 avril 1760.

P.-S. — Incessamment j'écrirai à un de mes amis, à qui vous pourrez vous adresser pour Mme de T ***. Il se nomme M. G ***, secrétaire des commandements de M. le duc d'Orléans, et demeure rue Neuve-de-Luxembourg, près de la rue Saint-Honoré, à Paris. Je lui donnerai avis que vous prendrez la peine de passer chez lui, et lui marquerai que je vous ai d'extrêmes obligations, et que je ne désire rien tant que de vous en marquer ma reconnaissance. Il ne dîne pas ordinairement chez lui.

Lettre de Mme Madin
à M. le marquis de Croismare

Monsieur, combien j'ai souffert depuis que je n'ai eu l'honneur de vous écrire ! Je n'ai jamais pu prendre sur moi de vous faire part de ma peine, et j'espère que vous me saurez gré de n'avoir pas mis votre âme sensible à une épreuve aussi cruelle. Vous savez combien elle m'était chère. Imaginez, monsieur, que je l'aurai vue près de quinze jours de suite pencher vers sa fin, au milieu des douleurs les plus aiguës. Enfin, Dieu a pris, je crois, pitié d'elle et de moi. La pauvre malheureuse est encore, mais ce ne peut être pour longtemps. Ses forces sont épuisées ; à la vérité, ses douleurs sont tombées, mais le médecin dit que c'est tant pis ; elle ne parle presque plus, ses yeux ont peine à s'ouvrir. Il ne lui reste que sa patience, qui ne l'a point abandonnée. Si celle-là n'est pas sauvée, que deviendrons-nous ? L'espoir que j'avais de sa guérison a disparu tout à coup. Il s'était formé un abcès au côté,

qui faisait un progrès sourd depuis sa chute. Elle n'a
pas voulu souffrir qu'on l'ouvrît à temps, et quand elle
a pu s'y résoudre, il était trop tard. Elle sent arriver
son dernier moment ; elle m'éloigne ; et je vous avoue
que je ne suis pas en état de soutenir ce spectacle. Elle
fut administrée hier entre dix et onze heures du soir.
Ce fut elle qui le demanda. Après cette triste cérémonie, je restai seule à côté de son lit. Elle m'entendit
soupirer, elle chercha ma main, je la lui donnai ; elle la
prit, la porta contre ses lèvres, et m'attirant vers elle,
elle me dit, si bas que j'avais peine à l'entendre :
« Maman, encore une grâce.

— Laquelle, mon enfant ?

— Me bénir, et vous en aller. »

Elle ajouta : « M. le marquis... ne manquez pas de le
remercier. »

Ces paroles auront été ses dernières. J'ai donné des
ordres, et je me suis retirée chez une amie, où j'attends
de moment en moment. Il est une heure après minuit.
Peut-être avons-nous à présent une amie au ciel.

Je suis avec respect, monsieur, votre très humble etc.
          Signé : Moreau-Madin.

La lettre précédente est du 7 mai ; mais elle n'était
point datée.

Lettre de Mme Madin
à M. le marquis de Croismare

La chère enfant n'est plus ; ses peines sont finies ; et
les nôtres ont peut-être encore longtemps à durer. Elle

a passé de ce monde dans celui où nous sommes tous attendus, mercredi dernier, entre trois et quatre heures du matin. Comme sa vie avait été innocente, ses derniers moments ont été tranquilles, malgré tout ce qu'on a fait pour les troubler. Permettez que je vous remercie du tendre intérêt que vous avez pris à son sort ; c'est le seul devoir qui me reste à lui rendre. Voilà toutes les lettres dont vous nous avez honorées. J'avais gardé les unes, et j'ai trouvé les autres parmi des papiers qu'elle m'a remis quelques jours avant sa mort ; c'est, à ce qu'elle m'a dit, l'histoire de sa vie chez ses parents et dans les trois maisons religieuses où elle a demeuré, et ce qui s'est passé après sa sortie. Il n'y a pas d'apparence que je les lise sitôt ; je ne saurais rien voir de ce qui lui appartenait, rien même de ce que mon amitié lui avait destiné, sans ressentir une douleur profonde.

Si je suis assez heureuse, monsieur, pour vous être utile, je serai très flattée de votre souvenir.

Je suis, avec les sentiments de respect et de reconnaissance qu'on doit aux hommes miséricordieux et bienfaisants, monsieur, votre etc.

Signé : Moreau-Madin.

Ce 10 mai 1760.

*Lettre de M. le marquis de Croismare
à Mme Madin*

Je sais, madame, ce qu'il en coûte à un cœur sensible et bienfaisant de perdre l'objet de son attachement, et l'heureuse occasion de lui dispenser des faveurs si dignement acquises, et par l'infortune, et par les aimables qualités, telles qu'ont été celles de la chère demoiselle qui cause aujourd'hui vos regrets. Je les partage, madame, avec la plus tendre sensibilité. Vous l'avez connue, et c'est ce qui vous rend sa séparation si difficile à supporter. Sans avoir eu cet avantage, ses malheurs m'avaient vivement touché, et je goûtais par avance le plaisir de pouvoir contribuer à la tranquillité de ses jours. Si le ciel en a ordonné autrement, et voulu me priver de cette satisfaction tant désirée, je dois l'en bénir, mais je ne puis y être insensible. Vous avez du moins la consolation d'en avoir agi à son égard avec les sentiments les plus nobles et la conduite la plus généreuse. Je les ai admirés, et mon ambition eût été de vous imiter. Il ne me reste plus que le désir ardent d'avoir l'honneur de vous connaître, et de vous exprimer de vive voix combien j'ai été enchanté de votre grandeur d'âme, et avec quelle considération respectueuse j'ai l'honneur d'être, madame, votre très humble etc.

Ce 18 mai 1760.

P.-S. — Tout ce qui a rapport à la mémoire de notre infortunée m'est devenu extrêmement cher. Ne serait-ce point exiger de vous un trop grand sacrifice, que celui de me communiquer les mémoires et les notes qu'elle a faits de ses différents malheurs ? Je vous demande cette grâce, madame, avec d'autant plus de confiance, que vous m'aviez annoncé que je pouvais y avoir quelque droit. Je serai fidèle à vous les renvoyer, ainsi que toutes vos lettres, par la première occasion, si vous le jugez à propos. Vous auriez la bonté de me les adresser par le carrosse de voiture de Caen, qui loge *au*

Grand-Cerf, rue Saint-Denis, à Paris, et part tous les lundis.

Ainsi finit l'histoire de l'infortunée sœur Suzanne Saulier, dite Simonin dans son histoire et dans cette correspondance. Il est bien triste que les mémoires de sa vie n'aient pas été mis au net ; ils auraient formé une lecture intéressante. Après tout, M. le marquis de Croismare doit savoir gré à la perfidie de ses amis de lui avoir fourni une occasion de secourir l'infortune avec une noblesse, un intérêt, une simplicité vraiment dignes de lui : le rôle qu'il joue dans cette correspondance n'est pas le moins touchant du roman.

On nous blâmera, peut-être, d'avoir inhumainement hâté la fin de sœur Suzanne, mais ce parti était devenu nécessaire à cause des avis que nous reçûmes du château de Lasson, qu'on y meublait un appartement pour recevoir Mlle de Croismare, que son père allait retirer du couvent, où elle avait été depuis la mort de sa mère. Ces avis ajoutaient qu'on attendait de Paris une femme de chambre, qui devait en même temps jouer le rôle de gouvernante auprès de la jeune personne, et que M. de Croismare s'occupait à pourvoir d'ailleurs la bonne qui avait été jusqu'alors auprès de sa fille. Ces avis ne nous laissèrent pas le choix sur le parti qui nous restait à prendre ; et ni la jeunesse, ni la beauté, ni l'innocence de sœur Suzanne, ni son âme douce, sensible et tendre, capable de toucher les cœurs les moins enclins à la compassion, ne purent la sauver d'une mort inévitable. Mais comme nous avions tous pris les sentiments de Mme Madin pour cette intéressante créature, les regrets que nous causa sa mort ne furent guère moins vifs que ceux de son respectable protecteur.

S'il se trouve quelques contradictions légères entre ce récit et les mémoires, c'est que la plupart des lettres sont postérieures au roman, et l'on conviendra que s'il y eut jamais une préface utile, c'est celle qu'on vient de lire, et que c'est peut-être la seule dont il fallait renvoyer la lecture à la fin de l'ouvrage.

Question aux gens de lettres

M. Diderot, après avoir passé des matinées à composer des lettres bien écrites, bien pensées, bien pathétiques, bien romanesques, employait des journées à les gâter en supprimant, sur les conseils de sa femme et de ses associés en scélératesse, tout ce qu'elles avaient de saillant, d'exagéré, de contraire à l'extrême simplicité et à la dernière vraisemblance ; en sorte que si l'on eût ramassé dans la rue les premières, on eût dit : « Cela est beau, fort beau... » et que si l'on eût ramassé les dernières, on eût dit : « Cela est bien vrai... » Quelles sont les bonnes ? Sont-ce celles qui auraient peut-être obtenu l'admiration ? Ou celles qui devaient certainement produire l'illusion ?

Dossier

VIE DE DIDEROT

1713. *5 oct.* Naissance à Langres de Denis Diderot, aîné de trois enfants (une sœur née en 1715, Denise, et un frère, Didier-Pierre, en 1722).

1723. Entrée au collège des jésuites de Langres. Y recevra la tonsure en 1726.

1728. Quitte Langres et le collège pour entrer à Louis-Le-Grand à Paris, ou au collège d'Harcourt ?...

1732. *2 sept.* Reçoit de l'Université de Paris son diplôme de Maître ès Arts. Période de « vie de bohème » qui s'étend sur une dizaine d'années ; on en sait peu de choses : qu'il fut précepteur chez Randon de Massane, qu'il travailla dans l'étude du procureur Clément de Ris ; toujours à court d'argent, donna des leçons, écrivit des sermons pour des prédicateurs ; vécut d'expédients de toutes sortes, fréquenta les cafés et les lieux à la mode : le Procope, le café de la Régence, le Luxembourg, le Palais-Royal, les Tuileries.

1741. Rencontre Antoinette Champion, lingère.

1742. Se lie avec Rousseau.

1743. Se marie secrètement avec Antoinette Champion en l'église Saint-Pierre-aux-Bœufs, dans la Cité, le

6 novembre. Pour vivre et faire vivre sa femme, Diderot fait des traductions : il publie chez Briasson *L'Histoire de la Grèce* de Stanyan, traduite de l'anglais.

1744. Naissance d'une fille Antoinette, morte en bas âge. Se lie avec Condillac.

1745. Publie une traduction de l'*Essai sur le mérite et la vertu* de Shaftesbury. — Le libraire Le Breton ayant essayé de faire traduire l'*Encyclopédie des sciences et des arts* de Chambers (Londres 1727) et l'ayant jugée dépassée, demande à Diderot de continuer l'entreprise.

1746. Le 21 janvier le « Privilège » de l'Encyclopédie est scellé. Diderot est nommé principal éditeur par le chancelier d'Aguesseau. — Se lie avec d'Alembert. — Compose les *Pensées philosophiques* en trois jours, d'après Mme de Vaudreul ; l'ouvrage paraît presque aussitôt et est condamné le 7 juillet. — Ordination de Didier Diderot. — Liaison de Diderot avec Mme de Puiseux, femme d'un avocat au Parlement. — Entreprend avec Eydoux et Toussaint une traduction du *Dictionnaire de médecine* de James qu'il achèvera en 1748.

1747. Rédige la *Promenade du sceptique ou les allées* (publié en 1830), et *De la suffisance de la Religion naturelle* (publié en 1770).
20 juin. Lettre de Perrault, lieutenant de la Prévôté Générale des Monnaies au lieutenant de Police Berryer, dénonçant Diderot comme « très dangereux » sur le témoignage de Hardy de Levaré, curé de Saint-Médard ; perquisition au domicile du philosophe.

1748. Publication en Hollande des *Bijoux indiscrets* composé en quinze jours selon Mme de Vandeul pour subvenir aux dépenses de Mme de Puiseux. — Publie des *Mémoires sur différents sujets de mathématiques*. — Rédac-

tion de *L'oiseau blanc, conte bleu* (publié en 1798)
19 octobre. Mort de sa mère.

1749. *Début juin. Lettre sur les aveugles à l'usage de ceux
qui voient*; le 11 il écrit à Voltaire au sujet de cet
ouvrage.
24 juillet. Diderot est arrêté et emprisonné à Vincennes.
21 août. Est mis en résidence surveillée et peut quitter sa
cellule.
Septembre. Intervention des libraires qui demandent au
comte d'Argenson « de vouloir bien s'intéresser à l'entreprise la plus belle et la plus utile qui ait été jamais faite en
librairie. » Lettre de Diderot lui-même à Berryer pour
demander sa mise en liberté.
Octobre. Visite de Rousseau (illumination de Vincennes).
21 octobre. D'Argenson obtient du roi son « élargisse-
ment ».
3 novembre. Diderot quitte Vincennes.

1750. Achèvement des premiers articles de l'Encyclopédie.
18 juillet. Rousseau obtient le prix de l'Académie de
Dijon.
Octobre. Lancement du *Prospectus* de l'Encyclopédie
(daté de 1751); les souscriptions affluent. Amitié avec
Grimm qui l'introduit chez Mme d'Épinay et chez le
baron d'Holbach. A propos des articles pour l'Encyclopé-
die, réflexions sur le Beau : « Traité du Beau »,
« Recherche philosophique sur l'origine et la nature du
Beau », seront imprimés à part.

1751. En janvier, le Journal de Trévoux (fondé par les
jésuites pour combattre l'école philosophique) publie un
passage du *Prospectus.* Diderot écrit deux lettres au R. P.
Berthier, directeur du Journal. — Publication de la *Lettre
sur les sourds et les muets à l'usage de ceux qui
entendent et qui parlent.* — Condamnation en Sorbonne
de la thèse de l'abbé de Prades (chargé des articles de

théologie dans l'Encyclopédie). On accusait Diderot d'en être l'auteur. — Diderot est élu à l'Académie de Berlin. *1ᵉʳ juillet.* Parution du tome I de l'Encyclopédie, contenant le *Discours préliminaire* de d'Alembert qui faisait un tableau du progrès de l'esprit humain et une classification des sciences. — Complots, intrigues. Décision selon laquelle tout article de l'Encyclopédie devra recevoir l'imprimatur théologique.

1752. *Janvier.* Tome II de l'Encyclopédie. Malesherbes favorable aux encyclopédistes veut, pour éviter le pire, faire remplacer les articles suspects. Sa décision est prise trop tard car ceux-ci sont déjà connus.
7 février. Arrêt du Conseil du Roi qui ordonne la suppression des deux premiers volumes.
Mai. Après interventions, notamment du comte d'Argenson et de Mᵐᵉ de Pompadour, suppression tacite de l'arrêt. Diderot qui avait quitté Paris et mis ses papiers en sûreté chez Malesherbes, va pouvoir se remettre au travail. Voltaire conseille à Diderot d'aller à Berlin terminer l'Encyclopédie. — Publie : *Observation sur l'instruction pastorale de Mgr l'Évêque d'Auxerre* (3ᵉ partie de l'*Apologie de Monsieur l'abbé de Prades*).

1753. *2 septembre.* Naissance de sa fille Marie-Angélique baptisée à Saint-Étienne-du-Mont (selon Mᵐᵉ de Vandeul il aurait eu auparavant trois enfants morts en bas âge).
Novembre. Tome III de l'Encyclopédie avec une préface de d'Alembert. En fin d'année, novembre probablement, une première édition de : *De l'interprétation de la nature* (suivie en janvier 1754 d'une 2ᵉ édition remaniée).

1754. Voyage à Langres pour parrainage. Publication du tome IV de l'Encyclopédie. Nouvelles attaques des jésuites, de Fréron (directeur de l'*Année littéraire*), etc. Diderot veut renoncer.

1755. *Février.* Funérailles de Montesquieu, Diderot y
assiste. — Publie : *l'Histoire et le secret de la peinture en
cire.* — Tome V de l'Encyclopédie (avec le fameux article
« Encyclopédie » rédigé par Diderot). Nouvelles attaques. — Début des relations avec Sophie Volland.

1756. *29 juin.* Lettre de Diderot à Landois. — Tome VI de
l'Encyclopédie.

1757. *7 janvier.* Attentat de Damiens (on décide de prendre
des mesures sévères contre l'impression et la vente des
ouvrages clandestins). — *Le Fils naturel ou les épreuves
de la vertu. Entretiens sur le fils naturel : Dorval et moi.*
Palissot publie ses *Petites lettres contre de grands
philosophes.* Parution de *l'Avis utile et le Nouveau
mémoire pour servir à l'Histoire des Cacouacs* (surnom
des philosophes).
Mars. Dispute Rousseau-Diderot (« il n'y a que le
méchant qui soit seul », avait écrit Diderot). Il collabore
à la *Correspondance littéraire* de Grimm.
Novembre. Tome VII de l'Encyclopédie (contenant l'article de d'Alembert sur Genève). Déchaînement des attaques.

1758. *Le Père de famille* (joué à Paris en 1761, à Marseille
en 1760). *Discours sur la poésie dramatique.*
Janvier. D'Alembert décide d'abandonner l'Encyclopédie.
Février. Genève riposte à l'article de d'Alembert paru en
1757 dans le tome VII de l'Encyclopédie : *Déclaration
des principes* par les pasteurs de la ville.
Mars. Rousseau quitte l'Encyclopédie ainsi que Marmon-
tel et Duclos.
Octobre. Publication de la *Lettre sur les spectacles* de
Rousseau.

1759. *6 février.* Le parlement de Paris condamne *De l'Esprit* d'Helvétius qui avait été mis en vente en juillet 1758, *l'Encyclopédie, les Étrennes des esprits forts* (nouvelle édition des *Pensées philosophiques*).

8 mars. Arrêt du Conseil du Roi révoquant le privilège de l'Encyclopédie.

4 juin. Mort du père de Diderot.

27 juillet. Va à Langres et revient à Paris le 17 août.

Novembre. Dans la *Correspondance littéraire* de Grimm paraît le *1er Salon* de Diderot. Les huit autres paraîtront également dans la *Correspondance littéraire* et seront publiés à des dates diverses.

1760. *La Religieuse* (publiée en 1796).

2 mai. Les Philosophes de Palissot, première représentation de la pièce. Fréron accuse les encyclopédistes d'avoir dérobé les planches à Réaumur. Diderot en appelle à l'Académie des Sciences qui réduit l'accusation à néant.

Fin nov. Le Père de famille est joué à Marseille. *Le Joueur* (publié en 1819), drame imité de l'anglais, d'après Edward Moore.

1761. *18 fév. Le Père de famille* est représenté pour la première fois à Paris. — *2e Salon* (qui sera publié en 1819). — *Éloge de Richardson.*

1762. Parution du premier volume de planches.

6 août. Condamnation des jésuites par arrêt du parlement. — Diderot est invité par Catherine II à aller terminer l'Encyclopédie en Russie s'il le désire. — Rédaction des *Additions aux Pensées philosophiques.* — *Réflexions sur Térence.* — Rédaction probable du *Neveu de Rameau*, remanié entre 1772 et 1779. La traduction de Goethe paraîtra en 1805, l'édition Brière en 1823, le manuscrit original découvert et publié par Monval en 1891.

1763. *3e Salon* publié en 1857.

1764. *La Dunciade* de Palissot. — Rupture de Diderot et du

libraire Le Breton : Diderot l'accuse d'avoir censuré l'Encyclopédie.

1765. Diderot vend sa bibliothèque à Catherine II contre 15 000 livres et une pension de 300 pistoles. — *4ᵉ Salon* publié en 1795. — *Essai sur la peinture* publié en 1796. — Entre 1765 et 1769, lettres à Mᴵˡᵉ Judin qui seront publiées en 1821. — Condamnation de l'Encyclopédie par le clergé.

1766. Les souscripteurs de l'Encyclopédie sont avisés que les tomes VIII et XVII sont achevés et édités à « Neuchâtel ». — Entre 1766 et 1773 lettres à Falconet.

1767. *5ᵉ Salon* publié en 1798. — *Lettre historique et politique sur le commerce de la librairie* publié en 1861.

1769. Rédaction des *Regrets sur ma vieille robe de chambre* publiés en 1772. — *Entretien entre d'Alembert et Diderot.* — *Le Rêve de d'Alembert.* — *Suite de l'entretien,* parus en 1830. — *6ᵉ Salon.*

1770. Après un voyage, rédige le *Voyage à Bourbonne et à Langres,* publié en 1831. — *Les deux amis de Bourbonne,* publié en 1773. — *L'Entretien d'un père avec ses enfants,* publié en 1773 à Zurich. — *Les observations sur Garrick ou les acteurs anglais,* parues dans la *Correspondance littéraire* de Grimm, il s'agissait d'une ébauche du *Paradoxe sur le comédien.*

1771. Rédaction probable de : *La Pièce et le Prologue* (publié en 1821), ce texte remanié fut achevé en 1781 sous le titre *Est-il bon ? Est-il méchant ?* (publié en 1834). — *7ᵉ Salon.* — Représentation du *Fils naturel* au Théâtre-Français.

1772. *Ceci n'est pas un conte* publié en 1773 dans la *Correspondance littéraire* (avril). — Rédaction probable du *Supplément au voyage de Bougainville* (ou dialogue entre A et B sur l'inconvénient d'attacher des idées

morales à certaines actions physiques qui n'en compor-
tent pas). — *Sur les femmes.* — *Sur l'inconséquence du
jugement public*, publié en 1798. — Collaboration à
l'Histoire des deux Indes de l'abbé Raynal. — Mariage
d'Angélique Diderot et d'Abel-François-Nicolas Caroil-
lon de Vandeul (9 septembre). — La révision des
planches s'achève. — Première édition en six volumes à
Amsterdam des œuvres de Diderot.

1773. Rédaction de *Jacques le Fataliste*, publié en 1796. —
Rédaction du *Paradoxe sur le comédien*, remanié en
1778 (publié en 1830). — Voyage à Bruxelles et à La
Haye. Y prépare la *Réfutation de l'ouvrage d'Helvétius
intitulé l'Homme* (ouvrage posthume) ; *la Réfutation* de
Diderot ne sera publiée qu'en 1875. — Diderot arrive à
Saint-Pétersbourg le 8 octobre. — Suppression de la
compagnie de Jésus par le Pape Clément IV.

1774. *5 mars.* Départ de Saint-Pétersbourg. Est à La Haye
au début d'avril. Rédaction du *Voyage de Hollande*,
publié en 1819. Rédige peut-être aussi les *Éléments de
physiologie* (publiés en 1875).

1775. *8ᵉ Salon* ; publié en 1857. Cette année et l'année
suivante rédaction probable de l'*Essai sur les études en
Russie* et du *Plan d'une Université pour le gouvernement
de Russie*, publiés en 1813-14 et 1875.

1776. *Entretien d'un philosophe avec la Maréchale de****
dans la *Correspondance secrète* de Métra.

1778. *30 mai.* Mort de Voltaire.
2 juillet. Mort de Rousseau.
Remanie le *Paradoxe sur le comédien* écrit en 1773 et
qui sera publié en 1796. — Publication de l'*Essai sur la
vie de Sénèque le philosophe, sur ses écrits et sur les
règnes de Claude et de Néron.*

1780. Un buste de Diderot fait par Houdon pour le Salon de

1773 est donné par le philosophe à la ville de Langres, ainsi qu'un exemplaire de l'Encyclopédie.

1781. *9ᵉ Salon*, publié en 1857. *Est-il bon ? Est-il méchant ?* publié en 1834. (Remaniement de *La Pièce et le prologue*, écrit en 1771.)

1782. 2ᵉ édition remaniée de l'*Essai sur les règnes de Claude et de Néron*.

1783. *15 avril.* Mort de Mᵐᵉ d'Épinay.
29 octobre. Mort de d'Alembert.

1784. *22 février.* Mort de Sophie Volland qui lègue à Diderot une bague et une édition des *Essais* de Montaigne.
31 juillet. Mort de Denis Diderot qui est enterré le 1ᵉʳ août à Saint-Roch.

NOTICE SUR LE TEXTE
DE *LA RELIGIEUSE*
ET SUR LA PRÉSENTE ÉDITION

La Religieuse a été publiée pour la première fois en 1796, c'est-à-dire douze ans après la mort de Diderot, par le libraire Buisson. Le texte de cette première édition était celui d'une copie manuscrite venue de Prusse, établie elle-même d'après la *Correspondance littéraire*, qui avait publié en feuilleton, entre 1780 et 1782, le roman de Diderot. Il a été repris par l'édition des *Œuvres complètes* de Diderot, par Assézat-Tourneux et, pour autant que nous puissions en juger, par toutes les éditions séparées de *La Religieuse*.

Ce texte traditionnel doit nous inspirer plusieurs inquiétudes : dans quelle mesure la copie venue de Prusse était-elle matériellement fidèle au texte publié dans la *Correspondance littéraire*, et dans quelle mesure celle-ci reproduisait-elle exactement le manuscrit remis par Diderot à Meister en 1780 ? D'autre part, le texte de *La Religieuse* n'a-t-il pas été corrigé après la mort de Diderot ? Tant que ces questions resteront sans réponse, le texte de la tradition imprimée demeurera nécessairement suspect.

Un texte imprimé, pourtant, diffère sur certains

points, de l'édition originale : c'est celui que Naigeon a publié, dans son édition des œuvres complètes de Diderot, en 1798. Il a sans doute été établi
à l'aide d'un manuscrit postérieur à celui de 1780,
que Diderot avait remis à Naigeon quelques mois
avant sa mort. Sans avoir aucune certitude, nous
inclinons à croire que l'édition Naigeon nous offre
le meilleur texte imprimé de *La Religieuse*. Seule
une édition critique permettra de justifier ou
d'infirmer cette hypothèse. Pour l'instant, les seules
certitudes nous viennent de l'inestimable découverte, par M. Herbert Dieckmann, des manuscrits
du fonds Vandeul[1]. On y trouve en effet trois
manuscrits de *La Religieuse*, dont le manuscrit
autographe. Surchargé de corrections et de ratures,
le texte autographe a été transcrit et mis au net par
un copiste. Diderot a relu la copie et lui a apporté,
de sa propre main, un certain nombre de retouches.
Cette révision a dû se faire, comme le pense
M. Dieckmann, vers 1780, c'est-à-dire vingt ans
après la rédaction de la version originale, au
moment où Diderot eut à mettre son texte au point
pour le publier dans la *Correspondance littéraire*.
Enfin le fonds Vandeul contient une seconde copie,
sans doute postérieure à la précédente, écrite entièrement d'une main étrangère, et ne comportant
aucune correction autographe.

　　Les trois manuscrits Vandeul — précisons-le tout
de suite — ne nous révèlent pas *une autre* version
de *La Religieuse* que celle transmise par la tradition
imprimée. Ils ne nous donnent même pas le texte
définitif. Mais ils nous offrent un texte *pur*, dont

---

1. On se reportera à l'ouvrage indispensable qu'est l'*Inventaire
du fonds Vandeul et Inédits de Diderot*. Genève. Droz. 1951.

nous pouvons faire porter la responsabilité entière à Diderot, du moins en ce qui concerne le manuscrit autographe et la première copie, et si l'on fait exception de quelques corrections au crayon, qui ne sont pas de l'auteur.

La confrontation des manuscrits du fonds Vandeul permet surtout de reconstituer la genèse de l'œuvre et d'étudier les retouches successives de Diderot. Cette confrontation pourrait être, en particulier, le fondement de toute une étude sur Diderot styliste.

Encore faut-il préciser, au moins approximativement, les rapports entre les trois manuscrits et établir à coup sûr leur succession chronologique. En désignant par A le manuscrit autographe, par B la copie avec retouches autographes et par C la seconde copie, on peut proposer le schéma suivant, établi selon les conclusions de M. Dieckmann :

1) Première rédaction par Diderot de A (1760).

2) Correction de A par Diderot.

3) Copie et mise au net de A corrigé → Manuscrit B.

4) Correction de B par Diderot.

5) Corrections de B reportées sur A par Meister.

6) *Nouvelles corrections de B par Diderot* (1780). On est conduit à supposer que les corrections autographes de la copie ont été faites en deux temps, car seulement une partie de ces corrections ont été reportées sur A.

7) Corrections de B incorporées à la copie C. (Entre les parties non corrigées de B et C, il y a des divergences.)

8) Corrections de C par le copiste, qui a révisé ses propres erreurs.

9) Corrections de C par M. de Vandeul.

Le texte de la tradition imprimée n'offrant aucune garantie, pour les raisons que nous avons exposées, il nous restait à choisir, comme texte de base de la présente édition, l'un des états du texte attestés par les manuscrits Vandeul. Plus précisément, nous devions retenir le dernier état du texte de *La Religieuse* qui soit sûrement et intégralement imputable à Diderot. On voit immédiatement que le n° 6 de notre schéma répond à cette double condition. Le texte B a été longuement travaillé, puisqu'il est l'aboutissement de plusieurs révisions successives ; il a derrière lui toute une histoire, qui nous demeure obscure, mais dont nous constatons les fruits. En outre, il est du Diderot tout pur, puisqu'il a été entièrement revu par lui et corrigé de sa main (nous mettons à part, encore une fois, les quelques corrections au crayon dont nous n'avons pas tenu compte). Bien entendu, nous ne prétendons pas que B représente l'état définitif du texte : Diderot a eu encore le temps, avant sa mort, de retoucher son œuvre, et nous avons l'impression que l'édition Naigeon et la tradition imprimée nous offrent souvent un texte plus « achevé ». Mais qui nous assure que les retouches postérieures à B sont bien de Diderot et de lui seul ?

Répétons aussi que le manuscrit B ne fait pas apparaître un nouveau texte de *La Religieuse*. Il est même probable que la copie remise à Meister et la copie retouchée du fonds Vandeul ne soient qu'un seul et même texte. Seulement entre le manuscrit donné à Meister en 1780 et le texte imprimé en 1796, bien des altérations ont eu le temps de se glisser. Quand B ne serait donc que le double (ou plutôt l'original puisqu'il contient les corrections

autographes) de la copie ayant été à l'origine de
la publication, il serait encore infiniment pré-
cieux.

Levé de toute suspicion quant à son authenticité,
le texte du manuscrit B, que nous publions, permettra de redresser un certain nombre de lacunes,
d'absurdités, et même de sottises, qui défigurent le
texte de *La Religieuse* pieusement conservé par tous
les éditeurs, depuis 1796.

Nous relevons dans notre choix de variantes, les
plus importants de ces non-sens traditionnels.

Il faut reconnaître que B comporte quelques
lacunes par rapport au manuscrit autographe. Le
copiste a certainement commis des oublis, qui ont
échappé à Diderot au moment de la relecture. Nous
n'avons pas réparé ces oublis dans le texte même,
que nous n'avons pas voulu composite, mais nous
les avons signalés dans le choix de variantes.
D'ailleurs, en toute rigueur, un doute pourrait
subsister : Diderot n'aurait-il pas décidé lui-même
certaines suppressions, à une étape du texte qui
nous serait inconnue et qui prendrait place entre A
et B ?

Nous donnons à la suite de notre texte un très
abondant choix de variantes empruntées à A et à B.
Pour certains passages, ces variantes nous permettent de reconstituer la genèse du texte, dont elles
nous offrent deux ou trois états successifs. Notre
propos n'était pas de faire une édition critique,
travail qui sera désormais facilité grâce à la récente
publication par Jean Parrish des différentes copies
du manuscrit [1]. Notre choix de variantes est cependant assez divers et assez copieux pour permettre

---

1. *Studies on Voltaire and the 18th Century*, tome XXII.

une étude détaillée de l'élaboration du style dans
La Religieuse. On ne peut guère prétendre, en effet,
que la conception de l'œuvre se modifie profondément au cours des révisions successives : les
retouches de l'auteur, à quelques rares exceptions
près, n'ont d'autre valeur qu'esthétique et littéraire.
Nous n'avons pas donné de variantes pour le texte
de la préface-annexe, puisque ce travail a été fait,
exhaustivement, par M. Dieckmann.

Dans le choix des variantes, nous nous sommes
gardé de ne retenir que les plus intéressantes. Un tel
choix aurait faussé les perspectives, puisqu'il est
justement significatif que les corrections de Diderot
portent très souvent sur des détails de style assez
anodins. C'est donc avant tout un principe de
diversité qui nous a inspiré. En outre, nous avons
dû faire la part des difficultés de déchiffrement.
Certaines des leçons biffées dans le manuscrit
autographe, certains passages considérablement
altérés de ce manuscrit nous ont réduit, nous
l'avouons, à une quasi-impuissance. Pour établir
une édition critique, il faudra évidemment tout
tenter afin de reconstituer ces leçons et ces passages. M. Dieckmann y est déjà parvenu pour le
texte de la « Préface-annexe » qu'il a publié dans
les *Diderot Studies*. Notre dessein, beaucoup plus
modeste, ne nous imposait pas cet effort. En ce qui
concerne la copie manuscrite B, qui est d'une
calligraphie fort nette, aucun problème de déchiffrement ne se posait (d'ailleurs les variantes de la
copie sont beaucoup moins nombreuses que celles
de l'original). Pratiquement, nous avons retenu la
quasi-totalité des variantes de B. Pour le manuscrit
autographe, notre choix est sensiblement plus res-
treint et aussi plus arbitraire, dans la mesure où il a

été quelquefois limité par les difficultés de lectures que nous venons d'évoquer.

Nous n'avons pas cru devoir reproduire fidèlement la ponctuation de B qui n'a qu'une valeur relative, et dont la responsabilité incombe au moins autant au copiste qu'à Diderot. Mais la ponctuation traditionnelle des éditions n'a pas de justification plus légitime, puisqu'elle est celle de l'imprimeur de 1796.

Nous donnons donc une ponctuation nouvelle, moderne dans son ensemble, mais qui suit la ponctuation du manuscrit, chaque fois que le sens l'exige, et celle de la tradition imprimée lorsque cela nous a paru possible sans altérer le sens du manuscrit et sans trop choquer les conventions actuelles, puisque aussi bien il fallait offrir un texte lisible.

R. M.

CHOIX DE VARIANTES

Page 45.

— *qu'il s'intéresse à mon sort.* Tout ce développement sur le marquis de Croismare est porté en addition sur le manuscrit autographe.

Page 46.

— *pour les établir toutes trois avec avantage*
— *et il s'en manque bien que je puisse dire que cela fut ainsi.*
— *et il semblait qu'ils en fussent fâchés tous les deux*
— Toute la phrase est extrêmement raturée sur le manuscrit autographe. Au lieu de *j'ai désiré de leur ressembler*, on lit comme première rédaction *j'ai désiré de changer avec elles.*
— *S'il arrivait qu'on leur dît*
— *les éloges qu'on me donnait*
— Le manuscrit autographe et la tradition imprimée donnent *seules.*
— *m'avaient donné de préférence*

Page 47.

— *une si grande bizarrerie*
— *une raison qui excuserait mon père*

— *un homme qu'elle avait trop aimé*

— *Mais quand toutes ces idées seraient fausses*

— La première version, difficilement déchiffrable sur le manuscrit autographe, énumérait les qualités du jeune prétendant.

— Diderot a écrit successivement : 1) *je m'aperçus qu'il me distinguait et que je devenais l'objet de ses assiduités :* 2) *je m'aperçus qu'il me distinguait et qu'elle ne serait incessamment que le prétexte de ses assiduités.* Le texte de la tradition imprimée donne *bientôt je m'aperçus qu'il me distinguait et je devinai qu'elle ne serait incessamment...* La leçon de B est confirmée par l'édition Naigeon.

— Diderot avait d'abord écrit *attentions marquées.* La tradition imprimée donne *cette préférence.*

Page 48.

— Au lieu de *accordée,* la tradition imprimée donne *mariée,* qui figurait dans le manuscrit autographe avant d'avoir été barré.

— Le texte de la copie manuscrite est moins dramatique que celui de la tradition imprimée, qui attribue à la première sœur *le plus mauvais* ménage et dit seulement, de la seconde, qu'elle *vit assez bien* avec son mari. Quant au manuscrit autographe, il portait d'abord, dans le premier cas, *le plus mauvais ménage du monde.*

— *et que j'allais sortir du couvent*

— *J'avais alors dix-neuf ans.* On verra qu'à plusieurs reprises Diderot a hésité sur l'âge de sa religieuse.

— Diderot avait d'abord écrit plus familièrement *et j'arrangeais tout plein de choses dans ma tête.*

— *Je me récriai beaucoup sur cette proposition*

— *et je lui déclarai pertinemment*

— On devine, dans le manuscrit autographe, une première version raturée : *et tout ce qu'ils peuvent faire pour vous, c'est de payer votre dot.*

— *Voyez, mademoiselle*

— La première rédaction était plus cynique : et *là vous attendrez la mort de vos parents.*

— Les plaintes de l'héroïne s'accompagnaient d'abord de démonstrations un peu théâtrales. Diderot avait écrit comme premier jet : *je me plaignis, je tordis mes bras et me jetai à terre, je versai un torrent de larmes.*

Page 49.

— Ici, au contraire, ce sont les dernières retouches qui accentuent le pathétique par les interjections et surtout l'intensité des mots. Voici en effet l'état antérieur de la phrase : *Je pensai lui dire, en me jetant entre ses bras :* « *Madame! plût à Dieu!...* » *Je me contentai de lui répondre :* « *Je n'ai plus de père, ni de mère; je suis une malheureuse qu'on a oubliée et qu'on veut enfermer ici toute vive.* »

— *elle me plaignit; elle m'embrassa*

— *pour lequel je ne me sentais nullement pressée*

— *elle me communiqua toutes les lettres*

— *elle vint me l'annoncer*

— *avec la tristesse la plus vive et la mieux étudiée*

— *de douleur*

— *Laisser parler.*

— *je criais*

Page 50.

— *vous savez garder un secret*

— *je ne voudrais pas pour toute chose au monde qu'on eût un reproche à me faire.*

— *mes répugnances, ma peine, ma douleur, mes protestations*

— *je vis mon père et ma mère dans cet intervalle.*

— *se dérober sous moi*

Page 51.

— de m'unir

— *Mes compagnes s'assemblaient autour de moi, elles m'embrassaient*

— *Comme ce voile noir relève la blancheur de son teint :* noir a été ajouté, puis retranché par Diderot.

— *lui va bien*

— *fait sortir sa taille et ses bras*

— *et j'allais à mon petit miroir voir ce qui en était*

— *fausses*

— *vous baissez trop la tête.*

Page 52.

— *j'ai vu cela plus d'une fois.*

— *on m'a fait lire tout ce que les religieux ont dit de leur* état

— *qu'ils déchirent* a été ajouté dans le manuscrit autographe.

— Voici les trois états successifs de la phrase :

1) *C'est elle qui épaissit la nuit, qui vous endort, qui vous fascine* (1re rédaction du manuscrit autographe).

2) *C'est elle qui épaissit les ténèbres qui vous environnent, qui vous berce, qui vous endort en vous séduisant, qui vous fascine* (2e rédaction du manuscrit autographe).

3) *C'est elle qui épaissit les ténèbres qui vous environnent, qui vous berce, qui vous endort, qui vous en impose, qui vous fascine* (correction autographe de la copie manuscrite).

— *Si j'avais toussé*

Page 53.

— Diderot a écrit successivement *ces sortes de disgrâces, ces humiliantes disgrâces, ces humiliantes aventures.*

— *souhaits*

— *je sentis mes répugnances s'accroître*

— *J'allais les porter*
— *du tourment que vous leur donnez*
— *qu'elles s'amusent beaucoup*
— *qu'elles font*
— La description des fureurs de la religieuse en démence a été ajoutée en marge dans le manuscrit autographe. Et les corrections successives de Diderot n'ont tendu qu'à l'aggraver. C'est ainsi que la malheureuse ne *traînait* d'abord, au lieu de *chaînes de fer*, que *des bouts de cordes brisées*, et qu'elle ne se frappait que de ses *mains*, non de ses *poings*.

Page 54.

— *que depuis elle avait été sujette*
— *relâchée*
— *Elle avait à la main une lettre*
— *les bras lui tombaient :* ajouté dans le manuscrit autographe.
— *porter*

Page 55.

— *elle me regardait... dans ses yeux :* ajouté dans le manuscrit autographe.
— *j'en eus envie*
— *je ne lui répondis que non, ma chère mère.*
— *elle la cachait en partie*
— *cette lettre*
— *je lui parlai*
— *j'avais différents tons, différentes voix*
— *Madame, répondis-je, vous le savez.*

Page 56.

— *on a fait des dépenses*
— *vous avez fait concevoir des espérances*

— *on a répandu dans le monde que vous feriez inces-samment profession.*
— *nous conduit*
— *d'avoir fait le malheur de personne*
— *Voyons, arrangeons...*
— *sa réponse*

Page 57.

— *sans cesse*
— *Cependant on me renferma*
— *qu'on méditait de me faire*

Page 58.

— *appelée*
— *n'en avait jamais eu une douée d'une vocation aussi bien caractérisée*
— *efforts*
— *C'était une chose assez singulière*
— *Il y a beaucoup de choses dans la religion comme cela*
— *du diable*
— *Le même mal...* : la phrase a été ajoutée en marge dans le manuscrit autographe.
— *avec beaucoup de discrétion*

Page 59.

— *de Sorbonne*
— *se ferait discrètement*
— *peu de monde*
— *qu'à quelques parents*
— *des environs*
— *à quelques personnes de ce monde*
— *que la nuit qui précéda fut terrible pour moi*
— *un frisson général* : la tradition imprimée supprime *général*, qui figure déjà à la ligne précédente. En relisant

la copie manuscrite du fonds Vandeul, Diderot a laissé la répétition lui échapper.
— *se frappaient*
— *se battaient*

Page 60.

— La tradition imprimée porte : *Le matin je me trouvai dans ma cellule, mon lit environné de la supérieure...* Dans la copie manuscrite, cette leçon se trouve barrée de la main de Diderot et remplacée par celle que nous donnons, et qui est confirmée par l'édition Naigeon.
— *de ce que j'avais fait*
— *Le bon père*
— *Enfin* dans la tradition imprimée. Mais Naigeon donne aussi *Cependant.*
— *s'approcher de l'autel*

Page 61.

— *fille*
— *l'Évêque*
— *Anne-Angélique* : c'est le premier nom porté par l'héroïne dans le manuscrit autographe.
— *Anne-Angélique*
— *Monseigneur*
— *Anne-Angélique*
— *Monseigneur*
— Par une curieuse inconséquence, la tradition imprimée maintient ici *Monseigneur*, pourtant barré et remplacé par *Monsieur*, ainsi que dans les deux réponses précédentes. Le *Monseigneur* n'avait d'ailleurs de sens que dans la version du manuscrit autographe où l'officiant était un évêque : mais il perd cette dignité dans la copie manuscrite. Ajoutons que l'édition Naigeon porte bien *Monsieur*.

Page 62.

— *Je demeurai enfermée*
— *sans rien dire*
— Confirmé par Naigeon. Mais la tradition imprimée donne *on m'apporta.*

Page 63.

— *je ne lui disais rien*
— *Elle me repoussa durement sans parler.*
— *violemment*
— *que j'évitais de la regarder*
— *et son linge* ajouté dans le manuscrit autographe.
— *je voulais l'arrêter par sa robe*
— *de tourner la tête*
— *un mouvement d'indignation de la bouche et des yeux*

Page 64.

— *de confirmer mes soupçons sur ma naissance*
— *et d'associer un enfant à ceux qu'elle avait eus légitimement*
— 1) *se tourne presque en certitude* 2) *va se tourner presque en certitude*
— *depuis cinq ans*
— *plaignez-la* ajouté dans le manuscrit autographe.

Page 65.

— *plaignez vos parents*
— La phrase est très raturée dans le manuscrit autographe. On lit : *je la prierai... je tâcherai de faire quelque chose pour vous.* Dans la copie, *ascendant* s'est substitué à *autorité.*
— *Au bout de deux à trois jours*
— *dit*
— *dit*
— *Jeanneton resta dans sa chambre et moi je passai*

dans son cabinet (1ʳᵉ version). — *Jeanneton resta à la porte et moi j'entrai dans le parloir* (2ᵉ version).

— *Je m'assis et j'attendis ce qu'il allait me dire.*

— La tradition imprimée donne *énigme.* La copie du fonds Vandeul porte bien *apologie,* mais le mot a été rayé au crayon par une main qui n'est pas celle de Diderot et remplacé par *énigme* (que l'on retrouve dans la seconde copie du fonds Vandeul).

— Quatre états successifs de la phrase :

1) *le contraste de la conduite de vos parents et de la sévérité de leur caractère*

2) *l'apologie de la conduite de vos parents et de la sévérité de leur caractère*

3) *l'apologie de la conduite sévère de vos parents* (notre texte, qui suit la leçon de B).

4) *l'énigme de la conduite sévère de vos parents* (texte de la tradition imprimée : *énigme* a été rajouté dans B, par un autre que Diderot. Naigeon donne aussi *énigme*).

— *apprendre*

Page 66.

— *apprendre*
— *associer*
— *une faute en laquelle*

Page 67.

— Phrase ajoutée dans le manuscrit autographe.
— *comptez*
— *un liard*
— 1) *ce sont pour elles un prétexte...* — 2) *ce sera pour elles un prétexte...*
— La phrase, telle que nous la lisons ici, n'est nullement satisfaisante pour le sens. De toute évidence, le Père entend déplorer les deux injustices contraires qu'il a constatées dans les familles : ou des enfants légitimes

abandonnés, ou des enfants naturels favorisés aux dépens des légitimes. La lecture des manuscrits semble confirmer notre interprétation. Dans la copie B, on lit bien : *ou des enfants abandonnés, ou des enfants (même légitimes) secourus...* Mais *même légitimes* a été ajouté après coup par Diderot, et l'on peut supposer qu'il s'est trompé en plaçant l'addition à un mauvais endroit. L'erreur présumée est en tout cas corrigée dans le manuscrit autographe, où les mots *même légitimes* ont été barrés à la place où nous venons de les lire et reportés dans le premier membre de la phrase, ce qui donne : *ou des enfants abandonnés même légitimes ou des enfants secourus...* Quant à la copie C, elle conserve la même idée, mais en l'exprimant de façon inverse : *ou des enfants abandonnés, ou des enfants illégitimes secourus...*

— *accommoderez.*

Page 68.

— *apparent* ajouté dans A.
— A portait d'abord : *un peu suspecte*
— *ce que je venais d'apprendre*
— *de dix-neuf à vingt ans*, première version de A.

Page 69.

— *je me proposai*
— *si vous ne voulez pas*
— Dans la première version de A, l'héroïne s'adressait à sa mère en l'appelant *Madame.*
— *éclairée*
je suis instruite.

Page 70.

— *madame*
— *mon père et vous*

Page 71.

— *pour que j'expiasse pour vous*
— 1) *de ma faute* — 2) *d'une infidélité* — 3) *d'une faiblesse*
— *de votre père*
— *de votre père*
— *madame*

Page 72.

— *A moins que vous ne veuilliez ma peine*
— *n'affligez pas votre mère dans ses derniers moments*
— *il ne peut l'être que par son père et par sa mère;*
— *et si Dieu disposait de moi, il faudrait que j'en vinsse là*
— *votre père*
— *les mêmes précautions*

Page 73.

— *sans honneur*
— *quel parti prendre*
— *Je priai*
— *je demandai à ma mère de la voir*
— *qu'elle avait promis à mon père de ne plus me voir*

Page 74.

— *Dieu veuille que ce soit sa volonté que je sois religieuse.*
— *s'être fait prier*
— *un contentement*
— Ces précisions vestimentaires ont été ajoutées dans A.
— *de la terreur*
— 1° *Mon cœur ne me disait plus rien, et il me semblait que mon père l'avait ordonné* — 2° *Il me semblait que j'avais un autre cœur*
— *de lui*

Page 75.

— *pour bien savoir cela, il faut s'être trouvé*
— *vis-à-vis d'un homme qui portait et qui a perdu ce caractère en un moment*
— *Pendant une quinzaine que je passai sans entendre parler de rien*
— *l'éclat de ma démarche*
— *les peines*
— *de cette démarche*

Page 76.

— *qui aurait dû se trouver*
— *ma mère*
— *par mon aventure*
— *de ce jargon*

Page 77.

— *et s'en retourna sans me rien dire*
— *ne se pouvait ni dire ni prouver*
— *mon avocat voulait mettre en cause*
— *... le directeur de ma mère et le mien ; à plus forte raison ne le souffris-je pas.*

Page 78.

— *Je ne puis dire trop de bien de cette femme*
— Toutes les éditions, y compris Naigeon, donnent *toutes.*
— *elle me rendrait la justice qu'elle n'a jamais eu ni à me punir ni à me pardonner.*
— *elle savait le mérite*

Page 79.

— *elle se mettait à genoux*

Page 80.

— *on versait des larmes si douces !* ajouté dans A.
— *madame*

Page 81.

— *elle m'entretint*
— *J'attendis quelque temps mais...*
— *puisqu'il ne lui plaît plus de se faire entendre par moi*
— *le commerce d'elle et de Dieu*
— *je me jetai à ses pieds :* ajouté dans A.

Page 82.

— *éveillait les religieuses endormies*
— *à prier*
— *je vous en demande pardon*
— *que vous parliez vous-même*

Page 83.

— Pour toute cette phrase, à la construction complexe et négligée, nous avons dû réviser la ponctuation tradition-nelle, qui est absurde.
— *je suis à mon sort*
— *je n'éprouve rien*
— *stupide*
— *pour vous parler*
— *pour vous entendre*
— *Il ne faut pas que je vous parle*

Page 84.

— *Elle pensait*
— Confirmé par Naigeon. Les autres éditions donnent *s'agitait*
— *ils semblaient toujours ou voir profondément en elle-même*
— *de me contenir*
— *arrivèrent*

Page 85.

   — *cet entretien*
   — *les deux mains serrées l'une contre l'autre*
   — *On m'a sans doute fait des questions*

Page 86.

   — *que je me rappelle*
   — *moralement*
   — *ne se souviennent de rien*

Page 87.

   — *et recevez mes adieux*
   — *mourut*
   — Tout le paragraphe consacré à la mort de la mère de Moni a été ajouté en marge dans le manuscrit autographe. Certaines phrases en ont été retouchées à plusieurs reprises, et les surcharges successives sont malaisément déchiffrables.
   — *quinze*

Page 88.

   — *Mon enfant, c'est de peu de chose; mais... :* ajouté dans A.
   — C'est un autre nom que Diderot avait d'abord écrit dans le manuscrit autographe. Nous avons cru lire : *d'Etegny*(?)
   — *le grand jour*
   — *dans l'autre monde :* ajouté dans A.
   — *il a vu le grand jour, il m'attend :* ajouté dans A.
   — *la misère*

Page 89.

   — *de remplir de frayeur*

Page 90.

> — *Du règne qui a précédé*
> — *à la supérieure en règne*
> — *en toute occasion*

Page 91.

> — **La phrase se terminait par** *je n'en sais rien*, **supprimé par Diderot dans B.**

Page 92.

> — *est toujours la maîtresse*
> — *[Quant] au parloir et aux visites, je ne connaissais personne et je n'en recevais point.*
> — *la supérieure recevait des visites longues et fréquentes d'un jeune ecclésiastique*
> — *dont je démêlai*
> — *et j'y réussis*

Page 93.

> — *toute la conduite de la maison*
> — *vingt*
> — *on m'empêchait de dormir, de veiller, de prier :* ajouté dans A.
> — *une suite de fautes réelles ou feintes, et de punitions*
> — **Telle est aussi la leçon de Naigeon. Autres éditions :** *chercher de la force et de la résignation au pied des autels.*

Page 94.

> — *il eût aussi arrêté*

Page 95.

> — *on affectait alors de desservir et de se retirer*
> — *dans les couvents*

Page 96.

— *il ne s'agit... dans un corridor :* ajouté dans A.
— *Ne serait-ce pas... pour être vrai :* ajouté dans B.
— *on en sent la possibilité et même la justice* (1re rédaction). La tradition imprimée donne : *on en sent la justice et même la possibilité.* Naigeon confirme la leçon de B.
— *qui ne fût observé*

Page 97.

— Toutes les éditions donnent ici un autre découpage du texte : *...sous des prétextes ; brusquement, sourdement, on entrouvrait mes rideaux...* Notre version est confirmée par les trois manuscrits du fonds Vandeul.
— *qui sont marqués dans les couvents*
— *j'avais seulement observé d'emprunter des noms*
— *qu'on n'en donne pour cela*
— 1) *remarqué* — 2) *observé* — 3) *remarqué*
— *qu'en avais-je fait ? à quoi l'avais-je employé ?*

Page 98.

— *je voyais bien qu'elle souffrait.*

Page 99.

— *... qu'elle posa sur une chaise sans mot dire et partit*
— *devant elle*
— Les éditions donnent *mes,* que l'on ne trouve dans aucun des manuscrits Vandeul.
— *vêtements.*
— *les habits*
— *sur mes pas*
— *vous avez bien des défauts*

Page 101.

— *par toutes les voies*
— *qui vous le dis*

Page 102.

— Le manuscrit autographe porte ici une phrase, qui ne figure ni dans B, ni dans C, et qui pourtant n'a pas été barrée dans A : *Ordonnez que nous la déshabillions et qu'elle entre dans le lieu destiné à ses pareilles.* On peut se demander si la suppression s'est faite à une étape intermédiaire entre A et B, ou s'il s'agit simplement d'un oubli du copiste ayant échappé à Diderot. auquel cas la phrase aurait eu chance, sans cet accident. de figurer dans l'état définitif du texte.

— *Disposez de moi*

— *On m'enleva*

Page 103.

— *On trouva... on me refusa :* ajouté en marge dans A.

— *on jeta là-dessus* (corrigé dans A) *un sac d'étoffe grossière* (corrigé dans B).

— *j'avais les pieds et les jambes meurtries et ensanglantées* (sic).

— *à demi :* ajouté dans B.

— *La natte... crucifix de bois :* ajouté dans A.

— *je me frappai* les mains et (supprimé dans A) *la tête contre les murs* de mon cachot (supprimé dans B).

Page 105.

— *je n'avais pris depuis plusieurs jours*

— Phrase ajoutée dans B.

— *Ce sont ces secousses violentes qui apprennent combien la nature est forte...* La tradition imprimée donne : *C'est par l'effet momentané de ces secousses violentes... que je revins en très peu de temps.* Dans la copie B, Diderot avait écrit *par l'effet momentané*, puis biffé *par.* En reportant la correction sur A, on a rétabli *par.* L'édition Naigeon confirme, une fois encore, la leçon de B.

— *toute la maison*

— 1) *toute la mauvaise* — 2) *toute la bonne et la mauvaise*

Page 106.

— *mon papier*

— *je n'en voudrais point à ce prix*

— 1) *ce papier* — 2) *ce mémoire* — 3) *cette consultation*

— 1) *qu'elle chantait tandis que je lui parlais.* — 2) *qu'elle chantait tandis que je lui parlais et que nos phrases étaient entrecoupées de traits de chant.* — 3) *qu'elle chantait tandis que je lui répondais et que notre conversation était entrecoupée de traits de chant.*

Page 107.

— *Voilà... et je reste seule :* ajouté dans B. La lecture du manuscrit confirme l'hypothèse avancée, dans l'édition Garnier des *Œuvres romanesques* de Diderot, par Henri Bénac, qui écrivait (p. 872) : « Peut-être la phrase *Voilà ce que je vous disais* a-t-elle été rajoutée, après coup, pour la vraisemblance... » Le passage qui précède ne s'accordait guère en effet avec l'épisode qui raconte, plus loin, la mort pathétique de sœur Ursule. En relisant la copie de son œuvre. Diderot a tenté de pallier la contradiction par l'adjonction de cette phrase.

— *solennels et lugubres :* ajouté dans A.

— *que l'on transporte le Jeudi Saint*

— *où chacune va voir*

Page 108.

— *la maison religieuse*

Page 109.

— *soyez sûre*

— *qu'on n'en viendra jamais aux voies de force*

— *ou je mourrai dans celle-ci :* ajouté dans B.
— *et je vois que vous ne vous en départirez pas.*

Page 110.

— *plus avant*
— *dans cet état*
— *pour ma compagne de station*
— *qui nous succédèrent.*

Page 111.

— *debout* ne figure pas dans les éditions, sauf dans celle de Naigeon.
— *avait produit en elles*
— *s'élève*
— *que j'avais*
— *à faible voix* (?)
— *ou je la devinais*
— *il fallait bien que je lui communiquasse quelque chose*

Page 112.

— *tout le monde vint*
— *cela s'arrangeait trop bien avec mes vues*
— *des gens de robe*
— *dans ma première cellule*
— *les images*

Page 113.

— *aussi froids qu'elles*
— *à ma consultation*
— *d'explications*
— *je dis ce que j'étais, ce que j'avais fait*
— *l'action était sur le point d'être intentée*

Page 114.

— *Agathe Delamare*
— *de la maison*

— Ici, Diderot a supprimé une phrase dans la copie manuscrite : *Il faut savoir quel est le cours de la procédure d'une religieuse qui revient sur ses vœux.*

— *à ma liberté*

— *je proposai de leur abandonner par un acte authentique toutes mes prétentions*

— *un asile et du pain*

— *Il faut s'opposer de toute notre force à cette démarche.*

Page 115.

— *que je n'ai pas mémoire d'y avoir été*

— *par un mouvement de ressentiment*

Page 116.

— *Je fus ferme une fois, une autre fois je fus imbécile.*

Page 118.

— *Je suis lasse d'être une hypocrite :* ajouté dans B.

— Naigeon et les autres éditions donnent *retinssent.*

— *les arracher*

— *l'atterra* dans les éditions.

Page 119.

— *vous donner en spectacle*

— *je me regardai un moment*

— *je vis que ma robe s'était dérangée*

— *lasse de cela*

— *je le pris*

— *devant ma supérieure* dans les éditions, y compris Naigeon.

— Les éditions, y compris Naigeon, donnent simplement *si elle devait rester.*

Page 120.

— *Et elle se signait*

— *toute l'indécence*

— La tradition imprimée donne *l'état de religieuse*, leçon corrigée dans B, par Diderot lui-même, en *la vie du cloître*. Naigeon conserve *l'état de religieuse*.

— *Une chose sage qu'une bonne supérieure devrait faire*

Page 121.

— *déchirer*

— *des mains qu'on peut approcher de soi*

— *dites-moi, transportez-vous un moment au jugement de Dieu, qui de vous ou de moi lui semblerait le plus coupable ?*

— *sœur Sainte-Agathe*

— *et que les portes me soient entrouvertes.*

— *mieux qu'ici*

Page 122.

— *peut répondre*

— *il m'aurait tirée d'ici*

— *d'en sortir*

— *c'est par votre consentement*

— *Sœur Sainte-Agathe*

Page 123.

— *Cependant j'étais effrayée des tourments qui m'attendaient*

— *se représentait à moi avec toute son horreur*

Page 124.

— Le macabre accessoire, appelé, il est vrai, par l'ensemble de la mise en scène, n'a été introduit par Diderot qu'au moment de la relecture de B. Jusque-là, on lisait seulement : *on me fit coucher sur le dos.*

— *Les deux dernières*

— Les éditions donnent : *Deux religieuses relevèrent le*

suaire, éteignirent les cierges... Or *éteignirent les cierges* ne se trouve dans aucune des deux copies du fonds Vandeul, mais figure. sans être barré, dans le manuscrit autographe. On peut se demander là encore s'il ne s'agit pas d'un simple oubli du copiste. La lacune se retrouve dans l'édition Naigeon.

— La description de la « momerie » ne faisait pas partie de la toute première rédaction. Diderot l'a ajoutée en marge du manuscrit autographe.

— *fut assemblée*

— *on me traitait*

— *avec la dernière exactitude*

Page 125.

— *Combien de fois... quelque grande faute à expier :* tout le passage a été ajouté en marge dans la copie manuscrite.

Page 126.

— *à un pauvre*

— *des choses que je mangeais*

Page 127.

— *... sur moi*

— *les ordures*

Page 128.

— *Quelques-unes*

— *Cependant, à force de me tourmenter... pour me relever :* ajouté dans la marge du manuscrit autographe.

— *l'image*

— A partir de *Je vivais donc,* jusqu'à *ce qu'il y avait à leur répondre* (page 130), il s'agit d'une longue addition marginale dans le manuscrit autographe. Tout le pas-

sage s'est d'ailleurs développé par additions successives.
— *entre quatre murs*

Page 129.

— *on me faisait des frayeurs.*
— *on entendait le bruit au-dessus, au-dessous*
— *abandonner mon corridor*
— *elle se mit les mains sur le visage*
— *et s'élançant de mon côté, elle vint avec violence se précipiter entre mes bras, et la voilà qui s'écrie*

Page 130.

— *était tombée*
— *que de l'enfermer*

Page 131.

s'était emparé de moi
— Telle est bien la leçon de B. Les éditions donnent : *je grinçais des dents.*

Page 132.

— *les actions qu'on me supposait*

Page 133.

— *quand elle en serait requise*

Page 134.

— *il ne l'était pas moins de ma supérieure*
— *on me fatigua*
— *les terreurs de toute espèce*

Page 135.

— *quand j'en trouvais la porte ouverte : quand je ne la trouvais pas...*
— *Ah ! monsieur... en vous désespérant !* : ajouté dans A

Page 136.

— *qu'elles avaient conclu*
— *s'exécutait*
— *que cela se fût jamais pratiqué dans un couvent de femmes*
— *à tomber*
— *des voix confuses et lointaines :* ajouté dans A.

Page 137.

— *J'étais toute traversée*
— *Je cherchai à voir*
— *j'entrevoyais quelqu'un à qui je voulais tendre la main*
— *je n'étais pas couchée*
— *Cet état se dissipa*
— *je me relevai un peu*
— *j'avais les deux mains dans l'eau :* ajouté dans A.
— *la tête me tombait*
— Ici, une première rédaction que nous n'avons pas pu déchiffrer. Mais il semble qu'alors on ne refusait pas le crucifix.

Page 138.

— *Je voyais l'innocent, couronné d'épines*
— Il est difficile de savoir quel âge Diderot a voulu donner à sa religieuse. La tradition imprimée (y compris Naigeon) lui accorde à *peine vingt ans*, la copie du fonds Vendeul que nous suivons, *à peine dix-neuf*. Dans le manuscrit autographe Diderot avait d'abord écrit *je trouvais que je n'avais pas encore vingt ans*, corrigé en *que j'avais à peine dix-neuf ans*. Les *vingt ans* de la tradition imprimée n'ont pour garantie qu'une correction de B, que nous n'avons pas retenue car elle n'est pas de la main de Diderot, et qui d'ailleurs n'a pas été retranscrite sur le manuscrit autographe.

Page 139.

— *on me rabattit*

— Tradition imprimée (y compris Naigeon) : « *Mon Dieu, ayez pitié de moi! Mon Dieu soutenez-moi! Mon Dieu ne m'abandonnez pas!* » Sans doute y a-t-il une lacune dans B.

— *les unes par les bras, les autres par le dos*

— *de m'échapper*

— *qui me tenaient*

Page 140.

— *et m'avaient saisie*

— *que c'était un homme brusque*

— *qui m'environnaient*

— *mes deux mains*

— *liées*

Page 141.

— *les épingles manquèrent*

— *de pitié :* ajouté dans A.

— *il était juste, mais peu sensible :* tel est le texte des deux copies B et C. Le manuscrit autographe porte comme première rédaction : *c'était un homme juste, mais dur, de ceux...,* leçon corrigée, par un autre que Diderot, en : *juste, mais peu sensible, il était du nombre de ceux...* C'est cette dernière version qu'a conservée la tradition imprimée.

— *la vertu la plus étroite*

— *et le bout de son étole se sépara de ma tête. Il se troubla :* ajouté dans A.

— *qui m'a blessée*

Page 142.

— *à genoux :* ajouté dans B.

— Voir *Page 143.*

Page 143.

— Les deux *que* se trouvent dans B et C. Dans A, ils ont été barrés par une autre main que celle de Diderot. Ils ne figurent dans aucune édition.

— *ce sont mes pensées... et de les punir.* Toute cette profession de foi a été ajoutée dans A. Primitivement, la religieuse répondait sans aucun commentaire : *Du fond de mon cœur.*

Page 144.

— *à la messe*
— *Vous avez donc entendu la messe*

Page 145.

— Les éditions ajoutent *personne*, qui a pourtant été supprimé dans B et ne figure pas dans Naigeon.

— Toute la partie du dialogue comprise entre *Pourquoi n'avez-vous ni rosaire, ni crucifix ?* et *Mais, reprit l'archidiacre, mais...* a été ajoutée en marge dans A.

Page 146.

— *ni rideaux :* ajouté dans A.

— *Êtes-vous nourrie ?... et il ajouta :* autre addition de A.

— *exacte :* telle est la leçon des trois manuscrits Vandeul. La tradition imprimée corrige en *exact.*

Page 147.

— *Je vous entends :* tout le passage qui commence ici et va jusqu'à *et la terreur descendra sous la tombe avec elles* (p. 148) a été ajouté par Diderot à la copie B sur une feuille collée entre deux pages. Le texte primitif enchaînait ainsi : *Vous voyez, monsieur le marquis, mon sort est déplorable...*

— Naigeon et les autres éditions donnent *n'arrivera.*

Page 148.

    — *mon sort*

    — *je ne saurais me promettre de pouvoir souffrir encore longtemps ce que j'ai souffert.*

    — *faites que ce fatal moment ne revienne pas*

    — *quand vous useriez vos yeux à pleurer mon sort, vous ne le changeriez pas*

    — *Je vous ai entendue, je vais entendre*

    — *Je m'en allai*

    — *sur les portes*

    — *elles rentrèrent*

Page 149.

    — *entrèrent*

    — *laissaient assez apercevoir*

Page 152.

    — *est-ce dans la retraite ou dans le monde ?*

    — *cette langueur*

    — *... de la nature qui s'ennuie, est-ce dans le monde ou dans les couvents ?*

    — *les jours trempés* : ajouté dans B.

    — *... Est-ce dans le monde ou dans vos cloîtres ?*

    — *... Est-ce parmi vous ou parmi nous ?*

    — *ni mère* est oublié dans les éditions, y compris Naigeon.

    — *Dans le monde ou dans vos maisons ?*

    — Au lieu de *gêne*, seule leçon attestée dans B, les éditions (y compris Naigeon) donnent *haine*, alors que le mot se trouve deux lignes plus bas.

    — *du dégoût et des vapeurs* : ajouté dans A.

Page 153.

    — *Il ajoutait... d'un fanatique ou d'un hypocrite* : ajouté dans B, en marge, de la main de Diderot. Le premier texte reliait, sans alinéa, *on ne le sait pas* et *Une fille...*

— *Ce temps écoulé et sa vocation...*
— 1) *écoulés.* — 2) *passés.* — 3) *écoulés*
— *on avait fait à sa mère un tour*
— *des supérieures*
— *Cette mère avait la plus forte envie d'entrer dans la maison et de voir la cellule de sa fille.*

Page 154.

— *sa fille*
— *ses autres enfants*
— *toute la maison*
— *secrets :* ajouté dans A.
— *je fusse*
— *de mon procès*
— *je me jetais*
— *ma prière*

Page 155.

— *mon avocat*
— *je trouvais qu'il disait mal*
— *de mes juges*
— *défavorables*
— *un tumulte*
— *Il régnait un profond silence dans la maison*
— *qu'elles eurent*
— *plus belle*
— *sans rien dire*
— *Il me sembla que leur attente*
— *sur le midi, il se fit tout d'un coup un grand bruit*
— *des pas*
— *des murmures*
— *Je m'approchai doucement de ma porte*
— *Je connus à cela*
— *à errer*
— *Je levais mes bras en haut*

— *soulever mon vêtement sur moi*
— *... au parloir :* supprimé dans A.
— *qui me l'avait dit.*

Page 156.

— *devait être fort* (ou *très*) *mauvaise*
— *Arrivée au parloir.*
— *et je me jetai dans l'angle*
— *on avait empêché la personne qui me demandait d'entrer*
— *ce qui se passait*
— *on s'était rassemblé à la porte du parloir*
— 1) *Lorsqu'il entra* — 2) *Lorsqu'il parut*
— *quand il me l'a donnée*
— *comme il me l'a ordonné*
— *... par la grille :* supprimé dans B.
— *je restai*
— *me dit*
— *je restai là*
— *ne pouvant me résoudre*
— *on lui porte*

Page 157.

— *sa sentence*
— *Je frappai cependant*
— *jamais :* omis par les éditions.
— *chancelante* (?)
— *j'y demeurai sans me remuer, sans la lire*
— *sans me bouger de la même place*
— *l'office sonna et je descendis.*
— *à la porte.*
— *... derrière la porte :* supprimé dans B.
— *L'office achevé*
— *l'office*
— *l'utilité*

— *On me laissa plusieurs jours dans une espèce d'oubli dont je me serais bien contentée.*
— *lorsqu'il m'envoya son émissaire*

Page 158.

— *la tête posée sur ses bras et appuyée contre la grille*
— *J'y suis presque résolue*
— *On paraît m'avoir oubliée*
— Naigeon et les autres éditions donnent *discrétion.*
— *de celles à qui il lui a plu de m'abandonner*
— *de me donner*
— *de ne point m'abandonner au désespoir*
— *en sanglotant*
— *quand vous auriez été ma propre sœur je n'aurais pas mieux fait...*

Page 159.

— *une dot qu'il me faudra me faire nouvelle ou retirer de cette maison*
— *dans une autre maison*
— *Mon cœur inflexible :* ajouté dans A.
— *Votre maison ne vous retiendra pas*
— *de tirer une religieuse mal appelée du couvent*
— *que d'y faire entrer*

Page 160.

— *d'une religieuse*

Page 162.

— *on me mit une torche dans une main*
— *on me donna la discipline*

Page 163.

— *votre peine*
— *qu'elle enfermait dans un linge blanc*

Page 164.

— *infâme* : ajouté dans B.

Page 165.

— *le pardon*
— *celle qui*

Page 166.

— *Elle ne passera pas une heure*
— *retrouver* est confirmé par Naigeon. Les autres éditions donnent *trouver*.
— La tradition imprimée donne M. *Bouvard*. Mais le nom du médecin a été rayé dans la copie B et remplacé par des points de suspension, à l'exception de l'initiale.

Page 167.

— *elle étendait sa main*

Page 169.

— *qui sépare le tiroir d'en bas en deux*
— *quoique ma bouche fût presque collée sur la sienne*
— *et pensant que sa maladie était ou la suite de la mienne, ou l'effet de la peine qu'elle avait prise*
— *se promenait*

Page 170.

— *son visage*
— *il semblait qu'elle ne voulait pas me quitter*
— *la tête sur son oreiller*
— *Je restai seule auprès d'elle.*
— *je tirai son drap*

Page 171.

— *je pensais*
— *l'ingratitude* : ajouté dans A.

— *vinrent visiter la maison*
— *dans cette fonction*
— *compagnons*
— *l'état où ils m'avaient vu*

Page 172.

— Les trois manuscrits du fonds Vandeul donnent bien *sœur Suzanne*, et non *Suzanne* comme le veulent les éditions. On conviendra que cette appellation familière de la part de l'austère M. Hébert, est pour le moins insolite. Naigeon donne correctement *sœur Suzanne*.
— *Je lui répondis : « Monsieur, on m'oublie ; c'est tout ce que je demande*
— *vos demandes*
— *de ce moment elle n'a plus d'autorité sur vous*
— Naigeon et des éditions donnent *qu'il se souvînt de moi encore.*

Page 173.

— *On a cru que j'avais commis*
— *je voudrais bien savoir*
— *et je vis bien*
— 1) *Ses deux compagnons me saluèrent* — 2) *Comme le bonhomme Hébert avait le dos tourné et marchait seul dans le corridor, ses deux compagnons se retournèrent et me saluèrent*

Page 174.

— *Vous avez des copies... Non, monsieur :* ajouté dans A.
— *Cécile*
— *la parente de Mme ****
— *soit directement, soit indirectement :* ajouté dans A.
— *Soit que la méfiance... j'en fus blessée :* ajouté dans B.

Page 175.

— *Je connaissais celles que je quittais*

— *prisonnières* : ajouté dans A.
— *j'attendais* : figure dans A et B, mais non dans la tradition imprimée, ni dans Naigeon.

Page 176.

— *Je me disais : « C'est moi qu'on vient chercher. » Je ne me trompais pas. J'écoutais à ma porte. Je regardais par ma fenêtre et me démenais sans savoir ce que je faisais.*
— *Je pris dans ma cellule*
— *la tourière le mit dans son tablier*
— *la sœur Ursule n'était plus* : ajouté dans B.
— *et nous partons*
— *J'avais été précédée par l'archidiacre*
— *Ils s'étaient rassemblés chez la supérieure, ils m'attendaient.*
— Naigeon et toutes les éditions donnent *m'instruisit*.
— *la religieuse m'instruisit de la maison et m'en fit un éloge auquel la tourière ajoutait toujours pour refrain*
— *si vous connaissez*
— *un grand bâtiment carré*
— *une des façades*

Page 177.

— *et grossissaient*
— *n'est ni bien ni mal*
— *elle a un des yeux plus haut et plus grand que l'autre*
— *Quand elle veut parler, elle ouvre la bouche avant que ses idées se soient arrangées*
— *elle se remue*
— *l'importunait*
— *... l'une sur l'autre*
— *alors elle se fâche*
— *l'ordre le plus sévère*

Page 178.

— *avec une célérité incroyable*

— *Au milieu de tout cela*
— *que la supérieure est devenue compatissante, elle lui arrache la discipline de la main*
— *Sœur une telle*
— *que tout cela fût déchiré par des coups*
— *chez elle* —

Page 179.

— *de ces femmes-là*
— *un exemple de toute son administration*
— *la femme à laquelle*
— *On servit... confitures :* ajouté dans A.
— *M. Hébert reprit son caractère et son ton*
— *lui ordonna de s'asseoir*

Page 180.

— 1) *elle était mal à son aise* — 2) *elle était bien mal à son aise*
— *gravement et sensément*
— *que j'avais eus*
— *car j'étais très attendrie*
— *un mélange de gaieté et de larmes*
— *à Paris*
— *de venir à Arpajon*
— *répondit brusquement*
— *tant qu'il vous plaira*
— *les peines*

Page 181.

— *de toutes les autres*
— *elle me prenait une main*
— *l'archidiacre et ses compagnons étaient attendus chez* M*** *seigneur d'Arpajon, ils y allèrent*
— *de mes propos*
— *cette situation incommode*
— *Asseyez-vous dans ce fauteuil*

Page 182.

— *me pencha... le front :* ajouté dans A.
— *elle alla à mon lit*
— La lecture des manuscrits permet ici de corriger une erreur curieuse des éditions, qui portent toutes (y compris celle de Naigeon) *Chère tête.*
— *Pendant tout cela*
— *les premières*
— *que vous la repreniez.* Naigeon et toutes les éditions donnent *que vous en demandiez la suite.*
— *que vous la quittiez*

Page 183.

— *petites*
— *Il résulte de toutes ces expériences une épithète*
— *Cependant j'en parlai... m'y prêter davantage :* addition marginale de A.
— *elle loua mon embonpoint et ma taille :* addition de B.
— *voilà*

Page 184.

— *J'étais encore couchée :* ajouté dans A.
— *m'attendait*
— Ici le texte de la tradition imprimée, ponctué de façon aberrante, est proprement absurde : *On parla des oiseaux de la mère, celle-ci des tics de la sœur, celle-là de tous les petits ridicules...* C'est pourtant ce que toutes les éditions reproduisent depuis 1796.

Page 185.

— *nous avons de la sainteté au cœur*
— *Nous sommes seules ici*
— *je ne la tiendrai pas quitte*
— *quelque autre chose*
— *une petite chansonnette*

— *toutes minauderies*
— *Quelques-unes*

Page 186.

— *les plus jolies mains*

Page 187.

— *ne savait que faire d'elle-même*
— *croyait avoir entendu frapper à la porte, y allait et n'y trouvait personne*
— *j'en pleurerai à chaudes larmes*
— *à ma maman*
— *à vêpres*

Page 188.

— *par la main*
— *à l'office qui ne tarda pas de les séparer*
— *nos regards*
— *à soutenir les miens*
— *L'office fut expédié en un moment.*
— *on en sortit avec précipitation*
— *m'observant*

Page 189.

— *Je m'imaginai dès ce moment*
— *la première place qu'elle avait*
— *1) par ses petites colères, son inquiétude, sa curiosité à épier tous mes pas, à me suivre — 2) par ses petites colères, ses petites alarmes, sa persévérance à épier tous mes pas, à me suivre*
— *pour avoir*

Page 190.

— *d'une voix*

Page 191.

> — *si juste*
> — *si vous craignez de perdre ce qui me reste de tendresse*

Page 193.

> — *par quelque complaisance*
> — *larges*
> — *de les avoir plus doux*
> — *il était impossible de l'avoir mieux fait*
> — *j'en ai toujours rabattu.*

Page 194.

> — Toute la partie du texte comprise entre les deux *ensuite* manque dans les éditions. Il s'agit, de toute évidence, d'une lacune par saut du même au même. Naigeon donne bien la leçon complète de B.
> — *elle paraissait oppressée, respirait avec peine*
> — *qu'elle avait placée*
> — *cette folle de Sainte-Thérèse*

Page 196.

> — *Voilà ce que fait la retraite.*
> — *comme les mauvaises herbes dans un champ non cultivé*
> — *la solitude*
> — Toute la diatribe contre la retraite a été ajoutée dans A.
> — *elle m'envoyait à l'infirmerie*
> — *ou me dispensait de l'oraison*

Page 197.

> — *chocolat* : ajouté dans A.
> — *de la faiblesse*
> — *à me dire*

Page 198.

— *augmentait*
— Les manuscrits portent bien *s'étendit*. Les éditions donnent *se tendit*.
— Naigeon et les autres éditions donnent se *pressèrent*, évitant ainsi une répétition que Diderot n'a pas dû apercevoir en relisant la copie B.
— *un profond soupir*, d'après les éditions, y compris celle de Naigeon.

Page 199.

— Naigeon et les autres éditions donnent *avec des yeux hébétés*.
— *elle eût été bien effrayée de nous voir*

Page 200.

— Manuscrit autographe : 1) *vingt-deux* (D.) — 2) *dix-neuf* (D.) — 3) *vingt* (main étrangère). Copie B : 1) *vingt-deux* (main du copiste) — 2) *dix-neuf* (main de Diderot). Naigeon et les autres éditions : *vingt*.
— *une petite leçon*
— *elle se mit à ma place*
— *tu n'es guère en état de me donner leçon, ni moi d'en profiter*
— *un peu lasse*
— *jusqu'à ma porte*
— *Ma porte était presque vis-à-vis la porte*

Page 201.

— Naigeon et la tradition imprimée :
« *Ce n'est pas là ce que vous m'aviez promis.*
– *Je ne vous ai rien promis.*
– *Oseriez-vous me dire ce que vous y avez fait ?* »
La leçon abrégée de B. provient-elle d'un oubli du copiste ? C'est probable, par saut du même au même.

— Naigeon et la tradition imprimée :... *je ne le pus pas ; je cherchai à m'occuper ; je commençai un ouvrage...* Encore un oubli du copiste, selon toute vraisemblance.

Page 202.

— *si vagues, si obscènes*
— *elle me dit*
— *Elle était toute proche de moi ; mes deux jambes étaient passées entre les siennes*

Page 203.

— *en sorte qu'elle me touchait d'un de ses genoux et que je la touchais d'un des miens*
— *je me sens les plus douces dispositions à m'attendrir*
— *et plus tendre*

Page 204.

— *le visage couvert de sa couverture*
— *à se joindre*
— Tel est bien le texte que l'on peut lire dans les manuscrits. Naigeon et la tradition imprimée donnent une leçon plus satisfaisante pour le sens : *elles ont pris, les unes plus, les autres moins de mon caractère.* Si l'on examine de près le manuscrit autographe, on constate que Diderot avait bien écrit d'abord *les unes plus, les autres moins.* Mais on a corrigé le deuxième terme en *les autres plus ou moins.* Nous supposons que cette correction est une erreur qui s'explique par la contamination de deux tournures : *elles ont pris, les unes plus, les autres moins de mon caractère* et *elles ont pris plus ou moins de mon caractère.* En tout cas, la copie porte sans rature la leçon ambiguë que nous donnons, et Diderot, en relisant, ne l'a pas corrigée.

— *ne s'est-il pas noyé*
— *Faire pleurer ces yeux !*

Page 205.

— *à ses genoux qui s'avançaient entre les miens*
— *dont elle me pressait*
— *me serraient*

Page 207.

— *qui m'oppresse*
— *est-ce que vous sentez*
— *il faut bien*
— *bien d'autres choses*

Page 208.

— *vous n'avez pas éprouvé*
— *Et vous n'aviez aucun trouble?*
— *pourtant*

Page 209.

— *je te rendrais tout cela fort clair*
— *Est-ce que je vous aurais dit*

Page 211.

— Naigeon et la tradition imprimée donnent *sur cette belle gorge.*
— *pour le dire*

Page 212.

— *à ma porte*
— *je crus l'avoir entendue*
— *pour que je pusse l'entendre*
— *On ne me répondit pas, mais il me sembla qu'on s'éloignait à pas léger*
— *j'entendis encore des plaintes et des soupirs*
— *on entrouvrit les rideaux d'une main, de l'autre on tenait une petite bougie*

— *J'ai des songes fâcheux qui me tourmentent; les peines que vous avez souffertes*

Page 213.

- — *je me suis éloignée*
- — *si j'entrouvrirais*
- — *un peu de froid*
- — *qu'il n'est rien arrivé de fâcheux à mon enfant*
- — *vous achèverez*

Page 214.

- — *qu'on en disait*

Page 215.

- — *malgré le froid*
- — *dans la place qui est chaude*
- — *je me déplaçai*

Page 216.

- — *elle ne pouvait parler*
- — *sur les miens*
- — *Je m'étais retournée, et j'avais écarté le linge qui nous séparait*
- — *nous écoutâmes*
- — *nous entendîmes*
- — *elle nous aura entendues*
- — *moins vive que morte*

Page 217.

- — *elle écarta le linge*
- — *en protestant que celle*
- — *Aussitôt je me plaçai bien vite de l'autre côté de mon lit*
- — Naigeon et la tradition imprimée donnent : *entre elle et la supérieure.*

　— *me remettre au lit*
　— *la fable*
　— *j'écoutais quand notre mère sortirait*
　— *Elle était entrée en chemise. Elle en sortit au point du jour, et moi je m'endormis un peu.*

Page 218.

　— *et de demeurer au lit*
　— *puisqu'elle avait permis à cette sœur de s'absenter de l'office*
　— *apparemment qu'elle lui avait pardonné et qu'elle ne lui avait accordé le pardon...* La tradition imprimée donne : *elle avait apparemment obtenu de la supérieure un pardon qu'elle ne lui aurait accordé...*
　— *fort abattu*
　— *1) dans votre lit* — *2) dans vos draps*
　— *de reposer*

Page 219.

　— *une place dans le mien*
　— *Rassure-toi*
　— *que toi d'elle*
　— *Vous qui vous connaissez en peinture* : ajouté dans B.

Page 220.

　— *des lèvres vermeilles comme la rose, des dents blanches comme le lait* : ajouté dans A.
　— *sur les coussins des fauteuils.*
　— *qui brodaient* : ajouté dans A.
　— *... qui parfilaient, il y en avait une qui filait au petit rouet*
　— *les unes étaient sereines, d'autres gaies*
　— *les parcourait toutes des yeux*

Page 221.

　— *est-ce moi que vous demandez ?*

— *de le croire*
— *que j'allasse demander la permission pour vous à la*
supérieure
— *Attendez un moment*

Page 222.

— *c'est que vous avez tous les charmes possibles*
— *entre ses deux jambes*
— *comme si j'avais quelque chose*
— *1) mais Sainte-Suzanne intercède et je lui fais*
grâce
— *2) vous me demandez sa grâce, je la lui accorde*
— *je lui dis d'entrer ; elle entra en tremblant.*
— *au premier pas qu'elle fit*

Page 223.

— *elle prit*
— *puis elle prit une de mes mains*
— *et les baisa l'une et l'autre abondamment*
— *lui dit*
— *cependant toutes les autres les tenaient baissés*
— *Cette soirée se passa fort agréablement.*

Page 224.

— *que cela ne réussisse pas*
— *si cela réussit*
— *j'ai communiqué cela à nos sœurs que voilà*
— *à vous*

Page 225.

— *la maison fournira aux frais*
— *bien du mal*
— *Et puis cette maison n'est pas riche, et celle de*
Longchamp l'est beaucoup.

Page 226.

— *cependant il n'y a nulle répugnance*
— *de vouloir bien venir*

Page 227.

— *je crois qu'il est bon que je vous le peigne avant que d'aller plus loin.*

Page 228.

— *ou*
— Tel est bien le texte de A et de B. La tradition imprimée ne retient que la première alternative et omet *et le P. Lemoine au parloir seul ou en compagnie.* L'édition Naigeon confirme la leçon des manuscrits.
— *sur le point d'entrer au parloir*
— *arrêtée tout court à la porte*
— *d'un directeur*
— *il n'y a rien qu'on ne fasse pour se procurer un homme important et de marque.*

Page 229.

— *quoiqu'elle fît tout son possible*
— *que cela à lui dire*
— *Mon tour allait venir*
— *qu'on pense de moi*

Page 230.

— *vous vous confesserez à moi*
— *il ne m'avait point vue*
— *mais promettez-moi de ne lui rien dire*
— *peut mettre à cela*

Page 231.

— *je lui promis que je ne dirais rien, s'il ne m'en parlait pas*

— *mille questions*
— *avec beaucoup d'indulgence*
— *jusqu'à l'âge que vous avez*
— *par une protection particulière*

Page 232.

— *lui dis-je*
— *de la plus profonde douleur*
— *semblable à quelqu'un qui marcherait*
— 1) *par des cris qui...* (un mot illisible) — 2) *par des voix qui lui crieraient*

Page 234.

— *et dont il avait sans doute prévu la suite immédiate :* ajouté dans B.
— *Je soupai vite*
— *je revins aussitôt me prosterner aux pieds des autels*
— *tout enveloppé de feux*

Page 235.

— *Elle se mit à genoux, elle fit sa prière et puis elle me dit*
— *Madame, je prie.*
— *ne vous êtes-vous pas retirée*
— *je me disposais pendant la nuit*
— *qu'il m'a donnée*

Page 236.

— *en criant : « Loin de moi, Satan !... »* : ajouté dans A.
— *Je ne suis point Satan, je suis votre supérieure et votre amie :* ajouté dans A.
— *par un accident particulier*
— *avait exagérée*
— *un aspect tout particulier*
— *de laisser du moins une stalle*
— *Il m'a peint*

Page 237.

— *Si je pouvais vous répéter tout ce qu'il m'a dit là-dessus !*

Page 238.

— *à passer en moi*

Page 239.

— *se répandre sur toutes*
— *et je ne vois pas comme votre père Lemoine ma damnation*
— *de toutes également*
— *Je la priai*
— *pouvait avoir*

Page 240.

— *qu'elle avait*
— *quelque chose de singulier*
— *elle s'arrêtait*

Page 241.

— *se jetant à mes pieds.*
— Lacune dans la tradition imprimée, qui donne simplement : *elle les baisait, et puis elle me regardait encore.* L'édition Naigeon confirme la leçon des manuscrits.
— *Dieu à qui vous la devez tout entière y perd*
— *dont elle laissa la porte ouverte*

Page 242.

— *où je la voyais*
— *J'entrai dans ma cellule*
— *Je ne savais que faire*
— *tout à fait mélancolique*

Page 243.

— *nous faisait sonner pour descendre*

Page 244.

— *et sans rien dire*
— *au chœur*
— *au voile du chœur*
— *où je lisais*

Page 245.

— 1) *un de ces papiers* — 2) *une de ces invitations*
— *je cherchais à me rappeler ses expressions, il m'en revenait quelques-unes*
— *comme menacée incessamment*
— *ne sortait plus*
— *un jeune religieux d'une abbaye du voisinage*
— *... qu'elle pratiquait, mais il fallait qu'il fût très sévère*
— *pour descendre*
— *quand nous étions toutes passées*
— 1) *elle allait nu-pieds jusqu'aux pieds des autels* — 2) *elle descendait en chemise et nu-pieds à l'Église.*
— *je m'arrêtai et elle me dit* (manuscrit autographe). Sans doute le copiste de B a-t-il oublié de retranscrire le premier membre de la phrase. En tout cas la leçon primitive est maintenue dans A.
— *Il se passa de nouveau plusieurs mois pendant lesquels...*

Page 246.

— Naigeon et la tradition imprimée donnent *il se confiait à moi.*
— Tradition imprimée : *avec le même dégoût, et il n'était guère moins à plaindre que moi.* Leçon confirmée par Naigeon.
— *qu'il suivait lui-même*
— *la peine*
— *des croix qu'elles ont*

Page 247.

> — *leurs souffrances*
> — *la même rétribution*
> — *Que je suis malheureuse!* : supprimé dans A et remplacé par *Hélas!*
> — *nous avons des peines, ils ont eux des plaisirs*
> — *les mêmes peines*

Page 248.

> — *la conformité des dispositions*
> — *que sa disposition présente ne serait pas de durée*

Page 250.

> — *que quand je suis arrivée ici*

Page 251.

> — *nous secourra*
> — *on souhaite sourdement un libérateur*

Page 252.

> — Naigeon et la tradition imprimée donnent *je me fais encore ces illusions*
> — *aux pieds*
> — *une corde*
> — Ici une lacune dans la tradition imprimée, qui donne *en qui l'organisation se trouble*. Naigeon reproduit la leçon complète des manuscrits.
> — *en qui les mêmes illusions salutaires renaissent, les bercent et les consolent presque jusqu'au tombeau*

Page 254.

> — *mais j'écris avec une vitesse*
> — *Si les choses au contraire me montrent*
> — *avec peine*
> — *les mouvements de ma conscience*

Page 255.

— *Je me rassurai... quelle abominable femme!...* ajouté en marge dans A, avec beaucoup de ratures et de surcharges.
— *mais elle ne me paraissait plus émue*
— *Elle ne prend point d'aliments*

Page 256.

— *avec éclat*
— *elle pleurait à chaudes larmes*
— *mêlaient leurs larmes aux siennes*
— *la suivaient*
— *le ciel lui paraissait s'entrouvrir*

Page 257.

— *L'humide fraîcheur*

Page 258.

— *Voyez-vous ce gouffre ?*
— *approchez-vous de moi, tout contre...*
— *Voyez comme elle marche !*

Page 259.

— *Voyez, il coule*
— *Penchez cette plaie sur ma tête*
— *Ce sang*
— *de ses couvertures*

Page 260.

— *J'ai mérité mon sort ; mais tâchez de ne pas me faire souffrir longtemps...*
— *Quelle mort, monsieur le marquis !... Mon Dieu !... Mon Dieu !...* : ajouté en marge dans le manuscrit autographe et très raturé.
— *la suivit promptement*

Page 261.

— *Le nouveau directeur de la maison est également tourmenté de ses supérieurs*
— *On me jette des cordes, la force me manque*
— *à la cuisse*
— *Quelle est ma surprise !* : ajouté dans A.
— *avec un jeune cordelier*
— *mon couvent*
— *rixe scandaleuse*
— *le plus élevé de la maison*
— *les choses*

Page 262.

— *Je reçois des visites... le propos très insinuant* : ajouté en marge dans la copie B.
— *d'un lieu de prostitution publique*
— *quelque occasion*
— *c'était à la chute du jour.*
— *qui je suis*
— *cette fille me demanda où nous allons.* « *Mon enfant, lui répondis-je, à l'hôpital, je crois.* »
— *hors de condition*
— *en tout cas si la porte est fermée*

Page 263.

— *vous viendrez coucher*
— *je vais*
— *et j'en prends de plus conformes à ma situation*
— *Je reçois le linge, je le blanchis et je le plie.*
— *tranquillement*
— *Son attentat a fait du bruit* : ajouté dans A.

Page 264.

— *mes genoux se battent*
— *Mon évasion a fait du bruit.*

Page 265.

— *de la commisération*
— *elle n'avait qu'à s'y tenir*
— *avec son couvent*
— *A ce propos mes jambes se sont dérobées.*

Pour la « Préface-annexe », on a jugé inutile de réunir un choix de variantes, M. Dieckmann ayant donné, dans son article déjà cité des *Diderot Studies II*, une reproduction photographique du manuscrit autographe et de la copie.

NOTE BIBLIOGRAPHIQUE

Nous avons cité, au cours de notre préface, les quelques livres ou articles nécessaires à la pleine intelligence de *La Religieuse.*

Nous rappellerons que l'ouvrage de Georges MAY, *Diderot et « La Religieuse »*, est une mine extraordinairement riche où tout commentateur doit puiser. On peut, à l'occasion, contester ou préciser certains des jugements exprimés dans ce livre : cela n'enlève rien à son utilité, qui est de premier ordre.

L'article que M. Herbert DIECKMANN a consacré, dans les *Diderot Studies II*, à la Préface-annexe est d'une importance capitale. Admirable d'érudition et d'intelligence, il apporte les révélations les plus précieuses sur l'art de Diderot et son évolution.

C'est encore à M. DIECKMANN et à son *Inventaire du fonds Vandeul* qu'il faut se reporter pour ce qui concerne l'histoire du texte de *La Religieuse.*

Enfin on lira avec beaucoup d'intérêt, même si l'on demeure un peu sceptique devant sa conclusion, l'étude consacrée par M. Robert ELLRICH, dans *Diderot Studies III*, à la rhétorique dans *La Religieuse.*

Pour s'initier à Diderot, on peut lire :

André BILLY, *Diderot*, Paris, éd. de France, 1932.

D. MORNET, *Diderot, l'homme et l'œuvre*, Paris, Boivin, 1941.

Ch. GUYOT, *Diderot par lui-même*, Paris, éd. du Seuil, 1959.

Comme interprétation d'ensemble de la pensée de Diderot, on recommandera deux essais :

I. K. LUPPOL, *Diderot*, traduit du russe par Y. et V. Feldman, Paris, Éd. Sociales Internationales, 1936. (D'inspiration marxiste, et contestable en certaines de ses conclusions, ce livre a du moins le grand mérite de considérer Diderot comme un vrai philosophe).

J. THOMAS, *L'humanisme de Diderot*, 2e éd., Paris, Les Belles Lettres, 1938. (Ouvrage célèbre, remarquable par le goût et le talent de son auteur, mais dont la « thèse » apparaît maintenant quelque peu périmée.)

A l'heure actuelle, il n'existe encore qu'un seul ouvrage de synthèse qui, par la sûreté de son information et sa compréhension en profondeur, nous donne de la pensée de Diderot une image à peu près complète. Il se limite malheureusement à la première partie de la carrière du philosophe (1713-1753) et laisse presque de côté l'étude des problèmes littéraires :

F. VENTURI, *Jeunesse de Diderot*, traduit de l'italien par Juliette Bertrand, Paris, Skira, 1939.

On ajoutera l'ouvrage important de J. Proust, *Diderot et l'Encyclopédie*, Paris, Armand Colin, 1962.

Préface

LA RECHERCHE

Impression Maury Imprimeur
45330 Malesherbes
le 17 septembre 2020
Dépôt légal : septembre 2020
1er dépôt légal dans la collection : mars 1972
Numéro d'imprimeur : 2248174

ISBN 978-2-07-036057-4. / Imprimé en France.

373004